I0598348

¡PAGANINI ESTÁ VIVO!

Volumen III
El Inmortal

Ignacio Farías

Contenido

Dedicatoria.

A Stephanie Klinge: mi amada esposa y musa.

A mis padres.

A todos los músicos, violinistas y concertistas.

A los apasionados de la música, amantes de la aventura, el éxito y el romance.

Y, desde luego:

A Nicoló Paganini.

El equilibrio y la relatividad son las leyes.

Lo único que no cambia, es que todo cambia.

En realidad nada importa, uno decide qué importa.

Lo único que se puede saber, es la propia ignorancia.

Se es más libre y más solo, de lo que se cree.

La quietud no es posible, sólo la no-acción.

Se es efímero en medio del Infinito.

Ésta, es la aterradora naturaleza de la vida,

y ha de vivirse con toda el alma.

Obertura

Hay conmoción por su llegada, no se habla de otra cosa. Boletos agotados. Eufóricos los que asistirán; frustrados los que no.

Los periódicos gritan:

« *¡Jamás hubo un violinista tan extraordinario…!»; « ¡Es capaz de lo imposible!»; « ¡No es música, es magia…!»; «Imposible tocar así… seguro hay pacto con el diablo».*

Pintores y dibujantes intentan retratar su rostro, caricaturas saturan tabloides y vitrinas. Pocos lo reconocen. Misterio, rumores y expectación confunden las expectativas. Para unos: gran artista; para otros: cirquero, y para otros más: el diablo en persona.

Su fama de seductor y amante es tan grande como la de virtuoso. Los celosos le llaman libertino e impiden que sus hijas y esposas asistan pero, morbosos, acuden a atestiguar su efecto en mujeres ajenas.

Al aproximarse la hora, los carruajes congestionan la calle del teatro y una masa de curiosos no afortunados se arremolina en la entrada presenciando lo que pueden. Los privilegiados desfilan con gran lucimiento hacia el interior. Mil velas hacen brillar las joyas que se presumen mutuamente mientras múltiples perfumes se fusionan en uno. Emoción, suspenso, bullicio. Se dicen lo que saben, creen o inventan. Los rumores son apoyados por «testigos» con «anécdotas», la mayoría recién inventadas. Los melómanos describen sus maravillosas habilidades. Escépticos y detractores confirmarán al charlatán.

Controversia y expectación. Mucho se ha dicho del asombroso violinista, por fin le conocerán.

La orquesta afina. Entre toses, guardan silencio. Aparece el director, el aplauso explota callando de inmediato. La tensión aumenta. Son segundos eternos. Las damas aquietan abanicos. El virtuoso no aparece. El suspenso crece. Algún abanico, se atreve. Silencio. Miradas de incertidumbre.

De repente, un hombre de negro, violín en mano, desgarbado y delgado en extremo, camina hacia el centro del escenario. Explota el aplauso y él… agradece, con reverencias pasadas de moda, la sólida ovación.

1 En Roma sin un traje que usar.

La llegada a Roma es nocturna y bajo lluvia, frustrante. Se había imaginado entrando a «*La Ciudad Leyenda*» a pleno sol, disfrutando los vestigios de pasadas glorias. Los días se mantienen nublados en gris oscuro constante, lluvias y encharcamientos. Con tanta humedad las caminatas no se ven favorecidas y sus zapatos amenazan con desintegrarse.

A base de repetición y hasta regaños, Nicoló había aprendido a cuidar, por lo menos un poco, su imagen y su ropa. Si algo es capaz de adormecerle es ir al sastre, escoger o comprar ropa. Pese a que admira la impecable vestimenta de muchos personajes, al verse al espejo no siente estímulo vanidoso que le ayude, sino una serie de órdenes que cumplir que, a su vez, posterga lo posible con retoques y remiendos. De los dos trajes negros que lleva, uno ya está en las últimas y el otro no está mucho mejor: excesivo brillo, forros descosidos y deshilaches por doquier. Urge ponerle la debida atención al asunto y renovar su guardarropa. Por el aspecto de sus trajes, los que no le conocen, le creen indigente y los conscientes de su creciente fortuna: ridículo o tacaño. Temiendo alguna explosión, Germi ha sido el único que se lo menciona, recordándole que es una celebridad y que ha de vestirse a la altura. Él, sólo insiste que está consciente de ello y lo verá pronto.

Roma no es precisamente fácil, pero sí fascinante, muy poblada y cosmopolita, heterogénea. Lucca, íntimo; Milán, excitante; Venecia, mágica y oculta; Bolonia, candente; Roma, universal, vieja y nueva.

Unas semanas en intensos paseos, exploraciones y averiguaciones, le dan una buena idea de las condiciones reinantes. El teatro Argentina es el mejor y ahí quiere presentarse.

Según parece, habrá que esperar fechas y tramitar permisos requeridos por la iglesia. Esto último le preocupa, pues si los calumniosos rumores diabólicos o de asesinatos llegaron a Roma, no sabría que esperar. Se siente como delincuente, con posibilidad de ser sorprendido, cuando sólo pretende dar conciertos. En momentos se arrepiente de haber metido papeles recordando Rávena. Sólo queda esperar.

Pasan semanas que se convierten en meses. Los gastos en Roma son altos, agravándose la situación con una necesaria reparación del carruaje y algunos dineros perdidos en los naipes donde esperaba reponerse.

Los fondos para este viaje han mermado alarmantemente pero se resiste a tomar alguna medida esperando dar un concierto y con eso solventar gastos. La espera se hace angustiante.

Finalmente, cuando ya está pensando en marchar a Nápoles donde encontrará al empresario Barbaja, le es otorgado el permiso para tocar un solo concierto en el Teatro Argentina; el problema es que ya no queda dinero y aunque en el hotel le dan crédito y hay para comer, su único traje, que ha de seguir usando, no da más y sus zapatos, menos. ¡Patético! Sin embargo estoicamente lo ve como un reto.

Con Paolo y Fabrizio, cuyas ropas no están en mejores condiciones, bromea sobre la absurda posibilidad de dar un concierto en calzones.

— ¡Qué ironía! De pequeño, yo lo hubiera resuelto tocando en un parque.

Fabrizio lo ve como misión militar:

—Mi Capitán: lo único que necesitamos es un traje, unos zapatos y esperar al concierto.

Paolo asiente sin decir palabra y Nicoló sonríe viendo sus rostros dispuestos y llenos de fe.

Entre los recién conocidos, hay personajes de fortuna que con curiosidad morbosa, quieren ver qué le pasa al «gran virtuoso» dejándolo a su suerte, asumiéndolo, algunos, como charlatán. Por otro lado, con el convenio de porcentaje que tiene con el teatro, es absurdo siquiera pensar en un adelanto sin afectar el trato y convertirlo en el traje más caro del mundo.

Inevitablemente los maliciosos rumores corren gestando otros con peor veneno. No faltan avarientos que le ofrecen comprar su violín por migajas, desfilando algunas sabandijas con voraces propuestas. Los miembros de la iglesia, lejos del «Amaos los unos a los otros», le llenan el camino de intrigas y suspicacias, tratando de sacarle provecho o perjudicarle sin razón alguna. Un solo santo no ha visto, ni siquiera aprendices, sólo comerciantes y burócratas. ¡Qué decepción! Su apuro salta a la vista y nadie le ofrece una mano. Vertiginosamente se acerca la fecha del concierto.

En lo que Fabrizio sigue pensando cómo hacerse del traje, Paolo ha platicado anécdotas con Luigi Mendozi, un joven violinista que arde en deseos de escuchar al Maestro y le comenta la delicada situación. El muchacho explota en entusiasmo:

— ¡Yo tengo un traje que le puede servir al Maestro…!

— ¡De veras! Pero tú eres más pequeño, no creo que le quede.

—El traje era de mi difunto padre. Tal vez le quede un poco flojo… pero puede arreglarse…

— ¿En serio…? ¿Vamos a verlo?

Mientras tanto, Nicoló lee una carta del violinista español Teodoro Segura que le solicita una audición desde Bolonia, bajo el ala de Milzetti; también expresa su deseo de comprarle uno de sus violines. El problema es que apenas se enteró, que éste mismo sujeto, se presentó en algunos lugares usurpando su nombre. Su ira explota ante semejante descaro, llamando la atención de Fabrizio:

— ¡¿Ocurre algo Maestro?!

— ¡Este imbécil violinista Segura… me roba y con el dinero, pretende comprar uno de mis violines!

No bien comienza a explicarle la situación, cuando llega Paolo con tremenda sonrisa, seguido de Mendozi, que no quiere perder detalle.

— ¡Maestro, aquí está el traje y… los zapatos!

Los dos, pasmados, abandonan el asunto del violinista bribón y escuchan el relato del traje. Nicoló impaciente se lo prueba. El traje le queda flojo, sin embargo se ve bien. Con unos tirantes estará perfecto. Los zapatos son también algo grandes, pero los puede usar.

A Nicoló le gusta como luce; se ve menos delgado, además de saludable y próspero. El único inconveniente es que es azul oscuro, pero bajo las candilejas no se notará ni le verán como jacobino.

— ¡Vaya… parece que no tendré que tocar en calzones!

Después de mucha risa, Nicoló conmovido le dice al joven:

—Estos son los detalles de los que sólo un ángel es capaz. Joven Mendozi, muchas gracias.

—Maestro Paganini, por favor… estoy seguro que mi padre estaría feliz de saber el destino de su traje. Además, lleva años en el armario, supongo que esperando este momento de gloria.

— ¿De gloria? Pues si gloria es salvarme el pellejo... Eso sí, lo usaré con honor.

—El traje ya es suyo Maestro, úselo como quiera.

—Con mucha alegría para empezar. Después del concierto, te voy a invitar la mejor cena de tu vida.

—Para mí será un gran honor Excelencia, como lo es poder ayudarle en esto.

El concierto no logra llenarse pero Nicoló lo rinde con entrega y brillantez. Es tal la euforia, que hasta algunos cardenales presentes aplauden a rabiar y aclarando que una temporada es imposible por entrar la cuaresma, le proponen dos conciertos más, quedando invitado a regresar con una generosa oferta. Los dos conciertos extras se llenan al tope. Roma, en definitiva, también le aplaude.

Por supuesto, de inmediato al sastre; se hace de un par de trajes nuevos con sus respectivos zapatos y ropa para todos. Luigi Mendozi, que no se ha separado de ellos, también sale flamante e impresionado de ver que el Maestro usó el traje de su padre como modelo para la confección de los nuevos, además de hacerle los ajustes necesarios para seguirlo usando por ser de buena suerte.

Después de varias fiestas, logrando ver otra cara de Roma, parten hacia Nápoles. En el camino, Nicoló busca el ensueño que tanto le gusta, pero va cargado de preocupaciones que demandan acomodo.

La vivencia en Roma fue intensa. Efectivamente, una vez más sale lleno de aplausos y cargado de dinero, pero esta vez, también acarrea un vacío insondable que por más vueltas, no logra comprender. Si no está en Roma ¿dónde está Dios? Roma resultó ser un centro político. Y la política le parece un tema insufrible y muy lejos de Dios, un mero juego de hipocresías ante las cuales sólo le queda sonreír para proteger su jornada y sobre todo: su libertad. ¿Le hace esto igual de hipócrita? Una controversia de la que le resulta imposible sustraerse. Además, sale de Roma triunfante después de ser humillado; volvió a suceder el mágico cambio que otrora maravillara a su hermano: de la miseria a la riqueza en unas cuantas horas. En Livorno, Monsieur Livron; en Roma, el joven Mendozi. ¿Ángeles de necesaria y oportuna intervención? ¿Qué hubiera sido sin ellos? Tal vez ahí, es donde apareció Dios.

Las reflexiones se agotan y el bamboleo le produce los deseados ensueños.

2 Nápoles: Ciudad de cantantes.

Después de la lluvia en Roma, el asoleado Nápoles le da una agradable bienvenida en un ambiente político enrarecido y suspicacia entre la gente. Grandes proyectos y retos le esperan, habrá de conquistar a un público enamorado del canto: cantando con su violín.

Doménico Barbaja le recibe entusiasta introduciéndolo de inmediato a un gran círculo social donde dominan artistas e intelectuales, que, lejos de una amabilidad absoluta, también se muestran suspicaces. Arden en deseos de escuchar su violín pero con intención de ponerlo a prueba y ver si su fama es justificada; escepticismo con el que Nicoló está familiarizado.

Un nutrido club de los mejores músicos en Nápoles, le invita a una velada musical donde con plática y vino lo enredan en el sempiterno reto: tocar a primera lectura una difícil composición. Algunos, abiertamente le aclaran que ha de presentar sus credenciales de virtuoso ante ellos. En el caso presente, Giuseppe Danna, un joven violinista de algún talento, había cocinado un cuarteto en el que la parte del primer violín es «imposible de tocar» y uno de los músicos se lo pone enfrente, Nicoló recibe las frías e inquisitivas miradas de los concurrentes en silencioso suspenso mientras revisa la partitura. Se siente como le gusta, «al filo de la navaja», frase a la que le encuentra cada vez más sentido.

Con extrema calma y su peculiar sonrisa, toma el violín sin dejar de mirar las expresiones de los atentos jueces. Acomoda las hojas en el atril y mientras afina, ve la atiborrada y extrema cantidad de notas.

Para algunos presentes, su lentitud es como la de quien va al cadalso y esperan ver rodar la cabeza del charlatán.

Los otros tres músicos comienzan y, él, de golpe como dicta lo escrito, se derrama elocuente en una catarata de notas que demandan extrema tensión reventando la cuerda prima, pero es tal su embestida que continua tocando de manera imperceptible y sin interrupción. El asombro aumenta cuando al terminar la pieza, Paganini gira y dándole frente a la mayoría, cierra los ojos y toca una serie de variaciones mucho más complejas y expresivas que el original y con tres cuerdas. Electrizante. Todos, paralizados de asombro. De golpe, como empezó, termina. Silencio total. Tardos en reaccionar y salir del asombro, se van entregando al aplauso progresivamente substancioso que desemboca en francas ovaciones llenas de euforia y reconocimiento. Nicoló recibe todos los honores, sintiendo una mezcla de amor y envidia. Barbaja y la Colbran, que veían de antemano el desenlace, no han perdido detalle y ríen de satisfacción y burla a los incrédulos. A partir de ese momento: nadie en Nápoles vuelve a dudar su virtuosismo. La que era junta inquisitiva, se transforma en animado ágape en el que los recién conversos quieren tertulia con el virtuoso, ahora, certificado.

Al día siguiente Barbaja en su oficina, le propone debutar en el Teatro del Fondo, tan elegante como el San Carlo pero con menor aforo aunque cobrando más cara la entrada para un público muy exclusivo; lo que le daría inmediato prestigio en tierra de cantantes, donde los instrumentalistas solistas jamás han estado en boga. La visión de Barbaja es buena. Nicoló comprende y aprende. Habrá buen ingreso y será buena introducción para cuando toque en el San Carlo que se llenará sólo con la expectación.

Nápoles es alegre, le gusta. Salta de fiesta en fiesta donde muchos cantan, a veces, todos. El amor al canto y a la ópera es fanático. Meseros en los restaurantes, cocineros y asistentes, transeúntes por la calle o proviniendo de balcones: constantes cantos. Echa de menos a Rossini como un personaje necesario, el lugar es una ópera y él hace falta. De cualquier manera, mientras pasea por la ciudad, prefiere apegarse a su habitual silbido que a su quebrada voz.

En una de estas fiestas, donde todos cantan, conoce a las hermanitas Grazzi, rubia y trigueña, cada una más atractiva que la otra, ambas de bellos ojos, carnosos labios, abundantes senos y bellas sonrisas. Traviesas, apasionadas, en total colusión y sin celos entre ellas: cómplices. Buscando privacidad lo separan y procuran sus besos, casi arrebatándoselo. No sabe cuál de las dos besa mejor, ambas son extraordinarias. Para continuar la sesión de besos, le hacen prometer que las visitará una tarde en su casa donde nadie les molestará pues una es chaperón de la otra.

En otra fiesta más, a solicitud sólida de la concurrencia, toca la guitarra. Todos se agrupan de manera informal a su alrededor, algunos sentados al suelo, otros en sofás o sillas y los demás de pie. Una atractiva mujer, que no deja de mirarle, se desplaza por detrás del corro hasta encontrar una posición donde Nicoló puede verla perfectamente, pero no los demás, que están atentos a su ejecución al frente. A la luz de un candelabro cargado de velas, en el momento preciso en que cruzan miradas, ella, engancha la orilla de su escote con los dedos y destapa uno de sus bellos pechos exhibiéndoselo en exclusiva por un instante. Una o hasta tres cuerdas rotas, un clavo en el pie y otros tantos percances no rompieron su concentración pero este detalle lo deja pasmado, perdiendo el rumbo por completo. El grupo desconcertado sigue su mirada pero como ella se cambió de lugar, nadie se explica qué sucedió. Haciendo un poco de comedia:

—Disculpadme por favor... acabo de recordar que no cobré el último concierto en Roma.

Después de una risa general, continúa tocando y bromeando, mientras cambia miradas con la chica del pecho expuesto que lo mira desde diferente rincón con sus dedos en el escote, reteniendo su atención.

En otra velada, en casa de Barbaja, la Colbran, que está irresistible, lo toma de un brazo y lo lleva a un rincón bastante privado de la casona. Nicoló se prepara para todo lo imaginable, excepto:

— ¿Has visto a Gioacchino?

—No… llevo un tiempo sin coincidir con él…

— ¿Te comentó algo de mí?

— ¿Por qué me preguntas…? ¿Abrigas sentimientos por él? –En sus ojos ve la respuesta— Pues a decir verdad… creo que le atraes mucho.

—Pero ¿te dijo algo?

—Sólo eso, que le atraías mucho… si tienes algo con él, preferiría no saber… por razones obvias.

— ¿Cuento con tu discreción?

—Desde luego, por eso no quiero saber más.

La manera de tocar de Paganini se ha ido refinando. Lo que eran acrobacias circenses con afán de divertir, se han ido convirtiendo en elevadas y difíciles técnicas de ejecución haciendo extraordinario arte. Su estilo, único y espectacular, ha ido creando escuela, que a medida que avanza, conquista. Es, sin duda, el nuevo paradigma del violín y, aunque él lo ignora, ya lo saben en el resto de Europa.

Su concierto en el Teatro del Fondo es como pronosticara Barbaja, un tremendo éxito y crea la conmoción que llenará el San Carlo a su regreso de Roma.

3 Metternich.

Cuando llega a Roma se entera que el Emperador de Austria asistirá a los dos conciertos, convirtiéndolos en actos oficiales. Sus inevitables reflexiones le hacen ver la ironía y su buena suerte: No fue a Viena, Viena vino a él. Aunque oficialmente lo presenten de otro modo, no fue convocado para tocarle al Emperador, es el Emperador quien acude a sus conciertos convirtiéndolos en «Reales».

En los ensayos, un pintor francés de apellido Ingres le aborda y embargado de nerviosismo le declara su admiración, aclarando que él mismo toca el violín y pidiéndole que pose para él. Para su sorpresa, el célebre violinista acepta con confortable camaradería y sencillez. En medio de bromas, anécdotas y vino, Nicoló posa haciendo esfuerzos por mantenerse quieto. El artista dibuja un retrato al crayón que a él le parece magnífico para usar en su publicidad, haciendo festejos al verlo.

En el mismo ensayo es contratado por un enviado del Embajador de Austria en la Santa Sede para tocar en la embajada en una gran recepción en honor del Emperador al día siguiente del primer concierto.

Ese primer concierto se lleva a cabo con toda la pompa y esplendor que la vanidad real austríaca demanda. Una enorme cantidad de medidas protocolarias y de seguridad se llevan a cabo.

Nicoló se asoma entre los telones y ve el teatro lleno. Elegantes asistentes que, al entrar Su Majestad, El Emperador, Francis I, saludan de pie inclinándose. Con desconocido nerviosismo, Nicoló vive la trascendencia del momento: en unos minutos tocará para uno de los personajes más importantes y poderosos del mundo. Todas sus anteriores experiencias con la aristocracia le prepararon para este momento. No obstante, sin piedad y peligrosa audacia, impone su acostumbrado suspenso; pero al entrar, la sorpresa se la lleva él: nadie aplaude. Sintiéndose transgresor, hace una serie de reverencias entre arcaicas e italianas muy extrañas para los austríacos. Confundido, asiente al director que comienza. Al tocar su violín se siente en casa y con la misma entrega de siempre, pero lo hace con cautela y sin peligrosos excesos. De todas formas sus variaciones son espectaculares y el público está con él. Al llegar al final de la primera parte y dar la última arcada, silencio; el aplauso comienza hasta que el Emperador aplaude. En la segunda parte, como siempre, más intensa, Nicoló sin querer evitarlo se desborda y entrega lo que todos vinieron a ver: Paganini. Toca como sólo él puede hacerlo y un público con piel erizada le escucha extasiado. Al terminar, sin poder esperar al Emperador, el público explota en aplauso incluyendo al monarca. Al centro del escenario Paganini se llena gloria.

A la noche siguiente, la recepción en la Embajada es a todo lujo. Acostumbrado a la deferencia con la que Di Negro le trata, en este evento, de nuevo se siente sirviente. Desde el momento de su llegada es obligado a entrar por la puerta de servicio, no le es permitido circular entre invitados y llega a su presentación por una serie de pasillos, mismos que ha de usar para retirarse al terminar. De cualquier manera le aplauden con furor y le hacen tocar algunos extras.

En el camino hacia la calle, un hombre elegantemente vestido y con acento alemán, le entrega una nota del Canciller de Austria, el Príncipe Klemens von Metternich. Lo cita, ahí mismo, en la Embajada, para el día siguiente con el fin de conocerle personalmente y conversar. Sale de la Embajada sintiéndose expulsado, sin derecho a platicar con sus recién adquiridos admiradores y con una suerte de citatorio de un personaje importantísimo que, tal vez, presagie reclutamiento forzado.

Puntualmente asiste a la cita con el Príncipe, después de mucha reflexión y temiendo autoritarismos. Con serias dudas, decide presentarse sin violín. Precisamente porque respeta su violín, su propio talento y su libertad, le molesta en extremo que le hagan sentirse esclavo, la vida le demostró que no lo es y se liberó de yugos, no puede permitir que este imperio le imponga uno pero si llegara a suceder, ve claramente que no sabría qué hacer. Sudor frío le cimbra mientras sigue al sujeto que le guía. Una gran puerta flanqueada por dos guardias y al entrar a la amplia habitación, el Príncipe Metternich, custodiado por otros dos guardias, le espera sentado a un gran escritorio sobre el cual escribe. Al ver a Paganini aparecer y hacer su reverencia, acelera su caligrafía y rodeando el escritorio le dice en italiano:

—Maestro Paganini… por fin le conozco. No sabe cómo me molestó no asistir ni a la recepción ni al concierto; estuve sumamente indispuesto. Por eso le mandé esta convocatoria que le agradezco aceptara. Mi hija, la Condesa Esterhazy, asistió a ambas presentaciones y no me ha dejado de decir maravillas. Su Majestad, El Emperador, le ha mencionado varias veces.

—Su Alteza, para mí es un gran honor que mi arte os agrade.

— ¿Le parece si tomamos asiento?

Nicoló, haciendo gala de sus añejos modales, sobrelleva la retórica del prólogo, esperando que el Príncipe vaya al grano.

—He de decirle Maestro que soy un entusiasta del violín… Si algo me gusta hacer en mis momentos de ocio es precisamente tocar violín.

Luego de ordenar que les sirvan té, el Príncipe saca un violín. Nicoló asume que se lo entregará para hacerle tocar, pero no es así. Metternich toma el instrumento, verifica afinación y toca con inspiración y perfecta entonación un tema alguna vez escuchado. Al terminar:

— ¿Qué le parece Maestro?

— ¡Magnífico Alteza!

— ¡Bueno…! Que más me puede decir… Tenga en cuenta mi audacia: estoy tocando frente a un aclamado y legendario violinista que jamás he escuchado tocar. A esto se le puede llamar valentía o franca estupidez… ¡Lástima! Veo que no trae su violín… ¿sería mucho pedirle que tocara algo en el mío?

—Alteza, será un gran honor.

Enseguida Nicoló entrega su música. Metternich observa y escucha cada detalle con máximo deleite.

— ¡Bellísimo! ¡Mágico! ¡…Increíble! –volteando da al mozo una nueva orden.

— ¿Desea su Alteza que toque algo más?

—Ardo en deseos… de que toquemos algo juntos… e hice traer otro violín.

Nicoló lamenta no haber traído el suyo, pero a la vez, disfruta el esfuerzo y ansiedad del Príncipe entregándole su respeto y admiración. Al llegar el segundo violín, Metternich audaz:

— ¿Le parece un duelo como los que sostuvo con Lafont y Lipinski, aunque… yo sea sólo un intrépido diletante?

Sorprendido, Nicoló acepta boquiabierto.

—Pero dígame Alteza ¿Cómo es que sabe de mis encuentros con Lafont y Lipinski?

—Maestro… hace tiempo que en Viena estamos pendientes de todo lo que usted hace… Por cierto, ¿cómo es que no sostuvo un duelo equivalente con el arrogante Spohr?

—Digamos que… no me atrajo en lo absoluto… ¿Le parece si hacemos un poco de esgrima? –manejando el arco como espada.

— ¡Desde luego…! ¡En guardia!

Después de unas breves instrucciones de Nicoló y algunas dificultades iniciales, intentos y nuevos intentos, los dos violinistas finalmente conversan con los instrumentos y aun cuando está muy lejos de tener el nivel de pericia y reto que tuviera con los virtuosos, se oye un diálogo pasable. Al dejar de tocar, Metternich pregunta entusiasmado:

—Maestro, ¿Qué hace usted más tarde?

— ¿Se le ocurre algo, Alteza?

—Darle la sorpresa a Su Majestad y que nos dé usted una audición privada y... si me atrevo... hacer algo así como lo que acabamos de hacer... Nada oficial... digamos una reunión... familiar.

Sobreponiéndose a la noticia:

—Cuente conmigo Alteza.

Al salir a la calle su expresión de preocupación provoca que Paolo pregunte:

— ¿Algún problema Maestro?

—No lo sé, Paolo... no lo sé.

Por tercer día consecutivo tocará para el Emperador, esto debiera complacerle, no es así.

Cañón en mano se presenta esa misma tarde en la embajada, aún embargado de aprensión que no logra disipar. El Príncipe le ha parecido agradable, pues además de ser ágil violinista, posee un poderoso carisma. Su mera presencia y forma de hablar, apoyada por su acento, inspiran un gran respeto. Sin ser experto en política, sabe la talla de Metternich y, desde luego, del Emperador. Sumamente intimidante. Una decisión suya sería suficiente para convertirlo nuevamente en músico de una corte bastante más poderosa y bajo personajes de peso completo. No habría escape.

A su llegada, es conducido a una sala donde ya se encuentran en convivencia casual algunos miembros del séquito del Emperador. La Condesa Esterhazy acude a recibirlo.

—Maestro Paganini, mi padre está muy emocionado por haberle conocido y haberle escuchado tocar, si no fuera porque es un hombre en extremo ocupado, ya estaría aquí... no debe tardar en llegar.

—Su Alteza... es un honor conocerle... –haciendo una reverencia.

—Mire, ahí viene entrando…

— ¡Paganini!

— ¡Alteza…! –con nueva reverencia.

—Su Majestad vendrá en unos minutos, todos ardemos en deseos de escucharle de nuevo… especialmente así… ¡bastante más cerca!

Algunos presentes le saludan discretamente con expresiones faciales, él contesta de la misma manera.

Un par de bastonazos anuncian la entrada del Emperador y todos en el salón le saludan con genuflexión. Nicoló lo ve ahora de cerca. Algo comenta su Majestad en alemán que incluye su nombre y al hacerlo le saluda con una expresión. Él, responde con reverencia. Continúa la plática y ve que se refieren a él pero no entiende una palabra aumentando su incomodidad. Metternich le pregunta:

—Maestro ¿Habla usted alemán?

—Me temo que no Alteza, espero disculpéis mis insuficiencias.

— ¡Maestro…! Usted habla un idioma que todo el mundo entiende y su elocuencia es extraordinaria.

—Le agradezco el halago, su Alteza.

—Ningún halago Maestro, la más estricta verdad. Comentábamos la posibilidad que nos tocara algo de lo que tocó anoche en la recepción… que yo me perdí y que causó gran impresión.

—Será un verdadero placer Alteza.

Nicoló toma su violín y se transforma en el mago, observando el ambiente y los rostros que le escuchan con atención. Un grupo de aristócratas muy diferente a los italianos o franceses. Cerrando los ojos se sumerge en su música con sus extraordinarios niveles de ejecución. Le aplauden moderadamente y de inmediato el Emperador inicia los comentarios entre ellos.

Marginado por el idioma, Nicoló permanece de pie frente a ellos que hablan de él, dándole eventuales miradas. Metternich se le acerca en rescate y le explica:

—Maestro Paganini, todos los presentes tenemos alguna educación musical y estamos asombrados de su manera de tocar. Tiene usted que venir a Viena, es «La Ciudad de los Músicos» le va a fascinar. Créame Maestro, usted pertenece en Viena, lo notará enseguida.

Un leve escalofrío le recorre.

— ¡Oh! está en mis planes. La mera idea de conocer al Maestro Beethoven me atrae poderosamente.

—Pues sí, posiblemente hasta pudieran colaborar, pero no crea que el Maestro Beethoven es precisamente... fácil. De cualquier manera, le reitero que en Viena tiene usted las puertas abiertas y cuenta usted con mi apoyo en lo que necesite.

—Le agradezco mucho Alteza.

La velada se prolonga mientras Nicoló toca alternando con debates. Finalmente Metternich toma su violín y haciendo una pantomima que finge espontaneidad, dice con voz engolada:

— ¡Paganini, le reto a un duelo...!

Al ver al Príncipe reprimiendo la risa, contesta:

— ¡Acepto...! ¡En guardia!

Ambos mueven sus arcos cual espadas y retomando lo ensayado, se sueltan en diálogo para agasajo de los presentes que terminan aplaudiendo animados entre risas y comentarios.

Dado el segundo concierto en el Teatro Tordinona, al que también asisten el Emperador y Metternich, su plan es irse inmediatamente a Nápoles a continuar con su proyecto pero enredado en invitaciones de los austríacos le resulta imposible. Tres semanas después, logra partir cargado de dinero y ambivalencias sin dar por cierta su libertad.

De nuevo disfruta el calor de Nápoles, después de sentirse atrapado por la corte austríaca con caprichos, que son órdenes. La mera distancia le produce euforia, aun con la promesa a Metternich de ir a Viena después de Nápoles. La bella ciudad y los paisajes del rededor le fascinan, como también el ritmo festivo que domina y el hecho de que, aun siendo muy aplaudido, el público no le atropella. Puede caminar por las calles, sentarse en cualquier restaurante y no ser molestado. Hay excelentes corros de amigos y bellísimas mujeres. Con su estilo de vida frugal gasta relativamente poco y más aún alejado del juego del que Barbaja le ha ahuyentado con sus crudas descripciones de incontrolados jugadores que le regalan su dinero creyendo posible ganar en las mesas.

Los dos conciertos en el bello Teatro San Carlo son estruendoso éxito. Nápoles le quiere, le trata bien y sobre todo, le deja ser. A manera de ovación, la gente ha venido diciendo:

—« ¡Paganini no se repite!»

Esta frase le encanta, le hace sentir libre hasta de lo que ya hizo.

En una de esas tardes napolitanas, Fabrizio le comenta los problemas que ha tenido con los ya varios cocheros desde que Pietro dejara el puesto.

—No te preocupes, solo vamos a Palermo cuando baje el calor, e iremos en barco.

— ¿No íbamos a ir a Viena? –pregunta Paolo.

—No tengo ninguna prisa… Por lo pronto, quiero disfrutar de esta maravillosa ciudad. Cuando llegue el momento de ir, iremos… ¿Y esa expresión Fabrizio? No me digas que te has enamorado…

Ante su silencio Paolo agrega:

—De tres o cuatro… — Fabrizio sólo sonríe.

—Y tú Paolo, ¿sigues enamorado de aquella chica del pueblito?

—No Maestro… ya se me pasó.

— ¡Ah ya veo! También tres o cuatro… Y decidme ¿no pensáis en matrimonio?

—A mí me gusta la aventura, —contesta Fabrizio con convicción— el campo abierto, el horizonte, llegar a ciudades, ver caras nuevas… Casarse es… todo lo contrario.

— ¿Y tú Paolo?

—Me pasa algo parecido… me gusta seguir el camino, me enamoré de él. Cuando se acabe el camino o mi amor por él, veré que hago. Desde que empecé a viajar con usted me fascinó. Nada se compara.

Las palabras de ambos se acomodan en su ser al sentirse semejante.

—Bueno… entonces, por lo pronto, conozcamos Nápoles… vamos a pasearlo todo. Quiero ver bien esta maravillosa bahía, el puerto, recorrer las plazas… contemplar el Vesubio.

Entre paseos, fiestas, reuniones bohemias, romances y tres conciertos más, Nicoló vuelve a «enamorarse» ahora de Catalina, una adolescente a la que escucha cantar y horas después, le propone matrimonio. Ella entusiasta acepta. Con mucha solemnidad pide su mano a su padre, un prestigiado abogado, que de inmediato lo trata como delincuente negándosela de manera grosera:

— ¡De ninguna manera toleraré que mi hija se convierta en miembro de la farándula!

Con esto mosqueando sus ideas, va perdiendo la euforia napolitana. En ésta petición de mano, dados sus rotundos triunfos, esperaba una fácil victoria, hasta con honores. El grosero y humillante rechazo le abrumó, derivando en inesperada depresión. Encerrado, entregado al licor y al desgano, resuelve marchar a Palermo y poner kilómetros de por medio.

4 Palermo.

A bordo del barco no logra animarse para tocar su violín como otras veces. Su amor propio está gravemente herido. En momentos: rabia y frustración; en otros: melancolía, donde, lejos de ver un horizonte promisorio, ve un calvario al frente. Su violín es su cruz y ha de cargarlo hasta morir. Ni Paolo ni Fabrizio pueden hacer algo al respecto, sólo mantenerse cerca. Los pasajeros lo ven como: «un señor medio loco y desaliñado que gesticula y habla solo». Los que saben quién es, dan vuelo a sus más exóticas fantasías confeccionando chismes. Su imagen zancuda y gótica, produce el miedo necesario que impide cualquier acercamiento y si lo llegan a abordar, se incomoda. No faltan beatas que al verlo se santiguan.

En Palermo consiguen un alojamiento sabiendo que la prioridad del Maestro es que haya silencio. En medio de una habitación desconocida, Nicoló contempla el vacío. Los cuadros que penden de las paredes, el espejo, el armario, no le significan absolutamente nada. Se siente prófugo, sin rumbo, sin hogar, paria rodeado de desiguales, animal raro. Si es tocar o morir ¿no querer tocar es no querer vivir?

Al tercer mes encerrado, habiéndose sistemáticamente negado a ver médicos, acepta ver a uno. El galeno que lo visita, no sólo se impacta con su aspecto, sino también con su solicitud: le pide un medicamento para acortar su vida. El hombre, aturdido, siguiendo la corriente médica, culpa a las toxinas, que seguro, le afectaron el juicio.

En una florida disertación, le expone convincentemente su teoría, que concuerda con la expuesta por Lord Byron tiempo atrás y termina recetándole «El Remedio Roob», un poderoso laxante. Se despide recomendándole que se alegre: que escuche música, que vaya a la ópera y que aproveche oír a Paganini que está por presentarse en Palermo.

Nicoló, que cree en esta teoría de las toxinas y sigue tomando tónico LeRoy, agrega este nuevo medicamento a su lista sin pensar en efectos adversos. La visita del doctor le dejó algo positivo: la recomendación de ir a ver a Paganini. Una vez despedido el médico, Paolo le confiesa:

—Maestro, perdóneme, fui yo quien corrió la voz y ya tengo la propuesta del Teatro Carolino.

—Pero Paolo, mira como estoy...

—No hay problema Maestro, faltan dos semanas, así que a comer bien y no sopitas... filetes.

El nuevo laxante le suelta una diarrea descomunal y le debilita y adelgaza aún más, si esto es posible.

Paolo tenaz, se crece en el asunto de cuidarlo y gobernarlo, le obliga a comer, lo sienta en la bacinica, lo baña y un día, que le ve mejor talante, aprovecha y le planta el violín enfrente:

—Maestro, recuerde que tocar le hace sentir bien.

Reconociendo nobleza y razón de su humilde y fiel aliado, asiente conmovido; se pone de pie y, así en camisón, toma *el Cañón* y toca sintiendo sublime placer al hacerlo.

Su ejecución se deja oír por todo el pequeño hotel. Fabrizio al oírlo, sale de su cuarto con una sonrisa y los ojos nublados. Otro huésped, embelesado, también lo escucha y pregunta:

— ¿Quién está tocando...?

— ¡Paganini, quién más!

Después del primer concierto, Palermo se le vuelca en admiración, la paganinimanía se desparrama y salir a la calle se convierte en una imposibilidad. De la aristocracia al pueblo, todos se ven afectados por su magia. Sus dos conciertos siguientes, llenos hasta el sobre-aforo.

Sintiéndose mejor de su depresión, aunque con persistente tos y diarrea provocada, asiste a una serie de festejos y homenajes en su honor. El público de Palermo le recuerda la sencillez de Piangipane pero ve mucha gente en extrema pobreza y decide dar un concierto de caridad que, más allá de afirmar su fama, le da gran respetabilidad. Sicilia lo ve ahora como benefactor y las invitaciones le hacen permanecer varias semanas más. Sus manos se ven constantemente besadas aunque a él le disguste la costumbre.

Don Doménico Testa, valga el nombre, cabeza de una muy importante familia en la ciudad y conmovido con su generosidad con el pueblo, lo acoge como amigo de su familia.

Para despedirse, da un espontáneo recital en una placita para un nutrido público que con respeto y entusiasmo, le escucha y celebra. Eso le gusta, eso es él, tocarle a la gente, sentirla en éxtasis rodeándole y chiquillos embelesados a sus pies compartiendo la emoción de estar vivos. Un genuino ritual.

El día de su partida una multitud acude al muelle, no faltando políticos que aprovechan la coyuntura para sus discursos.

Conmovido, ve Palermo alejarse y su gente despedirle, muchos de ellos con lágrimas y agitando pañuelos. Esta vez, sí toca durante la travesía.

De regreso en Nápoles lo toma con calma, no se siente del todo bien y en las calles hay disturbios sociales.

A la tercera semana de encierro y ocupado en sus composiciones, recibe una nota de Letizia Cobi, una mujer que tenazmente le coquetea proponiéndole una cita. Con ya tan prolongada abstinencia, no le parece mala la idea y acepta.

La mujer de escasos treinta años, figura esbelta y extraña creatividad, recibe a Nicoló en su, también extraño, apartamento. Lleno de curiosidad se deja atender.

Sin mucho preámbulo, a escasos minutos, ella se entrega al erotismo besándolo, acariciándolo y despojándose de sus ropas. En una loca pantomima: le abre el pantalón, se monta sobre él y con estruendosos gemidos y gritos, anuncia su pasión y final orgasmo a todo el vecindario. Nicoló impresionado y lejos de cualquier clímax, se arregla la ropa y, sin saber que decir ni qué rayos sigue haciendo ahí, procede a despedirse y emprender la retirada convencido de que la mujer está más loca que una cabra. Al ver esto, ella reacciona poniéndose agresiva:

— ¡Claro! ¡Ya te di las nalgas y ya te vas! ¡Todos los hombres son iguales…! Tan pronto obtienen lo que quieren, desaparecen…

Él trata de calmarla pero es inútil, sus gritos y agresividad florecen. Al intentar abrir la puerta, un proyectil de porcelana se estrella en ella y otros trastes más le siguen, sorteando algunos y recibiendo otros, sale como puede al pasillo y corre hacia la escalera, seguido por la mortífera dama que, con enorme cuchillo en mano, va tras él. En su nerviosismo, tropieza rodando peligrosamente escaleras abajo. Fabrizio oye los gritos y corre, encontrando al Maestro tirado y maltrecho al pie de la escalinata mientras la mujer semidesnuda, cabello alborotado y aterradora expresión, baja con actitud decidida empuñando el cuchillo en alto. Con su agilidad guerrera, de un puñetazo la pone fuera de combate y confisca el arma.

— ¡¿Maestro, está usted bien?!

Muy aporreado, Nicoló sólo alcanza a decir:

— ¡Sácame de aquí!

En su hotel, un médico constata que, aunque muy magullado, no parece tener fractura alguna.

Moreteado y adolorido, reniega y despotrica contra la tal Letizia, menuda bruja que por poco lo mata.

De regreso en su encierro, cuando por fin recupera inspiración, se concentra en un cuarteto.

Pero el asunto no termina ahí. Un día, a pleno sol, la fulana se presenta al hotel y exige hablar con él. Ante la obvia negativa a recibirla, monta otra escena y grita soezmente a voz en cuello los favores entregados a cambio de promesas. Todos en la calle y en el hotel se enteran. Nicoló supone que es otra oportunista como la Cavanna y quiere dinero. Al Fabrizio mediar y ofrecérselo, su ira se dispara y, con ella, sus gritos soeces, gritando ideas particularmente tortuosas y obscenas.

El administrador del hotel manda por la policía, que llega y carga con ella. El oficial le aclara a Fabrizio que no es primera vez que la mujer hace estos desfiguros, recomendándole evitar contacto con ella. Sin aclarar, acepta la recomendación y agradece las atenciones, quedando bien con ellos.

En desagradable coincidencia, una carta de Germi le informa que la corte confiscó del dinero depositado en fideicomiso para la manutención de su mamá, la cantidad que reclamaban los Cavanna y él se negó a pagar. No le queda más que aceptar la peligrosidad de las mujeres, que aumenta en proporción a su propia fama y fortuna.

En la misma carta, Germi le plantea que su mamá desea mudarse a un apartamento pues la casa le es enorme. Y claro, con su padre fallecido y sus hermanos casados, su madre ha quedado sola. Inevitablemente se llena de lágrimas y contesta de inmediato apoyando los deseos de su mamá y enviando dineros que cubren la confiscación y los nuevos proyectos.

Barbaja le anuncia que Rossini está por llegar y la noticia es un verdadero antídoto a la melancolía.

Una mañana aún duerme y Fabrizio golpea a su puerta:

—Maestro… tengo muy malas noticias de los Baciocchi…

— ¡¿Los encarcelaron?!

—No Maestro… la Princesa Elisa… falleció.

Una suerte de rayo lo cimbra y petrificado, sin replicar, con ojos desorbitados y boca abierta, permanece inmóvil mientras Fabrizio recita pormenores.

—Parece que en la villa, haciendo arreglos en los campos, contrajo una extraña enfermedad.

Sin poder salir de la consternación, Nicoló finalmente recupera movimiento. Sentándose frente a la ventana, suelta su imaginación y su duelo, mucho mayor de lo que él mismo hubiera creído. Muere con ella una etapa importante de su vida y uno de sus más intensos romances. Cuando el pasmo cede, llega el inevitable llanto. Las reflexiones le acosan día y noche. La amó, la odió, y todo se había convertido en esa memorable última sesión de fino cariño. ¿Cómo es posible que una mujer tan fuerte, simplemente muera? ¿Qué será de Dida... de Gina? ¿Estarán ellas bien? ¿Su mamá... ahora sola? ¿Qué hacer? Se siente impotente, distante, irresponsable. De la rabia a la tristeza a la resignación y vuelta a empezar. En una dinámica desganada, se pierde en un laberinto donde nada importa, viendo con claridad pasmosa, que esto último es la verdad: en realidad, nada importa. Si acaso, uno decide lo que importa.

5 Rossini al rescate.

Con la cabeza sumergida en la almohada, posiblemente soñando, oye la voz de Rossini cantar cómicamente. Las estrofas continúan y como llamado lejano, lo rescatan de su delirio y redundancias.

—« ¡Flaco condenado… abre la puerta! Que quiero estrujarte en un abrazo.»

Los golpes en la puerta terminan por convencerle que Rossini está ahí en carne y hueso. Recolectándose como puede, se incorpora y abre la puerta:

— ¡Ah…! ¡¿Qué te pasó flaco?! —Asombrado de su aspecto.

Un regocijo incontrolable le domina al ver al entrañable amigo y aunque rodeado del marco patético que el momento produce, siente la sonrisa recorrer su espíritu.

— ¡Gioacchino, que gusto…! –Dice más con alivio que entusiasmo— Perdona el desorden…pasa.

Rossini está preparado para lo que ve y listo para un rescate después de oír a Paolo y Fabrizio cuando le fueron a buscar. Tal vez requiera malabarismos, pero él, experto en hacer reír, lo va a hacer reír y hasta cantar como sea. Por ningún motivo aceptará que una estrella tan grande se caiga del cielo.

— ¡Flaco estás hecho un desastre! ¿Por qué no te arreglas y vamos a algún restaurante? Tenemos mucho que platicar y creo… que tú tienes más hambre que yo. ¡Anda, vamos!

La arrolladora presencia del simpático amigo le hace aceptar la propuesta sin oposición.

En el restaurante, Nicoló se siente mejor. La presencia y ocurrencias de Rossini son milagrosa medicina. Todo lo sigue viendo insignificante y con escalofriante desapego, sólo que ahora es ligero y hasta cómico, sin cargas opresoras. Peculiar estado mental.

Gioacchino hace una disertación sobre sus fiascos y embrollos, no fáciles por cierto, y a cada uno de ellos, le agrega el estribillo: « ¿…y qué?», entre afirmación e interrogación.

—Te falló el negocio… ¿y qué? La mujer que pretendías te mandó a volar…y qué. No aplaudieron en el estreno…y qué. ¡Piensas demasiado, Flaco, como si te fuera la vida en ello!

Nicoló ve claramente que si en realidad nada importa, ese estribillo y la actitud alegre, son precisamente lo que necesita. Al llegar a la abundante conclusión, la corona con una carcajada repitiendo el estribillo. Sonriente Rossini lo contempla satisfecho. Lo hizo reír.

En acto reflejo, abandonan sus sillas y se fusionan en abrazo.

—Vamos a divertirnos Flaco y lo primero que vas a hacer es darte un buen baño, rasurarte y arreglarte ese espantoso arbusto que traes en la cabeza; pareces coyote hambriento y perseguido. ¡Qué bárbaro…! ¡Oye… estás más flaco que nunca!

Conocedor de la ciudad, Gioacchino lo lleva a unos exclusivos baños donde se entregan a los servicios del establecimiento. En los vestidores, al Nicoló despojarse de sus ropas, Rossini impresionado:

— ¡Flaco… pero… además de flaco, ¿qué te pasó, estás todo moreteado?!

—Una bruja me persiguió y caí por unas escaleras… por poco me mata.

— ¿Cómo una bruja?

—Sí, te aseguro… era una bruja. Una caída humana me hubiera salido bastante menos costosa. ¡La hubieras visto…!

Después de un buen baño y una pasada por la barbería, los dos se sienten frescos y olorosos.

— ¡Qué diferencia Flaco! Ya estás vivo de nuevo. Hasta guapo te ves. Ahora sí: ¡Nápoles prepárate, que ahí vamos!

Las carcajadas de Gioacchino son gloriosa música en los oídos de Nicoló, que se entrega al rescate sintiendo alegría correr por sus venas.

Rossini está por estrenar en el Teatro San Carlo: Maometto II que, él mismo, considera la ópera más ambiciosa que ha escrito a la fecha y ávido de su opinión, lleva a Nicoló a los ensayos. Ahí encuentran a Barbaja con La Colbran y sintiéndose en familia, sin proyectos apremiantes, se entrega al placer que le produce presenciar ensayos. Desde una oscura butaca se divierte sin intervenir y aprende los detalles de tan complicada puesta en escena. También observa que los flirteos entre la hermosa cantante y Gioacchino han progresado, notándose que ya hay algo entre ellos a espaldas de Barbaja, quien a su vez, ya no le presta gran atención a la diva y flirtea con algunas chicas del elenco.

El día del estreno y como era de esperarse, Rossini es un bollo de nervios, siendo Nicoló el que ahora le recuerda el estribillo:

—Bueno, «todo se lo lleva el carajo… y qué».

— ¡Cállate Flaco! …me pones más nervioso pasándote de listo.

Son los momentos en que Rossini no ríe y resulta inútil y hasta peligroso proponérselo.

El teatro está a reventar y, con una serie de pequeñas fallas, el estreno se lleva a cabo. El aplauso es raquítico y la crítica napolitana despiadada. Es ahora Gioacchino el que requiere apuntalamientos que Nicoló está dispuesto a proporcionar. A la primera juerga y a media carga de vino, Gioacchino inevitablemente dice su primera ocurrencia. Para el final de la velada, las carcajadas reinan nuevamente. Nicoló contempla y admira su poder de recuperación. La temporada de Maometto II es inevitablemente corta. Sin embargo el optimismo reina entre los dos camaradas y pasan semanas viéndose a diario.

—Flaco, me comisionaron una ópera para la inauguración del Teatro Apolo, que no es otro que el Tordinone en Roma donde ya tocaste y que lo han remodelado. Ya empecé a escribirla y le voy a meter algunas arias que ya tenía compuestas y vienen a pelo. A ver si me das una manita... ¿Qué te parece si nos vamos juntos a Roma y continuamos la fiesta ahí?

—Pues... me parece muy bien.

— ¡¿De veras?!

—Sí, sí... me gusta la idea. «Roma es la dominante» y rebasa la más poderosa imaginación. De paso, doy uno que otro concierto por allá.

A la hora de marchar a Roma, Nicoló está enredado en un romance que no quiere interrumpir y promete alcanzarlo en una o dos semanas. Gioacchino disgustado se adelanta.

Pasan las dos semanas y el romance no prospera gran cosa. Es otra vez una jovencita, ahora, la hija de un modesto notario cuya esposa se opone a la relación.

Rossini, en carta urgente, le deja ver su desesperación, pues se acerca vertiginosamente la fecha del estreno y queda mucho por hacer.

Dejando atrás a la damisela, Nicoló monta carruaje y va al rescate.

En el teatro, el apresurado trajín reina en todos los renglones, casi veinticuatro horas diarias para montar la ópera «Matilde de Shabran». Escenografía, vestuario, utilería, ensayos parciales y totales, con y sin música; un caótico trajín. Nicoló recorre todo el lugar y por fin encuentra a su amigo metido en un camerino pegado a un piano componiendo pedazos que faltan y haciendo remiendos.

— ¡Flaco...! ¡Qué bueno que llegas! ¡Necesito tu ayuda...!

Nicoló, que siempre colabora en la producción de los que comparten el escenario con él, de inmediato se deshace del saco y se dispone a trabajar con entusiasmo. Rossini al ver su actitud:

—Gracias Flaco… ¡Tengo un problema enorme…! El director, el Maestro Bolle, se enfermó a última hora y no he podido encontrar en toda Roma director substituto. El médico dice que no tardará en reponerse y que estará bien para el estreno pero… ¡hay que ensayar! El primer violín hace lo que puede… pero no es mucho. Tú me has platicado que tienes alguna experiencia en ópera… en fin, échame una mano en lo que puedas. ¡Que se me viene el tiempo encima!

Después de una serie de preguntas y respuestas, sale Nicoló hacia la orquesta partituras bajo el brazo. Ante el asombro de los músicos, que no se molesta en disipar:

—Caballeros, a sus lugares por favor, que estamos muy atrasados y tenemos mucho por hacer.

Con lujo de cortesía, demanda silencio y escoge los pasajes de mayor grado de dificultad, para comenzar por ellos. Sus interrupciones son seguidas de claras explicaciones con certeras motivaciones. La aprensión inicial se convierte en entrega; el ensayo fluye como si estuviese lubricado. Conociendo al autor, Nicoló sabe del temperamento con que la música fue concebida, así que, con elocuencia histriónica, hace a los cantantes y a la orquesta responder de manera extraordinaria. En su interior, no deja de admirar las maravillosas orquestaciones de su gran camarada.

Mientras los ensayos continúan, Nicoló da un concierto en el Teatro Argentina, sumamente sonado en la ciudad que acapara la atención de la prensa y del público. Rossini, aunque es alfiletero nervioso, asiste con algunos miembros de la compañía, entre ellos la soprano Caterina Liparini que hace el papel de Matilde y admira a Paganini.

Después de varias semanas de esfuerzos, el estreno ya es en unos días. Maratónicamente, Nicoló ensaya músicos y cantantes, entregando finalmente la batuta al director Bolle que, repuesto, ocupa su lugar. Conflictos y contratiempos se suceden uno tras otro en los múltiples detalles que requiere el montaje. Rossini tiene oportunidad de sostener su disertación del «…y qué» en pleno rigor y a los ojos de Nicoló que no pierde detalle participando.

Lo peor se presenta. Un día antes del estreno, comenzando el ensayo general con escenografía, vestuario, maquillaje y demás, el director Bolle, se colapsa a media obertura sobre el podio: muerto.

Desde luego, reina la consternación. Llegan médicos y policías, se levantan testimonios, y se llevan el cuerpo del infortunado director.

Esta, es la gota que derrama el vaso. Rossini se vierte en angustia y dicotomía; no sabe si entregarse al duelo del Maestro Bolle que era su amigo o al de su obra que muere sin estrenarse.

El empresario del teatro, Luigi Vestri, lo pone claro:

—Siento muchísimo lo sucedido, pero no estoy dispuesto a perder una fortuna suspendiendo el estreno. Se abrirá el telón puntualmente a como dé lugar. No pienso devolver entradas, perder lo invertido en publicidad y debutar de esta manera como empresario de un teatro que yo mismo rebauticé como «Apolo». Apolo no se cae por nada del mundo, así yo mismo me muera.

Nicoló de acuerdo en que el espectáculo debe continuar, sabiéndose capaz y disfrutando de su habitual aplomo escénico, salta al podio y toma la batuta:

—Caballeros, por el mismo Maestro Bolle no podemos claudicar. Continuemos.

Rossini reponiéndose aún, ve sorprendido como su querido y celebre camarada reanuda el ensayo con poder, fineza y talento. Todo el elenco acata de inmediato y el ensayo general emana extraordinaria brillantez por parte de cada participante. Como si cada uno de ellos se empapara del virtuosismo del que ahora dirige. La magia se contagia.

El ensayo termina venturoso con optimistas aplausos por parte de todos, dirigidos finalmente a Paganini que decidió ser el héroe salvador del momento.

Rossini y Vestri le proponen que se encargue de la dirección. El empresario le regatea nervioso, aclarando que no podría igualar los precios que él cobra por su intervención. Para su sorpresa:

—Gioacchino, por favor, me acabas de sacar de un agujero del que no veía salida. Déjame a mí hacer lo mío. Yo me encargo de dirigir hasta que consigas un suplente y no necesitas pagarme. ¡Mal amigo sería yo! Lo hago con toda el alma, acepta mi gratitud. Eso sí, te encargo el substituto lo más pronto posible. Y... me van a perdonar... pero me urge ir a la letrina...

En su urgente camino a la letrina, la soprano Liparini, que hace el papel estelar y que durante los ensayos experimentó un desbordamiento amoroso por Nicoló, decide que es momento propicio y sorpresivamente le aparece enfrente entre pasillos, acorralándolo con su decisión y sus poderosos senos.

—Maestro, es usted un gran artista... su manera de dirigir y... su mera presencia al frente de la orquesta me han sacudido y tocado fibras muy íntimas... Siento que he cantado como nunca gracias a su hábil y sublime batuta tan virtuosa como su violín... Soy suya Maestro.

Nicoló, sorprendido, escucha su exposición, viéndose su secreción hormonal inevitablemente afectada y su urgencia por orinar pospuesta, pues la corpulenta mujer le es muy atractiva y su manera de cantar lo ha mantenido emocionado desde que la oyera por primera vez. Tenerla tan cerca le es irresistible y como respuesta a su avidez: la besa. Ella corresponde enseguida, abrazándolo apasionada. Pero el lugar está lleno de tráfico y no tardan en interrumpirles con miradas incómodas.

La intervención a última hora de Paganini como director, crea un inesperado revuelo por parte de prensa y público. En el recinto no cabe un alma más y los personajes importantes de Roma están presentes o lamentando no estarlo.

Paganini levanta la batuta y la obertura comienza, junto a él, en el piso, una viola crea expectativas e intriga a los pocos que la notan. La ópera fluye armoniosamente y cada participante entrega lo mejor, al llegar un complicado solo de corno: Nicoló toma la viola y entra exacto, cubriendo el instrumento faltante e imitando su sonido.

Terminado el solo, toma la batuta y continúa su dirección hasta el final. Fue su manera de resolver al elemento faltante que se reportó enfermo a última hora.

Los aplausos son atronadores y la mitad de ellos son para el director. Rossini no cabe en su cuerpo de felicidad y agradecimiento a su gran amigo que hasta superó un escollo más, sin decirle y preocuparle innecesariamente. Lo hizo tan discreto y ágil que muy pocos se percataron.

Al salir del teatro se enfrentan con una trifulca entre seguidores y detractores de Rossini en la que se ven irremediablemente involucrados. Aun así, el festejo después del estreno es inevitable. Nicoló se ha ganado la admiración de la compañía completa. Todos comentan su extraordinario talento y profesionalismo, mientras esperan en suspenso las opiniones de la crítica.

La Liparini se mantiene todo el tiempo junto a Nicoló, sintiéndose con él la pareja del momento. Pero el intenso diálogo continúa entre los dos amigotes que ahora celebran el rescate de Gioacchino.

—Se cayó el teatro... ¡y qué! –Ambos se carcajean.

Con una serie de ingeniosos berrinchillos, la enamorada diva logra hacerse de la atención de ambos que, al formar un corrito de tres, se revela a los ojos de Nicoló que ya ha habido algo entre ellos dos, aunque ella no le suelta el brazo. Lejos de molestarle, los siente sus colegas, ambos muy talentosos. Ella es una gran cantante y él, extraordinario compositor del cual aprende como esponja. Se siente bien acompañado y esto le pica la curiosidad pidiéndoles anécdotas. La velada se convierte entonces, en una antología de cuentos, salpicados de ocurrencias y datos graciosos que acaparan la atención. El corro entra in crescendo, con algunos otros aportando detalles y sazonando pasajes. A Nicoló, Caterina le parece cada vez más atractiva: su sonrisa, su risa y, más aún, sus francas carcajadas de gran sonoridad.

El bullicio se oye a media calle donde todavía discuten simpatizantes y detractores de Rossini. Una leve lluvia mantiene el adoquín brillante, mientras su ritmo es completado por la fiesta y algún carruaje que cruza. Más allá de las nubes, las estrellas brillan y duran.

Las críticas del estreno son positivas y es Paganini poderoso foco de atención. Describen la precisión y brillantez de su intervención como director, haciendo de la ópera entera, una de sus legendarias interpretaciones virtuosas. Cada uno de los detalles es elogiado, desde su oportuna intervención con la viola, hasta el hecho de haber dirigido como un acto de amistad y solidaridad para con Rossini.

De cualquier manera Rossini reboza de agradecimiento sin salir de la reveladora sorpresa de que «el flaco» es un extraordinario director. Una serie de propuestas se le ocurren, todas le parecen estúpidas. ¿Qué se le puede proponer a un gran solista y superestrella?

—Flaco, no sabes cómo me ha gustado verte dirigir y no puedo dejar de imaginar las maravillas que pudiéramos hacer juntos. Eres un mago milagroso que llena la música de brillos y profundidad, me impresiona la manera en que la manejas… como si la vieras y la acomodaras. Lo que hiciste con las voces… algo así como, hacerlas volar en parvada, metió la ópera completa en otro plano. Todos… te siguieron… porque lo que solicitabas era oportuno y congruente: revelar la música, sacar los colores y las distancias… volúmenes… no sé… ¡extraordinario! —Cambiando de expresión, prosigue— En algunas conversaciones surgió la curiosidad: ¿Cómo sería una orquesta compuesta por puros Paganinis de sus instrumentos? Pero no se nos ocurrió preguntarnos simplemente: ¿Cómo sería una orquesta… dirigida por Paganini? ¡Una ópera… uf! ¡Mi queridísimo Flaco! ¿…Qué te puedo proponer? Tú solo llenas el teatro, yo, necesito de toda una compañía. … Si algún día quieres hacer una ópera conmigo… me harías muy feliz. La experiencia ha sido fascinante.

—Gracias Gioacchino. Para mí también. Créeme que lo pensaré. Pero desde ahora te adelanto que lo que me aterra de hacer ópera o dirigir o tocar en una orquesta, es la rutina. Esa necesaria repetición exacta día con día, el forzoso apego a lo escrito. ¡Como barrotes de cárcel! Si todos mis conciertos fueran exactamente iguales yo ya hubiera muerto. Tiene que haber alguna latitud, si no... me sofoco. Mi infancia transcurrió con prácticas forzosas y repetitivas; una asfixia musical con poco espacio. Los conciertos me dan... enorme espacio... repito partes... sí, pero también hago lo que me da la gana. Desobedecer la partitura con el violín es un simple acto de libertad, con una orquesta... sería... ¿cómo? ¿Es siquiera posible? No lo sé.

—Qué puedo decirte Flaco, eres como un ruiseñor que canta divinamente y que dirige igual. ¡Salud!

—Y tú eres un gran compositor Gioacchino... y si estás dispuesto a componer conciertos para violín, yo me fusiono contigo. ¡Me fascinan tus orquestaciones...! Si así como apoyas a los cantantes con la orquesta apoyaras mi violín, ¡sería maravilloso! Aunque en las giras nunca cuento con una buena orquesta, me tengo que conformar con básicos acompañamientos.

—Pues sí Flaco... me creerías que lo he intentado... pero yo necesito del canto para poder inspirarme, la orquestación enmarca las voces y las eleva por los cielos.

Esta conversación, que no llega a nada, les deja a ambos mucho que pensar y un dejo de decepción ante la imposibilidad de aceptar las mutuas propuestas.

Nicoló sólo dirige dos presentaciones más y le entrega la batuta a un nuevo director.

No obstante, el ánimo festivo entre ellos, no sólo no mengua sino que se ve fortalecido con la llegada del Carnaval estimulando sus travesuras y creatividad.

Con un par de amigos más, Pisaroni y D'Azeglio, deciden montar una pantomima disfrazándose de mendigos ciegos cantantes. Rossini, saltando en un vestido de mujer que le queda enorme, lo completa con rellenos voluptuosos hasta convertirse en una vieja gorda y absurda.

Como contrapunto, Nicoló se envuelve en otro vestido que deja ver y hasta exagera su extrema delgadez. Ambos se ponen pelucas y maquillajes grotescos de parodia que colindan en la frontera del terror y la carcajada. La gorda rozagante y chapeada con la amiga flaca, verdosa y cadavérica. Contagiados: Pisaroni y D'Azeglio, que comparten la sesión de carcajadas y sorbos de vino, se disfrazan de mendigos masculinos con disparatados trapos haciéndose grotescos maquillajes en los que todos contribuyen. Después de algunos aportes de ideas y medios ensayos, salen a la calle, con lujo de entusiasmo, fingiéndose ciegos.

El cuarteto es una exagerada caricatura rayando en esperpento que, aun en Carnaval, causa sorpresa por lo descabellado y audaz. Las cosas más inesperadas y jocosas ocurrencias se suceden una tras otra; siendo invitados a entrar en diferentes fiestas, recorriendo la escala social supuestamente a tientas, «pues son ciegos». En contraste con la mayoría, que usa máscaras pero no cambian personaje, su montaje es tan eficiente que no los identifican, manteniendo el tono de la carcajada.

La ronda termina en el habitual restaurante donde se reúnen los afines y tienen oportunidad de tomarles el pelo antes de ser identificados. En el recorrido, al vino que ya llevaban dentro, le agregaron cuanta cosa les ofrecieron, desde el más rasposo aguardiente al más fino champaña. La borrachera es brutal, pero las ocurrencias se mantienen y con ellas: desbordada hilaridad. Todo les da vueltas en una vorágine de risa y buen humor.

Al día siguiente la resaca es insoportable, pero al llegar la tarde Nicoló tiene que entregar un concierto ya programado. Solidario, Rossini asiste sobreponiéndose como puede con algunos miembros de la compañía, la diversión continúa; la fiesta también.

El gobierno austríaco no ha logrado asentarse y continúan dándose brotes de violencia, habiendo algunos encuentros bastante preocupantes, como la batalla en Androco donde los sueños de una Italia libre se desvanecen nuevamente.

En medio de esa incertidumbre general, Nicoló decide regresar a Nápoles y ver, entre otras cosas, qué sucedió con su último romance no permitido. Al poco de haber llegado, los austríacos ocupan la ciudad imponiendo su orden y toque de queda. Imposible dar conciertos y los caminos no invitan a viajar, muchos de ellos cerrados, dándole al traste a sus proyectos. Lamenta no haberse quedado en Roma que al parecer, goza de mejor situación. No le queda más que socializar en reuniones pequeñas o encerrarse. La espera se le hace insoportable.

6 Carolina Banchieri.

Una modesta fiesta, a la que asiste sin deseo, le brinda una agradable experiencia. Entre la concurrencia ve brillar el bello rostro de un ángel. Una bella joven de facciones perfectas que, fingiendo participar en un corro, se mantiene abstraída.

Nicoló entra en su «túnel-burbuja». La observa desde varios ángulos: Es una Musa. Sintiendo sus miradas, ella responde con una sonrisa. Nicoló vibra de emoción, ella lo nota y lo observa también; sabe de quién se trata y se siente halagada sin poderlo creer. Viendo que capturó su atención, hace algunas comicidades logrando hacerla reír. En un diálogo de miradas, le señala la terraza y se dirige a ella. Entre sonrisas y disimulos, ella se desprende del corro y acude curiosa. Al salir, se lo encuentra haciéndole una reverencia como si ella fuera realeza. La brisa del rojizo atardecer les envuelve con olores y cantos de primavera. Por un momento se examinan en total silencio. La ve muy bella, de modales refinados y elegante porte. Seguramente de buena familia y educación. ¿Estará frente a la esposa que ha estado esperando? Sólo pensarlo le alborota nuevamente el tema.

—Su Majestad, yo soy Nicoló Paganini, humilde y entregado admirador de su belleza.

Besándole la mano. Ella contesta entre risillas:

—Sé quién es usted… no sabía que fuese tan simpático. Pero ¿por qué me dice Majestad?

—Porque su belleza y toda su presencia es de una reina y ya reina mi corazón.

— ¡Hay como va a ser! Eso les dirá usted a todas... Con tantas que le admiran...

—Pero no a todas les pido que se casen conmigo...

— ¡Maestro Paganini! Se está usted burlando de mí.

—De ninguna manera. Estoy dispuesto a probarle lo contrario.

—Pero si me acaba de conocer... no sabe quién soy.

—Es usted un ángel que me mandó el cielo para que se convierta en mi esposa.

— ¡Señor Paganini...! ¿Habla en serio?

—Desde luego. Espero me permita visitarla para conocernos mejor.

Ruborizada y emocionada al extremo, los nervios le impiden contestar. Embriagado de este candor:

— ¿Cuándo puedo hablar con sus padres?

Sin poder contestar ni aguantar más la intensidad, ella sucumbe al susto y opta por correr hacia la estancia buscando refugio. Sorprendido por la inesperada huida, revisa su alrededor, constatando que no llamó atenciones. Sin saber qué pensar, entra al salón a buscarla. Pese a que el ágape no es tan grande, no la encuentra. Sale a la calle y al ver a Fabrizio:

— ¿Te fijaste a donde se fue una señorita que recién salió?

—No Maestro, nadie ha salido.

— ¿Estás seguro?

—Completamente.

El violonchelista Gaetano Ciandelli, un poco su alumno y a quien debe la invitación, le pregunta:

—Maestro, ¿Se le ofrece algo? Le veo agitado...

— ¿Por casualidad te fijaste en la señorita con la que yo hablaba hace un rato en la terraza?

— ¿Se refiere a Carolina?

— ¡Carolina…! No sé su nombre…

—Sí, estaba usted platicando con ella. ¡Qué le habrá dicho que salió corriendo! –dice bromeando.

—Que se casara conmigo. Pero no me esperaba esa reacción.

— ¡¿Cómo?! …no sabe su nombre ¿y le pidió matrimonio? Como no va a correr.

— ¿Dónde está?

Despistado Ciandelli, que le tiene gran respeto y ya no sabe si bromea:

—Tal vez se dirigió al comedor o a alguna recámara. Es pariente de la casa.

Oyendo esto, Nicoló reanuda su ansiosa búsqueda dirigiéndose al comedor donde hay más personas platicando pero, tampoco está ahí. Ve una puerta que supone la cocina y la abre tan violentamente que congela a los que ahí se encuentran. Al ver rostros pasmados, entre otros, el de su nuevo amor:

— ¡Perdón…! No quise importunar… —y se retira.

Ahí se encuentra Carolina consultando a su tía y dueña de la casa, su experiencia recién vivida. Nicoló sólo llegó a acentuar la veracidad y premura de la consulta. La tía toma cartas en el asunto temiendo una burla. Sale de la cocina seguida de Carolina y encuentran a Nicoló esperando en la estancia impaciente y que, al verlas, hace una reverencia saludando apropiadamente.

— ¡Maestro Paganini, es un honor el tenerle por aquí!

— ¡El honor es absolutamente mío…! Me tiene a sus pies.

—Mi sobrina me dijo de… su propuesta y quisiera yo saber de la seriedad de estas intenciones. Somos una familia honorable y viniendo de su Excelencia, asumo que la propuesta es también honorable.

—Señora, desde luego que lo es.

Intrigada al ver la decisión y devoción con que se expresa.

— ¿Desde cuándo conoce usted a Carolina?

—No podría mentirle, la acabo de conocer…

— ¡Pues… menudo efecto que ha tenido sobre usted! ¿Está seguro de su propuesta?

—Completamente. Carolina es la esposa que yo he estado esperando y con sólo verla, lo he sabido.

— ¡Dios mío…! Supongo entonces que no tendrá ningún inconveniente en que todo se lleve a cabo conforme a las buenas costumbres.

—Ninguno, Señora… por el contrario.

—Bien. Entonces lo que procede… es que hable con sus padres.

—Lo haré tan pronto lo dispongáis… ¿Puedo platicar un momento con Carolina?

—Claro que sí… y por favor disfrute la cena que está por servirse. Le recomiendo las escalopas.

—Muchísimas gracias. Es usted una santa… –le besa la mano.

La tía se retira con sus dudas, no sin antes susurrarle algunas recomendaciones a su sobrina.

Nicoló, sintiéndose adolescente, se acerca a Carolina que lo ve como un sueño imposible. De golpe los dos intentan hablar al tiempo atropellándose mutuamente.

—Perdón Carolina, dígame…

—Perdone mi timidez… Es que no puedo creerlo… ¡Usted tan famoso… fijándose en mí…!

—Es usted perfecta, desde el momento en que la vi supe que éramos el uno para el otro.

La mitad de la concurrencia observa con curiosidad a la pareja logrando incomodarlos.

—Parece que no vamos a poder platicar a gusto por hoy - concluye Nicoló— ¿Toma vino?

—No pero le acompaño con limonada.

Unos días después, Nicoló se presenta a casa de los Banchieri: previa cita, recién bañado, bien vestido y perfumado. Ha ensayado cuanta petición de mano se le ha ocurrido y lleva un verdadero nudo en la cabeza y otro en la garganta. Como Rossini antes de estreno es él, ahora, un verdadero bollo de nervios. Paolo y Fabrizio contemplan todo este precipitado movimiento con lógica preocupación.

Tartamudeando, tosiendo y como puede, le expone a los padres sus sentimientos e intenciones. El Señor Banchieri, intranquilo por el estado de salud del pretendiente, toma la palabra:

—Maestro Paganini, créame que nos ha impresionado su decisión… todos en la familia admiramos su gran talento. -Al ver que tose repetidamente— ¿Se siente usted bien?

—Sí… —tosiendo— no hay problema… es una leve tos nada más.

—Debo advertirle que de aceptar su propuesta… no estoy en posición de proporcionarle dote alguna.

—Por eso no se preocupe, no es mi intención recibir dotes. Cuento con fondos suficientes para garantizarle a Carolina todas las comodidades y cuidados.

—No deja esto de ser un alivio. Pero dígame, ¿Dónde os estableceríais? ¿Os quedaríais en Nápoles?

—Pues… sí. Aunque seguramente habrá viajes. Parece que Europa completa demanda mi presencia.

— ¿Y se haría acompañar de mi hija en todos estos viajes?

—Básicamente, esa es la idea.

Carolina escucha excitada su porvenir: recorrerá el mundo con el gran virtuoso. La Señora Paganini.

— ¿Y no piensa tener hijos, hacer familia, establecerse?

—Desde luego que sí. Si hay algo que me emociona, es eso, precisamente. Quiero comprar una villa y establecerme en ella… pero primero tendré que hacer algo más de fortuna.

—No veo como le pueda alcanzar el tiempo para todo esto pero, desde luego, siendo usted un hombre ambicioso y de extraordinario éxito, tampoco veo por qué dudarlo.

—Entonces ¿aprueba usted nuestra unión?

—Pues, al parecer... -mirando a su esposa a los ojos— no creemos ver inconveniente.

— ¿Puedo, entonces, visitar a Carolina?

—Supongo que sí... No creo tener que hacer recomendaciones, presumo que es usted un caballero.

—Desde luego, Señor.

—Pues... para esto, tendrá que ponerse de acuerdo con mi esposa.

—Será un honor.

Paolo y Fabrizio lo ven salir rebozando alegría juvenil.

— ¡Muchachos, ya es un hecho! ¡Me caso!

Su alegría se ve abruptamente interrumpida por un ataque de tos y es ayudado por Fabrizio a subir al carruaje mientras se le pasa. La escena es observada por el preocupado Signor Banchieri desde una ventana.

De inmediato, Nicoló averigua lo necesario para la boda. En las diferentes oficinas de gobierno e Iglesia, le proporcionan listas de engorrosos requisitos y trámites:

.Acta de bautismo de cada contrayente.
.Certificado de no haber contraído anteriores nupcias.
.Consentimiento firmado y notariado de ambos padres de los contrayentes. Si alguno de ellos ha fallecido, certificado de defunción.
.Consentimiento firmado y notariado de los abuelos paternos de los contrayentes. Si alguno de ellos ha fallecido, certificado de defunción.
.Certificado de buena salud de ambos contrayentes.
.Certificado de no antecedentes penales.

Abrumado por tanto absurdo requisito, pero entusiasmado por la perfecta prometida, escribe a Germi para que le consiga y mande lo necesario desde Génova, imprimiendo en la carta su desbordante alegría.

Los días de espera pasan y Nicoló visita a su prometida todo lo posible aceptando protocolos, chaperones, restricciones y demás. Se presenta continuamente con generosos regalos y detalles, no sólo para Carolina, también para la familia. Toca su violín, sólo para ella o en reuniones. El romance entre los dos progresa y ambos ansían el momento de abrazarse y besarse. Muy poca latitud les es conferida. No pueden más que, a veces, robar un fugaz beso que, idealizando en sueños, convierten en poema. Ahora son los dos que, llenos de esperanza, quieren ver consumada su unión. Los trámites parecieran no progresar pasando varias semanas sin noticias.

Al llegar un concierto programado en el Teatro del Fondo, Nicoló le procura a la Familia Banchieri un lugar de honor, dedicándole el concierto a su prometida. Como siempre, se suceden los aplausos y ovaciones mientras él hace sus habituales reverencias sin dejar de mirar a su futura esposa que, a la luz de las candilejas, pareciera flotar en el aire.

En los siguientes conciertos hace rutinas parecidas y Carolina no deja de presumirlo. Lo habla con sus amigas, sus primas y sus tías. El Señor Banchieri no deja de observar con su ya crónica preocupación aunque con algún optimismo. Sus amigos lo felicitan y se hacen invitar cuando el virtuoso toca en casa.

Por goteo van saliendo los trámites. Algunos lineamientos son todavía de los franceses que los austríacos siguen usando pero, como en todo cambio y acomodo, reina el caos.

Después de meses de espera, se juntan por fin los requisitos para la boda; siendo ya algunos no necesarios y apareciendo otros que ahora lo son. Para concluir, sólo un certificado hace falta: el de buena salud de Nicoló que, al parecer, la autoridad correspondiente no han querido emitir debido a su persistente tos, su notable palidez y falta de peso. Nicoló hace lo posible por comprar sus favores asegurando que siempre ha sido delgado y que la tos es un asunto pasajero.

—Señor Paganini, la familia Banchieri tiene mucha importancia en Nápoles y no podemos arriesgarnos. Es evidente que usted no goza de buena salud. Pero hay una solución.

—Dígame, que estoy dispuesto.

—Si el Señor Banchieri, padre de la contrayente, acepta por escrito su estado de salud, nosotros no tenemos ya que dar ningún certificado y el matrimonio se puede consumar.

—Comprendo. Como quien acepta mercancía dañada...

—Si lo quiere ver así...

En el carruaje va pensando cómo le va a plantear a su futuro suegro semejante petición. Ya le costó tremendo esfuerzo pedir la mano, ahora tiene que convencerle que no está enfermo pese a que el gobierno prácticamente lo sostiene.

Esa tarde, Nicoló le plantea a Carolina la situación, aclarando que siempre ha sido delgado, pálido y ojeroso, e inclusive, cómo le han inventado una serie de patrañas precisamente por ese aspecto. Ella fascinada, enamorada de él, de su celebridad y de la leyenda, acepta sin más y le asegura que su papá lo comprenderá pero es ella quien se lo debe pedir.

—Si yo se lo pido, es más fácil que acepte.

— ¡Ojalá Angelito! No sabes cuánto ansío estar contigo.

Sus ojos se entrecruzan con esperanza y aunque quisieran besarse, una desagradable nana les vigila.

El Señor Banchieri examina los papeles viendo que la edad de Nicoló es apenas menor que la de él mismo, sin embargo, como luce mayor, no acepta fácilmente y solicita hablar con él.

—Maestro Paganini, mi hija habló conmigo sobre el certificado de salud que le niegan. No quiero ofenderle pero... creo que sí, ofrece usted un aspecto poco saludable y es mi obligación velar por el bienestar de mi familia; si va a pertenecer a ella, creo que sería muy recomendable que le hiciera un examen nuestro médico de cabecera; así, aseguramos su salud y la de mis futuros nietos. ¿No le parece?

—Sí... está bien.

— ¿No tiene entonces ningún inconveniente en someterse al examen?

—No, en lo absoluto. Le digo a Carolina que soy delgado, pálido y ojeroso desde pequeño y véame... dando conciertos y viajando.

Días después se lleva a cabo la cita con el doctor y Nicoló es sometido a un riguroso examen, después del cual, Banchieri solicita hablar con él nuevamente, esta vez, en su oficina. Intrigado, Nicoló acude. Banchieri le recibe con expresión grave, acompañado del galeno y suplicándole discreción para con Carolina. Minutos después de haber entrado, Paolo y Fabrizio lo ven salir con expresión desencajada y sin decir palabra, meterse al coche.

Al no tener noticias de él en varios días, Carolina le manda un mensaje con una mucama:

«Mi Amor,

Hace ya días que no te veo.

Mi padre sólo me dice que lo mejor es que me olvide de ti.

Y se mantiene callado y serio, sin querer hablar del asunto.

Necesito verte, saber qué pasó.

Tuya,

Carolina.»

Nicoló le contesta con la misma mensajera:

«Angelito,

Dime donde te veo y ahí estaré.

Nicoló.»

En un concurrido parque y a pleno sol, Nicoló, sumido en melancolía, espera sentado en una banca mientras ve comer a las palomas. Carolina tarda en llegar. Al fin, la vislumbra dirigiéndose hacia él. Como siempre, bellísima, angelical; una beldad salida de alguna pintura famosa. Inocente y pura. Pero, como siempre, no será para él.

— ¡Nicoló mi amor!

— ¡Angelito!

Sin haber nadie para evitarlo, Carolina lo abraza y lo besa. Él, sin poder resistir, también lo hace.

—Dime, ¿qué fue lo que pasó?

—Al parecer, no estoy muy saludable y tu padre entonces se opone. No nos queda nada por hacer.

—No lo entiendo, había aceptado todo desde un principio. ¿Por qué cambió de parecer?

—Tiene sus razones. Entre otras, que soy mucho mayor que tú.

—Eso ya lo había aceptado ¿Por qué permitió que nos enamoráramos y ahora se niega a aceptar?

—Angelito… me voy de gira. No soporto estar aquí. Ya cancelé los conciertos que tenía.

—Yo me voy contigo…

—Por favor… No tienes idea de lo que dices. Sería un gran escándalo y destrozarías a tu familia.

— ¿Entonces debo de aceptar que me destrocen a mí…?

—Eres muy joven, lo superarás.

—Mi amor, yo ya me había hecho a la idea de vivir contigo. Viajar. Verte tocar por todo el mundo… Me voy contigo no queda más.

— ¿De verdad lo dices?

—Sólo sé que te amo y que quiero estar contigo. Mis padres tendrán que aceptarlo. —Al ver que Nicoló sigue en su tormento—. ¿Qué pasa, tú no quieres…?

—Claro que sí, me harías el hombre más feliz del mundo. Pero...

—Pero qué...

—Nada... Está bien. Déjame preparar el viaje. Mantén tu mensajera lista, no puedo visitar tu casa.

— ¿Te prohibió visitarme?

—No tan rudo... sólo me pidió que, como caballero, me abstuviera de hacerlo.

—Mi amor, no sabes cómo lo siento –nuevamente lo abraza y después de un último beso, entre lágrimas– Mañana te mando a la mucama y me dejas saber los planes.

Nicoló la ve alejarse entre la gente. Paolo y Fabrizio lo observan a distancia tratando de comprender.

Un día antes de la partida, Carolina le hace llegar un enorme baúl que Fabrizio y Paolo tienen dificultad para acomodar en el coche pero que Nicoló insiste que ha de ir, so pena de tener que comprar un coche más grande. Después de darle muchas vueltas inútiles, Fabrizio propone abrir el baúl y acomodar todo en otro más resistente que sí se acopla al carruaje. Nicoló lo piensa, no queriendo violar la privacidad de su amada. En un impulso abre el baúl y visualiza que el contenido cabe perfecto en el otro.

—Déjame solo Fabrizio, yo me encargo de esto.

Sintiéndose transgresor, a medida que saca prendas se conmueve, muchas, aún son de niña.

Lo más intenso, es una muñeca de juguete con carita de porcelana meticulosamente vestida. Con ella en las manos, se tumba en un sillón llenándose de imágenes.

A la mañana siguiente, a la hora convenida, el carruaje circula junto al mismo parque de días antes. Al detenerse, Carolina sube y el coche reanuda su marcha. La mucama alarmada sólo los ve alejarse.

En el interior del coche, Carolina emocionada besa a Nicoló y platica detalles de su evasión. Pese a que viste ropas de mujer, es apenas una adolescente que no ve el alcance de su travesura.

Atribulado y deprimiéndose, él no ha podido salir del pasmo que le ocasionara Banchieri con sus malas noticias. Ella es un poema, la tiene enfrente y disfruta con sólo verla. No tiene que cantar un aria ni nada por el estilo, con sólo ser, es magia pura. Es una criatura bellísima. ¿Cómo renunciar a ella y luego seguir viviendo? ¿Es acaso el ángel que viene por él? En cuyo caso ¿ha de dejar todo y entregarse de lleno a ella? Un viento frío le llega por la ventanilla.

Carolina tiene cuerda para rato y su graciosa plática cubre varias horas de viaje. Nicoló, extasiado, disfruta la presencia de Cupido con esporádicos temblores por la nube negra que se avecina.

El bamboleo le jala al ensueño que con la presencia de esta bella criatura es maravilloso, tierno, romántico. ¡Cuánta música podrá tocar de este torrente! El insomnio de la noche anterior, convierte en sueño el ensueño y se ve volando con ella protegida bajo el brazo, fluyendo entre vicisitudes.

Caída la noche, llegan al primer albergue rumbo a Roma, no hay donde escoger. Un galerón con una enorme chimenea al centro de una pared, camastros, mesas y una gran barra de taberna, porque lo es. Ofrece poca privacidad, la sección de damas es tras una cortina. El fuego ilumina el lugar que huele a leña y sudor.

Nicoló se pregunta cómo va a acomodar a Carolina en un lugar como éste. Lejos de protestar, a ella todo le parece fascinante platicando de cuando viajó con sus padres a visitar a sus abuelos. Tiene una anécdota para cada cosa, todas ellas de infancia. Al madurar la noche, todo cambia: lo que era alegría y anécdotas, se convierte en angustia y sentimiento de culpa. Entre sollozos y lágrimas termina dormida. Nicoló no se ha despegado de ella y atormentado, sumerge la cabeza entre sus dedos. Si pudiera aceptar y resignarse la dejaría ir. Por nada quisiera hacerle daño.

Entre penumbra, sentados a una mesa, Fabrizio y Paolo toman vino mientras observan el drama.

— ¿Qué le pasa? Ya tiene lo que quería…

—No lo sé… hay algo que no sabemos.

—Se enamoró de la chica. No le dieron su mano, pero ella lo quiere y huyó con él. ¿Qué más? Debería de estar feliz.

— ¡Lo ves…! Hay algo que no sabemos. —Insiste Paolo.

—Bueno, estamos aquí por el Maestro. Ya veremos si continuamos viaje…

Antes del amanecer, todos los viajeros ya se encuentran preparando caballos y cargando. En el interior sólo quedan ellos dos, Nicoló, la contempla dormir. El coche espera, sólo falta cargar el baúl de Carolina. La bulla de carruajes partiendo la despierta y al abrir los ojos, el rostro de Nicoló enamorado.

— ¿No dormiste?

—Un rato nada más...

—Parece que ya nos quedamos solos…

—Así es… Aquí está tu equipaje por si necesitas algo.

Al ver el baúl y no reconocerlo, salta del camastro alarmada y lo examina.

— ¡Nicoló…este no es mi baúl! ¡Alguien debe haberlo confundido…!

— ¡Calma! ¡Calma! Aquí adentro están todas tus cosas, tuvimos que cambiar el baúl, el otro era inmenso y no se podía acoplar al coche, pero cupo todo perfecto.

— ¡Pero Nicoló, mi baúl…! ¡Mi baúl…! —llora desconsolada.

—Pero Angelito, qué tiene ese baúl, éste es mucho más fuerte y se acopla perfecto al coche.

— ¿No entiendes Nicoló? Ese era mi baúl… estaba lleno de recuerdos, en él me escondía cuando era chica… nunca me encontraban… Es el lugar más seguro del mundo…

Casi una hora después salen y suben al coche.

—Muchachos, ya pueden cargar el baúl.

—Sí Maestro.

Puestos en marcha, ella va superando con los cariños de Nicoló el asunto del baúl y vuelve a sonreír. Aunque la tormenta en él no amaina, se mantiene absorto contemplando esa graciosa criatura de picardía inocente.

—Bueno, yo ya te dije mucho de mí. Ahora platícame tú, ¿Cómo te hiciste tan famoso?

El enorme catálogo de anécdotas sale a colación mientras ella refleja sus emociones en su carita angelical. Pensativo, calla por un momento y bajando el tono de su voz dice:

—También hui de mi casa un día…

La plática se prolonga dentro del carruaje, el viaje continúa. La certeza de lo imposible e insostenible de la situación crece en él a medida que se alejan de Nápoles. La tercera noche se hospedan en habitación privada. Al encontrarse a solas con ella, entre abrazos y besos, su tormenta interior se desborda:

— ¡No puedo! ¡No puedo…!

—Pero ¿Qué pasa? ¿No me quieres?

— ¡Todo lo contrario! Estoy loco por ti. ¡Pero no debo tocarte…! ¡Debemos parar esta locura…!

—Pero Nicoló ¿Qué es lo que dices?

— ¡Que en verdad… no nos podemos casar! Tu padre tiene razón…

—Lo que diga mi padre… ya no importa… hui contigo. Mira donde estamos…

—No es por lo que diga tu padre… ¡Dios… tiene razón! No debo tocarte… En el examen que… me practicó el médico de tu familia, resultó que tengo una enfermedad incurable y que pudiera contagiarte. Es posible… además… que no me quede mucho tiempo de vida.

La mueca de dolor distorsiona el bello rostro de Carolina.

— ¡No puede ser, Nicoló…! Ese médico está equivocado… o lo dijo… para fastidiar nuestra boda.

— ¿…y por qué habría de hacer tal cosa?

—No sé… Pero no puede ser verdad… no… ¡No sabe lo que dice!

En un grito ahogado de llanto, Carolina se arroja a sus brazos y él la refugia con avidez.

Los primeros rayos de sol despiertan a Nicoló y, entre sombras, las celestiales facciones de su amada dormida en total paz. Contemplativo recorre su cara con delicados besos para no despertarla. Una vez más se acuerda: «Nicolino no te duermas en tu traje de tocar violín». Su ensueño se dispara por memorias que se entretejen con las facciones de Afrodita, una nueva y rara melodía que armoniza con todo en su vida, menos con esa horrible enfermedad. ¡Verá a otros médicos! Tal vez éste en efecto no sabe lo que dice; entonces, regresará por su amada y volará con ella.

Al Carolina sentir la progresiva agitación de su amado, abre los ojos para descubrir a Nicoló con la cabeza metida en su imaginación y librando batallas contra sus propios pensamientos.

— ¿Qué pasa mi amor?

Recolectándose, cambia punto de encaje y ve a Carolina con sus ojos de esperanza.

—Voy a consultar tantos médicos como sea necesario y me aferraré al que me dé confianza. Entonces, volveré por ti y nos iremos a pasear el mundo.

— ¡¿Cómo que volverás por mí?! Yo de ti no me despego. Al huir, me casé contigo. Eres mi marido.

—Bien, pero nuestra unión no se ha consumado. Y queremos que se consume. Tenemos que hacerlo como digo. Voy a Roma, a Parma, a Milán, a donde haga falta, pero encontraré al médico que me dé otro diagnóstico o que sea capaz de curarme… para casarme contigo… y tener hijos.

— ¡¿Y mientras, tengo que regresar?!

— ¡Me temo que sí! Esperemos que esta escapada no haya manchado tu honor.

— ¿Lo ha manchado contigo?

—Ni siquiera lo pienses. Desde luego que no. Pero tienes que verlo como parte de los trámites para casarnos honorablemente. Nuestra unión debe ser como es nuestro amor... perfecto, limpio, puro...

Llenos de pasión se abrazan, él se abstiene de besarla y llenándose de escrúpulos se separa.

— ¿Qué es esto? ¿Por qué me rechazas?

— ¡No...! No te rechazo. No quiero contagiarte de lo que tenga. Inclusive, me aterra pensar que ya lo hice y que con estos besos y abrazos te pudieras enfermar o hasta morir. He de tener fe en que encontraré curación. Ayúdame a pensar en eso, ayúdame a creerlo.

—Pero Nicoló...

—Es lo único que nos queda. Carolina, te amo. Eres como un arco iris en la inmensidad...

—Tú también... eres un arco iris para mí. ¡Qué bonito!

— ¿Lo ves? Tienes que regresar. No podemos echarlo todo a perder por un momento de locura.

—Pero mi amor, cómo voy a regresar, llevo tres noches fuera más el tiempo que me tarde en regresar. ¿Qué explicación puedo dar?

—No lo sé. Tal vez encontremos alguien que nos sirva de testigo.

— ¿Testigo de qué?

—De que no ha pasado nada entre nosotros.

—Pero cómo que no ha pasado nada, nos amamos.

—Entiéndeme, amor, algo íntimo.

— ¡Entiendo...! Soy virgen no imbécil, sé a qué te refieres. Entiéndeme tú... tendría que ser un testigo afirmando haber estado conmigo todo el tiempo... ¡debí traer a la mucama!

—Necesitamos a alguien que inspire confianza… que apoye lo que digas y, claro… mujer.

—Pues sí. Otra mucama o ama de llaves… una dama de compañía.

—Y ¿Qué… dirías?

—Pues… que he estado contigo pero que no pasó nada. La verdad.

— ¿Te creerán?

— Por qué no van a creerme, mis padres son muy inteligentes y nunca les miento. Sabrán que les digo la verdad. La mucama sólo es para apoyarme, no tiene ni que hablar. De hecho… que ni hable.

—Entonces, ¿regresamos a Nápoles?

—No. Estamos más cerca de Roma. Tú te vas a ver al doctor, yo me regreso a Nápoles.

Sin ir muy lejos, la hija del posadero da el personaje: una chica rústica, de actitud recatada. Platican con ellos y explicaciones y negociaciones después, aceptan. Al amanecer parten las dos en diligencia, custodiadas por Fabrizio a caballo. Nicoló esperará el regreso de Fabrizio con la chica para seguir viaje.

El plan se lleva a cabo. Varios días después, Fabrizio retorna con una nota de Carolina:

«Mi amor,

Al parecer, todo bien.

Que Dios te acompañe.

Por favor escríbeme.

Te amo,

Tu angelito.»

Con horror y dolor de mutilación, entre angustia y frustración, parte hacia Parma. No con el deseo de llegar si no con el de alejarse, tal vez a morir. En un maratónico viaje, llega a Parma veinte días después. Paolo y Fabrizio hicieron cuanto pudieron para persuadirlo y detenerse en cualquiera de las ciudades que atravesaron. Por alguna razón que no aclara, fijó Parma como destino. En la trayectoria pensó en Dida, pero después de tantos años sin visitarla, le pareció absurdo presentarse enamorado de alguien más y desahuciado. No tiene el ánimo de ver a nadie ni la fuerza que requiere. En Parma se entregará a su enfermedad y se despedirá de todo.

Lleno de recapitulaciones y reflexiones, recuerda el horrible instante en que Banchieri rompiera el compromiso y el doctor le entregó su sentencia de muerte:

«Señor Paganini, tiene usted Sífilis. Es posible que no le quede mucho tiempo de vida».

Después de un par de semanas de tos que no le da tregua, acude a un médico de gran renombre en la ciudad que al examinarlo concluye que su tos y dolor de pecho son por un exceso de acidez estomacal.

—Maestro Paganini, es evidente que no come usted bien... no hay más que verlo. Y seguro ha de tomar bebidas alcohólicas con estómago vacío o casi vacío. ¿No es así?

—Me temo que sí...

—Eso le produce un reflujo ácido que le provoca tos al lastimar la garganta...

—Pero doctor... ¿Eso es todo lo que usted me encuentra?

— ¿Le parece poco? Tiene usted un alarmante caso de desnutrición y posibles úlceras. Se está usted matando de hambre. ¿Qué pasa, no tiene apetito? ¿Por qué no come?

—Nunca he sido comelón... pero dígame Doctor. ¿Tengo... alguna enfermedad vergonzosa?

— ¿Vergonzosa? ¿Se refiere usted a alguna enfermedad venérea?

—Sífilis, para ser exactos…

— ¿Por qué iba a tener Sífilis? ¿Acaso ha tenido alguna relación que pudiera considerarse riesgosa?

—A decir verdad Doctor… muchas.

—Bueno… tal vez entonces, sí adquirió la enfermedad.

Después de una serie de detalladas preguntas y un más profundo examen, el estudioso concluye:

—Con base en sus síntomas y las respuestas que dio a mis preguntas, no veo razón para diagnosticar Sífilis más que por sus riesgosos hábitos... Posiblemente se siente usted culpable y se achaca la enfermedad creyendo merecerla. Si verdaderamente tiene usted serias dudas, yo le recomendaría que recabara una segunda opinión con algún otro doctor.

— ¿Alguien que pudiera usted recomendarme?

—No sé… tal vez, el Doctor Sira Borda esté más empapado en el tema… pero él radica en Milán.

—No hay problema, iré a Milán.

—Me parece excelente, pero tendrá que reponerse antes de hacerlo. Está usted muy débil, no debe viajar ahora. Un par de semanas de reposo y buen comer y… tal vez esté en condiciones. Tómelo con calma, lo que a usted le urge es ganar un poco de peso… y si va a beber alcohol, no lo haga con el estómago vacío… ¡Por Dios! Trátese mejor, coma y duerma bien… y gozará de buena salud.

No bien abandona el consultorio, lleno de esperanza, siente impulso de ir a Milán. El doctor de los Banchieri se había limitado a preguntar sobre su estilo de vida. Este en cambio, le hizo preguntas y exámenes físicos relacionados con la enfermedad y seguro, Borda le hará estudios más avanzados. Comienza a sospechar que Banchieri se apoyó en aquél doctor para zafarse de él.

Pese a su deseo, la debilidad y la tos le obligan a meterse en cama. Paolo, tenaz, se propone hacer que el Maestro coma, conformándose con lo que su temperamento permita. Mientras mejora, la idea de visitar a Borda en Milán se convierte en obsesión.

Un par de meses tarda en reponerse y ordena el viaje, enfatizándole a Paolo que al llegar corra la voz y contacte a los teatros, pues dará conciertos. Paolo y Fabrizio, que lo han visto salir de peores estados, sienten de nuevo el espíritu aventurero. Un viaje lleno de contratiempos, retenes y malestar. El estado de ánimo del Maestro es explosivo y se sumerge en depresión con ideas fatalistas. Sin embargo, sostiene su plan al llegar y Paolo hace lo ordenado. De inmediato, la prensa informa que Paganini está en la ciudad y que pronto aparecerá en concierto. Al paso de unos días, nuevos síntomas aparecen, el desgano y malestar son aplastantes. Se ve forzado a viajar a Pavia, donde el Doctor Borda se mudó al hacerse catedrático de la Universidad.

En la esperada consulta va directo al grano:

—Doctor, quiero saber si tengo Sífilis o no. Y de tenerla, qué tratamiento debo seguir.

Al doctor, la delgadez, palidez y persistente tos, saltan a su vista pareciéndole más un caso de Tuberculosis pero siguiéndole la corriente le hace preguntas de su estilo de vida, las mismas que el médico de Banchieri.

— ¿Se relaciona usted con prostitutas?

—Ya no… pero lo hice con frecuencia.

— ¿Desde hace cuánto tiempo?

— ¡Mm! Por lo menos desde hace veinte años Doctor.

—Bueno, entonces… seguramente tiene usted una infección sifilítica largamente asentada. Ese es el riesgo de llevar esa vida disipada y relacionarse con esas mujeres. Lo raro sería no contraer enfermedad alguna. Y dígame… Señor Paganini, ¿tiene usted relaciones con mujeres… no prostitutas?

Dudando contesta:

— …sí Doctor.

— ¡Pues va a tener que abstenerse! ¡¿No se da cuenta que las puede contagiar de una enfermedad casi incurable, mortal y vergonzante?!

Nicoló se mantiene callado, abrumado por el regaño moralista.

— ¿Es usted católico Señor Paganini?

— ...sí...

— ¡Pero ¿va usted a la Iglesia y practica la religión?!

— No precisamente, Doctor.

— Le recomiendo que lo haga... tal vez aprenda a refrenar sus impulsos. Por lo pronto, vamos a proceder a darle un tratamiento a base de mercurio para la Sífilis y otro a base de opio para esa tos que pudiera ser síntoma de lo mismo. Tiene que llevar el tratamiento al pie de la letra, así, tal vez podremos controlar la enfermedad.

— El doctor que me refirió con usted, dijo que no tenía yo síntomas de Sífilis.

— Bueno... tal vez por eso lo mandó conmigo... Su caso arroja pocos de los síntomas conocidos.

Sale Nicoló del consultorio sudando frío. Confirmado está: su vida está terminada. Las palabras de Borda rebotan en terribles sentimientos de culpa, quizá contagió a sus amadas de esta porquería. ¿Cómo saber si están bien? Desde luego, de Carolina tendrá que olvidarse. También es evidente que no podrá volver a estar con ninguna mujer. Su situación es espantosa, posiblemente insostenible. También, le incomoda la facilidad con que el doctor emitió su regañado diagnóstico, casi como castigo a su conducta, sin estudios realmente médicos como el anterior. ¿Es acaso posible diagnosticar esa enfermedad así?

De regreso a Milán, en ataque hipocondríaco, se encierra y cultiva cuanta enfermedad latente hay en su cuerpo sazonándolas con depresión, mercurio, opio y su habitual laxante. Pasan semanas y su estado sólo se agrava. Sintiéndose morir, encarga a Paolo escribir a su mamá y a Germi, pidiéndoles venir urgentemente.

7 Una buena dosis de mercurio y opio.

Afligida y entre sollozos, Teresa prepara su equipaje. A la mañana siguiente partirá con Germi rumbo a Milán pensando en su hijo que agoniza. Cargando el pecho de fe y rezos, intenta dominar el miedo de jamás haber hecho viaje tan largo. En inagotable llanto recorre la distancia con ansiedad por llegar. Días después, Fabrizio les recoge en la estación de la diligencia, sorprendido al ver su cabello blanco.

— ¿Cómo está mi hijo?

—No está bien Señora, pero le alegra mucho saber que usted llega.

— ¡Ay Dios mío! Debimos haber llegado desde ayer… pero hubo retrasos…

—No se preocupe, estamos acostumbrados. Viajando, nada es predecible.

— ¡A mí me pone muy nerviosa todo esto! Mire… no conozco nada. —Señalando alrededor.

Germi intenta aclarar dudas discretamente con Fabrizio que no está en mejor situación pues el Maestro ha sido hermético. Entran a verlo guiados por Paolo y a la luz de una vela, se acercan hasta la cama.

—Maestro, llegó su mamá y el Señor Germi.

—Nicolino ¿cómo estás?

Entre penumbra y ambiente denso, Nicoló, metido en la almohada, gira con dificultad incorporándose.

Un sobresalto sorprende a Teresa al ver el macabro aspecto de su hijo. La delgadez ha hundido sus facciones, sus ojos parecen flotar en el vacío y su palidez es ahora grisácea como de piedra. Todo apoyado con una voz más grave y cascada que la saluda.

— ¡Mamá!

— ¡Hijo mío! –asustada y conmovida.

Sin reparar más en su aspecto, lo abraza y lo llena de besos. Nicoló entra en un trance casi olvidado que lo hace sentir protegido y a salvo. Un verdadero oasis en el oscuro agujero.

—Me muero mamá…

— ¡Ay hijo, no digas eso! Juntos vamos a rezar y verás cómo te pones bien.

—Ya soy… el famoso violinista que le dijo el ángel. Ya… no me queda nada por hacer.

— ¡Pero hijo! Todavía no terminas… puedes… hacer una familia, tener hijos.

—No mamá… Contagiaría a mi mujer… y a mis hijos. Eso… ya no es posible. Nunca me casaré… ni tendré hijos. Voy a morir.

— ¡Cállate hijo! Eso, sólo Dios. Tienes que tener fe. Tú has logrado lo imposible tantas veces… Esta, es una nueva prueba que superarás… Ten paciencia… y reza conmigo.

Germi sacudido por la dramática escena y el gran poder que tiene la madre sobre su intenso hijo, se une a los rezos. En los días siguientes, Germi escucha sus disposiciones y toma meticulosa nota, disponiéndose a regresar a Génova.

Nicoló y Teresa visitan al Doctor Borda en Pavia, donde le son administradas fuertes fricciones de mercurio. En cada ocasión, se siente peor. El mercurio le hace sentir desagradables síntomas que en combinación con el opio, se convierten en extraños delirios o espantosas pesadillas.

El contacto constante con su madre es lo que le rescata espiritualmente de los demonios que convoca el tratamiento. Teresa no se separa, aun en detrimento de su propia salud con tantas noches velando, continúa tenaz llena de fe.

Sin piedad, el posadero les duplica los precios porque no es hospital y pudieran ahuyentar a su clientela. Ante la imposibilidad de mudarse por el momento, pagan el sobreprecio. Nicoló recuerda con nostalgia la posada Gambrelli con sus honores y cuidados. Siente que fama y fortuna le han atraído hostilidad envidiosa de desconocidos.

— ¿Qué les molesta de mí? ¿Que soy flaco? ¿Mi música? ¿La fama? ¿Que no recuerdo sus nombres y a veces sus caras? ¿La fortuna que gano haciendo lo que hago con todo el alma? ¿Todo lo anterior tal vez? ... ¡Ah! ¡Y las mujeres! ¡Claro, las mujeres!

Lleva varios días dormido, tal vez en coma. Teresa no cesa de rezar velando el sueño de su hijo. En total entrega como enfermera y enamorada madre, se pelea la vida de su hijo como hiciera treinta y tantos años antes; vuelve a oponerse a que le hagan más sangrías o a que lo den por muerto. Resuelve entonces, que no habrá más visitas y menos de médicos. Mientras ella lo sienta respirando estará junto a él, rezando.

Al fin, Nicoló despierta de su largo sueño. Adormilado, ve a su madre acurrucada dormitando en un sillón, llenándose de recuerdos y alivio.

La luz del sol comienza a entrar, Teresa abre los ojos y su rostro se ilumina al ver a su hijo despierto.

— ¡Nicolino, hijo...! ¡Ya despertaste! ¿Te sientes mejor?

Desganado, asiente con un gruñido, dibujando una leve sonrisa que Teresa percibe.

— ¡Alabado sea Dios! ...¿quieres comer algo, llevas días sin comer?

A partir de ese momento su recuperación es lenta pero firme. Teresa, intuitivamente suspende el tratamiento de mercurio y opio postergándolo hasta que Nicoló se ponga de pie. El encierro es ahora con su mamá que lo cuida, alimenta y reconforta. La habitación se llena de luz y de su voz en canto que a él tanto le gusta.

Tan pronto siente el ánimo, le platica a su mamá de su amada novia sin poder evitar la constante visita de lágrimas que le interrumpen.

— ¡Ay hijo! Sólo Dios sabe por qué pasan las cosas. Tenemos que aprender a resignarnos a todo aquello que va más allá de nuestras fuerzas o comprensión. No hay mal que por bien no venga… Ya me decía yo que estabas enfermo de «algo más» que los médicos no pueden curar.

Los meses pasan entre Milán y Pavia. Mientras que escuchar a su mamá es remedio para su depresión, sus sopas y guisados lo son para su deteriorado cuerpo. En el proceso, ella reafirma la comprensión de su hijo, aunque desde siempre sabe que no toca el violín, lo vive; que no sólo hace los viajes, también los vive. Su intensidad es inmensa y no se explica de dónde ha sacado la energía para hacer todo lo que ha hecho. Flacucho y enfermizo, es el personaje más fuerte que ha conocido en su vida. Por eso tiene fe y para ella la fe es saber con absoluta seguridad que Nicolino seguirá adelante y terminará todo lo que le queda por hacer; cree en él, su mera existencia es un milagro. Al llegar el momento:

—Hijo, cuando recién llegué, me dijiste que ya eras el famoso violinista y no te quedaba nada por hacer. ¿Sigues pensando lo mismo?

Nicoló escucha la oportuna pregunta y se sumerge en imágenes. En ellas encuentra vestigios de sus sueños y, entre ellos, la muerte con su constante consejo: ¡Vive!

Esbozando la misteriosa sonrisa traviesa que a Teresa le fascina ver, Nicoló contesta:

—Parece que todavía me queda mucho por hacer…

— ¡Bendito sea Dios, hijo mío! ¡Bendito sea Dios!

Conforme mejora su ánimo, vuelve a conectarse por carta con sus amigos. Cartas salen y llegan. Al leer una de Rossini, suelta una poderosa carcajada llamando la atención de todos:

— ¡Gioacchino se salió con la suya! ¡Se casó con la Colbran bajo las narices de Barbaja! ¡Já, já, já!

Las risas y carcajadas eventuales, sobre la hazaña de Rossini, le duran un par de semanas con lo que mejora notoriamente de humor.

En lo que las imágenes de Rossini siguen desfilando, lee otra carta en la que recibe la invitación de su buen amigo, el General Doménico Pino; un peculiar personaje que después de haber servido con méritos en las tropas de Napoleón, se las arregló para llegar a Mariscal de Campo con los austríacos. Ahora, ya viejo en retiro y aún amante de tocar el violín, le invita a convalecer en su villa del Lago Como. La idea le parece buena y la acaricia.

En sucesión de pensamientos derivados, se presenta la imagen de Dida y su villa, sin siquiera proponérselo compara con objetividad los sentimientos que otrora tuvo por ella con los que experimenta por Carolina, son diferentes. Vívidamente recuerda momentos con Dida a quien quizás nunca debió renunciar, todo sería diferente, tal vez, no estuviera enfermo. En un impulso toma pautado y pluma, garrapateando temas que le inspira la nostalgia por ella. Dida, su primer amor, la dama misteriosa.

Siete meses de ausencia le producen a Teresa preocupación crónica por sus hijos y nietos dejados atrás. Nicoló lo sabe y al sentirse mejor, toma la decisión:

—Mamá, prepara tu equipaje que nos vamos a Génova.

— ¿Estás seguro hijo?

—Sí mamá, estoy listo para viajar y no quiero que el invierno nos atrape. Mejor lo pasamos allá.

— ¡¿Vas a pasar la Navidad en casa?!

—Esa es la idea…

Teresa lo abraza y besa con entusiasmo.

— ¡No sabes que feliz me haces!

En Génova, con su inseparable tos, se mantiene a nivel familiar pasando la mayor parte del tiempo con su mamá y en conversaciones con Germi. Vuelve a sentir la infranqueable distancia con sus hermanos. Su padre, al morir, le nombró cabeza de la familia, que sumado a su gran éxito y fama, amén de su fortuna que todos miran de reojo, le colocaron en un indeseado «trono».

Durante su estancia descubre los tejemanejes de sus cuñados para sacarle dinero a través de sus hermanas y de su mamá. Deudas de juego son presentadas cínicamente como necesidades de los niños. Teresa, lejos de creerles, por amor y por evitar enfrentamientos, participa resignada.

—Mamá… por favor, le suplico que de hoy en adelante, el dinero que me pida para mis hermanas, me especifique para qué es. No me mienta, sobre todo por ese inútil par de cuñados que quién sabe cómo tratan a sus familias. Si vuelven a meter a uno de ellos en la cárcel, que se pudra. Son un par de bribones. Si necesitan dinero que me lo pidan ellos… que se comprometan conmigo.

—Hijo, ¿Qué quieres que haga? La situación está muy difícil, ganan muy poco y no hay mejores trabajos. Tú… eres diferente.

—Lo sé mamá y estoy dispuesto a ayudar, lo único que pido… es la verdad. Desgraciadamente yo no puedo ser cabeza de la familia, porque no estoy aquí. ¡No sé cómo a papá se le ocurrió semejante cosa! Carlo está aquí y es el mayor, él debió ser la cabeza; él es muy responsable, me consta. Este «nombramiento» le llenó de insuperables resentimientos contra mí. Aceptó que yo fuera más violinista que él, hasta llegó a sentir orgullo por mí. Pero que papá nombrara, a su hermano menor, cabeza de la familia sin siquiera estar presente, fue demasiada humillación. ¡Y… me parte el corazón pues Carlo no se lo merece! Él, es más hombre de familia que yo. Es su destino, no el mío.

— ¿Se lo has dicho?

—Claro que sí... intenté pasarle a él... esto de ser cabeza, pero contestó que la decisión la había tomado papá y había que acatarla. Siempre temeroso y obediente de Don Antonio, aun después de muerto, como si le fuera la vida en ello.

— ¿...Don Antonio? Nunca le habías dicho así.

Tomándole las manos y viéndole a los ojos:

—Así es Doña Teresa. Soy un orgulloso hijo de vosotros. A estas alturas... me doy perfecta cuenta de todo lo que os debo, pero no puedo soslayar que papá era un testarudo que tomaba decisiones con la sangre caliente y se aferraba a ellas costara lo que costara. A veces yo soy así y veo a Don Antonio en mí.

—Me da gusto ver que lo respetas.

— ¡Cómo no! Soy tan parecido... Lo echo de menos. No sus gritos, claro... Pero no acabo de entender a Génova sin él. Se quedó incompleta.

Mentón sumergido en el cuello, sombrero zampado y cabeza gacha, rutina para no ser reconocido, así, deambula por las calles de Génova un poco en el presente, un mucho en el pasado. Memorias de su niñez entremezcladas con nostalgia de lo que pudo haber sido y nunca fue. Caminata, ahora sin silbido, que le lleva al parque en el que tocó de niño. Ve el lugar exacto; pareciera que no pasó el tiempo, luce igual: árboles, palomas, gente y niños jugando. Recuerda su estado mental en aquel descubrimiento, la visión de horizontes y la ansiedad de libertad. Vívido ante él: un niño a ojos cerrados, toca el violín en éxtasis y la gente se agrupa alrededor. Su destino en parábola. Sus pasos le llevan al callejón donde vivía. No había amores entonces que le distrajeran de su único deseo: ser libre. Ahora que lo es, se siente atrapado entre pasiones y enfermedades, y paradójicamente sigue deseando lo mismo. ¿Es posible ser libre? ¿Lo es acaso, cuando toca el violín?

Llega a casa con un poderoso impulso por tocar. Teresa lo ve entrar con decisión y hacerlo. Interrumpiendo sus quehaceres lo observa y escucha con lágrimas. ¡Nicolino ha vuelto a tocar!

— « ¡Gracias Dios mío!»

El mágico sonido llena el lugar. Tocando, en efecto, es libre, se mueve en el infinito. Con esta visión se jura no volver a enamorarse. Sólo la música le da la libertad que no encuentra en ninguna parte. Se mete en el torrente, sus dedos fluyen y su cuerpo se adapta sin resistencia, como descansando de una fatigosa jornada. Tocar el violín le es inmensamente cómodo, es retornar a su naturaleza, respirar de nuevo, regresar a casa. ¡Estar vivo! Por eso toca, toca y sigue tocando.

8 Camilo Sivori.

Haber retomado su violín crea una ola de entusiasmo entre sus queridos. A través de Germi le invitan a dar un recital en casa de los Sivori, donde además de recibir honorarios por su trabajo, es el invitado de honor. El Señor Antonio Sivori, le da la bienvenida presentándolo orgulloso a sus invitados. Durante su actuación hay niños presentes y uno en especial llama su atención por su completo éxtasis. Los ojos y oídos del crío no pierden detalle, mientras su espíritu conmovido le inunda los ojos. Toca para él, lo eleva en vuelo y lo pasea en fascinante cadenza. Al terminar, muchos se ponen de pie aplaudiendo y felicitándole. Ellos, no pierden contacto visual.

Germi notó enseguida la conexión y le susurra al oído:

—Por él, precisamente, quería que vinieras.

— ¿Cómo?

—El niño quiere ser violinista y su padre no está muy convencido.

— ¡Mm…! Al revés que el mío…

—Exactamente… lo interesante es que tiene mucha madera…

Nicoló se acerca al chico:

— ¿Te gustó?

Sin emitir palabra sólo asiente. A su espalda la voz de Don Antonio:

—Él es Camilo, mi hijo. Es el violinista de la familia… le hemos hablado mucho de usted Maestro. Tiene casi dos años estudiando el violín y dice que quiere ser concertista. Es nuestro pequeño Paganini, con todo respeto, claro.

—Al contrario Señor Sivori, me honra. ¿Qué edad tiene el chico?

—Siete años.

— ¡Ah! Muy interesante… Camilo, ¿podrías tocar algo para mí?

Nervioso, el niño jala a su padre del brazo y le susurra algo.

—Me dice que sí, pero no delante de tanta gente. Pasemos a la biblioteca y disfrutemos de un coñac. ¿Le parece?

— ¡Excelente!

Dicho esto, pasa el escaso corro a la biblioteca. Camilo toma su violín con ceremonia, lo afina y les toca una pieza de mediana dificultad con bastante acierto, perfecta entonación y ojos cerrados.

Nicoló, impresionado, sale de la habitación y regresa con su violín:

— ¿Os molestaría dejarme a solas con Camilo?

En una peculiar entrevista Nicoló inicia un diálogo en el que está prohibido pensar.

—Si piensas lo que vas a tocar, te sale plano, rígido, sin gusto, sin espíritu y con muchos errores. Si tocas directo del corazón, siempre te saldrá impecable. Haz como cuando me escuchaste o como cuando tocabas: en éxtasis. Voy a tocar un fragmento y tú enseguida tocas lo que se te dé la gana, no importa si es cómico, trágico o absurdo; sólo lo tocas con toda el alma. No hay partitura, sólo lo que venga a ti de manera natural. Relájate, relájate bien. No pienses, sólo escucha y toca. Como si platicáramos. Si te quieres enojar, burlar, llorar, contar un cuento, hacer variaciones de algo conocido o tocarlo exacto, hazlo. Todo se vale, absolutamente todo. La regla es: no hay reglas. El arte es libertad o no es arte.

La mente fresca y ávida de Camilo absorbe lo que el virtuoso le dice. Los intentos se suceden uno tras otro con tenacidad tomando forma. El niño tiene una habilidad asombrosa e incuestionable talento.

Tras la puerta, Sivori y Germi hacen lo posible por escuchar alertando sin intención a otros que se unen indeseadamente al clandestino auditorio.

— ¡Sh…! ¡…Sh! —Se dicen unos a otros para poder oír.

Nicoló va logrando seguimiento con su pequeño discípulo. Es muy difícil «enseñar» el torrente. El discípulo debe ser: hábil, ávido, receptivo, flexible y sobre todo, humilde. Y el maestro: interesado, reflexivo y, también, humilde. En este caso se está dando el glorioso equilibrio de manera natural en ambos. Sin el uso de palabras, en estricto diálogo violinista, el maestro va señalando el rumbo en lo que vuela junto a él. La digitación se va acelerando y las variaciones abundando. Las fallas se corrigen al paso, inclusive haciendo variaciones sobre ellas e integrándolas. Esa tarde Camilo conoce el torrente y como quien descubre un manantial o un tesoro, está maravillado.

Los cuchicheos en la puerta le descaran a Nicoló la presencia de un público y decide darles un espectáculo de esgrima violinista con su recién descubierto discípulo. Bajando su violín, le advierte a Camilo que le vendará los ojos para seguir tocando y mientras lo hace, le pide que continúe haciendo variaciones por pueriles que parezcan. Se dirige a la puerta entreabriéndola y susurra a los de afuera:

—Tomad asiento, acomodaos, no aplaudáis ni hagáis ruido alguno, ni antes ni al entrar ni durante la ejecución. ¡Muy importante! Silencio absoluto. ¿Entendisteis? Vuestro silencio me dirá que estáis listos.

Cerrando la puerta delicadamente, regresa junto al chico que sigue afanado descubriendo variaciones. Sin aviso, Nicoló intercala su violín en contrapunto. Camilo supera la sorpresa y, con un leve tropiezo, se acopla. El Maestro convierte el tropiezo en tema, lo completa y hace variaciones, el aprendiz sonriente y comprendiendo, le sigue entusiasmado.

—Vamos a alejarnos de la ventana…

Guiándolo por los hombros, lo hace caminar unos pasos hasta el umbral abriendo la puerta. Sin perder impulso, toca unas notas dándole pie; en respuesta, el chico hace variaciones. El diálogo se vuelve a calentar y las fallas a convertir en tema intensificándose el impromptu. Al marcar Nicoló el final, el niño, con precisión intuitiva se acopla. Explota un aplauso provocándole a Camilo tremendo sobresalto quitándose la venda, sorprendido de su triunfo; variación inesperada. Del susto al asombro, el pequeño violinista disfruta su primer aplauso explosivo. Junto, el sonriente maestro también aplaude mientras discute con su tos.

La descripción de la velada visita todo tipo de interpretación. Cada cual, a su manera, cuenta el momento extraordinario. Los fervientes creyentes lo dicen milagro, un ángel que bendice a un niño; un angelito que recibe sus alas. Los envidiosos lo aderezan con morbo, hechizos, pactos, fórmulas secretas. Muy pocos perciben el simple diálogo entre capaces, el Señor Sivori: uno de ellos.

—Maestro Paganini le agradezco. Hoy se me aclararon las dudas. Por lo que veo, opina que mi hijo puede llegar a ser violinista…

— ¡Don Antonio! Su hijo… ya es violinista… —el Déjà Vu le inunda al decir esto.

—Pero Maestro, usted le ha enseñado a tocar de esta manera.

—Bueno, yo sólo le enseñé un camino… a encontrarlo; él tendrá que re-encontrarlo y hacerlo suyo…

— ¿Y podría tomarlo como discípulo?

— ¡No…! yo soy pésimo maestro… nunca le encontré el modo a la enseñanza.

— ¿Cómo puede decir tal cosa? Mire lo que logró en una sola sesión.

—Bueno, eso sí… me gustaría tener más sesiones con él… Ya somos amigos y podemos sostener una buena tertulia en nuestro propio lenguaje. ¿Verdad Camilino? –Mirándose a los ojos en complicidad.

—Póngale precio a la sesión Maestro... —dice Sivori motivado.

— ¡No, no! De ninguna manera. ¿Cómo voy a cobrar por tener conversaciones con un amigo?

Sin perder detalle de la plática entre sus dos mayores, Camilo proyecta expresión de orgullo que parece rebozarle por los poros. Nicoló se mete en reflexiones, tiene enfrente a un niño que realmente toca el violín y que es capaz de llegar al gran secreto, como ya lo hizo. Un perfecto semejante, se tiene enfrente a sí mismo. Estremecedor y fascinante.

Por lo menos un par de veces por semana se encierran en la biblioteca y reanudan el diálogo violinista. El muchacho es tan eficiente y talentoso que se le antoja en momentos entregarle la estafeta y morir. Pudiera ser que por ahí va el camino. Envidia al comerciante deseando que Camilo fuera su hijo. Siente merecer un hijo así. Irónicamente, también Camilo es hijo de un Don Antonio.

Inesperadamente, se percata que rompe un cascarón y siente viento en la cara. Un renacer se inicia. Una nueva piel aparece. Vuelve a tener sed de escenario, de horizonte, de gente nueva, de nuevo público. Otra vez oye el llamado. Tiene cuarenta años, siente la plenitud en su visión y el filo de la navaja bajo sus pies; ve ambos lados del abismo al tiempo y al frente, el angosto camino llamándole. Dará conciertos, así se muera haciéndolo.

Con esta nueva visión, va con Germi y lo nombra «Apoderado General» firmándole toda la necesaria documentación. Germi sorprendido:

— ¿Estás seguro de todo esto?

—Luigi, mi querido amigo... de pocas cosas estoy seguro en la vida, tu integridad es una de ellas. Conozco miles de personas, pero un solo Germi en el que confío plenamente.

—Gracias Nicoló, me honras y créeme que cuidaré celosamente de tus intereses. Pero... dime: ¿te piensas suicidar...? —agrega preocupado.

—Mi fiel y suspicaz amigo, tú eres el abogado. Si me fuera a suicidar te estaría firmando un testamento. Simplemente tengo que sanar y concentrarme en los conciertos. Necesito tu ayuda. Todo aquél que quiera hacer transacciones complejas conmigo se comunicará contigo.

—Bien, entonces acepto.

Después de una breve plática de pormenores, un elocuente abrazo sella el convenio de confianza.

Sintiéndose libre de una pesada carga, sale del despacho y se entrega a caminar seguido por Paolo y Fabrizio con el coche. Camina su sendero en medio del abismo con plena seguridad, entregándose a él. Seguirá viajando, dando conciertos. Tocará para todo el mundo. Y cumplirá con su destino.

9 Pino.

Con renovado espíritu y deseo de avanzar, ha de sanar su cuerpo a como dé lugar. Regresa a Pavia y continúa el tratamiento de mercurio y opio. Le es demoledor pero es el precio y ni modo. Aún cargado de síntomas regresa a Milán, deseoso de escuchar a la legendaria Catalani cantar en La Scala.

El General Pino le reitera su invitación a convalecer en su villa de Lago Como, e inclusive, adquiere una burra para proveer la leche que es parte de su receta médica. Pese a los estragos del tratamiento, le seduce la idea de pasar una temporada con el amigo milanés. Disfruta su presencia, aprende de sus visiones estratégicas y de las descripciones de los países por los que viajó. Veintidós años mayor, maravilloso anfitrión, con lujo de carisma y buen decir, le hace crónica de cómo, aun siendo militar, se las ingenió para mantener el espíritu libre, inclusive, cambiando de bando y logrando honores. Un guerrero, tal vez mercenario, pero que los ejércitos quieren tener de su lado. Pasa del ejército del Duque de Parma, al ejército de Napoleón y de Capitán, sube a General de División en sólo cuatro años; al caer Napoleón, se acomoda con los austríacos y termina Mariscal de Campo. Ahora retirado, disfruta de su recapitulación paternal con Nicoló, dándole algunas ideas para conquistar el mundo con su violín.

—El violín es más poderoso que la espada Nicoló, y tú, manejas el violín mejor que nadie en la historia; la gente se te entrega. El Violín le penetra a uno sin tocarle, «aunque tocándolo en lo profundo». ¿Puedes explicarme?

Éste tipo de pensamiento le inyecta a Nicoló un poderoso energético mental que lo llena de impulso. La ecuación entre ellos se balancea sola. Desde alguna vez que practicaron esgrima, se supieron contendientes que se acoplan, marcando y disfrutando sus mutuos aciertos y errores; aprenden el uno del otro. No tienen manera de ser enemigos, son discípulos mutuos. Las bromas de Pino son intensas y bien recibidas. Nicoló se siente libre de expresarse, pues tampoco tiene manera de ofenderle; las anécdotas de uno le son nutritivas al otro. Cada uno libera al otro.

Pino está casado con Vittoria Peluso, «La Pelusina», notoria ex bailarina de La Scala, que antes, casó con un Marqués convirtiéndose en acaudalada Marquesa al enviudar, dueña por esto de la magnífica villa; es seis años menor que Pino, delgada al extremo y nada atractiva; inteligente, fanática del control y buena negociante. Ve en el General un eterno enamorado, muy divertido y hábil protector, con una colección de amigos que le hacen reír y sentirse importante. Duermen en habitaciones separadas y a diferentes horas. Él la corteja todo el tiempo y ella lo disfruta, rechazándolo o aceptándolo, según su humor. Se consienten mutuamente dentro de un cuadro bastante conservador, aunque se anuncian liberales.

Con Paganini es otra cosa, y ella termina por no tolerarlo. Desde el primer momento: su aspecto ultra delgado y siniestro le inquietó, llenándola de reflexiones con semejanzas y contrastes. El desgarbado porte de Nicoló con sus extraños ademanes, contra las finas posiciones y expresiones corporales de «La Pelusina» arduamente ensayadas al espejo. Ambos, dueños del momento. Pero algo en él se le antoja abismal y es diametralmente opuesto; le provoca vértigo pero cautiva su atención; le seduce verlo y no puede dejar de hacerlo, hasta que se percata que le está robando el escenario. Esto le provoca insoportable aprensión, inventando razones para excusarse. Pese a tener tanto en común, ella se declara incapaz de verlo. Con los días, su intolerancia se convierte en tormenta, orillando al General a hospedar a Nicoló en la villa de su sobrino en las proximidades.

El sobrino acepta por carta. Nicoló con un anfitrión ausente se siente agraviado, pero no tiene la energía para irse y el lugar: bello, pacífico, silencioso y con el lago enfrente, le atrapa. Pino sin alternativa, sobrelleva los enojos de su mujer y escapa de vez en cuando a ver a Nicoló, incluso convocando a algunos amigos para propiciar pláticas y pasarla bien.

Nicoló se mantiene fiel al tratamiento que le está asesinando; incluyendo la leche de burra que le produce estragos intestinales. Se siente enfermo pero con proyecto de volver a perseguir el horizonte.

Una tarde, sus malestares se disuelven en el paisaje con un poco de brisa de lago. Pino se presenta a saludarlo con una carta del Doctor Borda que, ante su nula recuperación, quiere verlo en Milán a la brevedad. Solidario, el General organiza la ida a Milán y con Paolo y Fabrizio, intenta suavizar la jornada.

Borda, al examinarlo, dictamina que está más lleno de veneno que antes y que la comida que ingiere se ha depositado en la sangre, por lo que urge practicarle algunas sangrías, suspendiendo el tratamiento mercurial hasta ver alguna recuperación.

En efecto, Nicoló comienza a sentirse mejor, más por la suspensión del mercurio que por las sangrías. Débil y queriendo creer aún en las ideas del «divino Borda», confunde con mejoría lo que es un mero descanso en la tortura. En un estado de constante sueño y mareo, su tos no mejora, le duelen dientes y encías, y su vista comienza a menguar. Sólo piensa que estaba mejor antes de visitar a este «genio». Mientras, yace en un cierto alivio físico, pero, con amenazante depresión, ve su inminente decadencia.

Una tarde con ánimo, sale con Pino a tomar el café y en un concurrido establecimiento conocen de manera casual al Doctor Maximilian Spitzer que, impresionado por su aspecto cadavérico, les hace conversación identificándose. Nicoló le recita su largo historial médico.

— ¡Lo están asesinando! Ese tratamiento es el que acuñó la frase: «es peor el remedio que la enfermedad», crea más problemas de los que resuelve. Tiene que suspenderlo de inmediato si no quiere que lo entierren en menos de un mes. Dígame, ¿tuvo usted el chancro inicial?

— ¿El qué…?

— El chancro, es una laceración seca indolora en el pene que pronto desaparece sin dejar huella.

—No Doctor… jamás tuve tal cosa… Créame que lo recordaría.

— ¿Tuvo erupciones en las manos y en los pies o, en general, en cualquier parte de la piel?

—Tampoco Doctor. Nada de eso…

—Su cuadro sintomático no corresponde al de Sífilis, no estoy de acuerdo con ese diagnóstico y aun si fuera ésta su enfermedad, el tratamiento que le están dando es brutal y erróneo. Tiene un evidente caso de desnutrición y envenenamiento; le urge suspender esta barbaridad y comer bien… beber muchísima agua. Enjuagar su organismo. Por ahí hay que empezar.

—Doctor, ¿Podría usted atenderme? —pregunta con esperanza.

—Sí… si así lo desea. Pero tendría que abandonar por completo el tratamiento de mercurio y opio.

—Me daría un enorme placer… Creo que nada me ha hecho sentir peor que este «tratamiento».

—Para empezar, tendrá que comer bien. Unos filetes a la parrilla acompañados de un poco de vino tinto le ayudaran a aumentar su flujo sanguíneo; desde luego no abusar del vino.

—Tengo mucho problema para masticar…

— ¡Claro… el mercurio! Corte los pedazos pequeñitos y que sean de ternera que es más suave.

— ¿No más leche de burra?

— ¡Leche de burra! Otro mito… Conviene que tome leche pero no veo por qué de burra…

A partir de ese momento Nicoló se recupera progresivamente. Siente fuerzas resurgir y con ellas optimismo. Una semana después, cuenta con energía para caminar sin ayuda y el color cadavérico, pasa a su habitual palidez. Por su propio escepticismo cayó en manos de Borda, que le arruinó la salud y lo puso al borde de la muerte. Ahora, siente que Borda y el médico de Banchieri se dieron el lujo de castigarle por su «conducta libertina» que por mojigatos reprobaron. Todo este trance le amargó el amor que sentía por Carolina contaminándolo con resentimientos.

Al tiempo que se recupera, se divierte componiendo sencillas piezas para que Pino toque al violín mientras él le acompaña con la guitarra. A uno de estos agasajos asiste Antonia Bianchi, una joven cantante vecina del lugar que no llama su atención. No es bella ni de buena familia ni de sofisticada educación, pero le es agradable y aunque con poca voz, canta cargada de temperamento y fuerza. Él se mantiene distante a sus encantos, aunque permite que ella se acerque con su admiración. Decidido está a seguir viaje con su violín dejando a las mujeres en paz y solo espera el momento propicio.

A Antonia le fascina su fama, sus anécdotas y escucharle tocar. Sueña con tener un éxito equivalente como soprano y él la estimula haciéndole practicar acompañándola con guitarra. Ofreciéndole que, cuando esté lista, la pondrá frente al público y le presentará a Crescentini y a Rossini en la primera oportunidad. Como ella se le mantiene pegada todo el tiempo, su prolongada abstinencia sexual amenaza con algún desbordamiento que reprime. Lleno de escrúpulos, lo consulta con el Doctor Spitzer:

—Como le dije desde un principio, su caso es de desnutrición, anemia y pudiera ser… un principio de tuberculosis que todavía está por verse. La colitis, los problemas gastrointestinales, dentales y de vista, se deben al depredador tratamiento de mercurio al que se sometió. Si se siente usted bien, puede continuar con su vida, pero con prudencia en los excesos… coma bien y duerma bien, eso, es muy importante. Cuando se sienta mejor, monte a caballo, le ayudará con el estreñimiento, los laxantes le debilitan.

Tan pronto siente la fuerza, sale a pasear a caballo con Pino que, a su vez, le entretiene con sus relatos. Los espectaculares paisajes del Lago Como reencienden su pasión por hacer música.

Con la energía resurgente prepara su regreso a Milán donde planeará una gira. Antonia se suscribe en el proyecto como asistente, mostrando eficiencia en ordenar y clasificar partituras; con esto, Paolo se siente invadido, pues usurpa funciones por él ejercidas, además de pretender algún poder sobre ellos como vocera del Maestro. Cada vez que intentan hablar con él, ella interfiere altivamente dando órdenes atípicas. Los fieles colaboradores no tienen más remedio que sobrellevar el soberbio estilo aunque en realidad todo se entorpece. Nicoló, comodinamente, ha sucumbido a sus adulaciones y cuidados; la ve como un elemento interesante en su equipo, que ahora incluye una soprano-secretaria con la que puede tener convenientes interludios cariñosos. Si él está casado con su destino, habrá de hacerse de colaboradores idóneos para realizarlo; la mujer es lista, le hace ver aspectos no considerados, además de meterlo en trances hedonistas con bienvenidos masajes a sus dolores que de alivio evolucionan a erotismo, terminando relajado y dormido. También le parece congruente y práctico, que después de tomar decisiones conversadas con ella, ella misma se los comunique a Paolo y Fabrizio.

—Maestro: creo que necesita hacerse de nuevos trajes…

—Así es Antonia, tienes razón. Siempre ha sido un problema… detesto ir al sastre.

—Pues esta vez no se escapa… Su próximo concierto será con traje nuevo.

Es esta determinación lo que le seduce de ella, es capaz de gobernar al niño Nicoló que se rehúsa a hacer algunas tareas. Sin tener que pensar, se limita a dejarse conducir y en algunos casos, como ir al sastre, sólo obedece. Sus pensamientos se concentran en su música y en el proyecto principal; ella coordina a colaboradores que hacen lo demás, incluidos comida, vestuario, alojamientos y transporte. La ironía es que ahora desea aquello de lo que alguna vez se emancipó. Con avidez desea que lo manejen y que alguien se encargue «de todo lo demás».

Sin llegar a superar malestares que el envenenamiento de Borda le produjo, después de sastre y peluquero (y modista, peinador y extras para la Bianchi), lo primero que hace es ir a Pavia a echarle en cara al doctorcito su inepcia reprochándole el daño que le ocasionó y devolviéndole el insolente regaño.

— ¡Es usted un mojigato incompetente que por poco me mata! ¿Va a la iglesia? ¿Practica la religión? ¡Yo, tal vez sea «libertino» pero usted es ladrón y matasanos! ¡Asesino!

Con el susto, Borda se ve presa de una tremenda diarrea que no tiene problema en diagnosticar.

Paolo, viendo al Maestro mostrar gran ímpetu en el asunto del doctor y recordando su expresado deseo de hacer todos los conciertos posibles, habla con el empresario que recién ha abierto el teatro en Pavia y programa dos conciertos a reserva de confirmar. Al llegar a dar la noticia, es Antonia quien lo recibe, eliminando a Paolo con un encargo e inmediatamente se dirige al teatro a presentarse con el empresario para sellar el compromiso, negociando, como condición para la aparición del virtuoso, la presentación de ella como complemento. Al llegar Nicoló, entre cariños y masajes, le informa de los conciertos a dar en Pavia, arrogándose todo el crédito y enfatizando que tienen que ensayar su participación, pues el empresario tiene gran interés en ella.

Antonia sólo tiene experiencia como parte del coro del Teatro San Samuel en Venecia y escasas participaciones en roles más destacados; ésta, será su presentación como solista compartiendo créditos con el gran virtuoso. Aunque es una ciudad pequeña, funcionará extraordinariamente como currículum, práctica y catapulta. Le cuesta trabajo ocultar su emoción. Nicoló, entre malestares ya crónicos, ensaya y monta, con su muy personal entrega, el repertorio de la debutante que se esmera dando lo mejor.

Los dos conciertos tienen gran éxito, aunque no tanto para ella que recibe breves y forzados aplausos. Pese a no haber tocado el violín gran cosa en toda su ausencia, su ejecución es impecable y mientras los críticos pronosticaron fracaso a su regreso, lejos de ser esto cierto, su música adquirió profundidad y su espíritu refinamiento, mostrando madurez y tamaño. Su actuación es decidida, viril, inspirada y, para muchos, con una especie de fuerza eterna. Ninguna de sus virtudes se ha perdido y despliega algunas más.

De regreso en Milán, se enteran que el ruido hecho en Pavia llegó antes que ellos y hay gran expectación por el regreso de Paganini. Nicoló, tiene intenciones de ir a Génova a arreglar una serie de conflictos familiares, imposibles de solucionar desde lejos e impostergables, pero La Scala le ofrece de inmediato un concierto y considerando la usual tardanza, acepta.

Sentados en un restaurante, la Bianchi hace esfuerzos por disimular su enfado al no haber sido incluida en el programa. Nicoló nota su cara larga y pregunta ingenuo:

— ¿Qué pasa mujer, algún problema?

—Esta era mi oportunidad de debutar en La Scala… pero no te importó…

La carcajada de Nicoló se deja oír en todo el restaurante llamando la atención. Como reacción, Antonia se levanta furibunda y abandona el recinto sintiéndose humillada ante el mundo entero, segura que todos los presentes se percataron de su agravio. Nicoló, viendo claro que la estatura de la Bianchi no alcanza para La Scala, se relaja ante el insensato desplante y come su filete tranquilamente, mientras piensa paternalmente cómo hacerle ver lo absurdo de su actitud. No es precisamente fácil; cuando se reencuentran, a su enojo inicial, añade que no salió tras ella buscando reconciliación.

— ¿Estás loca? Soy el único ayudándote y aun en el supuesto caso de que La Scala hubiera aceptado presentarte, tu fracaso sería de tal magnitud que no te volverían a contratar en ningún teatro. Te dije que te iba a ayudar, no a asesinar. Además, tampoco te puedo imponer en detrimento de mi propio prestigio.

No muy convencida, termina por aceptar, más por estrategia que por convicción. De cualquier manera, le castiga con la ausencia de sus masajes y atenciones, hasta que él finalmente los solicita.

10 Obertura trágica en La Scala.

En lo alto de la tramoya, un amarre se afloja soltándose poco a poco, sostiene el contrapeso de uno de tantos telones.

Nicoló listo a entrar, es saludado por un trabajador del teatro que le susurra entusiasta:

—Maestro, tanto tiempo esperando volver a escucharle, es un placer tenerlo de regreso.

—Muchas gracias muchacho.

—Soy gran admirador suyo, este concierto no me lo perdería por nada del mundo.

Se oye el aplauso para el director y en ese preciso momento el amarre cede dejando caer el contrapeso exacto donde está parado el muchacho, golpeando su cabeza brutalmente. Cae su cuerpo inerte a los pies de Nicoló, mientras crece un charco de sangre. Atónito, se agacha a atenderlo pero el horrendo espectáculo acusa que está muerto. En ese momento el aplauso cesa en lo que personal testigo acude alarmado. Domina el hábito del silencio escénico y procuran no hacer ruido hablando en voz baja y reprimiendo los gritos de horror. En su parálisis, Nicoló escucha a alguien decirle:

—Maestro, tiene que entrar… ¡Maestro!

En medio del horrible pasmo se dirige al centro del escenario desatándose el consecuente aplauso.

Sin salir del espanto hace intentos de reverencia y al callar el aplauso le sigue un prolongado silencio.

Nicoló contempla al enorme público de la Scala, pero los ve a todos muertos, se ve a sí mismo: muerto.

Algo le hace elevar su violín. Sin convocar a la orquesta toca un atormentado torrente que sólo los pocos testigos de la tragedia comprenden enseguida. Como ya ha hecho en cementerios, le toca ahora a ese muchacho que yace sobre las duelas, sin embargo no es triste, es más bien doloroso, intenso, profundo, filosófico: «El concierto que no se perdería el pobre joven por nada del mundo». El público y los miembros de la orquesta que alcanzaron a oír, si acaso, un golpe entremezclado en el aplauso, ignoran la visita de la muerte. Paganini se los comunica con música que jamás ha tocado ni volverá a tocar. Cuando termina su elegía, se hace el aplauso. Nuevamente reina un sepulcral silencio que todos parecieran comprender. Pero el concierto debe continuar, sacudido hasta la médula, asiente al director para comenzar lo programado.

Al terminar la primera parte y salir del escenario, ve que ya han recogido el cuerpo y limpiado la sangre, iniciándose el proceso de olvido. En un camerino yace el joven con el cráneo abierto, rodeado del trajín de las autoridades que, en su afán de averiguar, le imprimen suspicacia al suceso. Todos son interrogados como culpables de algo; él, no es excepción y, aún consternado, contesta las preguntas.

— ¿Se da cuenta Maestro Paganini que tal vez no fue accidente y quizá alguien intentó asesinarle…?

— ¿A mí? ¿Asesinarme? ¿Quién?

—No lo sé Maestro, usted dígame…

— ¡Yo que sé quién me quiera asesinar…! Creo que hay mil maneras de hacerlo bastante más fáciles y eficientes. ¿No le parece?

Las absurdas especulaciones del inspector dejan su mal sabor mientras sigue recordando la expresión del pobre muchacho que por acercarse a saludarle perdió la vida. Al terminar el intermedio y ser llamado a entrar, abandona al policía con su jerigonza.

En el escenario su entrega es a la vida que, tan frágil, vio desaparecer. Vuelve a sentir la urgencia de tocar y de hacerlo con toda el alma sobre ese invisible filo de navaja.

Ensordecedores los aplausos. Él, en inevitable duelo, agradece.

Su reaparición crea un tremendo revuelo contradiciendo a los que lo daban por muerto. Con renovada fuerza, se desencadenan publicaciones y rumores a lo largo de Europa. La crítica, en su mayoría positiva, menciona la elocuencia de su actuación y su incuestionable virtuosismo, más poderoso que nunca. También hay artículos que lo ponen como cadáver vivo o regresado de la tumba y demás patrañas.

Rumbo a Génova, Antonia va con él en la cabina, su poder va en aumento y el diálogo también.

La situación familiar en Génova ha adquirido visos desagradables; los bribones cuñados en competencia, urden planes para sacarle dinero. Carlo, que genuinamente ha necesitado ayuda de Nicoló, sintiéndose igual de ruin al verse formado en la cola de favores, opta por retirarse. Teresa, entre la espada y la pared, no sabe que decirle. Germi le explica los sucesos y la manera en que ha venido manejando los asuntos. Antonia Bianchi, no pierde detalle, familiarizándose con todo. Nicoló abrumado, sólo nota a su pobre madre más mermada que nunca, mientras sus yernos le practican cuanta sangría pueden; la tienen en lastimosa pobreza, pese a la pensión asignada, casi en harapos y hambrienta. ¿Cómo es posible que sus hermanas lo toleren?

Su relación con Antonia les parece escandalosa en la familia; mientras, ella, trata de acomodar las piezas de manera que le convenga. En privado, Nicoló le escucha tocar puntos omitidos y algunos comentarios pertinentes. La distancia y la enfermedad de su cuerpo le impidieron ver la enfermedad que su familia contrajo desde la muerte de su padre. No le cabe duda que Don Antonio hubiera puesto a los bribones en su lugar y no toleraría la presente situación. Su hermano como cabeza de familia, en vez de mermarse se hubiera crecido y nada de esto pasara. ¡Qué tremendo dolor! Última orden de su padre. Si por lo menos Carlo quisiera platicarlo.

—Germi, tú eres el único que me puede ayudar en este desagradable trance. ¡Cómo me gustaría que fueras mi hermano y que te naciera del alma ayudar a mi atribulada familia!

—Créeme que me sale del alma hacerlo. Pero... es muy complicado. Para ellos, yo soy un extraño, un representante legal.

— ¿Has visto a Carlo?

—No... es muy evasivo. Sólo me comunico con él a través de tu mamá. Nunca ha venido a mi despacho por más invitaciones que le hago. Estoy consciente que él sería la clave. Claro, si él quisiera.

—Tampoco quiere verme... ¡Como si me culpara...!

—Pues sí, es posible... Quizás él piense que es tu deber solucionar los problemas de la familia.

—Y tú, ¿Qué piensas?

—Ya sabes cómo pienso. Tu destino está trazado... y es tu violín... no cuidar de todos ellos. Carlo no quiere asumir, sigue siendo obediente a tu padre y espera tus lineamientos... supongo que con resentimientos y orgullo herido, claro.

—Eso es... pobre Carlo ¡Cuánto daño le he hecho!

—No te culpes Nicoló. Nadie tiene la culpa de nada de esto. Tú eres como eres y la vida como es...

— ¡Exactamente! Dios se tiene la culpa de todo, él lo creó todo.

—No dije tal cosa...

—Pero yo sí.

Las intervenciones de Germi en las vicisitudes de la familia le han creado todo tipo de animadversión con ellos y lo tratan, en consecuencia, como intruso oportunista.

Carlo, por otra parte, tiene otra percepción, en su corazón habita otro tipo de demonios: aun siendo hermano del gran virtuoso, no ha logrado una posición sólida como violinista. Es comparado, puesto a prueba o víctima de dolorosos comentarios o burlas, ha llegado a detestar tocar el violín o usar el apellido. El virtuosismo del hermano, que desde niño aprendió a aceptar y hasta admirar, no quedó ahí. Está orgulloso de su hermano pero le arrebata el derecho de ser él mismo. Es el hermano de Paganini, perdió su propia identidad, ya no es Carlo ni al espejo. Además, su hermano menor no sólo toca mejor cada día, sino que también se hace expansivamente famoso al grado de acaparar el tema y él sentirse microscópico.

Después de dos conciertos en los que participa la Bianchi y una sesión en casa de los Sivori, retornan a Milán donde una montaña de cartas espera. El entusiasmo inicial de Antonia, al leerlas, merma a medida que avanza y termina claudicando.

— ¿Qué pasa? ¿Por qué no sigues leyendo? –Protesta Nicoló mientras sorbe coñac.

—Todas dicen lo mismo: halagos y más halagos para «el virtuoso»… ¡Ninguna habla de mí…!

— ¡Ah…! Ese es el problema… ¿Sabes cuantos conciertos di, antes que me mandaran cartas?

— ¡Pero yo soy cantante…!

— ¡Y eso…! ¿Qué rayos tiene que ver? Todavía tienes mucho por aprender… poco a poco. Tienes que practicar más, todo el tiempo que puedas.

— ¿Así como tú…? Nunca te veo practicar…

—Crecí practicando doce horas diarias… Tengo, lo menos, cien mil horas practicadas… ¿Por qué me culpas de todo? Vas a ser tan buena cantante como tú talento y voluntad lo permitan. Ni más ni menos.

—Dime la verdad… no me hagas perder el tiempo… ¿Tengo talento?

—Pues yo creo que sí… pero el talento no lo es todo, pese a que es esencial. Si no lo desarrollas de nada sirve tenerlo. El arte es una mínima parte de talento y una enorme cantidad de trabajo. Requiere sangre, sudor y lágrimas. Y esto sonará dramático… pero es la más estricta verdad. El arte requiere que lo ames con locura, con entrega… de otra manera se abandona. Has de entender, que no practicas para impresionar a otros… o para competir con otros artistas o ganar mucho dinero, lo haces… porque lo adoras, porque no puedes vivir sin hacerlo, porque si no lo haces te marchitas y mueres. Un artista sin pasión no sobrevive. Es esa completa y obsesiva entrega lo que le da la flor. Lo demás… éxito, fortuna, fama… si ha de darse, es por añadidura.

—Pero entonces ¿cómo saber…?

— ¿Saber qué? ¿…el futuro?

—Saber si valdrá la pena o sólo estoy perdiendo el tiempo…

— ¡Hay mujer! Creo que no entendiste o no escuchaste nada de lo que dije… Eres muy joven y si quieres lograr algo tienes que perseverar. Roma no se hizo en un día. Yo llevo ya más de treinta años dando conciertos; tú acabas de empezar y ya te estás impacientando.

Las palabras del Maestro le hacen reflexionar.

—Después del concierto del viernes nos vamos a Lago Como a dar un concierto de caridad que el General Pino propone. Allí les vas a cantar a los tuyos y prepárate porque, entonces, nos vamos a Venecia.

— ¡¿Vamos a Venecia?!

—Así es, tengo varias propuestas. De ahí, tal vez iremos a Viena… ya veremos.

11 Venecia, La Bianchi y el cementerio.

Llegan ahora a Venecia con experiencia. Los cuatro celebran con una cena. A Nicoló le encanta compartir estos momentos. Antonia insiste, soberbiamente, en ver a Paolo y Fabrizio como sirvientes, pero su júbilo de estar en Venecia es tal, que en un exceso de vino se pone simpática y disfruta la atención de los tres hombres que, en definitiva, son sus benefactores. Con singular gracia, cuenta sus anécdotas vividas en las calles y canales, lo que desata las de ellos, enredadas y jocosas. Todos ríen y en un desplante cómico, Fabrizio toma la voz:

—Maestro, espero que esta vez no decida bañarse en los canales… no fue muy buena idea.

Nicoló viendo ahora lo cómico de la situación, aprieta el antebrazo de Fabrizio cruzando con él miradas de agradecimiento y elevando su copa:

— ¡Fabrizio, por ti y por Pietro, que me sacasteis del canal y gracias a eso seguimos aquí!

—Gracias Maestro. Por Pietro… que se le echa mucho de menos.

Al encontrarse los más adinerados de veraneo, los conciertos en Venecia tienen un éxito moderado. Antonia aparece completando elenco como solista en varios de ellos, colectando buenos aplausos, aunque no buenas críticas; su estado de ánimo es un sube y baja con arranques temperamentales.

Nicoló hace esfuerzos por tolerarla, explotando de vez en cuando.

En cada concierto se da el habitual desfile de atractivas damas y Antonia expresa sus celos con incontrolables rabietas. Él desaparece ante estos exabruptos, reapareciendo a veces hasta el día siguiente y oliendo a otro perfume, lo que no mitiga en lo absoluto la situación.

—No sé por qué lo tomas así. Yo jamás te propuse una relación. No eres mi esposa ni mi prometida ni nada por el estilo. Tú estás conmigo por tu carrera. ¿Sí o no?

—Pero yo te he dado mi amor…

—Bueno… yo te he dado el mío ensayándote y poniéndote frente al público con vestuario, publicidad y todo lo requerido ¿No es eso: «amor»?

—Creí que yo significaba algo para ti…

—Desde luego que significas algo para mí… no lo que piensas. ¡No me digas que te enamoraste…!

— ¡No tengo porqué aguantar a todas esas fulanas rondándote!

Nicoló pensando en Carolina reflexiona. Nadie se opuso a que Antonia marchara con él, su familia la apoyó supuestamente por su carrera de cantante. Quizás, debiera ejercer humildad y aceptar lo que le está siendo dado. El gran problema es que no ama a Antonia y, eso, no puede propiciarse.

Paolo interrumpe con un periódico francés en el que una columna dice:

«Paganini nos deleitó en Génova con su incomparable ejecución en el Teatro San Agustín. Sus dos conciertos casi duraron tres horas sin causarle a la audiencia la más mínima sensación de monotonía…»

Al celebrar la noticia, Antonia no se deja esperar con su reacción:

— ¡Claro… y a mí, me ignoraron! ¿Es eso lo que celebráis? - Explotando en llanto se mete a la recámara dando un portazo.

Ambos quedan intercambiando miradas. Nicoló ya harto de estas efervescencias.

Por su parte Lauretta ha brillado por su ausencia en los conciertos, como es su estilo. La intriga puede más en su ánimo que los atractivos de nuevas admiradoras y decide hacerle una visita. Al llegar al apartamento, Lauretta abre:

— ¡Vaya, mira quien está aquí!

— ¿Cómo has estado?

En evidente controversia lo hace pasar hasta la sala y tomar asiento:

—Me enteré que estás de gira compartiendo el escenario con una cantante.

—Pues sí, así es…

— ¿Y es siquiera… buena cantante?

—Es buena… aunque todavía le falta…

— ¿Cómo es que nunca me propusiste algo semejante?

—Siempre lo hice, nunca me escuchaste.

—Yo creí que querías matrimonio, hijos… todo eso.

—…a estas alturas… ya no sé… Tú, ¿cómo estás?

—Aunque parezca increíble, te veo más delgado ¿Es eso posible?

—Sí, lo es. Estuve muy enfermo… creí morir.

La ve más seria, más madura, aunque el lugar aún refleja el espíritu de la última ocasión. Increíblemente ya no habla sólo de sí misma como antes y ahora pareciera evitarlo. Él la abraza y la besa queriendo sentirla pero todo le parece acartonado. Sin ir más lejos en su intento sensual, se limita a poner algún dinero sobre la mesa y sale a la calle atribulado dejándola pasmada. Algo ya no existe, algo ahora le disgusta en extremo de esa mujer sin saber qué.

De vuelta en el hotel, Antonia, que lo ha esperado caminando de un lado al otro, le recibe como «prima donna» al centro del escenario, percibiendo el perfume de Lauretta como todo un detonador y explayándose en gritos. Harto de estas arias absurdas, regresa a la calle y viendo a Paolo y Fabrizio:

— ¡Vamos a meternos a alguna taberna que no quiero ver a esa mujer! ¡Está loca!

Ellos se miran intercambiando sonrisas.

Entre copas de vino y charla, ve la necesidad de deshacerse de Antonia a la brevedad. Sobran solistas que quieran complementar sus presentaciones con más presencia, menos pretensiones y bastante más respeto. Tal vez un tenor para no tener tentaciones que sólo complican la convivencia en las giras. Sólo quiere viajar y dar conciertos en paz.

A la mañana siguiente, Antonia está más amable y amorosa que nunca, impidiendo con sus disculpas y actitud traer el asunto a colación.

En una carta, Germi le informa haber sido víctima por parte de uno de sus cuñados, de una violenta agresión en su propia casa y con serios daños como resultado. Nicoló deja escapar la presión que Antonia le produce respondiéndole a Germi que no dude en demandar cualquier daño provocado por sus insolentes cuñados, que también lo tienen harto. Germi obviamente lo toma en serio y lo hace. Las cartas en protesta de la familia no se hacen esperar y Nicoló termina cubriendo todos los gastos ocasionados.

Enredado en una serie de conciertos y nuevas rabietas de Antonia, vuelve a escribirle a Germi, esta vez con tono bélico, le pide que no vuelva a meterse en los asuntos de su familia y se limite a los financieros y profesionales pues está en riesgo su prolongada amistad. Esta carta provoca silencio del amigo abogado que, en desconcierto, tarda en contestar. Su silencio produce en Nicoló creciente aprensión que intenta aliviar tocando su violín; pero si algo ya detesta, es tocar en encierro. Preguntándose a quién tocarle, ante el asombro de sus dos colaboradores, le pide a un gondolero:

— Llévenos por favor a su cementerio favorito.

Sorprendido pero sin preguntas, les propone:

—Puedo llevaros a la Isla de Lido, allí hay un cementerio en el antiguo Monasterio de San Nicoló.

— ¡Ése... ése precisamente...! ¿Qué os parece muchachos...? Cementerio de San Nicoló.

Paolo y Fabrizio, sin entender su humor negro, se limitan a instalarse en la góndola. El cementerio le fascina desde la entrada con su vegetación y brisa de mar en el follaje de los árboles; el lugar tiene magia. Escoge donde colocarse, saca su violín y se entrega a tocarlo. Paolo se dispone a disfrutar del peculiar concierto; Fabrizio hace lo mismo pero a mayor distancia y vigilante. Acústica y viento resultan favorables transportando el sonido con claridad. Cautivados acuden algunos visitantes buscando el origen.

Nicoló se convierte en manantial de música. Al caer la tarde el ambiente se muta con luz y viento. Pasan horas, el ritual no decae y el público aumenta; más de cincuenta personas extasiadas, algunas en lágrimas, escuchan la ofrenda del inesperado violinista. Cuando termina, contrariados por lo insólito, nadie aplaude pero muchos le saludan con señales de respeto. Algunos le reconocen y comentan.

De regreso al hotel, Antonia está nuevamente explosiva. Lejos de percatarse que es ésta actitud la que ahuyenta a todos, demanda sus derechos y reprocha sus agravios.

— ¡Estoy harta de que no me tomes en cuenta! Me preguntan dónde estás y no sé qué contestar...

— ¡Bianchi... empaca y lárgate! Ya no quiero nada contigo.

Dicho esto, desaparece tras una puerta dejándola atónita frente a Paolo y Fabrizio cuyos rostros no reflejan la más mínima empatía y se retiran dejándola sola en su disturbio. Antonia, reaccionando, se relaja, revisa su imagen al espejo y respirando profundo se dispone a entrar, pero está cerrado por dentro y golpea tímidamente. No hay respuesta. Insiste golpeando más fuerte hasta que la puerta se entreabre:

— ¿Si...?

En la rendija el enjuto rostro de Nicoló acentuado por una vela. En sorpresivo escalofrío:

— ¿No debiéramos primero hablar?

— ¿Hablar? Tú no sabes hablar. Sólo sabes gritar… ¡y no me gusta que me griten…! ¡Claro…! ¡«Antonia» tenías que ser!

—Pero Nicoló… entiende, te fuiste sin avisarme… me preguntan dónde estás y no sé qué contestar… además me puse muy nerviosa… algo pudo haberte pasado… te desapareciste toda la tarde…

—Bueno… ¿Qué quieres? Así me dio la gana. ¿Entiendes…? ¡Así… me dio… la gana!

— ¿Puedo pasar?

—Para qué quieres pasar, puedes gritar desde ahí… si pasas… ya no tendré donde guarecerme.

—No voy a gritar, pero… necesitas tus masajes y medicinas…

Ante esa actitud y propuesta Nicoló no tiene defensas. Con los matices de las velas la ve menos agresiva. Recuperando el espíritu místico del cementerio, se imagina terminando el día en punto de fuga con uno de los masajes que ella sabe dar y abre la puerta.

— ¡Ni se te ocurra gritar…!

Antonia entra, amansada, entregándose al ofrecido masaje. Sin oposición alguna, él se relaja. Al cabo de un rato de fricciones y ensueños, la siente desnuda acariciar su cuerpo con el suyo y la deja ser. Sin percatarse en qué momento, se sumerge en sueños volviendo al glorioso torrente logrado en el cementerio; se monta en un viento que viene del mar y se eleva perdiéndose en un cielo estrellado.

En las siguientes semanas, Nicoló se propone ir al cementerio todas las tardes. La concurrencia va en aumento aun con las eventuales ausencias, que más allá de la frustración, crean convocatoria y suspenso.

Los recitales para los muertos se llenan de vivos, Nicoló los lleva a cabo fascinado. Los vivos se sumergen en profundo respeto a sus ancestros y la música los transporta a lo sublime. Sin aplausos, sólo el más devoto ritual. Él, cual sacerdote, lo lleva a cabo con total entrega. Sublime, lejos de deteriorar, salen todos robustecidos con el espíritu henchido de vida. Nicoló siente una fuente de energía que le hace superar malestares y construir el navío espiritual con que recorrerá el mundo, aprovechando esta gloriosa fuente en la que todo fluye desde el infinito hasta el infinito.

Antonia ve estas visitas al cementerio como una locura, no sólo de Nicoló, también de sus criados lambiscones que lo apoyan en todo. Cada día se propone disuadirlo usando su creatividad y se enfrenta a sus poderosas respuestas que sólo él entiende, inventando cualquier pretexto para no acompañarlo. La sola idea de estar en un cementerio al caer la noche, le eriza lo suficiente para no querer participar en semejantes aberraciones; menos aún, cantando, como se lo ha propuesto.

— « ¡Qué horror!»

Es ahora ella, la que piensa seriamente en olvidarse del virtuoso y buscar otros rumbos.

— « ¡Este hombre está loco! ¿Le tendrá vendida el alma al diablo como dicen las malas lenguas? ¿Cómo que los vivos le entienden mejor porque los muertos están presentes? »

Constantemente le hace sentir su desacuerdo y desaprobación.

Nicoló contrariado con las actitudes antagonistas de Antonia, posterga una vez más el viaje a Viena y conviene con Fabrizio arreglar una visita a Félix en Trieste, dando algunos conciertos por allá.

— ¡Antonia! podrás estar contenta, ya me despedí del cementerio. Mañana vamos a la ceremonia de La Academia Filarmónica que me va a hacer Miembro Honorario y pasado mañana, muy temprano, salimos a Trieste donde nos hospedaremos con un Príncipe. Espero que puedas estar a la altura y te comportes como una dama. De eso depende el que sigas con nosotros…

— ¡Ah…con vosotros! Creí que yo estaba contigo…

— ¡Dios mío! No voy a discutir estupideces… sin ellos yo no llego lejos. ¡Conmigo pues! No puedo pensar en una gira por toda Europa «contigo», cuando en lugar de practicar te dedicas a criticar y a amargar al detalle cada momento. Si nuestra estancia en Trieste es penosa en cualquier sentido gracias a ti, te vas a Milán… o a donde se te dé la gana. He dicho. —Sale de la habitación dando un portazo.

12 Un hijo para Nicoló.

Al parecer, todo en Trieste fluye ágil y Antonia se comporta apropiadamente. En una cena con Félix Baciocchi, Nicoló le rinde homenaje a Elisa tocando piezas que a ella le gustaban. Después de condolencias y algún brindis, pasan al comedor. Antonia se ha mostrado impecable en la velada, pero al disponerse a comer, algo en la comida le provoca náuseas y sale corriendo. Él, desde luego sospecha uno de sus berrinches, pero Félix observando el detalle:

—Maestro Paganini, tengo la impresión de que va a ser padre. ¡Felicidades!

— ¡¿Cómo…?!

—Asco y náuseas a esas edades, síntomas inequívocos de que llevan crío.

Sorpresivamente, Nicoló siente una euforia extraordinaria. Le gusta la idea. Se imagina de inmediato un pequeño violinista, un Camilino; y él, enseñándole cuanto sabe.

— ¿Será posible?

—Bueno, asumo que tiene alguna relación con ella…

Metido en un limbo de ideas desmadejadas:

—Sí, sí… yo…

—Maestro yo en su lugar… iría a averiguar qué está pasando.

Estupefacto y entrando en otro nivel, se incorpora y sale tras ella. La encuentra apoyada en un árbol.

— ¿Estás bien?

— ...Sí ya se me está pasando –contesta pálida y recuperándose.

— ¿Estas con niño?

Después de calcular y discutir pormenores, temiendo una explosión, contesta preocupada:

—Puede ser... no lo sé con seguridad.

En un giro inesperado, él se emociona volcándose en extremas atenciones para con ella. La toma del brazo y le ayuda a caminar de regreso. Sorprendida, ve la mutación y, aceptando la nueva actitud, exagera un tanto los síntomas y observa la reacción favorable. Las inesperadas atenciones de Nicoló le hacen sentir importante. Su retraso le tenía preocupada, entre miedo e incertidumbre. ¿Cómo regresar a su familia: carrera truncada y bebé en el vientre?

Un doctor confirma las sospechas al día siguiente. La noticia es agua helada para Fabrizio y Paolo que cambian miradas sorprendidos por la alegría con que el Maestro se los comunica. En su estupefacción, el único comentario es de Paolo:

—Parece que vamos a tener un niño... —Fabrizio sólo asiente.

La temporada en Trieste se lleva a cabo con éxito y conforme a los planes. Nicoló da el último concierto con el espíritu henchido y acaparado por la idea de ser padre.

Preocupado, considera que Antonia es ahora indispensable; no será fácil. Definitivamente deja de ser propicio ir a Viena. Una vez más revisa el mapa y opta por Bolonia donde el terreno es conocido y el éxito comercial seguro. El orgullo no le cabe en el cuerpo y, aún en encierro, toca su violín para esa criatura que ansía conocer. El lamento es amargo cuando piensa en Carolina, pero siente también una fuerza divina en este señalamiento del destino. Si las palabras aprendidas «Hágase Señor tu voluntad» son ciertas, ésta, es voluntad de Dios. Jamás discute con el torrente qué notas ha de tocar o qué ritmo llevar; no discutirá ahora cómo o con quien tendrá a su hijo. Lo que importa es que viene en camino y la noticia le hace vibrar y hasta ignorar malestares.

Ir a Bolonia implica pasar otra vez por Venecia. El camino es agreste, poco amable. Antonia, entre mareos y síntomas, mantiene un constante mal humor renegando cuanto puede. Experto en malestares, él la atiende empático, recordando los cuidados recibidos cuando enfermo. El inconveniente es que lejos de alguna quietud interior, sólo reprime sus poderosos deseos de responder los agravios; su rabia se mantiene bajo la piel, acumulándose.

Después de un penoso viaje, que se le antoja el más largo de cuantos ha hecho, llegan por fin a Bolonia, exhaustos. Sin ánimo de hacer conexión alguna, Nicoló, desesperado, busca encierro solitario.

Al día siguiente Paolo y Fabrizio, viendo que el Maestro sólo quiere estar en paz, planean con ánimo curioso contactar a Pietro y ver qué fue de él. Haciendo averiguaciones, van a dar a casa de los suegros y encuentran a Arabella, la supuesta esposa, que les afirma de mala manera no haberlo visto en mucho tiempo y no saber dónde está, negándose a hablar más.

Recorren los lugares que solían frecuentar, después de mucho preguntar, ya cayendo la tarde, un tabernero les señala a un hombrecillo que pudiera saber su paradero. Efectivamente, el sujeto es huésped de la misma pensión y por una propina, les lleva hasta la misma puerta del cuarto.

— ¡Pietro…! Soy Fabrizio, abre la puerta… —insiste golpeando— ¡Pietro…!

Después de un suspenso, la puerta se entreabre.

— ¡¿Fabrizio…?!

—Sí… abre…

Ante el estilo militar, irrevocable y de avanzada:

— ¡Sí, sí! Desde luego…

Al entrar en la habitación, el fétido olor de su depresión y su cuerpo en abandono los rechaza. Sin entrar en dudas, Fabrizio firmemente le ordena:

— ¡Vístete, nos vamos!

Ante el asombro de Paolo, Pietro se endereza:

— ¡Si Señor!

Fabrizio mantiene su seriedad sin quitarle la mirada. En menos de un minuto Pietro está listo.

Los malestares de primer embarazo mantienen a Antonia en pésimo humor, agravando su temperamento y usual insolencia. Nicoló, en momentos, duda si los rumores de que «mató a su mujer» no eran más bien profecía. Se oyen golpes en la puerta, es Fabrizio:

—Maestro, una sorpresa. ¡Mire a quién encontramos y ha decidido volver con nosotros!

Pietro aparece ante sus ojos, sonriente.

— ¡Maestro! –dice conmovido e hincando una rodilla, le besa la mano.

Es tal el gusto que le da ver a este grandote, que acepta el beso palmeándole la cabeza.

— ¡Qué bueno verte de regreso! ¡Bienvenido! Pero… ¿Qué pasó con tu matrimonio? Te creí feliz.

—Nos separamos…

— ¡Pero si estabais muy enamorados…!

—Sí… pero al casarnos apareció mi suegra. No nos dejaba solos ni un minuto, se metía en todo… siempre dando sus brillantes opiniones que nadie le pedía. Cada vez que regresaba de trabajar, Arabella me quería menos. Me fui percatando que ellas dos ya estaban casadas desde antes y que yo sobraba.

— ¿Tuviste hijos?

—No… no había intimidad… ni deseos. Me desenamoré… ella era otra, lejos de aumentarme, me mermaba.

—Bueno… todo esto tiene su parte positiva… Aprendiste y… yo contigo. Por otra parte, estás libre otra vez y gracias a eso estás aquí…

—Maestro, muchas gracias… me vuelve a rescatar. Le suplico perdone mi estupidez…

—Primero tendría que perdonar la mía… —Sonriendo de la ironía.

Aunque no hace comentarios, Pietro está impresionado del nuevo aspecto del Maestro aún más delgado, más viejo y más… Señor.

El regreso de Pietro puso a Nicoló de buen humor, al grado de intentar bromear con Antonia que mantiene actitud de «prima donna» sin explicarse tanto alboroto ni qué le ven a semejante grandullón.

Los nuevamente tres colaboradores preparan la partida a Florencia, que será después de los conciertos de Navidad del Teatro Corso.

La famosa soprano Lucrecia Cortesi está presentándose en Florencia y Nicoló asiste con Antonia esperando se le bajen los humos. Acaricia la idea de contratar a La Cortesi para las giras, so pretexto del embarazo. A Nicoló le fascina, pero no hay manera de que La Bianchi reconozca sus virtudes con interminables discusiones sin conclusiones.

Como en Florencia no queda mucho que hacer, parten hacia Roma. El viaje es brutal, bajo un invierno crudo y un camino que les obliga a marchar a pie y hasta empujar el carruaje para sacarlo de atascos. La presencia de Pietro es por fin apreciada por Antonia viendo claramente sus virtudes.

Roma es una cadena de vicisitudes y contrariedades, el estado de tensión sube progresivamente. No encuentran lugar donde tocar, unos teatros cerrados, los demás comprometidos. El Teatro Argentina le da fecha, pero no antes de seis semanas. El público de Roma ha cambiado aunque acude pronto, de muy amplia gama y comportamientos diversos; en general, menos respetuoso. Los más ricos: arrogantes y exquisitos; los más pobres: creativamente groseros y sucios.

Su violín se enreda entre recitales y pequeños conciertos en casas de los ricos que lo hospedan y se pelean por su presencia, pero que a la hora de la música platican distrayéndolo; ha tenido que interrumpir su ejecución congelando con su silencio y su mirada al transgresor. Frustrado, termina iracundo abandonando el recinto. Criticado por unos, defendido por otros; no logra armonizar. Intenta el público más bajo y renta un palacio desocupado dando tres conciertos. El lugar es repugnante, el público también.

Entre los admiradores con rango, se encuentra el Cardenal Giulio María de la Somiglia, Secretario de Estado de la Santa Sede, que con gran amabilidad le llena de alabanzas y le expresa su deseo de investirlo con un reconocimiento Papal. Abiertamente le plantea su única dificultad y objeción: los rumores de su encarcelamiento y demás ramas que han ido en aumento. Como a Nicoló le interesa esta condecoración, le jura su inocencia y le ofrece comprobarlo de manera oficial. El Cardenal acepta interesado.

Nicoló le escribe a Germi suplicándole le consiga un certificado de inocencia del Gobernador que lo conoce bien; documento por demás absurdo, pero única manera fehaciente de neutralizar la calumnia. Espera estar en buenos términos con su amigo y apoderado después de los conflictos con sus cuñados y le mande al Cardenal el documento a la brevedad.

Viendo absurda la espera en Roma, parten hacia Nápoles donde Nicoló lamenta no encontrar a Rossini, atormentándose con el recurrente antojo de ver a Carolina pero renuente a encarar personajes relacionados. Todo lo anterior, sazonado con los malos modos de Antonia y sus propios malestares, hace la estancia en Nápoles insoportable. Pese al agobio, da un concierto sumamente criticado por acompañarse de cuatro mediocres cantantes que provocan la risa del público, entre ellos: la Bianchi. Reconociendo su error al estar en una ciudad de cantantes, ahora tiene además que aguantar las amarguras de la Bianchi con la crítica. Urgentemente necesita paz y se le ocurre Palermo con plácidos recuerdos y buenos amigos. Antonia, ofendida con Nápoles, acepta y apoya la idea enseguida.

Con tres días de travesía por mar en un pequeño navío de correo, Antonia entre oleaje, mareos y susto, no deja de renegar y cuestionar a donde se dirigen.

Palermo para Nicoló, por su gran respeto y hospitalidad, es el perfecto lugar para tomarlo con calma. Una numerosa comitiva le da la bienvenida en el muelle con banda de música y tremenda pancarta: «Bienvenido Paganini». Su admirador y acaudalado amigo Don Doménico Testa le recibe entusiasmado, poniendo su casa a su disposición por todo el tiempo que desee, manifestando su deseo de ser el Padrino de la criatura, pidiéndolo con tal emoción, que Nicoló acepta espontáneo, sintiéndose honrado.

En cuanto se entera Antonia:

— ¡Yo no quiero vivir en Palermo!

— ¿Y quién dice que vamos a vivir aquí…?

— ¿Entonces para qué rayos aceptas semejantes compromisos?

— ¡Mujer! Necesito pensar. Don Testa es una persona muy respetada, hubiera sido grave error rechazarlo. Además es muy buen amigo ¿Cuál es el problema? …tener un hijo cambia por completo mis planes… tenemos que ahorrar dinero. Yo esperaba para estos tiempos estar recorriendo Europa…

— ¿Y qué quieres… que me sienta culpable?

—No veo en que me pueda servir el que tú te sientas culpable.

—Entonces ¿para qué lo dices?

—Es una decisión muy importante para mí y no he terminado de tomarla.

— ¡Y claro! Teníamos que venir al fin del mundo… para que lo pienses.

— ¿Preferías quedarte en Nápoles?

— ¡No! Pero mira donde estamos, pudimos ir a Como y que ahí naciera el bebé…

—Pero mujer... mírate. Ya no estás para viajar. Como está muy lejos, no sabes lo que dices. Aquí, estaremos en paz, la gente es muy amable y no nos agobian. Cuando nazca el bebé vemos qué hacemos. Pudiéramos vivir en Génova... si me dan a dirigir la orquesta del nuevo teatro... –termina especulando.

El rostro de Antonia se suaviza agradándole la idea de ser la esposa del héroe local.

En Palermo, Nicoló tiene una serie de seguidores que se han ido haciendo amigos y que hasta lo imitan en su peculiar modo de vestir y usan el cabello rizado, largo y alborotado; algunos de gran importancia como el Duque de Serradifalco, el notario Don Giuseppe Pingitore, su mismo anfitrión Don Doménico Testa e innumerables artistas de todas las disciplinas como el pintor Sanzo, que ahora le pinta un retrato.

El Marqués Ugo delle Favare, personaje recién llegado, escéptico y suspicaz, es el nuevo Lugarteniente de Sicilia y no deja de vigilarlo estimulado por los estigmáticos rumores pero, sobre todo, por haber tenido relación con la familia Bonaparte. Empecinado en sorprenderlo al menor descuido y seguro de que algo trama, ordena a don Camizzero, jefe de policía, que lo vigile y le mantenga informado.

La vigilancia policial es descubierta enseguida por Fabrizio, que se lo comenta a Don Testa. Al otro día no hay un solo policía vigilando al virtuoso pero, sin darse cuenta, está más cuidado que nunca. En una simple caminata que disfruta en plena libertad, cientos de ojos en las paredes cuidan su bienestar mientras es constantemente saludado.

— ¡Buen día Señor Paganini! Señor Paganini, es un honor... ¡Su Excelencia, estamos para servirle!

A medida que avanza por las calles: son atenciones, saludos, ademanes, intentos de plática; todos con gran respeto. Nadie le acosa ni le agravia o grita frenéticamente: ¡Viva Paganini!

Es una manifestación cómoda, llevadera, respetuosa pero que inevitablemente le distrae, rompiendo el frágil flujo de sus reflexiones.

Varios días se entrega a la caminata y el cuadro se repite. Al comentárselo a Don Testa:

—Maestro ¿y cómo le gustaría que le tratasen?

—Bueno… idealmente… un poco más de silencio –contesta riendo—. El silencio es donde nace la música y las mejores reflexiones. Pero no me lo tome a mal… ¡Me encanta Palermo y su gente! Me dejan disfrutar de la fama sin sobresaltos o estados de sitio. Puedo pasear; aunque todos me tengan que saludar.

— ¿Le gustaría que le saluden menos?

—Esas cosas no se pueden controlar, la gente es… la gente… Hay ciudades en que me es imposible salir a la calle.

Al día siguiente en su caminata, no hay saludos y con sus pasos monta en silbidos y en ensueños. Después de un rato, se percata sorprendido. Sin comprender una jota, le comenta más tarde a Don Testa que nuevamente le escucha. Al día siguiente le saludan un poco más.

Aun con su poderosa inteligencia, Nicoló es incapaz de descifrar qué está pasando.

Mientras tanto ha dado dos conciertos, solicitando permiso para un tercero a delle Favare que renuente había autorizado los dos primeros. En un intento de hacerla difícil, llama al Jefe de policía, don Camizzero, para saber qué pasó con sus averiguaciones, pero contrario a sus expectativas, le garantiza oficialmente la integridad del Señor Paganini y le sugiere, autoritario, que deje el asunto en paz; enfatizando por otra parte que: «el Maestro no tiene, en lo absoluto, intenciones políticas o subversivas».

Poco después del último concierto, cuando el calor del verano impide hacer más, Antonia anuncia con gritos que llegó el momento de parir. Domina el trajín. Nicoló, bollo de nervios, camina de un lado al otro sudando copiosamente. Don Testa lo observa desde un sillón, invitándole a sentarse y degustar un coñac. Él acepta el coñac, pero bebiéndolo de un sorbo continúa en su intento de acabar el piso. Los gritos de Antonia se escuchan por la finca y, en medio de ellos: llanto de bebé. Nicoló y Don Testa se miran a los ojos y acuden a la puerta donde la señora Testa anuncia:

— ¡Felicidades Maestro Paganini! ¡Fue niño…!

Antonia descansa en la cama con el bebé abrazado, Nicoló se acerca a conocerlo y al sólo ver su carita queda prendado. Es tal su entusiasmo que llena de besos a Antonia ocasionando su rechazo. El doctor le pide hablar en privado y preocupado le sigue.

—Maestro Paganini… me temo que su hijo nació un poco falto de peso… ¿Sois vosotros católicos?

—Sí…

—Sería prudente que se le bautice a la brevedad…

—Pero ¡¿Qué me está usted diciendo…?!

—No se alarme… los bebés tan pequeños son más frágiles y recomendamos un pronto bautizo.

—Comprendo…

Un par de horas después están todos reunidos alrededor del bebé, Don Testa puesto a apadrinar. Al preguntar el sacerdote cual va a ser el nombre del crío:

—Padre, tenemos tres nombres y no hemos decidido cual… — contesta Nicoló.

—Póngale los tres…

— ¿Se puede?

—Todos los que quiera…

— ¡Excelente! Le ponemos los tres. —Nicoló, que lleva meses pensando nombres que marquen un gran destino, completa orgulloso— Se llamará entonces: Aquiles Ciro Alejandro.

El Padre, discerniendo entre ironía y paradoja, escucha la grandeza de los nombres viendo la pequeñez del recién nacido y la gran fama del padre con su extraordinaria delgadez.

—Yo te bautizo con el nombre de Aquiles Ciro Alejandro en el nombre del Padre y del Hijo y del Espíritu Santo, amén.

Esa misma noche comienza el festejo que continúa hasta el día siguiente. Don Testa y su esposa presumen al bebé ante su vasta familia.

Los meses pasan y el niño embarnece. En la cabeza de Nicoló rebotan ideas e imágenes. El frustrado matrimonio con Carolina le dejó sin deseos de hacer una familia y menos con Antonia. El enamoramiento con el bebé crece por minuto, igual que su aversión por Antonia que ahora lo tiene atrapado y ostenta una nueva actitud de control. Tantas mujeres con las que pudo tener hijos y lo tiene con la que no ama y con quien es imposible una relación. De lo único que está cierto es que no renunciará a su libertad, a su violín y, ahora, a su hijo. Esgrime sus mejores argumentos con Antonia que tampoco tiene gran vocación familiar y sólo acaricia la idea de hacerse famosa. Ninguno de los dos habla de casarse. Antonia ve con claridad que, para Nicoló, ella está afuera del escenario y hace cuánto puede por llamar su atención. La situación ambigua e indefinida se prolonga; ninguno quiere acabar la relación ni dejar a Aquiles; se hablan de posibles soluciones que indolentemente postergan.

El concierto en el Teatro Carolino de Palermo, con lujo de asistencia y entusiasmo, lo dedica con todo respeto a Don Testa y su familia, reafirmando en él su fama y prestigio.

Desde luego, asiste el suspicaz delle Favare ya familiarizado y adaptado a las jerarquías de Palermo.

Harto de Antonia con sus discusiones y desfiguros frente a los Testa que tan amables han sido todo este tiempo, al llegar el otoño, Nicoló está ya desesperado por partir.

En medio de una gran despedida abordan el pequeño barco de correos de regreso a Nápoles. Al poco navegar, Nicoló se percata del error: el mal tiempo domina soplando un viento helado y son cuatro días dirigiéndose a lo más frío aún; una vieja lección olvidada en un descuido que sin piedad se reitera. Preocupado por su hijo recién nacido, recuerda que Fabrizio lo mencionó y lamenta no haber puesto atención. Ante el movimiento del pequeño barco sobre el alto oleaje y el fuerte viento regañándole, el terror se posesiona de él y va al encuentro del Capitán que intenta calmarlo:

—No se preocupe… si acaso un leve catarro. De lo que se enferman los pasajeros es de mareo. Calma… le aseguro que no hay peligro. Manteneos bien abrigados y en el interior. Evitad el viento.

—Señor Capitán con el debido respeto, creo que no me comprende... Estoy dispuesto a darle una buena cantidad si da vuelta al barco y nos regresa a Palermo...

—Señor... ¡Qué más quisiera yo! Pero es barco del correo y no puede desviarse de su itinerario...

— ¡Pero esto es una emergencia, tiene que comprender...!

—Le entiendo perfectamente, pero también comprenderá: «tuve que regresar porque el señor teme que les dé catarro», no creo que la compañía, los demás pasajeros o los remitentes del correo lo vean como emergencia. ¿No es así? Y yo quedaría mal como capitán por no saber qué es una emergencia.

— ¡Pero...!

—Créame, llevo toda mi vida en el mar y se lo que es una emergencia y la gravedad de cada una. Con el respeto que merece: no veo emergencia. Le repito: abrigaos bien y permaneced en el interior.

Codo con codo entre pasajeros, en bancas corridas compartiendo el calor y posibles contagios, cuatro días después llegan a Nápoles: molidos. Nuevamente es Nicoló el enfermo, pero el bebé llegó perfecto.

Sin poder pensar en conciertos, más le duele mantenerse alejado del pequeño para no contagiarle.

13 El estilo de La Bianchi.

Los malos modos de Antonia se fortalecen con el creciente cariño de Nicoló por el bebé. El romance entre ellos, si alguna vez lo hubo, no existe. La discordia es constante, sin tregua.

Una mañana, sintiéndose algo mejor, decide ir a visitar a un empresario que le ha hecho reiteradas propuestas, esperando sostener una conversación sin toser.

Antonia despierta con el llanto del bebé y nota su ausencia. Iracunda abre la puerta gritando:

— ¡Carajo Nicoló! ¡¿Dónde estáis todos?! ¿Que no oís al bebé llorando…?

Pero el silencio impera. En el apartamento no hay nadie más que ella y el bebé. Paolo, desde la calle, oye sus gritos y acude:

— ¿Se le ofrece algo…?

— ¡¿Dónde rayos se metieron todos?!

—El Maestro fue a platicar con el Señor Marchisello, no debe tardar en regresar…

— ¡¿Cómo…?! ¿Se fue sin mí?… ¿Y no le dijiste nada…?

— ¿Qué le iba yo a decir?

Al oír esta respuesta lo jalonea de la camisa, empujándolo con violencia y desprecio.

— ¡Eres un imbécil… no me sirves para nada!

En su arranque y bufando, entra nuevamente a la recámara donde el bebé llora a todo pulmón agravando su explosión y se encierra dando un portazo que retumba en todo el edificio. Enseguida, se oyen golpes de objetos arrojados a las paredes. Paolo alarmado, temiendo por el niño, entra apresurado al cuarto para descubrir a Antonia golpeando contra el piso el estuche del *Cañón*. Sin pensarlo se lanza al rescate y protege con su cuerpo el agraviado violín, mientras ella le acosa a golpes y jalones de cabello. Aquiles grita desaforado y algunos vecinos acuden con cautela y ojos desorbitados. Al agotarse su furia, controlando llanto y exabruptos, finalmente siente compasión por su bebé y lo abraza. Paolo aprovecha para ponerse de pie y salir con el maltrecho estuche que acusa daños graves. Lleno de aprensión lo intenta abrir, pero los herrajes torcidos lo impiden. Armándose de calma, busca soluciones para abrirlo y después de mucho forcejear, decide romper un herraje que por torcido estorba. El estuche se abre y *el Cañón* pareciera preguntarle:

— ¿Qué rayos está pasando?

— ¿Estás bien…?

Diciendo esto lo revisa constatando que no reventó, sólo muestra algún detalle que seguro disgustará al Maestro pero que para él, es franco alivio. Lo ve entero y sonriéndole. De manera espontánea lo abraza emocionado. *El Cañón* sigue vivo.

Al llegar Nicoló, Paolo no sabe cómo decírselo, pero su susto y pena son elocuencia. Reprimiendo su furia al ver el estuche destrozado, entra en la misma jornada que Paolo y siente alivio al ver su violín de una sola pieza. Lo examina meticulosamente y viendo que el arco sucumbió, toma otro y lo toca aprensivo, haciendo todo tipo de pruebas. Al parecer, está bien, pero al sumergirse en un adagio siente el susto y dolor recibidos; un ataque de tos propiciado por la brusca irrupción de Antonia en la habitación le obliga a suspender su impromptu. Todavía envalentonada:

— ¿Cómo que fuiste a ver a Marchisello sin llevarme?

Presa de la tos, le es imposible contestar, ella aprovecha y encumbra sus gritos. Paolo vuelve a intervenir y enfrentándose a la mujer:

— ¡Tranquila Antonia! ¡¿Qué... lo quiere destruir?! ¿No puede ver que está enfermo?

— ¡Siempre está enfermo...!

—Pues sí... Si no le gusta... ¿qué hace con él? ¿No se da cuenta del daño que hace?

Esta última pregunta la paraliza en confusión. Nuevamente llora el bebé mientras Nicoló tose incontrolable. Un momento de claridad extingue en ella su erupción y sintiendo vergüenza se encierra. Sólo se escuchan sus sollozos y los mimos al niño calmando su llanto.

La tos y el deseo de ahorcarla amainan; Paolo le prepara coñac con miel que él recibe con agrado.

—Sírvete un coñac y siéntate conmigo... si no fuera por ti, mi querido Paolo, no tendría yo violines.

En los días siguientes, Antonia se ve agobiada por la resaca moral y la pregunta de Paolo, que sigue rebotándole en la mente. Su pasajera humildad y disculpas son bienvenidas por todos.

La familia española Gonzaga, radicada en Nápoles, ofrece un ágape muy formal en honor a Paganini; a éste asiste un apasionado violinista aficionado que le admira y que arde en deseos de tocar para él. Don Serafín, dueño de la casa, lo presenta con mucha pompa mientras todos los asistentes se acomodan para escuchar el sorpresivo recital. Nicoló, al centro en el lugar de honor, es atendido por todos los presentes.

Mientras tanto en una habitación contigua, Aquiles demanda leche y cambio de pañales, Antonia hace lo posible por mantener al pequeño en silencio. En su interior crecen frustración y amargura, sintiéndose esclava y humillada.

—«Ella, debiera estar junto a Paganini compartiendo los honores. Es la Bianchi, no una nodriza».

El violinista se esmera con desplantes técnicos, sintiendo inmenso honor de tocar para Paganini. Al terminar, todos en suspenso acechan la reacción del Maestro que tarda en aplaudir, pero asiente sonriente. Todos aplauden esperando su opinión.

—Es usted muy buen violinista...

De golpe, una puerta se abre y Antonia hace su entrada enfurecida con el niño en brazos y gritando:

— ¡Nicoló, llévame a casa!

—Pero mujer... ¿Por qué? ¿Qué pasa...?

— ¡Imbécil... ¿no te das cuenta...?! –grita soltándole un bofetón y saliendo tempestuosa del recinto mientras continúa despotricando.

Nicoló, cimbrado, siente bochornoso ridículo frente a todos mirándole boquiabiertos en suspenso.

—Os suplico nos disculpéis... Con permiso. –Dicho esto se retira carraspeando y evitando toser.

Al salir, encuentra a la furibunda mujer que le reprocha su conducta a gritos en plena calle. Paolo y Fabrizio atestiguan.

— ¡Uno de estos inútiles debió hacerse cargo del niño...! Estoy de criada limpiando mierda en lugar de estar contigo recibiendo honores y atenciones. Pero eres demasiado egoísta y no te importa. –Al ver la expresión de Paolo agrega— ¡Y tú qué imbécil, ¿no te das cuenta del daño que haces?!

Llega Pietro con el coche, Nicoló controlando su tos cubre su boca con un pañuelo, ordenándole a Antonia, con una mirada de fuego que entre. Al iniciar la marcha, ella reanuda el desatino.

— ¡Cállate carajo! ¡Silencio...! —Entre tosidos— ya hiciste suficiente ridículo. Le robaste el escenario al pobre violinista...

— ¿No te lo habré robado a ti? –contesta cínica.

Nicoló tose desbocado, reprochándose su propia estupidez, mientras el coche marcha sobre adoquín mojado de un aguacero que ya pasó.

Después de mucho discutirlo, convienen contratar una nana que emancipe a Antonia de las labores y demandas del bebé, y se ocupe de tareas domésticas para ella intolerables. Cada día depende del humor de la diva que tiene sintonizado el corazón en grandes triunfos y la cotidianidad le parece insoportable. Nicoló no la ve como esposa desde ningún punto de vista, sintiéndose atrapado con ella en su sube y baja. Ha ido comprendiendo que el matrimonio, si es esto, definitivamente no es para él. El amor por su hijo le atrapa con ella en una relación absurda sin el más mínimo afecto entre los dos. Sin embargo, él no deja de apoyarla en su carrera y vigila sus prácticas, tal vez con la esperanza de que triunfe y vuele lejos. Lo que no va a aceptar es apartarse de Aquiles.

La casera alterada, amenaza con sacarlos del apartamento por su enfermedad y por los constantes gritos que provocan quejas, pero un enfrentamiento con Antonia es suficiente para bajarle los humos.

De cualquier manera, como la tos no mejora y se complica con influenza, el doctor Calisi recomienda que salga de la ciudad donde haya paz y aire limpio que le ayuden a restablecerse. Antonia explota con la idea y argumenta, en gran berrinche:

— ¡Si nos vamos a vivir al campo, yo me voy por mi lado! ¡Tengo una carrera que hacer…!

— ¡Carajo, no grites…! Puedes irte cuando te dé la gana.

—Sí, pero el niño viene conmigo…

— ¡Sobre mi cadáver! ¿Lo oyes? Sobre mi cadáver.

En inesperado escalofrío Antonia hace una pausa, recuperándose y reflexionando.

— ¿Y tu carrera? ¿Tu violín… lo abandonas?

—De ninguna manera. Me he enfermado muchas veces desde pequeño y siempre me repongo… voy al campo a sanar. Y… déjame en paz… no estoy para tus discusiones que no llegan a nada. ¡Si te vas a largar, hazlo de una vez, eso me ayudará a reponerme!

— ¡Que más quisieras, pero yo sin Aquiles no voy a ningún lado!

Al ella salir, Paolo entra enseguida.

— ¿Se le ofrece algo Maestro?

—Sí, rápido… ven.

Intrigado se acerca al Maestro que lo jala susurrándole al oído:

—Mantengan vigilada a Antonia; si se quiere ir que se largue… pero sola, sin el niño… le montan guardias… o lo que sea necesario. No quiero que se lleve al niño… ¿Está claro?

—Sí Maestro…

—Anda ve… que no estoy para sorpresas…

—No se preocupe Maestro…

A partir de ese momento, Antonia es vigilada veinticuatro horas, mientras Nicoló se ve sumergido en enfermedad soñando el momento de regresar al escenario.

Pasan meses, su estado mejora muy poco. Las constantes discusiones y altercados con Antonia no le ayudan. La única manera en que la mantiene en paz es haciéndola vocalizar; prefiriendo sus arpegios a sus gritos. Como resultado: su canto mejora notablemente pese a constantes interrupciones con su tos. Ella mantiene la gira europea en el entrecejo; a él, la idea de llevarla le desagrada cada vez más.

Vivir en el campo le sienta bien a su salud, pero se siente castigado sin poder ir a los teatros a sólo un par de horas de Nápoles. Aunque esta vez, el encierro ha tenido la graciosa compañía de su pequeño curioseando por todas partes.

En tregua con la tos, contempla a Antonia moverse desnuda por la habitación en sus preparativos para dormir; sus voluptuosas formas no le provocan el más mínimo erotismo.

Huyendo en ensueños, se fusiona en abrazo informe con los ojazos sublimes de Bashira que nuevamente le transporta a lo increíble. Momentos después, una habitación iluminada de velas y Dida camina desnuda entre ellas, llena de amor; enseguida ve desplantes, expresiones graciosas y atrevidas con sabor de monarca; luego ve belleza pura y prohibida de Chantelle; enseguida la alegría de Gina, tan erótica, tan amiga; pleno de amor y capricho se entrega otra vez a Carolina que viene hacia él y le invita al abrazo. Pero no es ninguna de ellas; al enfocarse, ve de nuevo a Antonia reclamando:

— ¡¿Qué no oyes que el bebé está llorando?! ¡Aparte de tocar el violín no sirves para nada…!

El temperamento de Nicoló no tolera este tipo de detonador y explota pero, al hacerlo, el ataque de tos se le presenta sin piedad; ella sin detenerse, aprovecha el momento para desahogarse.

Los gritos de una y la tos del otro, alarman a Pietro que toca la puerta sin recibir respuesta. El barullo aumenta y Pietro abre de un empujón; Antonia ofendida tapando sus desnudeces, le grita ahora a Pietro, que sin importarle, levanta en brazos al Maestro como si fuera un bebé y lo saca de la habitación.

— ¡Atrevido! ¡Insolente! Cómo te atreves… ¡Sí, pobrecito, llévatelo…!

Los gritos de Antonia se siguen oyendo y la tos, entrecortada con intentos por contestarle, también. La preocupación en el rostro de Pietro le hace calmarse.

— ¿Así fue tu relación?

—En mi caso, mi suegra también gritaba insultándome y… no había un bebé llorando.

—Sí… supongo que nada de esto es bueno para Aquiles… me encanta verlo reír y jugar pero… estos gritos… el pobrecito no para de llorar. ¡Qué barbaridad! ¿Cómo es que me vine a meter en este lío…?

—Poco a poco Maestro, como se mete uno en todos los líos…

— ¡Mira! ¿Otra vez Pietro, el filósofo…?

14 «Muerto Beethoven...»

Casi por imposición de sus colaboradores Nicoló cambia de habitación; con ésta simple medida la paz florece notoriamente y su salud mejora en paralelo. Semanas después, sintiéndose mejor pese a la tos, se ocupa en composiciones; quiere terminar su segundo concierto y hacer un tercero para estrenarlos en Italia antes de ir a la gira por Europa. Sus polarizados sentimientos hacia Antonia y Aquiles se reflejan en notas que la pluma captura garrapateando pautado tras pautado. Poco a poco se alejan los gritos de Antonia, a los que cada vez da menos importancia, como ha practicado con insolencias del auditorio y sigue tocando implacable hasta apabullar al transgresor.

En reacción, Antonia persevera en sus vocalizaciones inspirándose en el ahínco de Nicoló y la idea de la gira europea de la cual ya duda con sólo verlo tan delgado y enfermo. Tiene que reconocer que, ahora que está componiendo, le ha vuelto a escuchar tocar con gran poder después de un año sin hacerlo. Le envidia sólo pensando que si ella dejara de cantar un año entero pudiera no volver a hacerlo jamás.

Al llegar el invierno, Paganini comunica al Teatro San Carlo de Nápoles su intención de estrenar su segundo concierto y tocar también el primero, que nunca tocó en esta ciudad, pero no lo pueden programar sino hasta finales de Enero. Cuarenta días de espera; no importa, acepta.

Con esto y lidiando con sus males que le acechan implacablemente, inicia gira hacia el norte rumbo a la gira europea. Al terminar en Nápoles, se dirige con decisión a Roma donde Germi, después de arduo trabajo, ha enviado los documentos para su condecoración.

En lo que se presenta en el Teatro Argentina y en el Colegio Nazareno, una noticia le provoca sorpresiva consternación: Ha muerto Ludwig Van Beethoven. Ante el asombro de admiradores que se lo comunican como mero comentario, el rostro de Nicoló se ensombrece y tuerce de dolor. Y, reflexionando, dice en voz alta:

—Muerto Beethoven… ahora… ¿Quién queda? —

Dando media vuelta se retira, mientras alrededor quedan atónitos pensando lo que dijo.

Después de algunas entrevistas en el Vaticano, Paganini es investido por el Papa Leo XII con «La Espuela de Oro» y el título de Caballero. Esto provoca un gran revuelo en Roma, siendo aclamado e invitado por los personajes y familias más importantes. Por fortuna, nunca salió a colación su relación con Antonia y su hijo fuera de matrimonio.

Aunque su salud no es buena, su ego está saludable. La sociedad romana lo trata como realeza y él siente estar a la altura.

La Bianchi ha de mantenerse discreta y aparte, so pena de no continuar en la gira y aunque la envidia le atormenta, persevera esperando salir beneficiada.

Con gran esfuerzo, Nicoló logra desembarazarse de tantos honores que pretenden atraparlo. Al cuarto mes de su llegada parte a Florencia que, esta vez, lejos de representar una sede, es necesaria escala. La bienvenida es calurosa y como siempre le gustó la ciudad, aprovecha caminar por sus calles. Flaco y desgarbado, ofrece aspecto de viejo que le protege de transgresiones pasando desapercibido aunque celosamente cuidado por Fabrizio y Pietro. Camina, inspirado y tosiendo mientras intenta silbar. Antonia es ahora ignorada por él, viéndola exclusivamente como la irremediable madre de su hijo. Ella se mantiene cerca mientras mejora su canto y le llegan oportunidades.

De Perugia, con gran respeto, una comitiva invita a Nicoló a presentarse en concierto con extraordinarios términos. El empresario Pietro Morlacchi sacrifica sus ganancias ofreciéndole la casa entera. Esto significa un desvío y un atraso, pero Nicoló eufórico, corresponde a los honores y acepta.

Perugia es extático y para él, después de dos años de celibato forzado, resulta erótico. Una dama del lugar, atormentada por sus pasiones después de haberle escuchado, le declara su amor en el primer intersticio y se le entrega sin condiciones. Sintiéndola irresistiblemente atractiva, la toma apasionado entre pasillos. Adagio, rondó, allegro, todo es posible y la lleva al clímax, llevándose también a sí mismo. Vuelve a sentirse vivo, vuelve a poseer a una mujer que lo disfruta apasionadamente y que le agradece sorprendida su advenimiento; la ama, pero ahora sabe que sólo la amará en ese momento, ni un segundo más. El destino implacable le impone avanzar.

La mujer de Perugia nunca tuvo nombre, sin embargo le aclaró qué hacer. Seguirá adelante sin perseguir mujeres, sólo poseerá a las que se pongan en su camino. No volverá a saber de ellas... Si acaso, saldrán también marcadas por el destino implacable que lo marca a él. Habrán sido amantes de Paganini porque ellas quisieron. Él, irrevocablemente, es Paganini.

Sentado, degustando coñac, reflexiona: tiene un proyecto enfrente y libertad absoluta. Las visiones en su mente le muestran el destino efímero, sin embargo, fascinante e intenso. Percibe aromas sublimes que no logra identificar pero que le transportan por nuevos paisajes, nuevos horizontes.

Regresa a Florencia para otro exitoso concierto en el Teatro de la Pérgola y parte enseguida a Livorno, donde, como ya acostumbran, le dan tumultuosa bienvenida reviviendo leyendas. Verdadero jaloneo entre estas dos ciudades, yendo y viniendo, entre conciertos. La tos le acompaña todo el tiempo y aunque mientras toca le es posible controlarla, al explotar los aplausos, la tos también. La elocuencia de sus ejecuciones, ahora cargada de madura pasión, eleva su virtuosismo al nivel de lo fantástico.

Las dos ciudades lo atrapan con contratos y en medio del frenesí, estando en Florencia, un accidente: el pequeño Aquiles, de apenas dos años, en una de sus exploraciones se rompe una pierna, no obstante, sus gritos de dolor no logran tapar los de Antonia en su derrama de inculpaciones e insensatez.

El crío es atendido apropiadamente y el médico les asegura que con la férula impuesta, en unas semanas estará bien. Desde luego la recomendación imposible: «que se mantenga quieto».

Después del último concierto en Livorno, como siempre, seguido de una gran despedida, regresan a Florencia y parten hacia el norte para pasar por Bolonia y seguir viaje rumbo a la postergada meta: Viena.

15 Una visita a Octavio.

En el camino se llena de escrúpulos. Por razones de negocios, primero ha de ir a Milán, esperando que Germi pueda reunirse con él y dejar sentadas las bases para futuras inversiones.

Como no avisó a nadie de su llegada a Bolonia, se sucede anónima y discreta. Sólo descansan y parten hacia Milán, pasando por Módena, Parma y Piacenza. Las tres ciudades le traen buenos recuerdos pero el retraso sería enorme si programaran conciertos. En Módena, la tentación de visitar a los filósofos es irresistible, sabiendo que si Fibonacci le pide conciertos, tendrá que darlos.

Viajar con Antonia y Aquiles es muy pesado; paran, a veces por necesidad, otras por capricho, amén de las discusiones que no faltan, prolongando el viaje dramáticamente.

Cuando por fin llegan a Módena, va donde Fibonacci que resulta no estar ya al frente del teatro. Sin dilación se dirige a su casa y para su sorpresa, lo encuentra muy envejecido y enfermo.

— ¡Nicoló Paganini! ¡Mi querido y legendario amigo! ¡Qué agradable sorpresa! Creí que moriría sin volver a verle. ¡Maestro, no sabe cuánto le hemos mencionado!

— ¡No sabéis cuánto recuerdo nuestras conversaciones! Vengo con inmensos deseos de ver a los tres.

—Me temo... que ya no somos tres...

— ¿Cómo...?

—El Maestro Francesco murió... hace ya... cinco años...

— ¡Dios mío!

—Por cierto… me encargó mucho que lo despidiera de usted Maestro.

Una mueca tuerce el rostro de Nicoló y sus ojos se inundan.

— ¡Me duele la noticia…!

—Me doy cuenta Maestro….

—…el tiempo se escapa entre los dedos… ¡Llevo tanto sin veros! Sin embargo, todos los días platico en mi locura con vosotros. He aprendido tanto de vuestras lecciones… Algunas reales, otras… tal vez las imaginé… cada movimiento que he hecho, lo he consultado con vosotros… —al terminar esto se reboza en llanto, tapándose el rostro con la mano. Fibonacci lo atiende paternalmente, conmovido de su reacción y sus palabras.

Fabrizio y Pietro lo ven salir apesadumbrado.

—Maestro ¿está usted bien?

—Si… estoy vivo… pero ayudadme al coche.

Pietro se acomide a brindarle soporte.

— ¿Dónde quiere que le llevemos Maestro?

—Vamos a dar una vuelta por la ciudad. No quiero encarar a nadie por un rato.

— ¿Desea que uno de nosotros le acompañe en la cabina?

—No… necesito estar solo… tengo cosas que comprender.

Avanzan por las calles: trote sobre adoquín y rechinidos de carruaje. El sol brilla por sobre los tejados. Nicoló sumergido en reflexiones. Después de muchas vueltas y, con aprensión, pide que le lleven a la dirección que en un papel le anotara Fibonacci, la casa de Octavio.

En un barrio bastante menos lustroso, entra en un enorme y hacinado edificio, tras las puertas: voces, discusiones, llantos, risas y silencios le recuerdan su infancia. Al final de la oscura y larga escalera llena de pestilencias, golpea la puerta de la buhardilla. Abre una mujer mal encarada que pregunta grosera:

— ¡¿Qué quieres?!

— Busco al Maestro Octavio...

— ¡Já...Maestro! ¿Maestro de qué...? —Dejándolo afuera, grita soezmente— ¡Octavio! Aquí te llama un señor flaco que... ¡te cree Maestro!

A través del entreabierto, el olor y aspecto le platican la pobreza en la que vive su amigo. Enseguida, al umbral, la reflexiva expresión de Octavio que se llena de júbilo al verlo.

— ¡Paganini! ¡A qué debo el honor!

— De ninguna manera Octavio, el honor siempre ha sido mío...

Llenándose mutuamente de elogios, en un impulso, se fusionan en abrazo.

— Pero pasa por favor... aunque no tengo mucho que ofrecerte en esta humilde vivienda...

— Con verte es más que suficiente...

En el lugar, amontonado de libros y caótico desorden, se ve una mesa contra la pared cargada de papeles y más libros, anunciando donde trabaja Octavio.

— ¿Cómo supiste encontrarme?

— Acabo de estar con Fibonacci... él me dijo. También me dijo que murió el Maestro Francesco.

— Si... qué pena... mi gran maestro -ensombreciéndose—. La presencia de su ausencia es un enorme vacío. Sólo me queda imaginar que platico o discuto con él. Necesitó morirse para que, con el inmenso hueco que dejó, yo me diera cuenta de lo grande que él era en mi jornada.

— Las ausencias son... lo que al parecer... nos dejan ver el valor de las personas.

— Que tú lo digas me parece cómico...

— ¿Por qué?

—Hombre… desde que te fuiste… no hemos dejado de hablar de ti. Hemos estado pendientes de cada uno de tus triunfos; tu ausencia ha hecho tu presencia… –volteando hacia la mujer que no deja de producir ruido– ¡Lucinda, este hombre es el famoso Nicoló Paganini del que tanto te he hablado! ¡El mejor violinista del mundo y la historia!

Escéptica, harta de todo, contesta despotricando:

—Pues no veo que le haya servido de mucho, es obvio que se está muriendo de hambre… igual que tu… «El mejor poeta del mundo». ¡Bah! ¡Basura! Es todo lo que hacéis…

Susurrando dice Octavio:

—Creo que lo mejor… es irnos a otro lado, donde podamos platicar.

Nicoló asiente y se dispone a salir, al igual que Octavio que, al armarse de saco y sombrero, desencadena la furia de la mujer.

— ¡Claro lárguense… no saben hacer otra cosa…! ¡Puro cuento! Yo no veo claro…

En medio de una lluvia de insultos, salen los dos artistas y se vierten por las escaleras, en lo que Octavio piensa justificaciones para su mujer. Una vez en el coche procede a disculparse, pero Nicoló le interrumpe:

—Octavio, no me debes ninguna disculpa… entiendo. Entiendo perfectamente… Más de lo que crees. Pero dime: ¿tienes hijos con ella?

—No… ¿Por qué me lo preguntas?

—Mera curiosidad…

— ¡Claro! No te explicas por qué, entonces, le aguanto tanta insolencia. —Nicoló con su silencio confirma. —Buen punto, yo tampoco me lo explico. La mujer es monstruosa así como la viste. La realidad contundente... es que ella... no tiene a nadie más en la vida... y yo, tampoco. A veces, ella está de buen humor, se transforma en beldad absoluta y le encanta escuchar mi poesía... entonces hacemos el amor. Si te dijera que la quiero parecería una burrada, pero nos hemos separado en varias ocasiones y la vida se nos ha hecho insoportable. Lo único que ha valido la pena... son las reconciliaciones cargadas de pasión. Con y en ella, he visto los más funestos paisajes y también... la gloria, la sublime belleza. Es mi musa, aunque parezca increíble. La economía está lejos de sonreírnos...

—Sin embargo... tu continúas haciendo lo que haces «con toda el alma...»

— ¡Ah...! Te acuerdas de aquella disertación... yo también... el día que la hice fue la primera vez que yo escuchaba estas ideas que imparablemente brotaban por mi boca. Sí... escribir poesía es lo que yo hago con toda el alma... aunque me muera de hambre, no importa. Pero claro, tenemos que pagar cuentas y Lucinda se sumerge en estos nefastos estados de ánimo que la convierten en el ogro que viste.

—Y cuando recibes dinero...

—Pago mis cuentas y guardo lo que me quede... si queda algo... lo estiro lo más posible. Soy muy austero... Nunca me importaron lujos ni placeres. En el bar, los amigos, con peligrosa generosidad, compiten por invitarme con tal de que platique. Un poco de vino alegra la vida... mucho, la arruina.

— ¿Y qué te parece si vamos por ese poco de vino y... nos alegramos un poco?

Al ver su expresión de incertidumbre, agrega:

—No te preocupes, yo invito y... sólo será para alegrarnos.

—Gracias Nicoló, sólo me preocupa el regreso a mi mujer, yo alegre y ella entre penumbras.

—Ya te dije que no te preocupes, ya veremos cómo le hacemos para alegrar a tu mujer también… ¿Todavía existe aquél lugar en el que nos reuníamos?

—No… hace tiempo que desapareció, pero no importa, vamos a otro vigente… te va a gustar.

—Por cierto ¿qué sabes de Bashira?

— ¡Hace tiempo que no la veo! Aunque según sé, sigue viviendo aquí… ¿Todavía te interesa?

—Me gustaría volver a verla, pero… tal vez no sea prudente.

—No tengo ni la menor idea.

En el nuevo lugar, que ya refleja algún añejamiento, la plática se intensifica mientras el vino corre. Nuevas caras para Nicoló saludan al elocuente Octavio que enseguida vierte un torrente de ideas al rodearle ávidos aprendices. Nicoló no pierde detalle. Octavio se desborda sobre la importancia del rumbo y la continuidad en los esfuerzos, de perseverar hasta el logro sin claudicar, aun en medio de la oscuridad, pero sobre todo, sin perder el objetivo. Uno ha de hacer lo que quiere e ir por ello con total entrega.

— ¿Con toda el alma? —interrumpe Nicoló.

— ¡Con toda el alma! O ¿se te ocurre algo mejor? ¡Ah! Les quiero presentar a un gran amigo…

Nicoló al ver la intención de Octavio, niega con la cabeza y se cruza los labios en actitud suplicante. Aun así, prosigue irrefrenable.

—…este hombre, que pretende pasar desapercibido, es el genial Paganini, del que hemos hablado en tantas ocasiones.

La noticia causa inmediato alboroto y aplauso, Nicoló irrumpe en tos agradeciendo, mientras tapa su boca con un pañuelo. Algunos incrédulos observan la notoria diferencia entre los afiches publicitarios y el desmejorado personaje de carne y hueso. La pregunta generalizada es:

—Y ¿Cuándo va a tocar Maestro?

Nicoló tiene problema para explicar que sólo se encuentra de paso y no tiene nada programado en esa ciudad pero, como era de esperarse en una concurrencia de artistas, no hay uno si no varios violinistas que ponen sus instrumentos a su disposición. Acepta, pues mucho le apetece tocar para un público así.

—Este inesperado impromptu se lo dedico de todo corazón al Maestro Francesco, de quien aprendí tantas cosas, al Señor Fibonacci que no puede estar presente y… desde luego… a ti, mi entrañable Octavio, de quien sigo aprendiendo.

Un silencioso suspenso impera en el restaurante, el mismo dueño emocionado en la cocina:

—Cállense todos… va a tocar Paganini.

— ¡¿El violinista?!

— ¡No, el sacristán…! ¡El violinista, claro! ¿Quién más?

Todos se acomodan como pueden. Del violín comienzan a emanar notas en Adagio y, a medida que sucede, el flacucho y desgarbado personaje se va convirtiendo en maravilloso gigante ante el asombro de los presentes que sucumben sin resistencia al sortilegio de su música y personalidad.

Después de muchos aplausos, brindis, poemas y camaradería, salen del lugar ya entrada la noche. En el interior del coche se reanuda la conversación, Nicoló le platica de Antonia y su temperamento, del pequeño Aquiles y el galimatías que es la situación.

— ¿Por eso me preguntaste si tenía hijos con Lucinda?

—Cierto, pero ya me lo contestaste: Lucinda es tu musa…

—Sí, así es. La quiero… y eso parece que no tiene remedio. Me encantaría que fuese más prudente y controlara su temperamento, pero ella, es así… no me queda más que aceptarlo.

—Te dije que cuando regresáramos encontraríamos la manera de alegrarla. ¿Qué te parece si le muestras esto? —Al decirlo, pone en su mano un talego con una pequeña fortuna en monedas de oro.

— ¡¿...Qué es esto?!

—Sabes administrarte, me dijiste... Ahí tienes para un buen rato de poesía y amor con tu musa.

Octavio boquiabierto mira los doblones que ha vaciado en su mano y, metiéndolos nuevamente al talego, se los devuelve.

—No... De ninguna manera. Yo no puedo aceptar esto... no es digno.

—Octavio por favor. Yo recibo dinero de gente rica... es un reconocimiento al talento. Me han hospedado en sus palacios con todos los lujos, sin que me cueste a mí un solo escudo.

—Pero...

—Pero no seas imbécil... toma este dinero y vive, ama a tu mujer y escribe esas maravillosas ideas que brotan de tu ser. Además... te lo estoy dando «con toda el alma». ¿Está claro?

Apabullado con el argumento y la mirada que lo confirma, conteniendo la emoción que le rebasa:

— ¡Gracias Nicoló... eres un gran hombre...! Que Dios te bendiga y te dé mucho más.

—No sabes lo feliz que me haces al decir esto. Tus ideas para mí, son más valiosas que el oro y me voy cargado. «No voy a perder el objetivo ni aflojar en la continuidad de los esfuerzos». Voy a Viena y de ahí... si Dios quiere, al resto de Europa. ¡El sólo decirlo me aterra...! Pero agarrado a tus frases lo voy a lograr. ¡Lo voy a lograr...!

— ¡Ya lo creo que sí...! Tienes un enorme talento y aún más grande... espíritu. Aquí desde Módena llevaremos la crónica de tus triunfos. ¡Ojala nos volvamos a ver!

—Espero que sí. Por cierto... visita a Fibonacci; te echa de menos y parece un poco... al final.

— ¿Tan mal lo viste?

—Sí...

—Mañana mismo iré a verlo. ¡Que tengas mucha suerte en Viena! Triunfarás, de eso no tengo la menor duda. Te deseo lo mejor del mundo. ¡Y muchas gracias de nuevo…! ¡Lucinda va a estar amable por muucho tiempo!

16 De nuevo en Génova.

Los cascos de los caballos marcan el ritmo al alejarse. Le gustaría visitar a Bashira pero algo le arredra y opta por ir a casa donde le esperan los malos modos de Antonia, su anti-musa, que seguro pondrá cara larga y le hará ver su suerte. Ni modo, ese es su hogar. Esa misma noche resuelve partir al día siguiente, esperando poder encontrarse con Germi en Milán.

Aun manteniéndose en cuidadoso anonimato, llegan a Milán diez días después con un sinnúmero de contratiempos. Para colmo, Germi está ocupado en un caso imposible de postergar o delegar y no puede acudir; Nicoló entonces decide ir a Génova antes de lanzarse a la gira europea. ¿Cómo arrojarse a lo lejano sin llevarle a su madre la condecoración vaticana y sin su bendición? Desde pequeño, le dio seguridad la cruz que le hacía su madre en la frente cuando le despedía.

Como fuego en yerba seca, corre en Milán la noticia de su presencia y le llueven ofertas, también un empresario de Turín le pone enfrente una oferta irresistible e inmediata; irá a Génova vía Turín y de allí, regresará a los compromisos en Milán. Llegará a su ciudad natal cargado de oro, arreglará todo con su familia y su apoderado; y estará listo para su gran aventura fuera de Italia. Todo esto le evoca aquél momento en que planeó fugarse de su padre y abordar el barco a Livorno; ahora, se fugará de su amorosa, posesiva y apasionada Italia. Imposible despedirse mejor sin peligro de ser atrapado. Lo hará bien. Su comportamiento ha de ser congruente e impecable, cual Caballero de la Espuela de Oro.

Entre los brillos de Génova, un nuevo teatro está por inaugurarse y seguro le invitarán a abrir ese telón por primera vez y tendrá que aceptar. Para su sorpresa, no es así, y él siente que hubo preferencia a cantantes, sin embargo oculta su decepción con expresión de tahúr y participa entre las personalidades invitadas, escuchando en los discursos de inauguración repetidas menciones de él que le obligan a agradecer los aplausos desde su butaca, percatándose finalmente que él es el invitado de honor.

Durante todos los eventos le parece extraño no haberse topado con Gina. Ante sus preguntas, Germi le informa que ha cobrado su pensión puntualmente pero que lleva tiempo sin verla. Impaciente, una tarde escapa de los compromisos y va a buscarla. Al abrirse la puerta aparece una vieja encorvada de cabello blanco que se estira buscando porte:

— ¿Se encuentra la señora Gina?

Ella permanece en silencio mirándole, en lo que Nicoló se mete en sus ojos reconociéndola.

— ¡Nicoló… que gusto verte…! Ha pasado tanto tiempo… nuestros rostros han cambiado. Te veo más recio, más delgado y… creo que… algo enfermo. Pasa por favor.

Reconoce a Gina más bien por su voz y personalidad. Se llena de escalofríos no pudiendo creer lo que sus ojos ven, de sus labios no brotan palabras dejándose atender por Gina con su habitual cortesía:

— ¿Quieres tomar algo?

— ¿Tienes… coñac?

—Claro que sí… tengo una botella que tú trajiste… lleva años esperándote.

Gina pone ante sus ojos una de las finísimas botellas que Lord Byron le regalara. Él la examina.

— ¿Y cómo es que… no la has abierto?

—Yo sólo he bebido coñac con el gran Paganini… me dije que si no era con él, no la abriría jamás.

Esto último, dicho de la manera irónica en que sólo Gina es capaz, provoca que Nicoló la abrace.

— ¡Vaya…! –Soltando una de sus muy suyas carcajadas– ¡Veo que ya me reconociste…!

— ¡Gina…! ¡Querida Gina…! –apretando el abrazo.

— ¡Mi amor!

— ¿Cómo has estado mujer?

—Pues bien… ¡Gracias a ti…! Sin tu ayuda no sé qué hubiera sido de mí.

Los años han marcado a ambos, pero el flujo se da, las anécdotas de Nicoló despiertan el espíritu alegre que siempre caracterizó la relación. Muchas horas dura el encuentro y la comunicación se da como siempre. Al despedirse:

—No voy a dejar de escribirte desde donde esté… —dice conmovido— Como siempre, me la pasé extraordinariamente bien contigo.

Gina, sin poder evitar lagrimar, con su temple acostumbrado, lo ve subir al coche y alejarse. Y cerrando la puerta, se interna en su soledad.

De regreso en casa, besa mucho a su mamá, que a su vez, no deja de besar a Aquilino. Platica cuanto puede con sus hermanos. Luego asienta las bases con Germi y anuncia a todos los amigos su gira por Europa. Todos le desean éxito, dudando seriamente que lo logre al ver su desmejorado aspecto desde la última visita. En privado, algunos comentan:

—«Sueños de grandeza. Está loco. No lo logrará»

El Doctor Garibaldi que lo examina:

—Su Excelencia… no está usted en condiciones para abordar tan ambiciosa empresa, arriesga su vida. Piense en su pequeño hijo y su familia.

Nicoló escucha y más se afianza en su decisión, su vida es recorrer el mundo tocando su violín; ¿cómo puede ponerla en riesgo viviéndola?

Al terminar sus asuntos con Germi, dado algunos conciertos y llenado de besos a su madre, regresa al camino. Para estos momentos, Antonia se ha convertido para él en, algo así, como un percusionista que no agarra el ritmo, pero al que tiene que acoplarse y cubrirlo porque está impuesto. Acurrucados por el frío con el pequeño Aquiles, Antonia aprovecha para negociar su presentación en la Scala.

Queda atrás una Génova alborotada con la inesperada e intensa visita de su hijo genio. Paganini eclipsó la presencia de la familia Real, que lejos de ofenderse se unió al entusiasmo de su llegada. La experiencia durará meses en digerirse antes de convertirse en un mosaico más de la leyenda.

17 Viena.

Tras percances y reparaciones en los ejes que amenazan con ceder, a duras penas llegan a Milán completando en coche de alquiler la entrada a la ciudad. El carruaje no da más; para ir a Viena: necesariamente coche nuevo. Todos dan sus opiniones. Pietro defiende con vehemencia la suya:

—Debe ser ligero y fuerte. Además, debemos llevar la menor carga posible… o resulta lento, poco ágil e incontrolable… por lo mismo… peligroso y más propenso a accidentes o atascos, o hasta ser asaltados. No podemos forzar los caballos tampoco. Es peligroso decidir sin pensar todos los factores. Yo sugeriría que Fabrizio y yo nos encarguemos.

—Tienes razón Pietro. Encárguense de resolverlo. Consigan el coche más adecuado al a brevedad.

Antonia no ceja en su deseo de cantar en La Scala y Nicoló, con muchas dudas, acepta presentarla «en intermezzo». Con tanto antagonismo ha perdido sensibilidad a su talento y entre telones la escucha escéptico. Al terminar su actuación, un buen aplauso la despide.

En los días siguientes Antonia no habla de otra cosa y sintiendo la euforia del triunfo correrle por las venas, propone enfáticamente permanecer en Milán para madurar su triunfo.

Abundan las argumentaciones y Nicoló le anuncia que partirá tan pronto el coche nuevo esté listo. Mientras tanto, continúan los conciertos en Milán y en Pavia.

Cumpliendo con lo dicho, al recibir el coche, Nicoló pone fecha: después de los dos últimos conciertos convenidos. Antonia reacciona con estruendosos gritos.

— ¡Yo quiero cantar en La Scala en un programa sola y no iré a ningún lado si no lo logro!

— ¡Quédate todo el tiempo que quieras! Yo, me voy a Viena.

—Me prometiste que me llevarías contigo…

—Si… pero ahora, no cuando se te dé la gana.

— ¿Y cuál es la diferencia uno o dos meses más?

Él sabe, que se siente en momentos tan fatigado y enfermo que el desgano le paraliza. Ve claramente que si lo posterga más, tal vez jamás lo haga. No puede hacer concesiones, ha de partir. Antonia insiste en quedarse y termina demandado una anualidad para cubrir sus gastos. Después de negociarlo, fijan el monto y ella acepta. Partirá a Viena solo, como era el plan original.

Queda pendiente la custodia de Aquiles. Dejar todo atrás no le molesta pero dejar a su hijo al cuidado de Antonia, imposible. Al tocarse el tema ella aprovecha para aumentar la anualidad. Experto ya en estos panoramas desde el asunto Cavanna, se hace asistir por un abogado y se redacta el documento correspondiente en cuanto a pensión y custodia. Después de gritos y alegatos, firman un acuerdo.

Terminando los dos últimos conciertos, entre preparativos para el gran viaje, Pietro se acerca:

—Maestro, he observado que por lo general usa el mismo violín… rara vez le he visto usar otro.

—Así es Pietro, uso *el Cañón*: «*La Voz de la Ley*». No puedo evitarlo, es mi favorito. ¿Por qué?

—Si sólo usa uno ¿es necesario que llevemos seis en el viaje?

Sorprendido reflexiona.

—Supongo que tienes razón… pondré cuatro en el banco con Carli -contesta riendo y reflexionando— pero menos de dos, imposible.

— ¡Perfecto Maestro!… Por cierto, avisaron del sastre: ya están listos sus trajes.

Antonia no ha recibido las ofertas que esperaba tras sus apariciones en Milán, aunque propuestas de otro tipo le son susurradas al oído. De cualquier manera no se separa y pareciera incluirse en el viaje.

—Se puede saber ¿Qué te propones? —Nicoló le pregunta contrariado.

— ¡Quiero ir con vosotros! -contesta entre sollozos.

—Pero Antonia, creí que habíamos llegado a un acuerdo… ¿Para qué tantos gritos y negociaciones?

—No sabía lo que quería. Sólo quiero seguir contigo y con el niño…

—…y quieres ir a Viena claro…

—Sí, quiero ir a Viena.

— ¿Y tu carrera? ¿Todos los contratos que te esperaban…? ¿La Scala?

—Lo sé Nicoló… creí tenerlo… por lo visto no fue así… Yo canto como tú me has dicho que haga: «con toda el alma». Pero parece que no produzco el mismo efecto que logras tú.

Después de tanta insolencia le cuesta trabajo creer esta humildad, pero es la madre de su hijo y por primera vez, la forma en que lo pide no incluye chantajes. Después de un largo silencio:

— ¿Harás en el viaje lo que se te pida o te vas a rebelar como siempre?

—Haré lo que me pidas.

— ¿Seguro?

—Sí, completamente. Lo prometo.

—Bueno. Pregúntale a Pietro que puedes llevar. No podemos sobrecargar el coche en tan largo viaje.

— ¡Gracias Nicoló!

—Aquilino va a estar feliz...

Dice esto, sintiendo compasión por su hijo. Su propia mamá, jamás lo hubiera dudado. Sintiendo algún alivio, decide mejor ocultarlo.

El nuevo carruaje es más apropiado para la carretera, aunque su imagen no es sofisticada. El interior de la cabina es más amplio, con facilidad se convierte en cama y entra menos el frío. La jornada se inicia, durando el viaje alrededor de doce días. Nicoló se mantiene ensimismado, Viena había perdido interés al morir Beethoven; abrigaba esperanzas de conocerlo como a Rossini, y de componer algo con él agregando sus cadenzas. Sólo fueron fantasías.

Le molesta no hablar alemán y no puede evitar aprensión ante lo que ahora se propone, pese al apoyo de tan importantes personajes y llevar consigo muchas cartas de apoyo e incluso el Título de Caballero de la Espuela de Oro que sólo Mozart y Gluck, como músicos, recibieron antes que él precisamente viviendo en Viena. Nuevamente se arroja a lo desconocido, pero esta vez sabe que lo desconocido es su hogar. Paganini se propone la conquista del resto de Europa, arrastrando su precaria salud con su característica pasión. El presagio del ángel se confirma en su recorrido. Ese niño enfermizo de extraño porte, es ya, el más famoso violinista del mundo.

Con una tempestad interior de sentimientos encontrados... por fin: «*La Ciudad de los Músicos*».

La noticia de su llegada corre ante la expectación. Se encuentra frente a un público diferente y musical que le infunde miedo nuevo. Su estado de alerta pasa los malestares a segundo plano.

Su habitual carisma ha madurado con un afeamiento facial que, paradójicamente, aumenta su magnetismo. Su rostro, es calavera cubierta de pálida piel con tupidas patillas, amplia frente y pelo negro rizado; su cuerpo: esqueleto envuelto en un maltrecho traje negro.

Contra lo que él temía tanto, la corte austríaca le da la bienvenida sin pretender acapararlo en lo absoluto.

Por otra parte, en Viena, el público politizado ha ido poniendo su admiración en disidentes y artistas destacados a medida que pierde interés y respeto por la aristocracia. Periódicos, discusiones de café, taberna y parques son los modos de mantenerse informado. En los corros unos defienden su apariencia, otros la atacan; es tema obligado. Su personalidad y trayectoria son la trama. Resurgen, corregidas y aumentadas, las leyendas que lo persiguen apoyadas por su imagen siniestra aunque simpática, su presencia de genio misterioso y, en el escenario, simplemente espectacular.

Todos quieren escucharle. ¿Mito o realidad?

En un concierto al aire libre junto al Danubio, escucha por primera vez la ejecución de la Séptima Sinfonía de Beethoven interpretada por una numerosa y disciplinada orquesta. Desde el primer acorde Nicoló se cimbra dejándose transportar por la grandeza musical y orquestal; sus ojos lagriman en lo que permanece inmóvil sin perder detalle. Al terminar, un profundo lamento escapa de sus labios:

— ¡Ha muerto…!

Alrededor se percatan y sabiendo de quien se trata, el detalle es publicado en varios periódicos.

Mientras analiza propuestas hierve en deseos de tocar y arrojarse a ese público. Se inclina por hacerlo en el salón Eidotto, «Redouten Saal» del Palacio Hofburg, por ser un lugar en que aparecía Beethoven. Su antiguo amigo Barbaja que increíblemente es ahora empresario en Viena, le asiste en todo:

—Ese lugar es sólo para los más destacados y tú calificas… no creo que haya impedimento.

Cartas y condecoraciones resultan innecesarias, le hablan en italiano aunque entiende la mitad, la angustia del idioma se va esfumando sin dejar rastro, junto con las torturantes dudas. Metido en un éxtasis de recorrido, sus malestares y conflictos con la Bianchi se desenfocan momentáneamente. Pero las antiguas maledicencias adquieren nuevo vigor alcanzando su estado de ánimo. El disgusto crece y en privado explota. ¿Cómo convencerles que son calumnias?

Los vieneses son atrevidos, le hacen preguntas abiertas y le cuestionan sobre su persona aunque lo admiren, quieren saber de él de manera voraz y desconsiderada. Como respuesta, publica una carta abierta protestando sobre los rumores de encarcelamientos, pactos diabólicos y otras patrañas. La carta sólo exacerba lo que trató de inhibir.

Famosos pintores solicitan hacer su retrato, Antonia se las ingenia para que también hagan el suyo.

Pasan los días. En su cabeza siguen danzando las notas de la séptima sinfonía del gran Maestro que lo mantienen inspirado para su debut.

El concierto es lleno total y público de todo tipo se acumula en la calle para verlo en persona.

Pese a que las grandes orquestas de Viena casi demandan esas orquestaciones que tanto le gustan, público y críticos se embelesan con su presencia de solista y virtuoso.

Un importante periódico publica:

> *«Paganini maneja su instrumento de acuerdo a su propio método, completamente desconocido para los demás violinistas de primera línea. Sus virtudes únicas como artista, unidas a su perseverancia y tenacidad en el estudio de sus propias formas y técnicas, le han dado un estilo único antes inexistente. En sus manos, el violín suena más bello y conmovedor que la voz humana y su alma ardiente derrama en los corazones un brillo celestial. Ha de escucharse una y otra vez para poder creerlo.»*

Nicoló hace hincapié en la entrada libre de todos los estudiantes de violín del Conservatorio de Viena, engrosando la ya nutrida asistencia de músicos.

El compositor Franz Schubert, sintiéndose rico con el dinero ganado en un recital que recién dio, asiste entre tumultos a uno de los conciertos quedando maravillado; es tal su frenesí, que acude por segunda vez pagándole su boleto a un amigo escéptico y detractor. (Este recital que Schubert dio, fue irónicamente el único que diera en toda su vida, pues muere al poco tiempo.)

Sus conciertos son lleno absoluto y en ellos, los homenajes a Beethoven son constantes, incluyendo en los programas: oberturas o movimientos de algunas sinfonías.

Su fama se dispara y se ve asediado por múltiples ofertas para presentarlo. Desde luego en paralelo: ávidas mujeres. Los vigías sociales, que detectan algunas escapadas, aumentan el habitual escándalo que es más disfrutado que repudiado.

Necesitando reflexionar, una mañana camina perdiéndose por las calles. En un hacinado vecindario, tropieza con un pequeño que mal toca su violín con el afán de recaudar monedas de transeúntes y ventanas. Nicoló se acerca a darle monedas, siendo tal el júbilo del chiquillo que decide tomar su violín y tocarlo, deteniendo caminantes y jalando vecinos a sus ventanas. Una lluvia de monedas se desata y el crío entusiasmado las recoge. Nicoló, entre carcajadas y tos, le ayuda en la cosecha. La anécdota corre de oreja en oreja por todo Viena llegando a la prensa y reforzando la leyenda.

Con tanta agitación, que no cesa, Antonia lejos de colaborar, demanda su porción con estrategias para hacerse notar. Nicoló condesciende, aunque está absorto en lo que se le está viniendo encima. La mujer explota repetidas veces, forzando las notas para llamar su atención hasta hacerlo en público.

Chismes van y vienen, y son publicados alimentando las patrañas siempre latentes. El frustrado enojo de Nicoló sobre el sempiterno asunto aumenta a la par que el hartazgo que siente con Antonia.

Como ya es rutina, cansado de hotel, buscan algo más privado e independiente, donde Aquiles pueda jugar a sus anchas y los humores de Antonia se diluyan.

Siendo Viena la ciudad correcta para un talento musical, a él, todo le parece extraño: arquitectura, idioma, gente, comida y sobre todo: costumbres. Las diferencias entre las regiones italianas no le fueron tan extremas como ahora. Por la calles, incómodo, se siente observado y criticado en otro idioma, los periódicos lo exaltan publicando cuanta nota es posible que no entiende. Estalla la paganinimanía, aunque con estilo diferente al de Livorno y Pisa.

Así también, surge en la prensa una fuerte competencia con un inesperado rival, un promotor de espectáculos presenta un extraordinario animal llamando la atención de los vieneses: una jirafa. La jirafa-manía compite con la paganinimanía. Él mismo, acude curioso con Aquilino a verla.

18 Helga.

En todo este éxito lleno de eventos, pasan los meses entre conciertos y enfermedad, viéndose obligado en ocasiones a postergar y hasta cancelar. Viena le honra elocuentemente aunque no termina de acomodarse. Estar bajo la lupa todo el tiempo afecta su flujo, le pone nervioso.

De repente, lo impredecible: Helga.

Después de una presentación en la que la elocuencia de su violín se sintió con todo su esplendor, Helga aparece frente a él. Su actitud, la blancura de su tez, la mirada de sus ojos azules, la belleza de su rostro y las formas de su cuerpo, son irresistibles, apabullantes; pero lo más increíble es que es enorme, casi dos metros de estatura.

Nicoló se siente intimidado a la vez que erotizado, difícil fórmula. Ella en su desplante, es mandato. Él, subyugado, obedece y olvidando malestares, se atreve. Entre dolores y preocupaciones, no esperaba semejante estímulo, semejante presencia. Otra vez vuelve a correr por sus venas urgencia amorosa. En medio del abrazo se siente pequeño y frágil, perdido en una inmensidad de mujer; no puede penetrarla y besarla al tiempo, imposible. La mujer es monumental y tomarla… una empresa, una gran aventura, una hazaña. Su tamaño es todo un reto.

Tenazmente, la recorre y acaricia con pasión, como si fuera parábola de su quehacer en Europa. Mientras Helga explota en orgasmo, él se pierde en ella. Jamás tuvo tal cantidad de mujer. Necesita alejarse en momentos para adquirir perspectiva. Helga es lo grande, lo bello e interesante; habla varios idiomas, tiene cultura, y sobre todo, disfruta la intimidad con él como disfruta su música. Lo ve a él diferente, fuera de serie, absolutamente fantástico, rayando en lo inimaginable; su manera de reírse y platicar, gesticulando con sus flexibles manos, le encanta; se siente hipnotizada, poseída. Los dos amantes se dan uno al otro en intenso descubrimiento, pero su relación es acechada.

Como es una mujer sumamente codiciada y por si fuera poco, involucrada con un poderoso magnate que todos temen y respetan, Nicoló, sin percatarse, está metido en un gran lío. Una impredecible simpatía y a la vez animadversión en algunas capas de su público se hacen sentir. El magnate, ofendido, ejerce su venganza en discretas formas que merman la posición de Nicoló en Viena. El mismo Príncipe Metternich preocupado, no sabe que pensar de los rumores, pero lo apoya incondicionalmente en lo que el mismo Emperador le confiere, sin percatarse de la ironía, el título de Virtuoso de Cámara.

Los derivados son enormes, Antonia, desde luego, explota al enterarse y le monta una rabieta del tamaño de Helga y de su misma frustrada ambición. Todo el mundo se entera y es lo que ella quiere. Las miradas suspicaces les siguen por doquier.

Nicoló no entiende como la ciudad de Mozart y Beethoven se deja llevar por disparates. El sentimiento de liberación inicial, se desvanece con el agobio que le invita a huir, aunque el romance mismo con Helga le detiene. Se siente vivo y en su presencia se siente bien y eufórico.

Los rumores no crean escándalo, desvaneciéndose por misteriosos poderes. Helga desaparece inexplicablemente. Él busca formas de comunicarse con ella pero es inútil. No la vuelve a ver.

Días pasan y su ausencia le provoca insoportable resaca y contrariedad. Este estado mental le hace aceptar las absurdas y ambiciosas demandas de Antonia para seguir su propio camino.

Harto de ella, sin comprender de qué se queja, pues con él llegó a La Scala y a Viena, no lo piensa un minuto más y acepta: le dará la anualidad que ahora reclama, además de toda la ropa y joyas que a lo largo de su relación le compró. Excluyendo, pues ella jamás lo pidió, los derechos sobre la música que compuso o arregló para ella. Con su característico espíritu desagradecido y avariento, ella acepta sin percatarse que se queda sin repertorio.

Ver partir a la Bianchi es gran alivio, deseando que su arreglo con ella disipe la situación. No es así.

Los rumores y maledicencias parecieran nutrir sus triunfos que siguen implacables.

Como le sigue poniendo nervioso el no hablar alemán y en el «italiano a medias» queda mucho en el aire, contrata a Antonio Caccio, un secretario italiano bilingüe y le explica meticulosamente cómo le gusta hacer sus contrataciones.

Sin poderlo evitar, en cada presentación busca a Helga. Inútil. Sus inspiradas cadenzas la convocan, pero ella no aparece. El frenesí del público y la crítica es imparable y elocuente, su producción enorme; pero su cuerpo y su ser, ahora, añoran a Helga que lo aceptó con los deterioros presentes. Su ausencia provoca un hueco que tiene que llenar con música para no hacerlo con pesadumbre.

El tratamiento de mercurio y opio del matasanos Borda, aunque interrumpido desde hace tiempo, sigue cobrando cuota. Su vista se ha mermado gravemente: ve todo rojo-naranja, más intenso aún a la luz de velas. Para neutralizar la molesta saturación que le hiere de manera aguda, le prescriben el uso de gafas azul obscuro, sin considerar que le agregan un detalle más a su aspecto siniestro. Sus dientes carcomidos y flojos por el mercurio, además de arruinarle la sonrisa y causarle un fétido aliento, le causan dolor y dificultad para comer. Con el afán de poder mascar, intenta hacerse arreglos con elementos de violín, amarrándose con cuerdas y crin unos dientes con otros.

En cuanto al dolor, se propone, tocando su violín, fusionarlo con el torrente como hace con dolores menores. Los dientes y encías, castigados por el mercurio, son «verdugos en competencia». Su misión es hacerlos cantar en coro. ¿Cómico...? ¿Loco...? ¿Imposible...? Una vez logrado el coro de verdugos, ha de encontrar belleza y fluidez hasta lograr el torrente con todo el conjunto. Es cuestión de percepción, de relajarse, de no pensar. Soltar sus dedos en el violín. Tenazmente perseverar. Los verdugos insisten, vuelve a convertirlos en coro escuchando sus voces, integrándolas una a una. Por fin, lo logra. Entonces lo ensaya hasta hacerlo con destreza.

Apostándose, no cancela un concierto y se presenta con su coro de verdugos. Cada paso que da sobre el escenario le cimbra el cráneo desafiando su equilibrio entre claridad y alucinación. Las reverencias son mecimientos insoportables. La luz de las candilejas se une a los verdugos, optando por cerrar los ojos. Teniendo claro lo que va a hacer, toca su violín y se mete en él. Los verdugos se suavizan con las notas y, embelesados, deciden seguirlo. Lo logra; en pleno concierto. ¡Lo logra! El público recibe el torrente con intensidad de dolor. La conmoción y éxtasis se generalizan.

Pero al dejar de tocar, los verdugos se separan y vuelven a competir para torturarlo. Abandona el escenario disimulando como puede. El público impresionado aplaude furioso.

El dolor es brutal. Desesperado acude al Doctor Vergani, que por ser italiano le inspira alguna confianza. Lejos de resolverle el problema y asombrado de lo que encuentra en su boca, lo empeora con intervenciones erróneas. Elimina todos los amarres que de alguna manera funcionaban y le extrae un molar en plena infección. En tormentoso malestar y decepcionado, Nicoló se niega a pagarle, provocando una discusión que agrega un ataque de ira a su estado de postración. Sus asistentes acuden al rescate al oír los gritos y cargado lo sacan de ahí. El dentista llama a la policía armándose todo un embrollo. Con un verdadero desastre en la boca, no tiene más remedio que pagar la cuenta, en lo que se resigna a perder piezas dentales y a no poder hablar.

Con el dolor bucal se abstiene de comer, lo que le es abismal, y de hablar, que lo es también. Ante la gente empieza a parecer evasivo o irrespetuoso al no contestar. Inventan más patrañas, muy pocos se percatan del tormento en el que está. Nunca se sintió perfectamente, pero ahora se siente desvencijado y con miedo desconocido. ¿Cómo va a recorrer el resto del camino?

El doctor homeópata Marenzeller estudia su caso y no estando de acuerdo con sangrías, purgas, mercurios y opios, le recomienda las aguas de Carlsbad. Nicoló, configurando sus planes a base de temores y esperanzas, acepta el tratamiento sin ver que es nuevamente víctima de un charlatán.

En medio del contundente éxito y reconocimientos de todo tipo decide partir, una vez afianzada la custodia de su hijo. Para seguir camino, primero ha de rescatar su salud como ha hecho antes.

Su llegada a Carlsbad es ruidosa y es recibido con una oferta para dos conciertos, empezando por presentarse al día siguiente. Acepta previendo que, al entregarse a la cura, no dará conciertos en el ínterin. El secretario Antonio Caccio se encarga de los pormenores.

Concentrado en el encantamiento de sus verdugos, da con éxito el primer concierto que deja buenos dividendos. Días después da el segundo, también venturoso, sólo que ésta vez, pese a haber un público más nutrido, la cantidad recibida es mucho menor. Sorprendido y bajo verdugos, le reclama al secretario:

— ¡¿Antonio, qué rayos es esto?!

—Maestro, las cuentas están bien, todo cuadra.

— Menos de la mitad, con más público que en el primero. ¡Cómo carajo va a cuadrar…! ¡Explícame!

Nervioso y agraviado, le exhibe cuentas en papel:

—Maestro no está descontando los gastos…

— ¡Qué gastos, demonios!

—Los del teatro… usted sabe: personal, iluminación…

— ¡Pero estás loco…! De cuando a acá yo pago por los gastos del teatro cuando no lo renté… ¡¿No me digas que tú aceptaste semejante condición…?!

—El empresario recalcó que nosotros teníamos que cubrir esos gastos o no habría conciertos…

—Pues no hay conciertos y punto. -Viendo otro recibo— ¿Y qué es éste porcentaje de comisión?

—Es lo que convinimos en el contrato en Viena.

— ¡Imbécil…! ¿Y tú crees que además te voy a dar comisión por haber regalado mi dinero? Te contraté para defender mis intereses, no los del teatro. ¡Lárgate! ¡No me sirves para nada!

— ¡Pero Maestro…!

— ¡Ni un centavo…! No quiero saber más de ti. ¡Antonio tenías que ser!

Ante la insistencia de uno y la ira creciente del otro, Fabrizio interviene y lo hace salir.

No tardan mucho en verlo de nuevo; Caccio agraviado, acudió a la policía y con ella y contrato en mano, exige cumplimiento. Asustado, Nicoló asiste al citatorio mientras en medio de un ataque de tos que le cimbra dientes y cabeza, revive «Cavanna». Como la idea de un arresto le aterra más que nunca, opta por pagarle al inepto la comisión que demanda.

Se siente extraño en tierra extraña, acechado y para colmo, representado por un paisano imbécil. El dolor no ceja, su tenacidad tampoco. Las aguas de Carlsbad fueron inútiles. Cada noche bebe coñac hasta quedar dormido, inconsciente quizás, y al otro día los dolores le despiertan fortalecidos con la resaca.

Le es recomendado ir a Praga donde hay especialistas en casos como el suyo. Acosado por el absceso molar que no ceja en el tormento y al ver en el mapa que está a un par de días de viaje, parte enseguida.

Son fines de Octubre, el viento es helado. El movimiento del carruaje le ayuda a meterse en trance y aunque los verdugos le acosan implacables, logra poner todo en armonía como si Bashira le asistiera. Flota dentro del carruaje. Sus tres colaboradores lo cuidan preocupados sin poder acostumbrarse a sus pavorosos dolores y sus extrañas maneras de combatirlos.

En Praga acude al Hospital General donde los doctores Von Kromholz y Nusshard le atienden y después de prolongadas discusiones resuelven operarlo. Tiene una infección en la quijada.

Giovanni Giordigiani, de Ferrara, ahora vive en Praga y al enterarse de su llegada, de inmediato va al encuentro y le sugiere se hospede en la pensión en la que él vive. Por ser la casera una señora genovesa posiblemente dispuesta a cuidar del travieso Aquiles de tres años, además de cocinar como a ellos les gusta.

El día de la operación le explican que por razones técnicas es necesario intervenirle sentado para tener mejor acceso. También le advierten que será sumamente doloroso. Con o sin advertencias, el dolor es descomunal y la intervención muy agresiva. Cuando la operación finalmente termina, exhausto del combate-tortura, queda inconsciente en la misma silla.

En los siguientes días se siente mejor pero su encía no pareciera sanar, lo que mantiene un localizado dolor y a los médicos insatisfechos. A las tres semanas le vuelven a operar con el mismo tormento, extirpando tres pequeños fragmentos de hueso que impedían la sanación. En cuestión de horas, la mejoría es notable y el dolor drásticamente menor. Nicoló, por primera vez en meses, vuelve a sentir un viento de esperanza y duerme sin sueños ni pesadillas.

Mientras convalece, juega con el pequeño Aquiles y platica frecuentemente con Giordigiani y su nuevo amigo, el profesor Julius Schottky, ambos huéspedes de la misma pensión. Las tertulias son casi noches bohemias, en las que el Maestro se extiende en el relato de anécdotas con el creciente interés de sus interlocutores. Schottky pese a un pesado acento, habla el italiano con bastante fluidez y le acosa con preguntas, pidiéndole permiso para tomar notas.

— ¿Y cuál sería el objeto de esas notas? Creí que sólo platicábamos para pasar el rato...

—Desde luego Maestro, pero sus anécdotas son de tal interés que me gustaría escribir su biografía...

— ¿Mi biografía...? ¿A quién le puede interesar mi biografía?

—A muchísima gente Maestro. Así como leen de todas esas calumnias diabólicas que le molestan tanto, estoy seguro que también querrán saber la verdadera historia del misterioso «Gran Virtuoso».

— ¿No mencionaría toda esa basura?

—No le veo ningún objeto, a menos que usted así lo desee.

—Si acaso para desmentir... ¡Julius, creo que estamos por tener una relación muy productiva!

19 Sin verdugos.

Las conversaciones le van restaurando el espíritu y ya habla nuevamente de saltar al escenario. El público de Praga ya está consciente de su presencia en la ciudad y hay expectación por escucharlo.

Al cabo de unas semanas está dispuesto. Aunque los malestares crónicos persisten, los dientes de la quijada ya no le duelen pues no queda ninguno y la infección del hueso sanó; ya no hay verdugos. Esto afecta su apariencia al hundírsele el labio inferior. Su frente, ya grande, pareciera más grande aún.

—Dime Paolo, ¿Cómo se me ve? ...que si antes demoníaco, ahora hasta sin dientes...

—Se le ve bien Maestro... su boca parece más pequeña. Lo que importa es que ya está mucho mejor.

— ¿Cómo se ven estas patillas más grandes?

—Bien Maestro... le hacen ver menos delgado. Pero recuerde que cuando está en el escenario... con el violín... su boca es lo que menos se ve.

— ¡Hombre ya lo sé! El escenario es lo que menos me preocupa. Lo que veo... es que con esta boca no habrá mujer que quiera besarme.

Termina de decir esto con un tono grave y en serio. Paolo, consciente de lo sublime que es besar a una mujer, guarda silencio reflexivo.

El suspenso que ha creado su presencia en Bohemia le hace recordar el efecto que tiene el suspenso en sus entradas al escenario, un estruendoso aplauso. Al ver el entusiasmo reinante al anunciarse su próxima aparición, se le llena de números la cabeza y concluye que es la oportunidad de recuperarse de tanto gasto y tortura con un buen ingreso. Subirá los precios de las entradas todo lo posible pues el suspenso le apoya y las salas son de poco aforo. El empresario salta en disgusto al escuchar que se propone cobrar cinco veces el precio habitual del boleto.

— ¡Pero Maestro Paganini eso es imposible! El suspenso del que habla, no aumenta el dinero de la gente. Sólo asistirán los más pudientes.

—Créame señor Stiepanek que le sorprenderán los resultados... ya lo verá.

En efecto el primer concierto se llena. La sala es larga, obscura y con pésima acústica; la orquesta impecable y el respeto del público absoluto. Pero durante el concierto, la mitad más lejana del aforo tiene dificultades para escuchar. La incomodidad se siente manifestándose una cierta confusión. Obviamente sólo aplaude la mitad enterada.

Esto, a Nicoló le causa contrariedad. Siente su entrega buena, lograda, llena de júbilo por haber superado a los verdugos y estar de nuevo entregándose en concierto. ¿Qué pasó? ¿Por qué esa fría respuesta a tan elocuente ejecución? ¿Hizo algo mal?

Más allá de su percepción, Praga y Viena son ciudades culturalmente líderes y sostienen severa rivalidad. Su éxito en Viena causó en Praga expectación, curiosidad y el subliminal deseo de desmentir.

A la mañana siguiente Paolo espera su reacción al leerle el periódico.

«...Su ejecución no es ni grandiosa ni graciosa; sus virtuosismos y cadenzas de mal gusto; su tono débil; no logra la redondez, no llena...»

Calumnias y críticas relacionadas con su conducta pueden ser, pero de esto, no sabe cómo reaccionar. Es primera vez que le hacen tal crítica «docta» de sus técnicas como artista que nunca le habían cuestionado. Achicado por un momento, analiza la situación y concluye que tiene enemigos ocultos dispuestos a sabotearle. Al caminar las calles en reflexiones, sobre paredes y en tiendas, ve caricaturas de él: en la cárcel como pecador empedernido, o como avariento acumulando oro, o con monedas brotando de las efes de su violín en lo que toca encorvado con expresión diabólico-avarienta, etc.

Entre una nefasta sala, precios excesivos, tibia reacción y lastimosas críticas, da el segundo concierto con la mitad de audiencia y peor resultado.

Esa misma noche se encierra en la oficina de Stiepanek a discutir y negociar la situación.

—Entiéndame Maestro Paganini, es insostenible pretender ese precio en los siguientes conciertos, pues si el último estuvo a medias, el siguiente estará vacío.

— ¡Pues le toco a las butacas…!

—El problema es que ese precio es sólo para los más ricos que ya asistieron y que con las críticas no piensan regresar. Además perdemos el público de músicos y estudiantes que no pueden sufragarlo.

— ¡Bueno y cuanto quiere que cobremos!

—El problema es que está muy alto, estamos cinco veces por arriba del precio normal.

—En Viena o en Milán lo pagarían… lo sé.

—Y aquí se odia todo lo que diga Viena, no se le olvide que estamos gobernados contra nuestra voluntad por austríacos. El arte es algo en lo que Praga no aceptará órdenes…

—Entiendo lo que me dice… Nunca hubiera imaginado una situación así… Bien… bajemos los precios a la mitad.

— ¿A la mitad de lo que hemos cobrado?

— ¡Si… claro!

—Maestro, ¿se da cuenta que aun así es más del doble de lo que normalmente se cobra aquí?

— ¿Y qué quiere? Que me baje a la quinta parte de lo que ya se pagó…

—Es el precio habitual…

—Eso es una humillación que pienso ahorrarme. Cumpliré con el contrato que tenemos firmado, aunque, como dije, le toque yo a las butacas y me despido de Praga para siempre. Créame, ya acepté la mitad, no espere que me baje a la quinta parte. Y menos después de tanta estúpida publicación.

Con esto dicho abandona el recinto.

Armado de entereza y seguro de sí, da los cuatro conciertos restantes sin registrar un solo lleno. Los críticos siguen despotricando y él ignorándolos. No puede pasar por alto que llegó sintiéndose miserable y Praga le alivió, aunque ahora quiera derrotarle el espíritu. En el último concierto se despide de Praga con lujo de sonidos especiales, entre otros, su ya conocido rebuzno.

Un demoledor artículo anónimo, en el que se le critica al detalle, lo pone a reír. No falta aquél que sostiene que él mismo lo escribió para activar su publicidad. Es tal la reacción contra este escrito, que aparecen publicaciones a lo largo de Europa defendiendo a Paganini y mostrando a Praga como insuficiente para apreciar tan extraordinario arte.

Dando espalda a rumores y ciudad, se encierra en la pensión a pasar la Navidad, sosteniendo pláticas con Schottky para publicar su biografía y acabar de una vez con tanta calumnia.

Francesco Morlacchi, un amigo paisano, lo aborda:

—Nicoló, lo que tienes que hacer es ir a Dresden, es lo más cercano y definitivamente promisorio.

—También me dijeron maravillas de Praga y sólo falta que me escupan.

—Dresden es otra cosa. Es más, yo te represento; conozco a los correctos y hablo alemán. Me adelanto… y tú sales dos o tres días después. Para tu llegada tendré todo preparado.

Después de discutir detalles Nicoló agrega:

— ¡Ah! Una condición… yo escojo mi alojamiento.

20 Pastel Paganini.

Estrenando el año 1829 y armándose de ánimo, vuelve al camino.

Cada vez más enamorado de su Aquilino, recorre Europa jugando con él. Fabrizio, Pietro y Paolo, eufóricos una vez más; el Maestro se apresta a la acción y revisa mapas con ellos. La ausencia de Antonia crea el ambiente relajado que tenían tiempo sin disfrutar. Su salud ha retornado a los achaques habituales que ya controla con alguna pericia; no ha ganado un gramo, pero no lo ha perdido tampoco, tal vez por imposible. Solo come papillas y sopas al no poder masticar, pero la gula jamás fue su problema.

El viaje a Dresden es penoso en extremo, la carretera todo un desastre agravado por el invierno. Avanzan a un promedio de treinta kilómetros diarios.

Junto al río Elba: Dresden. Bella, clásica y barroca, capital del Reino de Sajonia y parte del Imperio Alemán. Todos se fascinan al llegar y recorren el centro de la ciudad buscando alojamiento. Entre bellas fachadas, una pequeña posada les seduce y una voluminosa señora les recibe sonriente. Al Nicoló identificarse, ella entra en euforia y repitiendo bienvenidas llama a su marido que le recibe entusiasta pero en italiano con pesado acento.

— ¡Habla usted italiano!

—En mi juventud viví en Florencia… y le escuché tocar siendo usted un niño… entiendo por qué su gran fama. Siempre supe que volvería a verle. Es un honor que se hospede con nosotros… ¿Puedo preguntarle, quien le recomendó nuestro hotel?

—Le seré franco… nadie. Sólo nos gustó… y nos metimos.

—La prensa anunció su llegada… supuse que se hospedaría en algún hotel importante…

—Los hoteles importantes son los que menos me importan. Mi hotel favorito era sencillo… manejado por una familia.

—Como nosotros… Por cierto, hace muchos años el Maestro Ferdinando Paër y su esposa, la cantante Francesca Riccardi se hospedaron aquí. Como yo soy fanático de la música tuvimos conversaciones… sobre todo, de usted.

— ¡De mí!

—Yo le comenté del extraordinario niño violinista que escuché en Florencia y al decir Paganini, él se desbordó en plática. Fue usted su discípulo, ¿no es así?

—Así es… hace muchísimo que no lo veo. ¿Ha regresado por acá?

—Sólo esa vez se hospedó, mientras se instalaban apropiadamente. Se quedó varios años en la ciudad y recibió importantes nombramientos, pero nunca volvimos a cruzar palabra. Años después, me enteré que ya no vivían aquí… Supongo que el pequeño es su hijo.

—Así es…

Se llena de gusto al ver a la señora platicando con él y brindándole caramelos.

Al día siguiente, ya reina la expectación por la llegada de Paganini. Aprovechando que aún no le conocen, salen a caminar. Nicoló se siente feliz pese al puñado de malestares que logra fusionar con la bella ciudad, ayudado de los lentes azules. Sin poder silbar, camina viendo los juegos de su hijo con Paolo, mientras son seguidos a prudente distancia por Fabrizio y Pietro.

A poco andar, encuentran a una agradable dama mirando un aparador. Aquiles al verla, corre y se le abraza a las piernas. Enternecida, la mujer intercambia miradas con él acariciándole la cabecita.

Paolo se acerca con intención de controlar al crío.

—Nein, lassen es! Dieses gut. (¡No, déjelo...! Está bien).

Nicoló observa sin intervenir, conmovido por su hijo que necesita mamá. Él mismo, no podría concebir su infancia sin su madre. Sin aguardar más le dice en italiano.

—Perdone la molestia, mi hijo es un poco travieso.

—No es molestia, es un chico muy simpático y me encantó lo que hizo.

— ¡Habla usted italiano!

—Mi padre era italiano.

Ver a Nicoló directamente le impacta, relajándose con la gracia de Aquiles y el semblante bonachón de Paolo. Aun así, muestra algún nerviosismo que él percibe e intenta apremiar la situación.

—No se preocupe, el niño no me molesta en absoluto... sólo me conmovió su saludo tan eufórico.

Aquiles no ha dejado de mirarla a los ojos y le ha tomado de la mano como si la hubiese adoptado. Nicoló hinca una rodilla y acariciando su carita:

—Hijo... tienes que dejar ir a la señorita...

— ¿Por qué...? Yo la quiero para mí...

Todos ríen al escuchar esto, excepto Nicoló, que viendo la necesidad de su hijo lo abraza en lo que sus ojos se cargan. Incorporándose, disimula preguntando:

—Posiblemente, transgredo todas las reglas de la etiqueta pero, ¿aceptaría usted comer algo con nosotros?

Ella vuelve a examinar los rostros y el de Nicoló ya no le inquieta.

—...Me daría mucho gusto.

La respuesta sorprende a todos y domina la alegría. Reaccionando Nicoló pregunta:

— ¿Algún lugar al que le gustaría ir? ...nosotros somos viajeros... no conocemos nada por acá.

— ¡Sí! Les voy a llevar a un lugar que les va a encantar... — viendo al niño — sobre todo a ti.

Nicoló está intrigado con esta mujer que cautivó a su hijo y quiere saber quién es. Sin poderlo evitar se llena de sus habituales intuiciones matrimoniales. Aunque, no deja de verla intentando descifrarla.

Al poco caminar, el olor les anuncia su llegada a «Intermezzo», un café especializado en repostería en donde, efectivamente, Aquiles enloquece al ver pasteles en las vitrinas. El lugar es grande y está repleto, circulando entre mesas y bullicio rodean una disponible y se sientan. Tanta gente no le agrada a Fabrizio que se acomoda con Pietro en otra mesa esperando que nadie reconozca al Maestro.

Mientras son atendidos con familiaridad y en alemán, la plática se inicia con dificultad.

— ¿Es usted de aquí señorita?

—Sí, aquí nací... ¿Vosotros de dónde sois?

—Yo soy de Génova aunque ya no me siento de lugar alguno... viajo todo el tiempo.

— ¿Negocios?

—Pues sí... negocios.

— ¿Qué tipo de negocio...?

Ella no lo reconoce y él evita identificarse.

—Soy músico. ¿Usted?

—Me dedico a la repostería... que espero les guste.

Paolo queriendo entender rompe su habitual silencio:

— ¿Trabaja usted aquí?

—Sí. Aquí crecí... soy la dueña... Mi papá fundó esta pastelería para poder casarse con mi mamá. Cuando murió me quedé con ella.

— ¿Y su mamá?

—Ella murió siendo yo niña.

— ¡Cuanto lo siento!

—Pues sí, yo también. Mis abuelos siempre se opusieron a su unión mientras mi padre trabajaba levantando la pastelería. Pasaron años y mi madre ya era solterona pero mi padre seguía tenaz solicitando su mano. Finalmente, aceptaron. Para cuando se casaron la pastelería ya gozaba de prestigio... entre los dos la atendían aunque ya no tan jóvenes. Un día yo anuncié mi llegada y, según me contaron, hubo una gran celebración pues ya nadie lo esperaba. Mi madre continúo trabajando conmigo en el vientre, lo que atrajo más clientela. Por desgracia su salud sufrió con mi nacimiento y... murió tres años después. Yo crecí con mi padre y... claro, aprendí todo lo relacionado con el negocio. Él nunca se volvió a casar... me quería mucho, nos hicimos uno. — Las lágrimas han brotado de sus ojos al narrar esto con orgullo y dolor. — ¿Y la madre del niño?

Nicoló siente que la aparente casualidad no es tal; tiene enfrente una lección por aprender.

—No... nuestra historia no es tan digna como la de usted. Ella siguió su camino y yo el mío... el niño se quedó conmigo... hace apenas unos meses... En el mundo de la Música no es fácil... qué le digo... ella, cantante y yo, violinista, pero... no nos pudimos acoplar. Su historia coincide con la nuestra en que adoro a mi hijo y oír de su padre... me da inspiración. Agradezco que comparta su historia con nosotros... sin conocernos.

—Fue muy conmovedor que el niño me abrazara así... me identifiqué con él.

Al decir esto acaricia el cabello de Aquiles, quien sintiéndolo entrecierra los ojos. Nicoló se estremece al ver la escena. Sin ser bella, lo es, además de agradable y con magnífica actitud. Emana tal amabilidad, que le hace sentir como si ya la conociera, arrepintiéndose de no haberse identificado. Ella, sin decir su nombre, les entregó su historia completa.

Un hombre se presenta a su mesa:

— ¡Maestro Paganini, bienvenido a Dresden! Espero me confiera otra entrevista. Hay gran expectación por su llegada y estamos ávidos de saber cuáles son sus planes.

Efectivamente, Nicoló reconoce al hombre que le entrevistó en Viena, habiéndose anunciado de Dresden.

—Estoy en espera de algunas respuestas.

— ¿Qué hay del concierto que dará en Palacio para los Reyes de Sajonia?

— ¡Hombre…! Pues no sé qué decirle… pero cuando llegue al hotel me enteraré de todo y con mucho gusto le informaré. Paolo por favor encárgate de los pormenores con el señor e infórmale a Morlacchi de nuestro hotel… Se ve que ha estado activo.

Ella asombrada no ha perdido detalle.

— ¡Así que… es usted el famoso Paganini!

—Pues sí… así es.

—Y se me presentó como un simple músico… ¿Por qué?

—Porque eso es lo que soy. Esto de la fama es… como una papa caliente, nunca se sabe cómo tomarla… Disfruto mucho los momentos sencillos y anónimos. Si usted hubiera sabido quien soy, posiblemente no tendríamos estos momentos tan agradables. Espero no haberla ofendido al no presentarme apropiadamente… fui disfrutando conforme se fue dando y tuve oportunidad de conocerla. Su historia, con todo lo doloroso, me encantó por bella y optimista… Admiro a sus padres. Y a usted… ya le tengo estimación. ¿Fue bueno no identificarme?

—Supongo que sí.

— ¿Entonces puedo saber su nombre?

—Me llamo Susana Coreccio. —Contesta sonriendo.

Aquiles hace cuanta maniobra se le ocurre demandando atención, pero un espectacular pastelillo coronado con una cereza calma sus ímpetus.

—Pues Señorita Coreccio, me gustaría conocerla mejor... aunque de antemano sé... que usted adora esta pastelería y que nuestros destinos no tienen mucho en común.

— ¿Me está proponiendo matrimonio... imaginando que rechazaré su oferta?

— ¡Já, já...! Es usted aguda... Tal vez... No sé.

—La relación de hombre y mujer no sólo es de matrimonio. Uno nunca sabe. También me gustaría conocer al «Gran Virtuoso» un poco mejor. Por cierto, le tengo una pregunta: ¿Tiene usted alguna idea de cómo es el «Pastel Paganini» que se popularizó en Viena?

— ¡Já, já, já! No, no tengo ni la menor idea... nunca lo probé siquiera.

— ¡Qué lástima! De todas maneras ya hemos probado algunas recetas para hacer nuestra versión.

— ¿Vais a hacer un «Pastel Paganini»?

—Claro... si no nosotros ¿quién? Y ahora que tengo el honor de esta conversación en medio de la pastelería, con más razón... Dígame una cosa... ¿Cuál es su pastel favorito?

— ¡Bueno...! Uno que hace mi mamá... es chocolate por dentro y por fuera, húmedo de licor... ¡Uf...! ¡Extraordinario!

Ella llama a un mesero y le susurra al oído. Al poco, se presentan un par de pintorescos personajes, uno de ellos con una rebanada de pastel de chocolate que le asienta enfrente.

—A ver qué le parece Maestro, es de doble chocolate y envinado.

Intrigado y complacido, lo prueba.

— ¡Mm...! ¡Mm...! ¡Excelente! ¡Riquísimo!... ¡Bocado de cardenales!

Ella, dirigiéndose a sus colaboradores:

—Bueno... ¡Ya tenemos nuestro «Pastel Paganini»! ¡El favorito de él mismo! Muchachos, les presento al Maestro Paganini.

Éste último anuncio es escuchado en otras mesas y no tarda en correr la voz en todo el recinto creando conmoción. Un joven audaz le aborda:

— ¿De verdad es usted el Maestro Paganini?

—Sí Señor, el mismo.

Entonces, elevando la voz anuncia:

— ¡Paganini!

Fabrizio y Pietro se acercan enseguida pero sólo se sucede un nutrido aplauso que Nicoló agradece de pie con ademanes. Ella observa complacida el evento. ¿Quién le iba a decir que ese hombre medio siniestro, era el Virtuoso que la ciudad entera espera?

La mesa se ve rodeada de entrevistadores envolviéndolo en preguntas. Contesta lo que entiende y en su idioma. Él, le susurra al oído:

— ¿Ve lo que le digo de la fama?

En el hotel varias personas le esperan, incluyendo al elegante enviado del Palacio Bruch que le informa cómo será el concierto en la corte de Su Majestad El Rey Antón, urgiéndole puntualizar detalles. El estilo le es conocido y no precisamente agradable.

La sorpresa es que el concierto en palacio es de pasmosa informalidad, platicando con los miembros de la corte y hasta con el mismo Rey que, muy animado, le dice:

—Maestro Paganini, es un honor y un placer haberle escuchado, nuestro pueblo arde en deseos de conocerlo. Así que, cuente con el Teatro Bad y su orquesta para hacer los conciertos que considere necesarios y sin costo alguno para usted.

—Su Majestad, no tengo manera de agradecerle.

Entonces el Rey le entrega una valiosa cajita de rapé y cien ducados.

—Esto es en agradecimiento personal a esta magnífica velada y al privilegio de haberlo escuchado.

Nicoló conmovido con la generosidad y finezas de Su Majestad, se deshace en reverencias que el mismo Rey interrumpe.

A lo largo de la velada se percata que la mayoría de los aristócratas presentes tocan algún instrumento o cantan y lo increíble es que, algunos, hasta son miembros de la orquesta. Todos, conocedores, le hacen honores y le tratan con cortesía, nada en común con lo ya conocido.

Durante el concierto, su inspiración es Susana y su delicioso pastel. Aunque al principio no le pareció atractiva, no ha podido dejar de pensar en ella.

La insistencia de Aquiles para volver a verla y comer pastel es implacable y conmovedora. Enredado en compromisos inaplazables, es Pietro quien lleva al niño un par de veces, regresando con saludos y pastel de chocolate para el Maestro que hace todo un ritual degustándolo lentamente entre sorbos de coñac.

En la primera oportunidad escapa sin decirle a nadie y se dirige a la pastelería. Habiendo poca gente en el comedor, teme no encontrarla, pero ella sale enseguida vistiendo su uniforme de cocina con harina adornando su rostro, toque doméstico que le da un atractivo imprevisto.

— ¡Maestro que gusto verle de nuevo!

— ¡El gusto es mío!

Mientras en el hotel, Fabrizio descubrió la ausencia del Maestro e interroga a todos. Paolo concluye:

—Seguro está en la pastelería…

— ¿Cómo sabes?

—Mm… Lo he observado disfrutando el pastel… tal vez, pensando en la Señora Susana.

—Pero no la ha mencionado.

—Es precisamente cuando se nos desaparece.

—Paolo tiene razón –dice Pietro– lo ha hecho antes.

—Pues qué esperamos, vamos.

Al llegar, se amontonan en la vitrina mirando hacia el interior entre pasteles. Desde adentro, se ven claramente los tres y Aquiles montado sobre los hombros del enorme Pietro detrás de los pasteles. Muchos se percatan, no Nicoló que da la espalda a la vitrina. Ella, al verlos, sonríe con ternura diciendo:

—Creo que ya nos descubrieron.

Aquiles demanda entrar sin dejar alternativa. Susana lo recibe amorosa y Nicoló se percata como ha progresado la relación entre ellos. Ir a la pastelería se convierte en rutina diaria y centro de operaciones.

Los ensayos no pueden salir mejor, pero echa de menos el gran tamaño de las orquestas de Viena y Milán. Llenos los conciertos, Nicoló se los dedica a Susana, con la que su beso más audaz no ha pasado de su mano. El amor que Aquiles ya le tiene y el poco tiempo disponible en esos días, no han permitido acercamiento alguno, aunque algo crece en ambos y sus miradas mutuas lo confirman.

En el primer concierto, Susana espera ansiosa sin idea de lo que va a pasar. La obertura la estremece elevándola y preparándola.

Aparece Paganini y explota el aplauso. Inmóvil, ella sólo observa. El señor en el escenario pareciera otro, es enorme e irradia un algo indescriptible, irresistible. En eso, siente su mirada penetrando la suya y un suspiro se le escapa.

Comienza la orquesta, la mirada se intensifica y cuando llega el momento, el violín d paganini la levanta en vuelo. Todo su ser vibra de manera nueva e intensa. Sin sentir al público, cierra los ojos y se abandona al torrente que él entrega apasionado.

En un bello vaivén los sonidos la penetran: es éxtasis, fuga infinita, amor, y sin percatarse: gime sintiendo libertad. Es grandioso, es total; una maravillosa paz se instala en su ánimo mientras se siente flotar.

Sutilmente termina y el estruendo del aplauso interrumpe su éxtasis. Asustada, se incorpora al descubrirse recostada sobre la butaca sin control alguno. Al ver a todos aplaudir y de pie, reacciona y tratando de disimular, hace lo mismo. El aplauso es frenético y se une. Ese hombre es gigante.

Durante el intermedio, sus acompañantes hablan desbordadamente de sus propias impresiones, al parecer, no se percataron de su posible desfiguro.

En la segunda parte se propone mantener el alerta y observar lo que sucede a su derredor. Paganini no se lo hace fácil, su música vuelve a poseerla y su resistencia cede. Cada vez que se rescata y abre los ojos, ve la peculiar imagen del virtuoso sobre el escenario ejerciendo su magia y se vuelve a elevar. Sin importar sus esfuerzos, no logra ver lo que sucede alrededor. Cuando los aplausos irrumpen de nuevo, ella, nuevamente derretida en el asiento, se une a ellos con alegría desbordada y dolor en las palmas.

Al llegar al camerino Nicoló se recuesta exhausto. Los conciertos que antes podían durar indefinidamente, ahora le cansan de manera extraordinaria. El desfile de besamanos espera y no siente energía para tal empresa. Le inspira ver a Susana, si fuera posible, abrazarla y hasta besarla.

En el vestíbulo, aún extasiada, ella espera con deseos de saludarle. Si antes en los diarios encuentros sintió algo, después del concierto se siente íntimamente ligada a él. Su corazón acelerado ansía verle.

Nicoló se incorpora y recolectando fuerzas aparece en el vestíbulo. El aplauso le recibe mientras ella lo observa a distancia con alguna objetividad. No se explica. Lejos de ser bello, es el personaje «más bello» que ha conocido en su vida. Una mariposa llena de colores, una exótica orquídea negra, un diamante con espectros imposibles.

El encuentro es un saludo formal con reprimidas ansiedades. Confirmándose atracción, se despiden juntando sus mejillas y un intento de beso que no se consuma.

Al regresar al camerino, un vahído le obliga a recostarse y lleno de imágenes se queda dormido. Paolo, atento a su deber y vocación, anuncia que el Maestro no se siente bien y no asistirá a la fiesta programada; cierra la puerta, se acomoda en un sillón y viendo al Maestro dormir apaga la vela.

En medio de la oscuridad Nicoló despierta sin recordar donde está, habituado a esto intenta recapitular. La oscuridad favorece el sueño no la lucidez y sintiendo brisa en la cara, se ve navegando rumbo a un auspicioso destino. Cuando nuevamente despierta, ve la luz alrededor de la puerta entreabierta y va hacia ella, percatándose que se encuentra en un teatro. La imagen de Susana surge en su mente y le ubica un poco. Abre la puerta y encuentra a Paolo.

—Tenemos que ir a la fiesta en mi honor…

—Maestro… la fiesta fue anoche…

— ¡Anoche!

—Si Maestro, ya es casi mediodía. ¿Cómo se siente?

—Pues como un imbécil… no me acuerdo de nada… pero… me siento bien.

El síndrome de viajero desaparece al salir a la calle y ver la ciudad. No habrá concierto hasta el día siguiente, así que irá al hotel a afeitarse y visitará a Susana en la pastelería. Al ver a los tres, pregunta:

— ¡¿Y Aquilino?!

—Con la señorita Susana…

— ¿Y eso?

—Resolvimos estar los tres disponibles por si algo se ofrecía y ella ofreció gustosa cuidarlo.

Susana al verlo llegar, le recibe con la nueva estructura de ánimo que ya comparten y se dan un prolongado abrazo bajo la mirada sorprendida de los presentes. Muchas barreras se rompieron con el concierto y ambos lo saben.

Aquiles entusiasmado, quiere mostrarle los extraños pastelillos que recién decoró e insiste en que los pruebe. Él lo hace, mientras cruza miradas con Susana y se acarician con ellas.

Cuando el juego del niño es absorbido por Paolo, escapan a la oficina buscando privacidad. Al cerrar la puerta se confunden en un abrazo lleno de besos. El deseo de algo más completo aumenta la pasión. De repente, se detienen, se miran a los ojos y ella dice:

— ¿Te das cuenta que no puedo irme contigo?

— ¿Te das cuenta que... tampoco me quedaría?

Mirándose a los ojos ambos asienten. Él agrega:

—Me temo que mi hijo es el que sale más lastimado...

— ¿Lo vas a tener viajando contigo?

—No tengo alternativa, no me quiero separar de él.

—Entonces, es un viajero que tendrá que acostumbrarse... como su padre. –Besándolo suavemente.

Esta idea, le cambia estado de ánimo:

— ¿Te molestaría que... dejáramos esto para la noche?

—No... estaríamos mejor.

A partir de este momento se le desata una tormenta cerebral. Concluye que su hijo tiene prioridad y quiere pasar con él todo el tiempo posible, como el pastelero Coreccio, aunque esto incluya sacrificar relaciones íntimas con alguna dama. No lo quiere lastimar y ve venir con temor la despedida de Susana. Esto enfría su exaltación por ella y posterga la intimidad hasta ya no quedar tiempo más que para despedirse. Susana, comprende su mudanza, se resigna y acepta.

Mientras todo esto ocurre, termina su temporada donando la cuarta parte de sus ganancias a los pobres de Dresden.

Casi listo para marchar, aparece su amigo de Génova, el Marqués Lazzaro Rebizzo, que tanto le ha insistido Germi que sea su manejador en la gira Europea por sus habilidades como negociador, el dominio de varios idiomas, su fina formación y, sobre todo, su título nobiliario con el que se abre puertas dándole importancia. Esto le llena de optimismo y confianza, pues además es músico y antiguo camarada. Morlacchi, por su parte, ha mostrado demasiada afición por el vino y resulta embarazoso al socializar.

—Marqués, no sabe el gusto que me da tenerle por aquí, gracias por venir.

— ¡A ver cómo nos va! ¿Cuáles son los planes?

—Pues de aquí, ir a Berlín, ya ve que Spontini y Meyerbeer están allá… muy bien colocados.

— ¿Y Leipzig?

—No sé, no he pensado en ello.

—Es importante… y la carretera está mejor de aquí a Leipzig y de ahí a Berlín.

—No tengo nada programado ni contacto alguno.

—No importa, hacemos ruido de su llegada y vemos que pasa. Enriquecería la gira sin mucho esfuerzo. Si no pasa nada, seguimos adelante.

—Bien, como diga, vamos a Leipzig… mientras no sea Ancona…

— ¿Cómo…?

21 Berlín «a la Paganini».

La compañía del Marqués Rebizzo con su cultura y anecdotario hace una gran diferencia desde el camino. La plática es constante, el hombre es simpático y gracioso, al grado de entretener a Aquiles en paralelo hasta quedar dormido. En Leipzig, Lazzaro insiste en que se han de hospedar en un hotel de gran categoría para que los traten de igual manera. Viajero experto, al llegar, escoge el hotel y enseguida se entrega a la acción, diciendo:

—Nos vemos al rato.

En ese mismo instante, un concierto se lleva a cabo en el Gewandhaus; en su indagación, Lazzaro se entera y acude a sembrar la noticia con algunas propinas entre el personal del teatro:

—*«Paganini está de paso en Leipzig en el Hotel Polonia, no dará conciertos».*

Durante el intermedio todos los músicos se enteran y parte del público también. Friedrich Wieck se entusiasma con la idea y convence a otros de ir en su busca y solicitarle, por lo menos, un concierto.

Lazzaro de regreso, advierte al entrar:

— ¡Prepárese Maestro porque ahí vienen!

Después de poner a Aquiles a dormir, Nicoló ya está en pijamas envuelto en bata:

— ¡Qué! ¡Pero si no hace una hora que se fue…!

—Nicoló, vístase… ¡No…! mejor quédese así… Es más, yo también me pongo la bata…

Dicho esto corre a cambiarse, regresando caracterizado.

— ¿Le apetece un coñac Maestro?

—Pues… no…

— ¡Tómese uno…! O haga como que lo toma…

No pasa mucho tiempo y un mozo del hotel les anuncia que tienen numerosos visitantes. La propuesta es directa, no puede irse sin dar un concierto, Leipzig merece escucharle.

Al día siguiente, a primera hora, están platicando con el empresario y los directores de la orquesta del Teatro Gewandhaus. El Maestro Pohlenz con fiebre de autoridad, les pide por el teatro un precio excesivo, demandando que haya cantante en Intermezzo. Los dos escuchan al director imponer su retahíla de condiciones. Al terminar, Rebizzo contesta:

—Puede ser, pero entonces el precio de la admisión será de tres thalers…

— ¡Pero cómo… eso es inaudito! ¡Es el triple de lo habitual…! ¡No lo van a pagar…! —contesta Pohlenz exaltado.

—Señores, es el precio que pagan en las demás ciudades por escuchar al gran Virtuoso. Es el precio que se cobraría por cualquier cantante de renombre y el Maestro Paganini tiene más poder de convocatoria. Créanme que lo siento: tres thalers.

Todos intercambian miradas y se atropellan buscando persuadirles de un menor precio.

—Tengan vosotros en cuenta que en ésta ciudad hay muchísimos músicos aficionados que no podrán asistir. Son la mayoría y serían los más afectados.

Nicoló entonces jalando del brazo a Rebizzo le susurra algo al oído.

—Bien, el Maestro acepta cobrar dos thalers.

Pero a Pohlenz aún no le satisface.

—Considere usted que es todavía el doble... Si vamos a cobrar el doble, es justo que se les pague el doble también a los músicos de la orquesta.

Sintiendo que el director se está pasando de listo, Nicoló interviene:

—Bien... les pagaremos el doble. Sólo que yo no necesito una orquesta tan grande... con la mitad o menos tengo suficiente. Inclusive puedo dar el concierto sin orquesta y nos quitamos del problema.

— ¡De ninguna manera, la orquesta tiene sus elementos y tiene que tocar con ella completa!

Ofendido por el tono dictatorial de Pohlenz, se pone de pie:

—Me parece absurdo que se me quiera imponer cuantos músicos requiero para mi concierto. ¡Señores, os deseo un buen día! Adiós. –Dicho esto se retira seguido de Rebizzo dejando al empresario y directores boquiabiertos.

Para Paganini, que no tenía pensado tocar en Leipzig: un simple ejercicio banal; para el público de Leipzig: una notable frustración. El ruido hecho por su presencia y la esperanza de que diera un concierto, crearon gran revuelo y expectación. El suceso se vuelve controversia, abundando las recriminaciones a Pohlenz, empezando por los miembros de la orquesta que, en boca del primer violín:

— ¡Hubiéramos trabajado gratis con tal de escuchar y tocar con el Maestro! Ahora... tendremos que ir a Berlín a escucharlo, los que podamos sufragarlo... con todos los gastos que implica y sin el privilegio de compartir el escenario con él. Con el debido respeto Maestro, pero tiene que retractarse.

—Me temo que eso no va a ser posible... —contesta pedante y crecido— ¿Algo más?

Ante esta actitud, el concertino, por propia iniciativa, hace una carta con otra propuesta y con un numeroso grupo de músicos se la lleva a Paganini esa misma tarde.

Él, la recibe gratamente impresionado aunque su decisión ya está tomada y contesta con otra carta:

> *« ¡Qué pena no haber tratado con usted desde un principio! Hubiéramos llegado a un acuerdo en todos los puntos tocados en su amable carta, lo que me complace mucho. Lo que usted menciona con respecto a los músicos, me deja claro que la demanda de mayores honorarios no fue idea de ellos. El mutuo respeto, acostumbrado entre artistas, y mi experiencia de muchos años, me permiten verlo claramente. Para mí es importante que el tamaño de la orquesta sea conforme al tamaño de la sala y el Maestro Pohlenz y sus arreglos respecto al número de elementos, no corresponden a mis deseos.*
>
> *Por lo que he oído de los precios cobrados por La Catalani en esta ciudad, los míos no son excesivos, considerando que es la costumbre con artistas de alguna reputación. Acepté bajarlos por favorecer a los músicos, que son tan numerosos en esta bella ciudad.*
>
> *Debido al malentendido, retiramos los anuncios en periódicos e hicimos arreglos para salir a Berlín, donde ya me esperan. Pero en otra ocasión, estaré dispuesto para la sala que tan cortésmente me ofrece.*
>
> *Mientras tanto, por favor, exprese a todos mi gratitud por esta propuesta y el haberse molestado en visitarme en mi hotel.*
>
> *Nicoló Paganini.»*

Sin lamentar al respecto, marchan hacia Berlín dejando atrás un frustrado Leipzig en controversia.

Durante el camino, la luz le es insoportable al grado de vendarse los ojos hasta que mengua. Al llegar a Berlín, siguiendo los lineamientos de Rebizzo, se hospedan en el elegante Hotel de Roma.

La luz, ahora de velas, sigue molestándole agravando una incisiva jaqueca. Rebizzo, preocupado viéndolo sufrir:

—Maestro… ¿Cree conveniente que detengamos todo?

— ¡No por favor! Continuamos con los planes. Sólo asegúrese de que yo toque en el Teatro Real. Me importa más donde toco que donde me hospedo. –Señalando el lujoso hotel con ironía.

—Si se siente bien para tocar, yo consigo el Teatro Real.

—Pues hágalo.

Al día siguiente, Rebizzo regresa al hotel después de sus gestiones, Nicoló, aunque agobiado por malestares, pregunta impaciente:

— ¿Cómo le fue?

—Pues todo Berlín quiere escucharle…

— ¡Qué bien! ¿…pero el Teatro Real?

— El Teatro Real… al parecer, la norma es rígida:

«Sólo le es otorgado el uso de la sala a los artistas más destacados y sin ninguna excepción han de ser ellos los que lo soliciten directo al Rey. Absolutamente no intermediarios».

— ¿Y eso?

—Pues no lo sé. No me lo esperaba.

— ¿Y es necesario que yo vaya personalmente o una carta es suficiente?

—Vamos a intentar la carta y de ahí vemos.

— ¡Ah! Por cierto. Esto del hotel de lujo podrá impresionar a otros, pero no me impresiona a mí en lo absoluto y menos con mi hijo que hay que estar entreteniendo. Necesita espacio para jugar y gritar libremente. Dígame… qué le puedo contestar al camarero que viene a pedirme que el niño no grite… ¿No se preocupe ahora lo amordazo…?

—Desde luego que no…

— ¿Tiene idea como controlar a un niño de su edad? …sin castigarlo, claro.

Nicoló elabora la carta para el Rey a la luz de una vela, protegiéndose con la izquierda de su brillo:

> *«Su Majestad,*
>
> *Mi mala salud me obliga a sacarle ventaja al tiempo. Considerando que mi sufrimiento me deja pocos momentos de respiro y tengo extremo interés en presentarme en el Teatro Real, me atrevo a solicitarle la más pronta fecha posible para presentar mi arte en esa tan majestuosa sala. Teniendo la esperanza, no sólo del honor de su aprobación sino de la bendición de su Real presencia.*
>
> *Agradezco de antemano la atención que Su Majestad se sirva prestar a la presente.*
>
> *Humildemente,*
>
> *Nicoló Paganini.»*

El Rey contesta de inmediato poniendo a su disposición el Teatro Real con el apoyo de todos los gendarmes necesarios. Además, confirma su presencia y entusiasmo, deseándole mejor salud.

Cerca de mil personas acuden encabezados por el Rey, la familia Real y numerosos miembros de la corte. Una buena parte de la concurrencia es de Leipzig que desde temprano forma cola en la taquilla.

El aplauso a su entrada es de rutina, con algunos abucheos de anti-italianos. Pese a los anteojos obscuros, tiene que entrecerrar los ojos para atenuar el hiriente brillo de las candilejas; al sumergirse en la música, poco a poco se relaja y se une al torrente capturando y entregando una bellísima pieza. Termina en unánime ovación de berlineses, esforzados de Leipzig y hasta anti-italianos. Al terminar el intenso concierto, constantemente interrumpido con aplausos, todos de pie se vuelcan en un sólido clamor final lleno de gritos y manifestaciones de júbilo, parándose muchos sobre los asientos para verlo mejor; algo jamás visto en Berlín hasta entonces. Nadie sale del asombro. Al hacer sus habituales y exageradas reverencias medievales, una inesperada risa colectiva intensifica el aplauso.

Como ya es rutina, con frío o sin él, Paolo lo recibe al salir del escenario con un abrigo de pieles en el que se envuelve abotonándolo cuidadosamente para sentarse exhausto, pálido y empapado de sudor. Este detalle llama la atención y no dejan de comentarlo:

«Parece un cadáver que revive, rinde su mágica actuación y al terminar, se recoge nuevamente».

Los críticos se entregan al encomio, inclusive los más temidos reconocen sus extraordinarias facultades y su originalidad. Coinciden en que su arte es poesía musical hecha en el momento. También comentan sobre su aspecto viejo y demasiado delgado; su carácter sencillo en contraste con su poderoso «tour de force» que se antoja inexplicable favoreciendo los rumores de pactos diabólicos o de héroe.

El temido crítico Rellstab recalca:

«...su intensidad es paradójica, extrema; le lleva a uno a un paisaje bellísimo, sublime y de pronto, en lo que uno está entregado a la belleza y a su destreza, irrumpe con sonidos infernales que, por lo inesperado, asustan. Mi primera intención fue declararlo farsante abandonando la sala, pero esos mismos sonidos seducen con su perfección y elocuencia. Sin percatarse, se interna uno de nuevo en otro lugar bello y sublime en perfecto estado de ánimo... Esto lo hace con espeluznante tranquilidad. Sus poderes son sobrenaturales, extraordinarios. Hay algo «demoníaco» en él; tal vez el Mefisto de Goethe hubiera tocado el violín así.»

«Mientras todos somos admiradores de los estilos de Spohr, Lipinski y Lafont; Paganini nos lleva más allá del estilo, es la encarnación misma de la locura y del dolor; del abismo y la realidad profunda. Su increíble habilidad como violinista es simple vehículo para la expresión de esto, quedando la vida como un mero lamento a lo efímero de la misma. Sus composiciones no son por accidente ni por diseño, más pareciera una fuerza que se canaliza a través de él y que le hace caer exhausto al terminar.»

Estas palabras sacuden a Nicoló que no termina de digerirlas, pasando del enojo a la reflexión repetidamente. No hay una sola palabra que lo descalifique, al contrario, sin embargo, de nuevo le asocian a lo demoníaco. « ¿Cuándo Schottky publicará su biografía para terminar con estas sandeces?». Pero algo en este artículo le tocó profundo.

El Príncipe Antón Heinrich Radziwill se declara su admirador y lo invita a su palacio donde, además de sus dotes de anfitrión, le muestra sus talentos como cantante y al violonchelo. Inmediatamente se hacen buenos amigos al hacer música y Nicoló percatarse de sus dotes.

Los más de catorce conciertos que da en Berlín son de tan clamoroso resultado que se entera el resto de Europa. Si Viena es «La Ciudad de los Músicos», Berlín es el balcón al resto del mundo del acontecer alemán. Nicoló se siente apreciado, comprendido e impresionado con sus claras disertaciones que acusan visión. Está ante un poderoso interlocutor que discierne con desapego y equilibrio, sensible y observador.

Le gustaría explicarles que su arte es su acceso a la libertad. Ahí, prácticamente creció y se formó como pudo, bajo la guía de su propio espíritu. Solo.

> *«Su manera diferente, para algunos absurda o imposible de tocar el violín, es defendida por su extraordinaria destreza, su floración; su falta de porte y elegancia es substituida con carisma y magnetismo. No obedece reglas conocidas, tiene las suyas con nuevos derroteros autónomos y desarrollados. Otra manera de tocar el violín: «a la Paganini».*

Mientras todo esto progresa, abandonan el hotel y se mudan a una casa pensión. En el proceso del cambio, Rebizzo preocupado, observa a Nicoló que sin quejarse y entre malestares, está perdiendo la vista necesitando a Paolo para desplazarse. Los cambios en la agenda son constantes por encontrarse a veces postrado, generando con esto cierto ausentismo entre público de más altura sintiéndolo como «desdén».

Nicoló siente que Rebizzo le da fuerzas para seguir avanzando, pero para Paolo, Pietro y Fabrizio lo está forzando más allá de su límite y que con su característica obstinación y tenacidad cumple increíblemente, pero en algún momento colapsará. La tensión entre el trío y Rebizzo aumenta con esto.

Esta situación tan extrema, no afecta el mágico efecto que Nicoló tiene sobre algunas mujeres que después de escucharle no resisten la tentación de contactarlo. Como no está en condiciones de atender a ninguna, no es posible verlo. Lejos de provocar desaires, algunas de ellas lo colman de regalos, cartas, invitaciones y visitas audaces. Esto provoca rumores de romances que no están sucediendo. Uno de estos rumores llega a oídos de un marido celoso que va a buscarlo explosivo. Entre alemán e italiano se inicia un conflicto que nadie entiende, cada quien hablando en su propio idioma.

En alemán:

— ¡Eh virtuoso! ¡Sal… que te quiero ver! ¡Te voy a dar una lección! A ver si eres tan bueno como con el violín… ¡Sal te digo!

Fabrizio escoltado por Pietro le pregunta en italiano:

— ¿Qué pasa señor?

— ¡Quiero ver al «virtuoso»…!

—El Maestro no puede recibir a nadie. Tenga la bondad de calmarse. Tal vez yo pueda ayudarle…

— ¡Sal «virtuoso» voy a romperte la cara…! Esta vez te metiste con la mujer errónea…

—Mire señor, le suplico…

— ¡Que salgas te digo…! ¡Virtuoso sal a ver si eres tan hombre!

Perdiendo la paciencia Pietro lo toma por las solapas y levantándolo en el aire:

— ¡Te pidieron que te calmes, así que… cálmate! –y lo zarandea mientras grita y patalea.

— ¡Bájalo Pietro!

No muy convencido lo hace. Sorprendido y medio ahorcado con ojos desorbitados, el sujeto recupera la respiración y componiéndose la ropa, masculla:

— ¡Esto es inaudito! ¡Intolerable!

—Le suplico que se marche y no haga más escándalo… no creo que esté usted en posición de contradecirme. El Maestro es un gran hombre y lo protegemos con nuestras vidas… ¿Entiende?

El buen berlinés sólo comprende que está en desventaja y opta por retirarse renegando. Cargado de ira consigue refuerzos y regresa con media docena de aguerridos individuos que sorpresivamente prenden a Pietro al salir. Fabrizio acude a los gritos de su compañero y es igualmente asaltado por dos de ellos. Una mozuela le avisa a Paolo lo que está sucediendo, Nicoló alcanza a escuchar.

— ¡Paolo, espera, voy contigo…!

— ¡Pero Maestro… usted no está en condiciones…!

— ¡Para defenderse de transgresiones no importa en qué condiciones se esté, hay que actuar!

Armándose de espadas y pistolas, se dirigen hacia la calle deseando que Rebizzo aparezca y disipe malentendidos en alemán. Tratando de ver qué pasa a través de una ventana. Nicoló, medio ciego, con su mermada voz, no puede dar los intimidantes gritos de otrora y le susurra a Paolo con gravedad:

— ¿Recuerdas aquel asalto en que hice huir a los bandidos… con pura actitud y gritos?

—Si Maestro… ¡Cómo olvidarlo!

—Puedo dar la actitud, pero no los gritos. Necesito que ordenes grave y serio: « ¡Arriba las manos!»

—Pues haré lo posible…

—No, no… no hagas lo posible… ¡Hazlo! ¡Ordénales sin piedad! –entrecortado por la tos— Si no los detienes con tu orden… tendré que matarlos… ¡Hazlo por ellos! Tu voz es solista al filo de la navaja.

La idea cimbra a Paolo pues el Maestro cumpliría.

Sale Paolo con decisión e impone la orden apoyada por un disparo al aire de Nicoló y su actitud con mirada espeluznante. Los atacantes se detienen ipso facto; Fabrizio y Pietro aprovechan para recuperarse.

Tanto escándalo llama la atención de todo el vecindario. El marido ofendido tiene oportunidad de reclamarle «al virtuoso», pero a la vez, de verlo objetivamente.

La dueña de la pensión, que les ha cogido cariño y admira a Nicoló como padre amoroso, le aclara al energúmeno lo absurdo de su acusación, pues ella es testigo de su conducta y precaria salud:

—Por favor… el Maestro es sumamente tranquilo y muy buen padre… juega mucho con su hijito, sale a dar algún concierto o está con el Príncipe Antón en su palacio, jamás recibe visitas femeninas… él mismo, dio orden de no permitir el paso a nadie… No me explico de dónde saca usted estos embustes… Es un honor para mí tenerlo como huésped.

Al llegar la policía, es Nicoló furioso quien reclama el agravio mostrando a sus maltrechos colaboradores, jurando no conocer a la esposa del agresor; quien a su vez, al progreso del conflicto, se ha ido convenciendo que está lidiando con fantasías de su esposa y chismes de vecinos, no con hechos.

Para no presentar cargos por asalto, agresión y lesiones, amén de cuanto pueda encontrar un abogado, Paganini exige que los agresores les pidan disculpas de manera correcta, en presencia del numeroso público que ya les rodea y del que ya se ganaron su simpatía.

El marido celoso y sus aliados acatan la operística medida por no verse arrestados; desconcertados también por la imagen del «virtuoso»: un hombre viejo, delgado al extremo y casi ciego. Sienten haber caído en una broma pesada, hicieron el ridículo y alguien se está riendo a sus costillas.

Para Nicoló fue una adversidad de fácil victoria, en su interior libra una batalla mucho más compleja, casi no ve con su ojo derecho y el izquierdo no está mucho mejor, pudiera quedar ciego. Los médicos no le han dado esperanzas. Su arte lo hace a ojos cerrados, al menos no está quedando sordo. En contraste, siente un profundo gusto por tan rotundos éxitos, aun sin poderlos disfrutar a plenitud. Siente cumplido su destino y, aunque en momentos cree desfallecer, le preocupa el futuro de su pequeño, repitiéndose constantemente: *«O tocas o mueres».*

Aquiles y su amor por él son asignaturas pendientes que ha de satisfacer para poder morir. Ha de encontrar fuerzas en el torrente mismo, pues su cuerpo, de cuarenta y siete años, parece ya no dar más. En las noches al acostarse, se convence que amanecerá vivo, ignorando como se sentirá al día siguiente. En la mañana ve con qué malestares cuenta y qué ánimos para vencerlos.

Paso a paso, día con día, verá a su hijo crecer, preparándolo para su ausencia. Ganará todo el dinero posible para protegerlo de necesidades y adversidades futuras. No permitirá que sufra carencias o que alguien lo subyugue y le arrebate su libertad. Lo sueña con títulos nobiliarios y suficiente dinero para hacer lo que se le dé la gana, sin acatar órdenes más que de sí mismo, absolutamente libre.

Paolo se ha empeñado en aprender alemán que le parece imposible, atorándose en palabras y pronunciación. En la cabina, rumbo a Varsovia, observa al Maestro dormitando frente a él. Recapitula lo vivido en Berlín. Lo más bello para él, no fueron las preseas, nombramientos reales, aplausos y buenas críticas de las que todos hablan, fue el evento que comenzó mientras el Maestro caminaba junto a él apoyándose en su brazo:

—Paolo, ahora que estoy viendo menos, escucho más… He estado escuchando tu silencio… ¿Algún problema? …¿Todavía cuento contigo?

—Maestro por favor, desde luego que sí… ¡Ahora más que nunca!

— ¡Gracias Paolo…! Gracias… Antes de irnos… necesito tocarle a los ciegos… que, por lo que he oído, hay muchos… gratis desde luego… ¿Puedes encargarte…?

—Claro que sí Maestro. ¿Cuándo quiere que sea?

—No sé… acomódalo en la agenda. Espero sentirme mejor…

El recital se llevó a cabo en un gran salón, a la penumbra de escasos cirios, en el que se congregaron los invidentes. En medio del silencio de escuchas atentos, Paolo condujo al Maestro al centro del lugar.

— ¿Puedes quedarte cerca mientras toco?

—Si Maestro aquí estaré.

Entonces, lo vio convertirse en manantial y empapar a todos de una gloria profunda que les llenó de luz el alma. Sus semblantes, que no se vieron mutuamente, lo reflejaban todo el tiempo. Al terminar, pocos comentaban pero todos tenían esa peculiar expresión en el rostro de sublime satisfacción.

Al Paganini recibir la invitación del gobierno de Polonia para presentarse en Varsovia, el Príncipe Antón arregló conciertos para él en el camino. Frankfurt en der Oder, antes de la frontera, y Poznan, ya en Polonia, le esperan con brazos abiertos.

Durante el camino, algo del mismo pareciera inyectarle energías. Al despertar de la siesta no deja de recordar con agrado las anécdotas de Berlín. Rebizzo aprovecha la coyuntura coloquial y ese estado de ánimo, para anunciar su separación y regreso a Génova después de cumplir en Varsovia.

Otra vez le sorprende a Nicoló el vértigo del vacío, se calma resignándose en lo que escucha y reflexiona; recuerda a sus más queridos que han quedado atrás por sedentarios. A él, le toca moverse por todo el mapa. La presencia de Rebizzo le da confianza pero reconoce que sus admiradores en el extranjero, aun de la realeza, hacen cuanto pueden por comunicarse en su idioma. La mansa presencia de Paolo le rescata de posibles lamentos.

En Frankfurt an der Oder conoce a un personaje peculiar salido de algún cuento bohemio, Paul David Curiol, francés, que es el director del teatro. Políglota, ávido de aventura y de ganar dinero, ve la oportunidad y se propone como representante para substituir a Rebizzo y viajar con él. Siendo la audacia una de las virtudes más apreciadas por Nicoló e impresionado por su impecable organización del concierto, acepta y discuten condiciones. Rebizzo observa en escalofrío, la extrema celeridad en que es reemplazado, llenándose de dudas.

Cruzan la frontera entrando a Polonia, bajo dominio ruso. Al sentirse en la tierra de su apreciado Lipinski, desea fervientemente encontrarlo y sólo piensa en tocar con él como en Italia. Su cabeza se llena de fantasías y posibles contrapuntos y diálogos frente a los polacos, música extraordinaria salida de dos violines libres como el viento. El entusiasmo se le derrama por la boca y pese al dolor de garganta, platica las anécdotas vividas con Lipinski. Curiol, que ahora les acompaña y que ha escuchado a ambos virtuosos, escucha emocionado deseando verlos juntos.

En Poznan, el concierto es éxito relativo debido a descontentos sociales contra el dominio ruso, habiendo interrupciones, abucheos y exabruptos.

En Varsovia es recibido con honores y dos días después, da su primer concierto en el Teatro Nacional en donde el Zar Nicolás I, embelesado, le pide tocar al día siguiente en el banquete de su coronación como Rey de Polonia en el Palacio Real. Además de invitado, es presentado en grande, recibiendo del monarca un anillo con un valioso diamante como recuerdo.

Esto es muy mal visto por los nacionalistas, que hartos de los rusos, aspiran a una Polonia libre y admiran a Lipinski que no es honrado ni remotamente de manera equivalente, además de haber visto a muchos de sus intelectuales y artistas desterrados o desaparecidos. De cualquier manera los posteriores conciertos de Paganini se llenan al tope.

Nicoló ve a Lipinski dirigiendo la orquesta durante la Coronación en plena catedral y al ser nombrado primer violín del «Zar de Rusia y nuevo Rey de Polonia Nicolás I». Pese a sus esfuerzos, no ha pasado de algún saludo distante sin lograr un encuentro con él, pareciera que lo evade. No se explica, ni puede explicar a Curiol esta actitud después de tan apasionadas anécdotas. ¿Cómo creer que aquél muchacho sencillo que le persiguiera por Italia con el afán de conocerle, se contagiara de la arrogancia de Spohr o tuviera el orgullo herido como Lafont?

Honrado por la realeza y aplaudido por el pueblo que atiborra el teatro, se siente despreciado por aquél espíritu afín con el que fue capaz de volar. Sabiendo que entiende italiano, le ha mandado mensajes con sus colaboradores que regresan sin respuesta.

En plena exitosa temporada de Paganini, Lipinski anuncia que dará un concierto. Nicoló contrariado y renuente a la idea de un duelo imbécil que, ante tanto éxito y su creciente fama sólo perjudicaría a su amigo, intenta persuadirlo mediante otro mensaje para que posponga su concierto hasta después de su partida, cuando toda Varsovia sería para él. Tampoco hay respuesta, el virtuoso polaco prosigue con su plan y da el concierto, con tan mala suerte que un fuerte aguacero lo enmarca, mermando notablemente la asistencia. Pese a la tormenta, Nicoló está en el concierto aplaudiéndole solidario e impresionado de escuchar sus notables progresos y refinamientos.

Al día siguiente, el crítico e intelectual Lach-Szyrma, de gran fuerza en Polonia, publica un artículo analizando a Paganini y lo elogia, concluyéndolo como gran romántico, pero lo pone por debajo de Lipinski, que tilda de clásico y perfecto. La publicación causa efervescencia entre agraviados nacionalistas que ven a su propio virtuoso despreciado por el Zar, mientras se corona «Rey de Polonia», honrando a un extranjero de talla menor.

Se publican artículos debatiendo el de Lach-Szyrma e inclusive descalificándolo, mientras otros aclaran que Paganini fue maestro de Lipinski. Cuando Lipinski es preguntado al respecto, contesta con una carta aclaratoria afirmando que el único maestro que tuvo había sido su propio padre y que cuando conoció a Paganini, once años atrás en Italia, sólo tocaron juntos en un par de conciertos. Eso fue todo.

Nicoló se cimbra al enterarse de esta declaración. Seriamente dolido, no contesta las afirmaciones de Lipinski que por increíbles le paralizan en pasmo. Se resiste a creer su arrogante e inmerecido desprecio.

A pesar del público dividido, Paganini da seis conciertos con gran éxito, uno de ellos de caridad en beneficio de viudas y huérfanos de músicos. Se percatara el público o no, esos conciertos fueron particularmente elocuentes, cargados de despedida, enojo, muerte, ironía.

22 Una inesperada musa.

Entre los músicos que asisten a sus conciertos esa temporada, está el joven pianista Federico Chopin, que al escucharle se siente inspirado y reafirmado en su convicción de tocar lo que le viene directamente al espíritu.

Una dama de la corte, fascinada, escucha a Paganini repetidamente y se le presenta en forma desinhibida pareciendo un intento de romance que Nicoló corresponde displicente, creyéndola parte de la realeza rusa. Al comentárselo, ella contesta con una franca carcajada, como a él le gustan:

— ¡Yo… aristócrata! No… yo soy pianista. Soy la pianista de la corte de la Zarina en San Petersburgo. Es precisamente lo que tengo en común con usted Maestro, la Música. También hice algunas giras y llegué hasta Inglaterra. Me llaman virtuosa, tal vez porque no lo hago tan mal… Mi nombre es María Szymanowska.

— ¡Claro! He oído mucho de usted y todo muy bueno por cierto… —contesta asombrado.

—Y yo de usted… y no sabe cuánto. Es toda una leyenda… siempre he querido conocerle. Tenemos amigos en común… uno en particular, que le adora y cuenta vuestras anécdotas con gracia única.

— ¿Anécdotas con gracia? …¿Rossini?

—Exactamente… ¡Que hombre tan divertido!

— ¡Ya lo creo…! Juntos hicimos algunas travesuras…

Un efluvio de alegría le recorre al recordar a Gioacchino traduciéndose en espontánea lágrima de nostalgia que María percibe:

— ¿Lo extraña?

— ¿Cómo no…? Es un hermano… y todo un antídoto para la melancolía.

Las pláticas continúan en discretos encuentros. Le recuerda a Lipinski con su acento polaco aunque ella lo llena de irresistible sensualidad. Es una mujer madura y bella, casada y divorciada, con tres hijos casi mayores. Al parecer, ella es de espíritu libre, emanando una mágica confianza en sí misma que sólo le ha visto a grandes damas: su madre, Dida, Elisa, Gina, la Colbran… dueñas del escenario.

El diálogo es de extraordinario nivel musical revelándose como compositora. Sus escapadas son para tocar a hurtadillas intercambiando propuestas celosamente. Sus caricias son con música sin consumar intimidad corporal alguna. Se nutren recíprocamente hasta reconocerse: uno. La pasión inicial mengua, pero el amor y el respeto no. La despedida es elocuente, la retirada emotiva y en paz.

Antes de partir se entera que ella era la musa del poeta Goethe que escribió múltiples líneas mencionándola o con ella en mente.

En desacuerdo con los desatinados e injustos desplantes de los nacionalistas, el público de Varsovia le hace una despedida de carácter cívico con gran solemnidad, abundando en encomios y discursos. Pese a no haber tocado en esta ocasión, los aplausos son constantes, especialmente al final del evento en que el estruendo es ensordecedor con elocuentes ovaciones. Paganini agradece el reconocimiento por varios minutos con lágrimas en los ojos y besando el trofeo recibido.

Todos estos eventos parecieran haberle estimulado o tal vez despertado, se siente mejor de la vista y de otros síntomas que lo tenían agobiado, sin embargo deja Varsovia con una inevitable decepción y vacío interior. No entiende el incidente con Lipinski. ¿Qué fue todo eso? ¿Competencia? ¿Envidia? Lamenta no haber abrazado a su amigo y tocar con él como antes, ambos hubieran triunfado sin haber derrotados y el público de Varsovia hubiera salido engrandecido y unido con el diálogo de los virtuosos.

En Wroclaw recuerda la insistencia de Rebizzo de hospedarse con categoría para ser tratado de igual manera y automáticamente se dirigen al mejor hotel donde aparentemente ya le esperaban. El Barón Von Stein había arreglado desde Berlín su presentación para el día siguiente en el enorme auditorio de la universidad, la célebre Aula Leopoldina, un lugar particularmente bello de estilo barroco. Curiol, ahora a cargo, hace los arreglos que, por tanta fama y recomendaciones, son por demás ventajosos. Meros gastos: un pago simbólico por la sala y el salario de la orquesta.

El ensayo es temprano por la mañana. No muy descansado, Nicoló llega para encontrarse con una sorpresa: la enorme sala está repleta de público exigiendo su actuación. Contrariado, pregunta a Curiol que tampoco entiende. El director de la orquesta aclara que el público es de estudiantes que quieren verlo actuar sin pagar entrada y exigen estar presentes, esperando que durante el ensayo toque alguna pieza de corrido sin interrupciones. Al confrontarlo con Curiol, él afirma que no le vio ningún inconveniente a la cláusula que sólo reza:

«*Durante el ensayo podrán estar presentes estudiantes de bajos recursos.*»

Para Nicoló, alguien se está pasando de listo. Si querían un concierto gratis para estudiantes, haberlo dicho. No puede culpar a Curiol pues él mismo siente la cláusula capciosa.

Mientras tanto en la tribuna, en escándalo creciente, demandan su presencia y ve claramente que debe darle alguna solución. Si de tocar se trata, él sabe cómo. Pero al salir al estrado, expresiones soeces en mal italiano le reciben exigiendo su actuación insultándolo. Ofendido, sólo ve un conglomerado de mozalbetes majaderos y decide burlarse de ellos.

La orquesta comienza y él entra con la misma majadería, tocando disparates y absurdos. Al principio es aceptado, pues nadie ha escuchado al famoso virtuoso, pero los desfiguros violinistas son tales, que el descontento crece en abucheo y escándalo. Un grupo de ardientes inconformes sube a la tarima, el más fortachón de ellos le toma por las solapas y con gran facilidad lo zarandea exigiéndole que los tome en serio y que toque correctamente. Risa y burla se generalizan

Nicoló ve a Fabrizio y Pietro teniendo dificultades para acercarse, convenciéndose que es más sabio aceptar la extorsión, dando el concierto que le exigen y amansarlos con su música. Toca, se mete, entrega, recordando a su padre sacándolo de la cama para tocar a sus amigos borrachos.

La muchedumbre se va extasiando hasta llegar al sólido aplauso.

Nicoló, desazonado, no ensaya más. Se retira agraviado, esperando que la orquesta haya comprendido la intensidad de sus intervenciones. Les dio lo que querían, aunque se lo arrancaron sin respeto alguno. Pese a sentirse asaltado, en otro rincón de su espíritu considera el poderoso deseo que el mundo tiene por escucharle. Al regresar al hotel le aclara a Curiol:

—En lo sucesivo, nadie más que los miembros de la orquesta y aquellos cuya presencia es indispensable estarán presentes en los ensayos. ¡Nadie más!

Da un total de cuatro conciertos en Wroclaw, en paralelo a una serie de parodias teatrales sobre su persona y disturbios estudiantiles afuera de sus presentaciones, paradójicamente, llenas a reventar. Le detestan y le adoran, esto le pone nervioso. Wroclaw completo le es un pandemonio.

Dudando aceptar la invitación del Zar para ir a Rusia, examina mapas y opta por regresar a Alemania, saliendo de Polonia a la brevedad sin más conciertos con sorpresas.

Estratégicamente, no anuncia su salida evitando más incidentes o hasta posibles asaltos. Antes del amanecer salen hacia Berlín, en un viaje sin detenerse más que para básicos descansos, llegan al quinto día. Una proeza para muchos viajeros. Nicoló usa el incesante zangoloteo para neutralizar malestares y aguanta el viaje por salir de Polonia.

Al llegar a Berlín, entre las numerosas cartas que le esperan, una llama su atención: Louis Spohr, en su estilo soberbio y pedante, le invita a presentarse en Kassel donde dirige la orquesta. Con sólo recordar su forma condescendiente e insolente del pasado no puede confiar en él, salta a su vista que quiere despedazarlo y exponerlo ante el mundo. Seguro le mantiene indigesto su creciente fama en Europa.

En Berlín, Curiol planea y propone una intensa gira sin salir de Alemania, garantizando que hay mucho dinero que ganar, sin sorpresas nacionalistas. Nicoló acepta el contrato.

La primera ciudad del itinerario es Frankfurt am Main. Al revisar el mapa con Curiol, nota que sin esfuerzo pueden pasar por Kassel y ver a Spohr, pero en lugar de morder el obvio anzuelo, sólo le picará la cresta. Ahora ve claro que debe derrotar a sus rivales en público, sin piedad ni romanticismos; no hacer música con ellos, hacer su propia música, así los aplaste con ella; ha de ser implacable, so pena de recibir humillaciones como sucedió con el polaco que creyó un amigo afín. El deseo de aplastar a Spohr es ahora más fuerte de lo que fue el de tocar con Lipinski nuevamente. Sabe perfecto lo que Spohr piensa, dice y, hasta publica de él, lo ha leído y se lo ha escuchado directamente. Tal vez debió haber subido al escenario y callarlo de una vez como sucedió con Lafont cuando se dio el momento, pero las dudas y su propia nobleza se lo impidieron. Spohr ahora, atado a una orquesta, será un plato frío que marinará con su propia actitud y arrogancia; mientras más se tarde, mejor.

Al pasar por Kassel, visita a Spohr que le recuerda a Gnecco con su elegancia y modales afeminados. En breve entrevista, más que consultar con él, le informa sus futuras presentaciones en esa ciudad. Spohr, impaciente, de inmediato lo hace público creando expectativas y enredándose la vida.

Al poco de llegar a Frankfurt am Main, da su primer concierto. En los días siguientes, asiste a una obra teatral en honor a Wolfgang Goethe en sus ochenta y un años, y es invitado al banquete. Con curiosidad profunda asiste para conocerlo, aunque no le es agradable y lo siente petulante, rígido, institucionalizado, lleno de opiniones y sobre todo, por haber apoyado creativamente la difusión de los rumores diabólicos contra su persona. Más bien, tiene curiosidad por saber qué vio en él María Szymanowska. No puede criticarlo ni a él ni a su obra, pero nadie le obliga a aceptarlos. Como Goethe es el sacerdote mayor de la cultura en la ciudad, tiene que cumplir, aun sabiéndose menospreciado por él. Inevitablemente esto le hace sentirse oprimido al no poder decirle lo que piensa abiertamente.

Frankfurt am Main le resulta muy agradable, con la efervescencia artística y bohemia que le gusta. Pese a ser Alemania, hay un poderoso afrancesamiento, siendo el francés idioma principal en algunos corros artístico-intelectuales. Esto último, combinado con algún lejano parecido a las ciudades de la Toscana, le proporciona una cierta familiaridad que le relaja. Sin percatarse de ello, su salud se ha restablecido notablemente; una suerte de enojo en su espíritu le ha dado la fuerza necesaria. Ningún médico logró con sus recetas lo que Lipinski con su desaire o Goethe y su consentido Spohr con sus «*Faustos*» y arrogancias. La adrenalina corre por sus venas y una actitud marcial se le instala. Entrenado por marqueses, príncipes y generales, cuenta con elementos de diplomacia y estrategia militar para sopesar la situación. Acuciosa y pacientemente acecha. Mientras tanto convierte Frankfurt am Main en su centro de operaciones como fueron Parma y Milán.

El terreno es fértil, hay avidez por escucharle y Curiol no tiene dificultad en asegurar conciertos.

A los pocos días en la ciudad, conoce a Carl Guhr, violinista, Maestro de Capilla del teatro y director de conciertos del Museo Gesselshaft, que haciendo caso omiso de las patrañas diabólicas y pese a que es todo un dogmático tipo Costa, admira a Paganini y desea fervientemente saber sus secretos. La avidez de ambos establece una buena amistad.

Después de presentarse con estruendoso éxito en su ahora sede, reparte conciertos en más de veinte ciudades. Darmstadt, Reithalle, Mannheim, Leipzig, Halle, Magdeburg, Halberstadt, Dessau, Bernburg, Weimar, Erfurt, Rudolstadt, Coburg, Bamberg, Nuremberg, Regensburg, Múnich, Tegernsee, Ausburg, Stuttgart, Karlsruhe y Wiirzburg. En todos estos lugares, es recibido con grandes honores por aristócratas de todos los rangos y público en general; el resultado económico es estratosférico. Paganini es ya, por mucho, el músico más rico del mundo y de la historia hasta el momento.

En alguna ocasión del intenso itinerario, es escuchado por el violinista Wilhelm Speyer que entusiasmado le escribe a su colega Spohr:

«Debo ahora darte mis impresiones de Paganini. Le escuché primero en un ensayo y después en varios conciertos; finalmente, en una reunión privada en donde tocó la sonata en Fa mayor de Beethoven con una pianista. Pese a estar preparado para las mayores expectativas, mi primera impresión fue: no haber escuchado algo así en toda mi vida. Frey, el director de la orquesta de Mannheim, sentado junto a mí, en una de las ocasiones, abiertamente lloró...»

«Su ejecución de la sonata de Beethoven fue muy interesante y lo más inusual fue que, después de la repetición de la primera parte del Rondó, tocó el tema en armónicos y octavas con doble pisada. El tema del Adagio lo empezó, cada vez, con arco hacia arriba: prueba que no sigue la usanza tradicional.»

«*A pesar de sus embellecimientos de treinta y dos e incluso sesenta y cuatro notas, yo no he oído en toda mi vida a nadie tocar tan estrictamente a tiempo. Sus composiciones son muy efectivas y, aunque algo pasadas de moda, son originales. ¡Toca un maravilloso Adagio en Do menor! Por otra parte, habla con gran admiración de usted, inclusive me tarareó el tema de «Liebe ist die Zarte Bluete» que fue cantado en uno de sus conciertos en Berlín y me aseguró que jamás olvidará la impresión que le causó esta composición.*»

Esta carta es expansiva en el ánimo de Spohr; su curiosidad por escuchar a Paganini es ahora obsesiva. Él, domina el violín en sus cuatro puntos cardinales y no se explica qué es lo que el italiano está haciendo para embelesar a todos los que le escuchan y terminen expresándose maravillados. En su respuesta pone:

«*Después de su interesante carta, aludiendo la manera de tocar de Paganini, difícilmente puedo restringir mi impaciencia por escucharle. Tal vez abandonó la idea de tocar aquí y entonces, por desagradable que esto sea para mí y difícil que es abandonar mi posición ahora, tendré que viajar no importa a donde, sólo para escucharle.*»

23 Helene.

Contento con el notable éxito de la gira y de regreso en Frankfurt, una carta de Germi le informa:

«... *siento informarte que falleció la Señora Gina Morelli.*»

Consternado, se adentra en el insondable enigma de la muerte y un viento en su espíritu le cala los huesos. Susto, miedo, escalofríos. Se deja caer en un sillón y permanece abstraído por largo rato hasta que Aquiles, jugando junto a él, llama su atención.

La muerte de Gina le sacude en lo íntimo. Saber su ausencia le produce una extraña claridad. Tiene que afinarse a esta nueva percepción y seguir avanzando. Las carcajadas de Gina le daban entusiasmo; su mero recuerdo es un rezo a la alegría de vivir, una puerta mágica.

El atiborrado trajín para cumplir con los crecientes compromisos no le permite lamentos. La gira sigue con gran empuje, nuevos importantes personajes que le honran y la sempiterna sarta de rumores malignos que le persiguen. Curiol, que sólo conoce la cotidianidad de este período, piensa en momentos que sus enfermedades son más bien caprichos de «prima donna», como ha visto en tantos artistas. Si el señor se anuncia indispuesto se encierra y no sale, obligándolo a cancelar o reacomodar contrataciones.

La presencia constante del pequeño Aquiles, que le molestó al principio, ha demostrado ser un detalle enternecedor que la gente admira, además de amortiguar las maledicencias pues Paganini celosamente lo mantiene a su lado y lo mima cuanto puede.

El trío de colaboradores ve a Nicoló con una espectacular recuperación física y emocional. Según Fabrizio, ha rejuvenecido y muestra algo de la agilidad que solía exhibir en la esgrima.

Con el afán de que el poeta Goethe deje de verlo como personaje demoníaco, camino a Leipzig, lo visita en Weimar acompañado de Aquiles y con el solo propósito de mostrarle su respeto. Este tipo de visita acostumbrada en Italia, no es común en Alemania y Goethe la relaciona, en sus tejidos intelectuales, con el comportamiento de demonios y sus excentricismos.

Esta segunda vez en Leipzig, las cosas son enteramente diferentes y es tratado con máximos honores y hospitalidad. En el teatro recibe una visita semejante a la que acaba él de hacer, nuevamente el Maestro Friederick Wieck, esta vez con su pequeña hija Clara (Schumann) le presentan respetos en su camerino. En un mal piano que ahí se encuentra, la niña le muestra su talento, Nicoló impresionado les invita a asistir a los ensayos y no se pierden ninguno. Después del primer concierto, en una nueva visita a su camerino, la pequeña Clara nota un piano diferente. Nicoló nota su reacción:

—Hice cambiar el piano por si regresabas y querías tocar algo más, este sí está afinado.

La niña muestra su entusiasmo poniéndose al piano, el papá se une y tocan a cuatro manos una serie de variaciones sobre temas de Paganini. Regalo que sorprende a Nicoló, pues además de sonar magnífico y ser una espléndida caricia, le causa admiración el extraordinario acoplamiento entre padre e hija, ambos de gran talento y destreza. Su antojo es tremendo y no puede evitar imaginarse tocando con Aquiles de manera semejante y hasta dando conciertos como hizo con Lipinski.

En su concierto de despedida les prepara dos asientos sobre el escenario y les dedica su actuación. Para la hora de su partida ya han platicado extensamente, pidiéndole a Friederick todos los consejos posibles para educar a Aquiles de manera semejante. El trato entre ellos madura en buena amistad que se refleja en elocuente despedida plena de abrazos y besos. La pequeña Clara le entrega a Aquiles una canasta llena de uvas que ella misma preparó; Nicoló, conmovido, garabatea y firma en la libreta de la pequeña: cuatro compases de un Scherzo con dedicatoria, que ella, inmediatamente atesora como: «un recuerdo del más grande artista que ha estado en Leipzig».

La polémica sobre el aspecto siniestro y la música sui generis del virtuoso Paganini se intensifica por toda Alemania. La explicación más aceptada, es la que dan periodistas obtusos y personajes obsesionados como Goethe, que renuentes a aceptar a un humano de extremo talento, lo tildan de demoníaco, reteniendo «algún control» puritano. Al difundirse, estas ideas crean la consecuente curiosidad y se convierten en un poderoso fenómeno publicitario sin costo económico para él, pero en su intimidad, se sigue sintiendo insultado por la calumnia. El morbo es más poderoso que la cultura y tiene gran convocatoria. Nada nuevo. Algunos seducidos, otros convencidos; una legión de fanáticos le siguen. Su éxito no tiene precedentes. Es, en definitiva: la primera superestrella internacional de la historia.

Pese a que ahora su aspecto es francamente feo y que a algunas personas les causa horror o lástima verlo, su carisma y su arte siguen seduciendo a las masas y haciendo gemir a mujeres que luego buscan recuerdos de él: un autógrafo, una litografía, un cabello, una sonrisa, un beso, un romance, lo que sea.

Nicoló, preocupado por su salud, se ha inclinado por la abstención sexual por más de dos años y también de medicamentos. Está convencido de que su energía resurgente se debe precisamente a esto y a su fusión con el torrente.

Echa de menos sus momentos erótico-amorosos de los cuales tiene mágicos recuerdos que también son parte del torrente; pero «el que deja de comer por haber comido nada ha perdido». Vivió extraordinarias experiencias con mujeres también extraordinarias, se siente satisfecho, no por eso deja de disfrutar de la presencia femenina que le inspira más que ninguna otra cosa. Ahora, está casado con su música y con su hijo; sólo le queda dar conciertos y cuidar de Aquilino y su futuro. Se sabe débil y, de ahí, es de dónde saca su fuerza.

Pero el destino tiene sus caprichos.

Nuremberg, aunque bajo lluvia, seduce a Aquiles con sus curiosas jugueterías y Nicoló le compra cuanto le pide; mucho más de lo que pueden acarrear en los viajes. Juguetes que él mismo no pudo desear de crío, pues ignoraba que existieran. En el hotel, disfruta descubriendo los juguetes con él y pasan horas jugando. Golpes en la puerta y la voz de Paolo:

—Maestro, ¿Están bien?... Le recuerdo: son las dos de la mañana… y tiene usted una cita temprano.

Intercambiando miradas de complicidad con Aquilino, se hace el regañado y suspende la sesión. No sin protestar, el niño acepta y él reconoce que tampoco quiere dejar de jugar. Con gran cariño lo mete en su cama y lo arropa.

Pese a la intensa lluvia, el primer concierto está al tope y al acabar le saludan importantes personajes de Nuremberg, también desfilan visitantes de lugares vecinos que se encuentran en la ciudad sólo para escucharle. Entre ellos, provenientes de Ansbach, el Barón Friederick Von Dobeneck acompañado de su joven esposa, Helene.

Nicoló queda prendado de ella al sólo ver su expresión y solicitud. La manera en que ella le mira es muy intensa, haciéndole sentir ánimos casi olvidados. Su juventud es contagiosa y le produce algo eléctrico.

Es un error, lo sabe. Fingiendo malestares y buscando pretextos se retira del momento, temiendo ofender al Barón y a otros personajes. Ya en privado, recuerda los incisivos ojos de Helene a los que indulgentemente respondió. ¡Ah, pasión por una mujer! ¡Tanto tiempo sin sentirla! Toda la noche se atormenta con imágenes. Al día siguiente, desvelado, juega distraído con Aquilino pensando en ella, la desea, aunque no sea posible.

A la puerta unos golpecillos. Paolo le anuncia:

—Maestro, le buscan...

Con los ojos señala a la Baronesa que se encuentra detrás de él descubriendo su rostro. Contrariado, Nicoló se enreda en saludos. Ella lo mira extasiada disfrutando el momento; no han dejado de pensar el uno en el otro. Finalmente, sintiendo su éxtasis y su aroma, la besa en un abrazo progresivo cada vez más estrujado. Ella suspira cerrando los ojos y se entrega apasionada sintiéndose florecer en infinito.

Reaccionando, Nicoló interrumpe el beso viendo los ojos desorbitados de Paolo.

— ¡Por favor Paolo... vigila que nadie se entere de esto...!

—No se preocupe Maestro...

— ¿Puedes cuidar de Aquilino un momento?

—Desde luego, Maestro.

Al quedar solos, pregunta:

— ¡Pero... ¿qué estamos haciendo?!

Ella, en éxtasis, contesta convencida:

— ¡Amándonos!

— ¡Pero Señora! Esto es imposible...

— ¿Por qué?

—No me conoce... es usted una mujer casada... yo un hombre... con un destino... y... más viejo.

—Le amo... ¡Le amo! No lo puedo evitar... lléveme con usted Maestro.

— ¡Pero qué dice! Todo esto es muy bello pero… imposible.

—Si es muy bello… y es posible.

Ante esa respuesta Nicoló duda, admirando su seguridad. Viéndola embelesada, su boca entreabierta le invita a besarla nuevamente; al hacerlo, en ella sublima a todos sus amores. Vuelto loco la recorre sintiéndose vivo. Es uno con ella en cada momento, en cada caricia. La sigue recorriendo, la explora apasionadamente, respirándola, magullándola, sintiéndola dentro de su propio ser y sintiéndose dentro de ella, sabiéndola efímera, pasajera, imposible. Ella repite:

— ¡Te amo!… ¡Te amo!…

Cuando el ciclón agota su furia, él espera que ella se retire, pero lejos de hacerlo, sigue afirmando:

—Te amo, mi destino está marcado. Te amaré el resto de mi vida.

—Pero cómo dices eso, estás casada… ¡y con un Barón! Tienes una vida por delante con lujos y bienestar. ¿Imaginas lo que sería vivir conmigo en el camino… de hotel en hotel?

—Me fascina la idea. Yo soy tuya, es mi destino, sería peor equivocar el camino. No puedo ser la mujer del Barón von Dobeneck, nunca le amé ni le amaré, es más… le detesto. Fue un matrimonio arreglado y contra mi voluntad. Si tú no me quieres, lo entiendo… aunque te ame y tenga que vivir sin ti… Siempre supe que había un hombre que yo amaría y ahora lo conozco… –concluye besándolo.

Enternecido y sacudido inevitablemente, reflexiona ante semejante determinación. No tiene argumentos para algo así y la admira por ello. Le gustaría arrojarse al abismo como ella propone, pero se siente cansado, sólo con fuerzas suficientes para lograr sus objetivos y seguir avanzando.

— ¿Qué te parece si lo pensamos y lo discutimos en otro momento?

—Para mí hoy quedó todo aclarado. Pero te entiendo... — entregándose al proceso de vestirse— También entiendo tu sensibilidad y tu maravilloso talento de los que estoy profundamente enamorada. Si tienes algo que pensar...hazlo. No creo tener virtudes semejantes, pero creo tener la inteligencia y creatividad para ayudarte en tu grandioso destino y créeme... lo haría apasionadamente. Así... como tú haces tu música... - Terminando de vestirse y cubriéndose con los velos, sale— espero vernos mañana.

Nicoló queda atónito ante todo el evento. Helene tiene más deseos de seguirle y colaborar con él que ninguna de sus anteriores amantes. La ve marcharse sin emitir palabra. Como si Dida hubiera preferido manejar su carrera de violinista a su villa o Elisa en lugar de querer ser Gran Duquesa hubiera querido lo mismo. El asombro le sumerge en reflexiones. Sólo Carolina, que resultó imposible, había querido dejar todo para ser su mujer y seguirlo hasta el final, y ahora, Helene. Nadie más se vio a sí misma con él en su destino. ¿A última hora, aparece la colaboradora que debió haber tenido desde el principio? ¿Cómo puede ser? ¿Cuánto más puede ayudarle ya? ¿Puede ayudarle acaso? O es mera tentación que lo distraerá del objetivo casi logrado. ¿Quién es esta mujer? Ya no puede hacer una familia; Aquiles es su familia.

Al día siguiente y bajo lluvia, aparece Helene de la misma manera. Nicoló la recibe con el ánimo templado, quiere saber y la deja ser. Ella percibe esto y no se precipita en ningún sentido, desea ver la reacción que Nicoló tiene a su propuesta. Se enfrentan como espadachines, en guardia, esperando al primer movimiento del otro, pero ella se ablanda ante su dureza que no deja de escudriñarla y en un impulso se arroja a sus brazos:

— ¡Nicoló mi amor... no puede ser lo que tus ojos me dicen! Déjame ser tu mujer, te cuidaré como nadie te ha cuidado jamás. Me siento capaz, sé que estoy a la altura. -Terminando esto, rompe en llanto.

Confundido, la abraza, consolándola sin decir palabras.

24 A Spohr sin piedad.

Entregado a su atiborrada agenda, parte hacia Regensburg, dejando a la afligida Baronesa atrás con la promesa de contactarla a su regreso. Aquiles se encarga de distraerlo con su propia aflicción al abandonar más de la mitad de juguetes comprados compulsivamente y que no caben en el carruaje.

Con frío, lluvia y contratiempos: sus triunfos continúan, sus reflexiones, también.

En Múnich el éxito es espectacular y después de interminables aplausos y ovaciones, le es impuesta por el director Maestro Stuntz y en presencia del Príncipe Karl, una corona de laureles. Con lágrimas en los ojos y eufórico ve al público aplaudirle. Paganini, con aspecto de emperador romano, hace reverencia tras reverencia. La gente en frenesí invade el escenario aplaudiéndole y él, emocionado, llega al clímax sintiéndose desfallecer. Los sólidos brazos de Pietro aparecen oportunamente y le apuntalan, en lo que Paolo se encarga del *Cañón* y Fabrizio abre paso hacia los camerinos. El Príncipe y comitiva siguen aplaudiéndole desde su palco; todo, en extrema intensidad.

En el camino, casi al llegar a Stuttgart, el mal tiempo dificulta el avance y oscurece la noche, un enorme hoyo hace que el carruaje dé un vuelco viéndose catapultados los tripulantes en todas direcciones. Entre gritos, relinchos y lodo, Nicoló alarmado, hace lo posible por recuperarse, gritando:

— ¡Aquilino!… ¡Aquilino!

Desesperado busca en la oscuridad.

— ¡Papá…! –contesta el niño llorando

— ¡¿Qué te pasó… estás bien?!

Entre las penumbras van apareciendo los demás rodeando a Nicoló que abraza y revisa a su hijo desesperado. Pietro se acerca con una linterna a facilitar el proceso. Después de angustiosos momentos constatan que todos se encuentran bien aunque asustados y magullados.

Por fortuna el carruaje no sufrió daños mayores pero las maniobras a oscuras para rehabilitarlo y hacerlo rodar se llevan varias horas de esfuerzo bajo frío y lluvia. Llegan por fin a Stuttgart ya de madrugada con el agravio a cuestas. Aun así, unas horas más tarde, Nicoló está presente en el ensayo, aunque el alma aún no le regresa al cuerpo; la sola idea de que algo terrible pudo sucederle a Aquilino no le deja en paz e imágenes horribles desfilan por su mente. Aun con gran éxito económico, los conciertos en Stuttgart no le gustan al no haber logrado el torrente, tal vez por el tremendo susto. Sin embargo, la crítica no puede ser mejor.

A lo largo de Alemania cosecha aplausos y fortuna, pero también algunas demandas por incumplimientos, a veces, caprichosos. Las leyes no entienden de arte y el arte no entiende de leyes. El conflicto con Curiol va escalando. Pese a que el buen agente recaba su consentimiento para cada contratación, es él quien tiene que dar la cara cuando el virtuoso cancela conciertos o artistas invitados a participar. Las discusiones son cada vez más fuertes y ya incluyen diatribas. La situación explota cuando Nicoló cancela el concierto en Mannheim a última hora por un resfrío y decide irse a Frankfurt inmediatamente. Curiol se opone sin éxito y la discusión se encumbra terminando en desagradable separación. Se queda sólo el agente a enfrentar el entuerto ante un numeroso público de pueblos vecinos, incluyendo aristócratas de alto rango que reclaman su presencia. Una papa caliente.

Nicoló llega a Frankfurt desazonado con el desenlace de Curiol y la necesidad de cubrir su posición. Entre una abrumadora cantidad de cartas, las de Helene le rescatan de sombras cambiándole el panorama. En ellas, le reitera, con la misma pasión y buen decir, su amor incondicional y su deseo de seguirle hasta la muerte. Nicoló: incierto e indeciso. También se entera que en París, la situación no es favorable, habiendo disturbios y amagos de revolución. Mal con Curiol, peor sin él.

La noche ha caído y sintiendo la vista fatigada, apaga velas y se monta al sonido de la lluvia en uno de esos momentos de total desgano e incertidumbre que paradójicamente develan la eternidad.

Tan pronto se entera de su llegada, Carl Guhr le visita tenaz en su curiosidad por develar los secretos del Maestro, aunque cada vez que le pregunta, invariablemente le cambia el tema. Ninguno de los dos habla el idioma del otro; en algún francés y música han establecido comunicación. Nicoló lo siente francamente rudo con la orquesta aunque acepta su estilo militar de dirigir por los excelentes resultados. Sus pláticas musicales son de fondo y aunque cubiertos de abrigos por el intenso frío, se divierten tocando en cuarteto con otros colegas. Los tres músicos, fascinados y ávidos, tocan con el Maestro repetidamente sin perder detalles. Se percatan que todo lo hace diferente, empezando por su posición corporal absurda o su arco, que sube cuando debiera bajar y viceversa.

En un momento de descanso, Paolo a la puerta:

—Maestro, ¿puede venir un momento?

Al salir, uno de los músicos, ante el suspenso de los otros dos, toma «*El Cañón*» y lo revisa:

— ¡Está desafinado… o… afinado diferente…!

— ¿Estás seguro?

— ¡La segunda cuerda es gruesa…! Parece una cuarta…y la segunda está en lugar de la tercera… y la tercera en el de la… cuarta o…algo así, no entiendo…

— ¡Ahí viene…!

Nicoló regresa y todos disimulan. Cuando lo comentan posteriormente no salen del asombro: el virtuoso no sigue lineamientos tradicionales y ha desarrollado destrezas que están lejos de imaginar.

Observan también, mientras toca, que su arco está más tenso de lo usual, lo que le facilita hacer *staccatos* a medio camino, ya sea bajando o subiendo arco. También hace durar las arcadas más tiempo logrando que el instrumento cante. ¡Absolutamente: otra manera de tocar!

Seguros que han descubierto un cúmulo de secretos, se juntan a hacer experimentos, pero intento tras intento, lo único que logran es confundirse más e internarse en el asombro. Esto, les hace fijarse en las manos del Maestro, llamándoles la atención su extraordinaria flexibilidad, pero como todos los demás observadores, omiten ver que la longitud de su pulgar es un poco mayor y esto le da mejor alcance a los demás dedos e inclusive, le permite oprimir cuerdas con él, logrando extraordinarios armónicos. Aunque definitivamente, ninguna de estas virtudes físicas explica al genio. La conclusión general es que el Maestro está superdotado, física, mental y espiritualmente. Su admiración no sale del asombro.

Pero la curiosidad persiste y los retos con ella. Cuando Guhr propone cuartetos de Mozart y Beethoven, Nicoló se arroja a tocarlos sin pensarlo dos veces, pero se encuentra repetidamente haciendo esfuerzos para mantenerse en la partitura y no dejarse llevar por las magníficas estructuras hacia algún torrente creando sus eflorescencias y arborizaciones que le son casi imposibles de evitar. Al ver que se extasían escuchando una de esas breves escapadas, Nicoló les satisface soltándose en extraordinaria cadenza. Enamorados y solidarios, le piden que la repita pero el Maestro les aclara con dificultad que le es imposible repetir esas «*travesuras*».

—Si lo escuchara tocado por alguien más, lo repito, pero al tocarlo yo, no lo escucho, lo vivo; y no precisamente sé lo que estoy haciendo... estoy ocupado haciéndolo... sólo lo hago.

En su afán de conseguir un nuevo agente, corre la voz entre músicos. De inmediato llega esto a oídos de Curiol que, aún esperanzado con alguna reconciliación y continuar con su labor en la gira, se agravia sintiéndose despreciado e insultado, buscando un abogado para demandarlo. Al encontrarse con periodistas les despotrica poniéndose como una víctima; los periódicos producen artículos que describen al famoso virtuoso como un repugnante tacaño que cobra dinerales pero que no cumple con sus propios colaboradores. Esto merma afluencia a sus conciertos.

Nicoló renegando, decide tomarlo con calma pues Frankfurt será su sede por varios meses más. También contrata abogado y calma sus enojos contra Curiol practicando cuartetos con Guhr y terminando la composición de su cuarto concierto, que se propone estrenar en la primera oportunidad. Tiene, además, sobrados compromisos sociales, incluidos bailes en las embajadas de Austria y de Rusia que le mantienen ocupado y muy consentido, no faltando insinuaciones femeninas que no han llegado a más.

El escándalo periodístico de Frankfurt es visto en Viena como intolerancia diplomática con una personalidad internacional, lo que provoca diversas reacciones. A los periodistas involucrados, les es llamada la atención por la falta de tacto con que cubrieron un asunto menor, provocando reacciones exageradas, innecesarias e incómodas. Asimismo se les exige abstenerse de comentar más sobre el asunto.

Robert Schumann, un incipiente músico estudiante de Derecho en la Universidad de Heidelberg, se entera del próximo concierto de Paganini en Frankfurt. El padre de su novia, Friedrich Wieck, a pesar de su hostilidad, no ha dejado de hablar del gran talento de su amigo Paganini, creándole enorme curiosidad. Con los días libres por la Semana Santa, convence a tres amigos de acompañarle y entre los cuatro, sufragan el alquiler de un modesto coche descubierto de un solo caballo, pues si quieren cubrir el costo de las entradas no da para más. Al escucharle, Schumann experimenta la catarsis necesaria para dedicarse a la música por completo. Su percepción de la música se ve afectada para siempre y la llama de la pasión incendia su corazón.

Antes de partir a la última porción de la gira alemana, se despide de Frankfurt estrenando su cuarto concierto con extraordinario acogimiento.

Estando Pietro muy enfermo, Paolo permanece en Frankfurt con Aquiles, a quien la casera le ha cogido cariño. Ésta vez, el único que va con él es Fabrizio, manteniéndose incógnito y viajando como si no se conocieran para hacer más eficaz la protección del Maestro.

Curiol diseñó y contrató la gira de dos meses a lo largo del Rin, tan fluida de llevar a cabo que lamenta el rompimiento con él. El viaje principal es en barco a lo largo del río, con diligencias contratadas como ramales; ágil, cómodo y eficiente. Por mucho, la gira más fácil de cubrir. Recorre así: Koblenz, Bonn, Colonia, Dusseldorf, Elberfeld, Kassel, Gottingen, Hanover, Celle, Hamburgo, Bremen y Braunschweig, con lugares intermedios; intenso viaje con más de veinte conciertos.

En cuanto a Kassel y la invitación de Spohr, Nicoló esperó tres meses para dar respuesta y mandó una nota al salir de Frankfurt: estará allí aproximadamente en un mes. Primer paso para poner a Spohr en su lugar que, ahora como funcionario, no le queda más remedio que acatar, agilizando los trámites para que todo se suceda.

Con tal expectación, a Spohr no le cuesta mucho trabajo recabar autorizaciones. Su conflicto interno no le deja en paz, resintiendo en todo momento que se encuentra obedeciendo las órdenes de su rival Paganini; lo único que lo equilibra, es su tormentosa curiosidad por escucharlo. Cinco días después de haber recibido la misiva, ya tiene todo listo y aprobado. Los conciertos serán el veinticinco y el treinta de mayo; Nicoló confirma su asistencia. Spohr, seguro a última hora que lo dejará plantado para ridiculizarlo, no hace publicidad. Al llegar el veinticinco, Paganini no da señales de vida confirmando sus erróneas sospechas, pero un poco antes del concierto Nicoló llega para escuchar de Spohr la falta de preparativos publicitarios que aseguran no se llenará el teatro. Paganini con una sola mirada cargada de condescendencia, equilibra las arrogancias anteriores, haciéndole sentir inepto e incompetente.

Spohr no tiene explicación congruente para sus superiores y más que atender el concierto, lo sufre, preocupado por la taquilla y la falta de un pretexto, perdiéndose consecuentemente de lo que sucede en el escenario. El concierto apenas se llena a la mitad y el resultado económico deja mucho que desear, quedando Spohr muy mal hasta consigo mismo.

De camino al cercano Göttingen para otro concierto y antes de regresar para el segundo en Kassel, Nicoló decide atormentar a Spohr aún más, escribiéndole:

> *«En vista que los recibos del concierto de anoche no llegaron ni a la mitad de los 1,500 florines que usted me prometió en su carta inicial, le suplico se me excuse de dar el segundo concierto programado para el domingo treinta de mayo, pues al parecer, la ciudad no valora a artistas extranjeros. Apreciaré «un recuerdo» de Su Alteza Real, si me hace tal honor. Siempre estaré agradecido por el privilegio y el honor de haber tocado en Kassel.»*

Spohr contesta de inmediato pidiendo disculpas por la pobre difusión y los bajos dividendos. Promete ahora: la totalidad de la entrada del segundo concierto, además de algún *«recuerdo»* de Su Alteza Real, *«que arde en deseos de escucharle de nuevo»*. Suplicándole por lo anterior que reconsidere su decisión y se apegue al convenio inicial.

Paganini responde:

> *«Aprecio el contenido de su atenta carta, su nobleza de alma, los amables favores de la Dirección, la recepción de un público tan tolerante y el gran honor de ser favorecido por Su Alteza Real.*
>
> *Tendré el placer, una vez más, de ver la bella ciudad de Kassel. El concierto aquí se lleva a cabo esta noche y en la diligencia llegaré por allá mañana, en buena hora para el ensayo.*
>
> *Estaré en mejor posición para agradecerle en persona la amabilidad que ha mostrado para conmigo.»*

Spohr lee el mensaje con gran alivio y aunque el escándalo producido por la no anunciada presencia de Paganini un día antes ya le hizo suficiente daño, se entrega tenazmente a hacer la difusión para el segundo concierto. Como resultado, el concierto se llena a reventar, hasta con tumultos en el exterior del recinto. Nicoló hace lo posible por evitar diálogos con Spohr y cuando alguien le pregunta si habrá duelo con él:

—No me gusta participar en ningún tipo de juegos donde sale alguien humillado. Además el Maestro Spohr es excelente director de orquesta.

Spohr, esta vez libre de preocupaciones pone extrema atención en el concierto llenándose de desazón y amargura a medida que escucha.

—«Lo que hace ese hombre con el violín no tiene nada que ver con lo que ha aprendido y descubierto toda su vida... ¡Cómo es posible ese tipo de ejecución, es inconcebible, no es natural...! El Maestro Goethe, ha de tener razón...»

Las conclusiones rebotan de lado a lado de su cabeza y en la fiesta posterior al concierto, hace lo posible por entablar plática con Paganini que se mantiene retirado de él interiormente no prestándole atención a sus esfuerzos de rivalidad. Spohr ha procurado que su ópera «Fausto» se presente en esos días y que su rival no tenga más remedio que atestiguar. Paganini, conociendo la trama de Goethe, acepta y asiste con inexpresivo rostro de tahúr, viendo la obvia indirecta y el morbo que experimentan quienes vigilan sus reacciones; sobre todo Spohr que, al terminar la presentación, le pregunta impaciente:

— ¿Qué le pareció Maestro Paganini?

Parsimonioso sonríe y, dirigiéndole una prolongada mirada inexpresiva:

— Interesante aunque fantasioso.

Pese a que no deja de irritarle, tampoco puede soslayar el gran esfuerzo de su rival sólo para insultarle, parapetado detrás de Goethe y sus supersticiones; sin valor para enfrentársele abiertamente en duelo. Lafont y Lipinski habían sido transparentes y valientes en principio; de Spohr, sólo ha sentido su envidia, intolerancia, repudio y finalmente su cobardía. Lo mejor es apartarse de semejante sujeto. Si le llegara a retar, entonces aplastarlo sin piedad, pero en el escenario, delante de todos.

25 Harrys.

Para llegar a Hanover, Nicoló se cerciora que todo sea impecable anunciando su llegada con antelación. Consciente que mientras más perfecto salga todo en esta ciudad peor quedará el arrogante Spohr con sus desaciertos administrativos. Gran cantidad de gente se arremolina en la estación de la diligencia para recibirlo. La bienvenida es elocuente y de inmediato es entrevistado por una serie de personajes de entre un nutrido público que demanda autógrafos. Cuando por fin llega a su alojamiento, uno de los entrevistadores espera para hablarle en privado diciéndole en italiano con pesado acento:

—Maestro Paganini supe de sus contratiempos en Kassel... y seguro puedo serle de gran utilidad...

Escéptico, pero aún con el hueco de Curiol:

— ¿Qué le hace pensar esto?

—Permítame presentarme, mi nombre es George Harrys... mi hijo y yo somos grandes admiradores suyos. Mis credenciales podrán parecerle absurdas, pero créame... me califican para representarlo apropiadamente, por lo menos en Alemania.

Ante su silencio continúa— Soy Inspector de Hospitales Militares retirado y en los últimos años me he dedicado a escribir... periodismo... y algunas crónicas... Visitar hospitales me puso a viajar entrevistando a todo tipo de persona y poniendo atención en todos los detalles administrativos por pequeños que fueran. Yo puedo adelantarme en sus giras... y revisar todos esos detalles para que no haya sorpresas, como le sucedió en Kassel, y sus conciertos se desarrollen armoniosamente. Y, sobre todo, asegurarme que le den la bienvenida que usted merece.

—...Señor Harrys, su propuesta me parece interesante y oportuna. Le voy a suplicar me dé la noche para consultarlo con la almohada... Mañana le contesto. ¿Le parece?

—Maestro, le agradezco. Espero que podamos hacer negocio.

Al retirarse el hombre, Nicoló llama a Fabrizio y lo pone al tanto, para que haga averiguaciones; para el día siguiente ya está enterado que Harrys es conocido de la corte y tiene buena reputación. Se le ocurre probarlo con un convenio sólo para el resto de esta gira, puntualizando porcentajes para que no haya malentendidos. Vigilando, además, no desarrollar amistad. Fabrizio se mantendrá no identificado y vigilante. Si todo fluye bien, renovará el convenio.

Harrys recibe una nota de Nicoló, invitándole a él con su hijo al ensayo donde le dará respuesta. Queda contratado por un período de tres semanas.

Al finalizar el primer concierto, Harrys descubre que el virtuoso termina exhausto y se encierra para recuperarse y no por las múltiples interpretaciones que oyó de malas lenguas. Como Fabrizio no puede asistirle, Harrys tiene ahora la estafeta y, consternado, asiste al Maestro sin explicarse cómo es posible semejante situación. En la penumbra del camerino cree por momentos que se muere ante él. Nicoló lo calma con parsimonia:

—Así es cada vez... tendrá que acostumbrarse. No se preocupe... en un rato me repongo. Pero por favor... no prometa mi asistencia a ningún festejo. No puedo ir... sólo necesito descansar... absoluto silencio. Y por favor... no me haga hablar.

Dicho esto, queda totalmente inmóvil con los ojos abiertos.

A la luz de velas, Harrys lo ve tendido, sumamente pálido, envuelto en su abrigo de pieles y sudando copiosamente con esporádicos temblores. Pudiera antojarse tétrica la escena, pero cómo no ver lo heroico de este hombre, haciendo tal esfuerzo para entregar esa prodigiosa música que él mismo recién disfrutó.

A los dos conciertos asiste una verdadera multitud que con anuencia de la autoridad invaden pasillos y escenario. El Virrey lo invita a otro concierto más en su palacio; ante el asombro de Harrys, el Maestro acepta. Pero ese mismo asombro se expande al escuchar que después de rendir una extraordinaria ponencia, prolonga su esfuerzo y acepta tocar un cuarteto de Mozart con el Virrey. Pese a ser ellos buenos músicos, son párvulos junto a Su Verdadera Alteza: Paganini. Sin embargo, el virtuoso sobrelleva el suceso humildemente y al salir del palacio le suplica que le ayude al hotel.

Nicoló, entre trances y recuperaciones, se percata que Harrys escribe notas de todo lo que atestigua y que, cuando le ve con alguna energía, le hace preguntas; sobre todo ahora, rumbo a Hamburgo que van encerrados en el carruaje, donde prefiere buscar ensueños con el movimiento. Las preguntas son concisas, abarcando desde su infancia al presente y siempre tomando notas.

— ¿Por qué me hace tantas preguntas? ¿Qué le puede importar lo que haga yo antes de irme a la cama…? ¿Es usted espía de alguien? ¿Piensa publicar todo esto…? ¡No! ¡No he hecho ningún pacto con el diablo!… ¡Carajo! …Dígame, honestamente… ¿quién es usted? ¿Cuál es su intención?

—Maestro, por favor… desde un principio le aclaré quién soy. Soy Inspector de Hospitales…

—No me lo recite de nuevo…

—Le hago preguntas para saber de usted… ¡Todo el mundo quiere saber de usted! Me gustaría publicar una crónica de «Mi convivencia con el Maestro». Claro, si no tiene usted ningún inconveniente.

— ¿Es en serio…?

—Sí Maestro, le doy mi palabra…

Nicoló asiente y permanece en un largo silencio al que se une Harrys respetuoso.

El carruaje va cerrado para evitar posibles resfríos, viciándose con esto el aire. Las incisivas miradas se suavizan. El Maestro cierra los ojos y se entrega al mecimiento. Harrys le observa; no cuenta con las disciplinas para seguirle el paso; comprende al Virrey que tuvo que dejar de tocar por no poder seguir al Maestro; el sueño le vence sin piedad. La voz del cochero despierta a Harrys anunciándole que llegaron al pueblo de Celle donde pasarán la noche. El Maestro ya no está en el coche.

Sintiéndose imbécil, sale del carruaje tratando de ubicarse. En la posada se encuentra al Maestro en el jardín bajo los árboles, tumbado en una silla, intentando con silbidos hacer contrapuntos a los pajarillos que le cantan a la tarde.

— ¿Maestro, está usted bien?

—Desde luego. ¿Usted?

Harrys entiende enseguida la ironía en la respuesta-pregunta, percatándose que no va a ser fácil la empresa que se propuso. De cualquier manera siente alivio al verlo mejor y con esa actitud.

No termina de sentarse, cuando un sujeto hace entrada con lujo de estribillos y adulaciones para el virtuoso. Mientras Harrys hace lo posible por calmar sus emociones de bienvenida, nota que el Maestro, inmutable, apenas le dirige una mirada escudriñadora que más parece reproche por su interrupción. Harto de insubstanciales intromisiones, Nicoló ha desarrollado tolerancia y pregunta mirando a Harrys, pensándolo cómplice:

—Sí, dígame… qué desea…

—Maestro Paganini, permítame presentarme, soy el Doctor Koehler, es un honor tenerlo por aquí. Sabemos que sólo está de paso, pero nos encantaría que nos dé la oportunidad de escucharle. En Celle estamos conscientes que un momento así no se repetirá fácilmente… no podemos ofrecerle gran cosa, pero ya está usted aquí y aprovechando el viaje, pensamos que «no hay peor lucha que la que no se hace».

La amabilidad rayando en lambisconería del sujeto le hace a Nicoló escuchar la oferta, que considerando lo que dijo: «ya estar allí», no le parece despreciable. Discuten términos y acepta.

Tan pronto Koehler se retira, Harrys pregunta:

—Maestro ¿Se siente usted bien para dar concierto?

—No… casi nunca me siento bien para ningún concierto. Si esperara a sentirme bien… tendría años sin darlos. No hubiera venido a Alemania… ni pensara en ir a París y Londres.

— ¿Y no afecta al concierto el que usted se sienta mal?

—Usted dígame… tal vez lo hace más intenso. He dado muchos conciertos sintiéndome mucho peor que ahora. Mientras toco, no pienso en otra cosa… sólo toco, nada más. Los síntomas tienen que esperar a que yo termine para atormentarme.

—Y ¿ya… lo ha visto algún médico?

—Já, já, demasiados. Ellos me enfermaron. Por favor… no más preguntas…

Los dos días siguientes viajan continuamente; Harrys ha optado por mantenerse en silencio y observar, tomando notas de los aspectos interesantes y disfrutando de su música. Ve claramente que el Maestro es de poco hablar y que tiene una poderosa e intensa imaginación, sus ojos lo acusan; pareciera que se mete en otra realidad en la que está mirando algo que sucede frente a él. Como la luz le molesta, el coche va con las cortinas cerradas, dejando el interior en penumbras a pleno día. Harrys, trata de adaptarse a estos rigores, intentando dormir cuando él duerme. Se ahorra muchas preguntas con sólo observar su cotidianeidad.

En Hamburgo les recibe un gentío, Fabrizio se adelantó activando fuerzas policiales. Ante el acoso de la gente, Harrys trata de mediar enredándose en argumentos con algunos. Nicoló no se detiene a contestar preguntas, avanza dejando a Harrys atrás, se abre paso usando miradas incisivas con seriedad abismal, que siempre le han funcionado para congelar al prójimo, aunque, sin poderlo evitar muestra algún enojo.

En su habitación se deshace de la corbata y tumbándose en un sillón se mete en ensueños. Los malestares retroceden un poco y minutos después, Harrys excitado, llega con múltiples invitaciones; en contraste Nicoló, harto de todo eso, no muestra emoción alguna.

—Señor Harrys, por favor le suplico… me está interrumpiendo.

Dicho esto se interna nuevamente en sus pensamientos. Lo hace tan claro que Harrys siente de inmediato su ausencia. En extremo silencio deposita las invitaciones sobre una mesa y sale.

Un par de horas más tarde, Nicoló se incorpora con sed, bebiendo agua que encuentra sobre la misma mesa y revisa las invitaciones con gran práctica y hastío descartando la mayoría. Para esa misma noche hay cenas y fiestas con «gente importante» que no le importa, sólo dos llaman su atención: una obra de teatro y la presentación del Mago Olivo, ambas con pases incluidos en asientos privilegiados. Sintiendo impulso ve la hora y decide ir a ver al mago; a los magos los siente colegas, aunque no ha querido amistad con ninguno, y menos, descubrir sus trucos. Cuando el mago revela sus trucos, la magia deja de existir.

Harrys en el vestíbulo lo ve bajar y acude.

—Maestro ¿A dónde es viaje?

—Voy a ver al Mago Olivo, ¿quiere venir?

— ¡Si me permite tomar mi sombrero…!

— ¡De prisa, que se hace tarde! Y por favor consiga un coche que nos lleve al teatro. –Haciendo una discreta señal a Fabrizio que se apresta a seguirles.

Apresurado Harrys lo lleva a cabo; en el coche, se sorprende al ver al Maestro muy platicador, contando anécdotas con la emoción de ver al mago. No toma notas por temor a molestarle e interrumpir el flujo, lamentando llegar al teatro tan pronto.

El gentío en la entrada lo reconoce sin acosarlo mayormente, sólo saludos y algunos autógrafos. Fabrizio se mantiene cerca entre la gente.

Al centro de la primera fila están reservados sus asientos. Nicoló aprecia esta cortesía que él mismo practica con sus invitados. Al notar Olivo su presencia, le dedica su actuación. Harrys de reojo lo ve emocionarse. Como niño, celebra cada truco lamentando que Aquiles se los pierda. Ver magos, le ha ayudado a entender su propia magia.

Al terminar el espectáculo, una serie de personajes, encabezados por Olivo, le invitan a un ágape; él se disculpa y, ante la tenaz insistencia:

—Bien… ¿Cuál es la dirección?

Le escriben la dirección y explican cómo llegar. Una vez en el coche, sólo pide que lo lleven al hotel.

—Maestro, creí que iríamos a la fiesta de Olivo…

—Hace años me harté de esas reuniones… en su mayoría no me interesan y terminan poniéndome de mal humor. Había mejores invitaciones entre las que usted me dejó en la mesa. Los asistentes, en su mayoría, sólo pretenden impresionar a otros y… hacen las mismas preguntas y comentarios, una y otra vez. Mis malestares se agravan con estos eventos… y si son a la hora de la comida, con más razón, pues es la hora de mi siesta y no tengo fuerza ni humor.

Harrys escucha sin comprender cómo el Maestro no disfruta de los beneficios de la fama, como el resto del mundo deseara, siendo centro de atención todo el tiempo. Tampoco entiende cómo es que con un solo traje, que amenaza desarmarse, viaja, da conciertos y recibe honores. Gana una espectacular cantidad de dinero y no se da un solo lujo. ¿Por qué viaja solo? Debiera tener criados, su propio carruaje, magnífico guardarropa, llegar a los mejores hoteles y comer en los mejores restaurantes; hacerse atender como, lo que es, un gran señor, una superestrella. Arriesgándose a un rechazo o exabrupto, se atreve:

—Maestro… ¿Cuál es la razón de su austeridad… cómo es qué… no se da lujos?

—«Mi austeridad»… ¿No me doy lujos?

—Así es Maestro.

—Pero… ¿de qué lujos habla? Si le contara los lujos que me he dado… no me creería… y los lujos que me sigo dando, como el no ir a esas fiestas… que usted, está deseando ir. Créame, si las invitaciones fueran transferibles, se las regalaba todas. No espero que me comprenda… de todo se harta uno. Cuando más joven iba yo a todas, ahora, tal vez, a una que otra… no me interesan; bebía yo vino, coñac, champaña, ahora, he de medirlo, me provocan una terrible acidez. En el caso de hoteles, que ya he discutido con mis anteriores agentes, lo único que me interesa es que haya quietud, silencio… que nadie me moleste y me pueda yo aislar de todo, ese es mi lujo. ¿Para qué quiero un lugar que tiene exquisita decoración, increíbles servicios si no me dejan en paz? Para qué quiero impresionar a nadie con lo que gasto, si los tengo ya suficientemente impresionados con lo que hago y me doy el lujo de cobrarles y no poco. Harrys… soy un hombre enfermo, como ya habrá visto, y «me doy el lujo» de seguir avanzando. Tengo una intensa imaginación con la que he podido sobrellevar mis males, prefiero sentarme y dejarla volar, que alternar con personas… que no salen de lo mismo y empeoran mis síntomas fumando todo el tiempo o diciendo estupideces; me ahogan y me aburren. Antes… me daba por caminar y silbar, ya no me es fácil. Si gasto lo menos posible… es porque ya… cualquier día, me muero… y quiero dejar a mi pequeño hijo bien protegido. Yo crecí austeramente… Mi lujo, si acaso, era tocar el violín todo el día. Ya no lo puedo hacer… Hoy, eso sí sería un verdadero lujo. Ahora… doy conciertos y recorro el mundo. Créame, es un gran lujo el que me estoy dando y que no cualquiera puede darse y está por acabárseme… Si me disculpa, creo que hoy, ya me «he dado el lujo» de hablar demasiado… me duele la garganta… como para no hablar en tres días. Espero… darme el lujo, de estar vivo mañana y, más aún, de dar otro concierto, de volver a ver a mi hijo que tanto estoy añorando…

Harrys queda pasmado con la disertación, que le rebota entremezclada con las ilusiones de Olivo.

También Nicoló entra en reflexión. Su plan de acumular dinero y dejar protegido a Aquilino implica confiar en alguien, corriendo el riesgo que se den malversaciones y despojos. Es más una intención que un plan; necesita fraguar una idea que garantice que su hijo sea el beneficiario de sus esfuerzos.

La preocupación le trae imágenes de Dida heredando su villa. No le dejaron un montón de dinero que pudiera ser mermado fácilmente por advenedizos. La idea le inspira, una villa sería gran solución; proporciona seguridad, posición y respetabilidad. Aquiles sería un gran señor, libre de hacer lo que se le dé la gana. Después de mucho ensoñarlo, sus sueños contribuyen a develar los rincones de la idea. Para el amanecer ya concluyó: comprará una villa. Su hijo será amo y señor. El proyecto requiere mucho dinero. París y Londres le dejarán muy buen ingreso que unido a lo que ya tiene en el banco, será suficiente. Por el momento, debe concentrarse en el concierto que dará esa noche.

Diez días en Hamburgo, tres exitosos conciertos y múltiples invitaciones después, parten a Bremen. Nicoló, vuelve a encontrarse encerrado uno a uno con Harrys, que ha aprendido a mantenerse en silencio frente a él y que lo observa entre mecimientos y ensueños; algo en su personalidad le incomoda, tal vez, su estilo untuoso; siempre observando y tomando notas, no logra confiar en él, aunque no hace mal su trabajo. Terminando su contrato posiblemente lo deje ir; esto le mete en la preocupación de conseguir un nuevo agente. En París, al hablar francés le será más fácil; ahí, más le preocupan las revueltas sociales.

El meneo del carruaje le produce inesperadamente una conexión con el torrente con una derrama de notas sin un instrumento en la mano; le urge tocar… o mejor aún, escribir y capturar. Sacando pautado de su portafolio, escribe desbocadamente.

Harrys, que sabe poco de música, observa intrigado.

El movimiento del carruaje con sus sacudidas, pareciera dirigir su pluma. Tenaz y compulsivo se ocupa en la tarea de capturar un concierto. Ignorando malestares, se abandona y fluye acoplándose al zangoloteo. El camino se suaviza y el carro avanza sin dificultad deteniéndose eventualmente. La portezuela se abre y el cochero anuncia:

— ¡Ya llegamos, pueden… apear…!

Harrys, con un ademán, le demanda silencio mientras Paganini continúa escribiendo y él lo observa extasiado. Después de varios minutos Nicoló se percata:

¡Ah…! ¿Ya llegamos? Por qué tan rápido… en el mapa se veía… más lejos… —sigue garabateando.

—Perdone la interrupción Maestro… pero sí… estamos en Bremen.

Sin salir de su trance, Nicoló se entrega dócilmente a ser guiado, reteniendo el flujo lo posible. Al llegar a su habitación, escribe lo acumulado y derrama enseguida un Rondó. Exhausto, en abundante sudor, cae sobre un sillón y se pierde en sueños.

Harrys observa y reflexiona:

« ¿Cómo describir la magia que recién atestiguó? ¿Cómo hacer eso mismo con letras? Recibir ese dictado tan intenso, sustrayéndose de la circunstancia. Capturar del mismo éxtasis ¡tanta belleza!»

Siente claramente el rechazo del Maestro que no tiene idea como superar, tal vez ni deseos de hacerlo, está cansado sólo de verlo. Es una asignatura difícil de superar.

Al despertar Nicoló, toma el manuscrito, lo lee y lo relee; corrige; imagina. Siente molesta la vigilancia de Harrys. Igual de incómodo, Fabrizio vigila a Harrys.

En la primera oportunidad:

—Maestro… ¿Seguro que todo bien con este Harrys?

—Supongo… no sé qué pensar, de cualquier manera al terminar en Braunschweig nos separamos. Vamos a ver qué le da por escribir, el hecho de haber pasado una temporada junto a mí le dará credibilidad a cualquier patraña que publique y le pagarían bien.

— ¿Quiere que le haga alguna advertencia?

— ¡Já, já! ¿Cómo Don Testa? O una «zarandeada», como Pietro…

—Son efectivas, Maestro…

—No... déjalo en paz. Que haga lo que se le dé la gana. Ya termina su contrato.

En el camino a Frankfurt, irónicamente, le hace falta Harrys. El deseo de abrazar a Aquilino eclipsa malestares y le agobia en llanto. A lo largo de esta gira, el hueco de su ausencia creció descomunalmente. A sólo minutos de verlo, impaciente y contradiciendo su propia regla, abre la ventanilla asomándose.

Después de abrazos y besos, le entrega los regalos que fue recolectando en el camino, cada uno con su respectiva anécdota o chiste buscando su risa. Su fortuna, es que la logra: Aquiles desea el complemento, está ávido de él y ríe. En un momento de euforia, se abraza de su cuello gritando:

— ¡Papá! ...¡Papá!

Como finalizando una gran cadenza, Nicoló siente el clímax. Su hijo es parte del torrente. Se quieren y juegan hasta caer dormidos. Los rayos del amanecer iluminan la recámara y encienden el rostro de Aquiles durmiente, Nicoló extasiado lo contempla. Sus imágenes pasan de apreciar su belleza a la preocupación de protegerlo. Afianza su plan. Le refuerza el recuerdo de su emancipación en el parque, encontrando el tesoro que le mantiene lejos de humillaciones y le deja vivir de lo que hace con el alma; aunque esté a punto de morirse todo el tiempo y, en momentos, desee hacerlo.

Contra todo lo temido, Harrys resulta ser un cronista de buena fe y describe al Maestro en su publicación con honesta objetividad a partir de lo que logró observar y sus pocas aportaciones. Desde luego, no habla de demonios, pactos o encarcelamientos.

Sobre una mesa, acomodado por Paolo en prioridades, una gran cantidad de correo por abrir. Su curiosidad se concentra en las cartas de Helene Von Dobeneck. Le acosa una miríada de ideas: gritos de juventud y ansias de hombre; casarse como asignatura pendiente; o soledad. Tal vez Helene sea el último refugio femenino en su vida.

La ansiedad y la aprensión terminan anudándole el pecho. Lee sus bien escritas cartas, una tras otra, repetidamente. Tiene que verla, pero primero, irá a los baños de Baden-Baden que el Doctor Himly de Göttingen le recetó para recuperar salud, después, sintiéndose mejor, irá a Ansbach a visitarla. Una brisa de fe le acaricia.

Con gran júbilo le recibe Baden-Baden y de inmediato le proponen dar un concierto en el Casino.

—Caballeros, será un placer… pero espero me deis primero la oportunidad de probar las bondades de vuestros manantiales y enseguida os llenaré de Música. Tendremos que hablar de honorarios…

—Desde luego Maestro.

Los Baños, que por los disturbios en París pasan por estrecheces, sienten bonanza con la llegada del famoso virtuoso y más aún, dando un concierto. Convertirán el evento en un acontecimiento social, invitando a cuanto personaje importante puedan. Para su sorpresa, entre las celebridades que asisten a escucharle, está Lafont con su familia que, con lujo de retórica y cortesía, se niega a tocar pero se despide con gran cordialidad esperando verlo en París nuevamente.

Por demás está decir que los baños no le sirven a su salud para gran cosa.

26 Helene tenaz.

Al abrir el mayordomo la puerta, ella se precipita al interior, sus acelerados pasos suben la escalinata a toda prisa. Sollozando, desesperando, golpea una puerta:

— ¡Papá… necesito hablarte…!

— ¡¿Qué pasa?! ¿Por qué tanto escándalo?

—Papá… necesito divorciarme… ¡por favor, ayúdame!

— ¡¿Cómo te vas a divorciar?! ¿…de un Barón…? Hijita mía… cálmate. Siempre te he consentido en todo… pero esto… es absurdo…. ¡Imposible!

—Has tenido casos peores y los has ganado… Tú quisiste casarnos porque *«así convenía…»*…pero yo nunca le amé, te lo dije a tiempo… sólo me diste un sermón de como el amor llegaría después. Nunca llegó. ¡Papá divórciame… hazlo por mí! ¡Por favor! ¡Ayúdame!

—Pero ¿Qué pasa? ¿No eres feliz con el Barón…?

—No lo amo… nunca le amé, le detesto… y además, estoy enamorada de otro hombre que viene por mí.

— ¡Pero qué locura estás diciendo…!

—Sí, es locura… pero es verdad.

—Y… se puede saber ¿quién es ese hombre?

— …Paganini.

— ¡¿El cirquero?!

— ¡Papá por favor! Es un extraordinario violinista… ¡El mejor que ha habido!

—Y… ¿por eso te quieres divorciar e irte con él…?

—Él y yo nos amamos… está viniendo por mí. Con un divorcio… habría menos escándalo que si sólo huyo con él… Porque… me voy a ir con él papá.

— ¡Dios mío! ¿Cómo puedes pensar tal barbaridad?

— ¡Papá…! –Rompiendo en llanto– ¡Le amo, entiéndeme!

Helene con sus talentos se hizo su consentida y su llanto le resquebraja el espíritu.

— ¡Mi niña linda! –Abrazándola– ¿Estás segura de todo esto?

—Nunca he estado tan segura de nada. Nicoló es el amor de mi vida. Lo seguiré hasta que me muera.

Atribulado, contempla el infinito acomodando la idea de ayudar a su hija en esta locura.

—Pero ese hombre… dicen… es un cadáver viviente, tal vez hasta… ¡¿un demonio…?!

—Ahora me dices eso papá, cuando siempre renegaste de los que hacían esas observaciones. Este, es un hombre en el límite. Su salud no le ayuda, pero es capaz de hacer la más profunda y sublime música que he escuchado en mi vida.

— ¡Vaya! tendré que escucharle. ¿Le conoces personalmente?

—Soy su amante…

— ¡¿Qué…?! ¡Pero qué dices! Ese hombre tiene pésima reputación, hija. ¡No pudiera tenerla peor!

—Y por eso ¿no le escuchas...? Papá... es un hombre enfermo con sublime talento. ¿Conoces a otro de tan extraordinario heroísmo? Si no lo comprendes al sólo verlo y escucharlo, no has entendido tus propias enseñanzas. ¿No me dijiste que un hombre ha de entregarse a su talento así sea lo último que haga en la vida? Te quiero papá y aprendí de ti, por eso a él, lo adoro... es como tú dijiste: hay que ver a un genio, cuando hablábamos de Beethoven: La estricta manifestación de su talento, lo demás no importa. ¡Quiero que le escuches...! Que le conozcas. Que atestigües lo increíble. ¡Papá... es él!

Su silencio refleja su agitado discernimiento, su hija adorada le pone en una encrucijada, ha de abrir su corazón y su mente. Ha de ser justo. ¿Para qué buscar la verdad y hasta presumirla, si a la hora del rigor, se arredra uno y no la asume?

— ¿No es... una exaltación pasajera?

—Papá lo amo, como no he amado.

—...bueno... Veremos qué puedo hacer. ¿El Barón... sabe algo de todo esto?

—Sabe que estoy loca por él... pero nada más.

— ¡¿Nada más...?! Supongo que le molesta...

—Muchísimo... no sabes cuantos regaños y discusiones... Quiere hablarlo contigo.

— ¡Dios mío!... Pero entonces... te le adelantaste...

— ¡Sí, claro! Tenías que saberlo por mí.

A sugerencia de Helene, Nicoló se hospeda a media noche en una posada en las afueras de Ansbach, registrándose como arquitecto de su Majestad, el Rey de Prusia. Los intentos de ambos por pasar desapercibidos llaman la atención al rayar en lo absurdo; él, como otras veces, pretende ocultarse con solapas, ala de sombrero y lentes oscuros; ella avanza bajo velos tropezando con todo.

En privado al fin, los dos se abrazan, aunque Nicoló arredrado en incertidumbre. Helene estalla con emociones reprimidas y lo llena de besos y más confusión. Entonándose él intenta responder. La larga abstinencia se muta en pasión. ¡Qué bello olerla y acariciarla! Pero vuelve a ver lo imposible: no tiene futuro ni tiene caso, no hay tiempo ni energía para lograrlo.

— ¿Qué pasa Nicoló?

—No lo sé… Creo que no debemos precipitarnos…

—Mi padre se va a encargar de mi divorcio…

— ¡¿Divorcio…?! ¡Helene… yo jamás te he propuesto o prometido nada… como… para divorciarte! ¡No estás contando conmigo…!

—Lo sé. Es mi decisión. No puedo seguir casada con él amándote a ti… no puedo.

—Pero esto me hace responsable de algo… ¡Qué sé yo!

— ¿Sigues dudando…? No me explico… en tu carta pusiste que ansiabas verme…

—Verte… sí. He ardido en deseos de verte, pero…

La tos le acosa. Helene preocupada le asiste. Regresa la calma sintiendo los dedos entre su cabello. Al ella sentarse junto a él, sucumbe a su ternura y se recuesta sobre su regazo. Las caricias de la enamorada se prolongan, mientras él se pierde en ensueños y amor nostálgico; una tonada cantada a perfección ennoblece el momento. El impromptu dura y ella con su canto se disuelve en él llenándolo de ternura y comprensión.

Al recobrar objetividad, sin interrumpir la elocuencia de Helene, reflexiona. Le recuerda el amor entregado y dulce de Leonora en su juventud, de quien tampoco pudo enamorarse. Vuelve a sentir esa misma controversia. Camina de lado a lado. ¿Por qué le falta pasión con Helene? ¿Por qué le falta locura, si es lo que siempre quiso?

Ella hace la despedida casi imposible. Se citan al día siguiente con menos entusiasmo por parte de él. Helene con pasión exaltada a desesperación, provoca una tercera cita en la que él la recibe sin deseo. Ella es tan correcta en todos sentidos, sin embargo, «algo» no está ahí. El tiempo ha cambiado y la necesaria esposa, otrora fundamental, ahora no parece serlo, o no es ella. No siente amor, si no culpa. El amor libera, inspira; la culpa agobia, debilita, esclaviza. Embarcarse en algo así, ahora, que carece de fuerzas, sería absurdo y perdería el objetivo lastimosamente. Tiene que comprar la villa para Aquilino, después: morir. ¡Eso es todo! Helene es un poema, pero aun con su excelente educación y su bello canto, no la ama.

Hecho un nudo y al abrigo del amor por su hijo, parte de regreso a Frankfurt. Las lágrimas corren irrefrenablemente sobre su rostro inexpresivo durante la trayectoria.

— ¿Por qué estas triste papá?

—No te preocupes hijito, ya se me pasará. Así como me ves toser… a veces me salen lágrimas…

Paolo preocupado observa. Primera vez que el Maestro se deprime pese a la presencia de Aquiles.

Al llegar el segundo mes en esta etapa incierta, recibe una carta de Germi que profundiza esta depresión: su hermano Carlo murió… La noticia le cimbra y le hace perderse entre incredulidad y vacío. Jamás pensó que su saludable hermano muriera antes que él. Las memorias le visitan atropelladamente; a medida que las repasa, el miedo le invade rebozando en llanto. La mera existencia de Carlo le daba fuerza, le había enseñado a caminar y sin él, su salto a la independencia no hubiera sido posible.

— ¡Pero Carlo… ¿qué te pasó?! –Pregunta al vacío en un llanto entrecortado por la tos.

Lee y relee la carta que no especifica gran cosa. Unos días después, algunos puntos se aclaran en otra misiva que agrega que su mamá está gravemente enferma.

A su complejo estado de ánimo, se une ahora la preocupación con imágenes de su madre y, por si fuera poco: Aquilino contrae sarampión. Tembloroso se refugia en su cama resbalando en melancolía.

De un punto lejano en el infinito, ve algo acercarse que captura su atención mas no identifica. Su violín tal vez pudiera aclararle el panorama, pero su desgano es profundo y no tiene impulso que le ayude. Sus discernimientos continúan y su intriga aumenta. Sigue acercándose sin saber qué es. Sus múltiples dolores le jalan y demandan su atención, tose, se angustia; Aquilino le necesita, ¡Esa ha de ser la fuerza que se aproxima! De ahí tomará la que necesita para recuperarse. Pero no. Hace enormes esfuerzos por rescatarse, está en un abismo. Una espiral le devora. En su fuga ve que ese algo sigue acercándose vertiginosamente. Los vientos de todas partes le provocan escalofríos y lo pierden; gira buscando alrededor y… ahí está frente a él: su muerte, que le repite nuevamente:

—Toca o mueres.

Recolectándose como puede, llama a Paolo que acude de inmediato.

—Necesito dar un concierto a la brevedad…

—Pero Maestro, no está usted en condiciones…

—Entiende Paolo… que si no toco me muero…

—Pero Maestro, aquí en Frankfurt se han acostumbrado a su presencia, no podemos esperar grandes resultados y mucho menos, inmediatos…

—Necesito tocar… no tiene que ser teatro o gran éxito, sólo tocarle a la gente… supervivencia.

Paolo comprende esa paradoja perfectamente.

— ¿Le parece un concierto en el hotel Weidenbusch donde nos hospedamos al llegar?

—Donde se te dé la gana…

—Descuide Maestro, yo me encargo de que usted toque. - Conmovido a la médula, sale a su misión.

Ante el asombro, posiblemente del mundo, Paganini da un concierto en un modesto hotel, por una cantidad ridícula, pero el salón se llena y él toca, rescatándose del abismo.

Paolo atestigua nuevamente, como el Maestro reacciona al efecto de tocar en público, mientras, bajo su brazo, Aquiles, ya restablecido, escucha el sublime arte de su padre dándole identidad.

Un concierto poco comentado y nada lucrativo, sólo necesario.

Visiblemente recuperado, aunque necesitando más de esa misma substancia, dos semanas después organizan un concierto de caridad y despedida que le levanta un poco más, recabando gratitudes que le hacen sentirse necesario.

Arde en deseos de abandonar todo e ir a Génova. Su mamá quizás esté anunciando su despedida, pero un viaje tan largo en este momento le parece imposible. Su madre va a morir, lo sabe, y el antojo de morir con ella es intenso, insoportable. Ve claramente que, sin la presencia de su hijo en su vida, se entregaría a la muerte sin más. Enfermo y harto de todo, es Aquiles quien ahora le dice: ¡Vive! ¡Vive!

Helene no claudica escribiéndole cartas que él prefiere no leer. La última, llama su atención al ser traída por un mensajero que demanda firma en recibo. Sin pensarlo la abre y se entera que gracias a las habilidades de su padre jurista, el divorcio se ha consumado.

27 París 1831.

La prolongada expectación en París por su eventual visita, ha venido produciendo todo tipo de creatividad periodística sazonada con fina arrogancia francesa. La que le causa más gracia, sostiene:

> *«Paganini ha visitado París de incógnita, escuchando a los mejores violinistas franceses y ha preferido no presentarse ante un público que lo desenmascare y declare farsante.»*

Llegar hasta París atravesando los Vosgos es particularmente pesado; irónicamente, son estas jactancias que le estimulan a demostrar sus habilidades como una apuesta con los habladores parisinos. De cualquier manera, su vida es una apuesta que viene ganando día con día. París le producirá una gran cantidad de dinero y, de paso, apabullará a la escuela francesa de una vez por todas. Luego irá a Inglaterra y cosechará más fortuna y, si aún está vivo, regresará a Italia con Aquilino a disfrutar de la villa, retirado del mundo que cada vez se le antoja más insufrible.

Contrastando con los dos años en Alemania, donde se mantuvo todo a estricto nivel profesional sin poder cultivar amistades por barreras idiomáticas, en París, además de hablar francés, le esperan innumerables amigos italianos que le hacen grandes festejos a su llegada. Entre ellos, el entrañable Gioacchino Rossini:

— ¡Condenado Flaco! ¡No lo puedo creer…! ¡Estás… más flaco! ¡Já, já, já!

— ¡Y tú más gordo! Te comes todo lo que cocinas…

—Tengo que comer por los dos.

— ¿Y qué, lo flaco es lo único que me ves?

—No… estás más traqueteado, más pálido, más chupado… definitivamente más famoso y seguramente mucho más rico…

—Eso… más chupado… perdí todos los dientes de la mandíbula. –Hace una mueca mostrando el interior de su boca buscando alguna empatía.

Superando la impresión, Gioacchino contesta buscando filo gracioso y, poniéndose serio:

—Seguramente se te cayeron por falta de uso… ¿Esto significa que ahora comes menos que antes?

—Sólo como sopas y una taza de chocolate antes irme a la cama. No puedo masticar.

— ¡Flaco vas a desaparecer! Un día vamos a ver tu violín flotando en el aire dando conciertos. ¡Ah por eso te vistes de negro! Para parecer… una calavera con melena que toca…

—Reconozco que me he puesto feo, pero sólo toco mi violín, sin exagerar, las más bellas mujeres caen rendidas a mis pies; no lo vas a creer, pero creo que mis conciertos gustan cada vez más. He tocado en total desgano, repleto de malestares y con peor aspecto… ¡Me aplauden a rabiar!

— ¡Lo sé…! Mejor dicho, ¡lo sabe todo el mundo!… ¡Flaco, eres mundialmente famoso! No sabes el orgullo que siento. He oído opiniones de algunas muy bellas damas que me hacen sentir celoso y que te quieren comer a besos…–aparentando reflexionar– seguramente tienen algo de canino y les gustan los huesos… ¡Mm…! ¡En todas partes me entero de tus triunfos… es increíble, están esperando que vayas, ansiosos por escucharte! –Cambiando el tono– ¡Eh…! Además de tener bellísimas mujeres, para estas alturas ya eres un hombre… muy rico…

—Bueno, lo de las mujeres… no sé, me llenaría de ellas si pudiera… mi salud ya no da para mucho… Del dinero… qué puedo decirte… pagan bien por verme… Siento que la muerte me pisa los talones y cada concierto es el último; lo cobro… no me ando con cuentos, tengo a mi pequeño hijo que proteger y quiero comprarle una villa. En los bancos me tienen como parte financiadora y me agregan un porcentaje mensual por ello.

—Lo sé, todo aparece en los periódicos, eres el músico más rico del mundo. Ganas en un concierto lo que toda una compañía de ópera en una función… el autor y el productor incluidos. En un concierto haces más dinero del que yo hago en todo el año… Flaco, pensándolo bien… te detesto… y creo que lo mejor… es hacerte mi productor.

Al terminar las carcajadas:

—Por cierto ¿cómo está tu esposa, la gran Colbran?

—Pues aquí entre nos… cuando dejó de cantar, nuestra vida se convirtió en una porquería… Siempre celosa de cantantes y coristas… me hizo la vida de cuadritos…

— ¡¿Dejó de cantar?!

—Así es. En Londres la crítica no le fue favorable y… no ha querido volver a cantar.

—Pero si cantaba extraordinario…

— ¡Hombre, ya lo creo! Pero qué le vamos a hacer, llegó el momento en que ya no daba tanto. No sabes que drama vivimos… para ella: una tragedia.

—Y ¿está aquí en Paris?

—No…ya no viaja conmigo y… lo prefiero… sería intolerable. Supongo que no te alarmarás… tengo ahora… una nueva acompañante.

Rossini se encuentra sosteniendo relación con Olympe Pélissier, una atractiva modelo de pintores que le tiene cautivado y vive con ella en los altos del «Teatro de los Italianos», lugar donde se congregan los músicos paisanos que están defendiendo su causa en el efervescente París.

Paganini llega como un refuerzo apabullante, es el esperado campeón que saldrá a la arena y pondrá claro que los italianos «son la música». La expectación entre paisanos es mayor que la de los parisinos.

El ambiente de rebeldía y ansiedad de cambio reinantes en París, lejos de ser los temidos obstáculos, son aliados para él. Charles Phillipe Lafont, siendo el actual campeón de «La Escuela de París», le está cediendo el paso, aunque sin poder ocultar el agravio, se niega a encuentros. Sin duda es un duelo, aun sin encontrarse el contrincante en el estrado. Será el reverso del duelo en Italia, ahora bajo la lupa francesa. Pareciera una trampa donde los que presumen ser los mejores violinistas del mundo se preparan para comerlo vivo, por atrevido y arrogante.

Entre temor y lujuria, hace su apuesta. Es el momento crucial, será medido por los grandes jueces franceses. Lo aceptarán como virtuoso o lo etiquetarán de charlatán y cirquero. La adrenalina le prende. Está por demostrar que precisamente porque no hizo pactos con diablos, escuelas, maestros o franceses su manera de tocar es única e inalcanzable. Aprendió a volar en cielo abierto y sólo éste ha sido su límite. Se ha atrevido donde nadie y sin más guías que su propia intuición y arrojo, jamás se refugió en escuelas buscando seguridad en camino trazado. Él mismo, si volviera a hacerlo, lo tendría que hacer diferente, pues no recordaría la ruta. Escépticos, los académicos franceses le verán hacer lo suyo. Aprobarán su diferencia haciéndola «oficial» o lo rechazarán, condenándolo al repudio y al olvido. ¡Pero… ¿cómo olvidar a Paganini?!

Entra con pie derecho. Es sumamente esperado y encomiado. Su mera presencia en París es desplante de libertad y asertividad. Esas substancias les fascinan a los parisinos que son el alma de París y que sin importarles lo que los académicos digan, aplauden lo que les gusta. El debut es rotundo éxito, es aceptado ávidamente con gran respeto. Aunque, al filo de la navaja: le honran, pero no dudarían en partirlo en dos.

París aplaude su autenticidad, originalidad, pureza de estilo, virtuosismo e incuestionable escuela, que muchos ven que jamás entenderán, pero negarla, imposible. Es una escuela que muestra el futuro sin presumir raíces y con apabullante poder. Si acaso, incomoda a algunos en un París ya incómodo, que busca acomodarse en lo nuevo.

Paganini es un viento nuevo cargado de ideas; es el hombre que se atreve y expone, después de una vida de auto disciplina, exploración y penurias. Su ponencia es profunda, un vuelve a la vida, un despertar a nuevas posibilidades, nuevos horizontes. ¿Difíciles de alcanzar? absolutamente. Es la nueva vanguardia cargada de propuesta para la burguesía que es la nueva aristocracia urgida de nuevos íconos para autentificarse. La conexión es potente, ávida, necesaria.

Lejos de sanar de sus padecimientos, pareciera que los acoge y asimila estoicamente para seguir tenazmente su camino, su equipaje. Al igual que hizo en Viena, Praga y ciudades importantes de Alemania, en Paris tiene algunos médicos eminentes que quiere visitar, entre ellos un dentista que se ha hecho famoso por sus dentaduras postizas.

La cantidad de espectáculos en cartelera es alucinante; fascinado, no sabe por dónde empezar, proponiéndose asistir a todos aquellos que su salud y agenda permitan.

En contrapeso, una faceta desagradable. Camina con Aquilino por la magnífica ciudad, asomándose en los múltiples aparadores, los dos disfrutan el momento como travesura y con espíritu infantil. En una vidriera se amontona la gente viendo y ellos curiosos se acercan. Al mirar el interior, como si un rayo le partiera. En reacción aparta a su pequeño de la vidriera:

— ¿Qué te parece un helado Aquilino?

Entre la curiosidad de saber qué pasaba ahí y el antojo del helado, el niño acepta lo segundo. Nicoló, ahora, en su interior, pelea con lo visto en ese aparador, la búsqueda de un lugar de helados para satisfacer su oferta y la urgencia de disimular su agravio.

La vidriera exhibe una colección de caricaturas, todas ellas difamándolo: erotismos, encierros en prisión, pactos demoníacos y algunas otras calumnias que no logró ver por la prisa de retirar al niño. Atribulado, busca la heladería propuesta para sentarse y pensar. La caminata se prolonga sin encontrar el deseado establecimiento y terminan regresando al hotel donde él se desborda en rabieta.

Los medicamentos que le recetaron últimamente, sumados al laxante que ha retomado convencido de necesitarlo y el casi ayuno en el que se mantiene, le producen angustia y nerviosismo. Su inteligencia sigue siendo central y desapegada, logrando equilibrarse, manteniendo su meta en mente. En momentos, la confusión es tormentosa, en otros, la claridad es agobiante. Balancear estas fuerzas le pone en alerta, aguzando su espíritu de empresario-apostador.

Casi recién llegado, presencia en el Conservatorio la ejecución de la quinta sinfonía de Beethoven tocada por una enorme y extraordinaria orquesta dirigida por el Maestro Habeneck, el mismo que introdujera el trabajo del genio en París años antes. El deseo de tocar con esa orquesta le cautiva.

Aunque habituado a los franceses por Elisa y su corte, París le provoca ambivalencia, animosidades, inspiración, curiosidad; un indescifrable conflicto interno. Más que recorrer sus calles, para lo que no tiene suficiente energía, se ve enredado en el enjambre social.

Revisando recuerdos, se pregunta qué habrá sido de Chantelle; en reacción se mira al espejo y objetivamente, se ve feo. Reprimiendo el impulso de arreglarse, sólo observa su imagen y reflexiona.

—«Rossini entre bromas tiene razón, soy una calavera que toca violín».

Tanto tiempo sin ver a Chantelle le dificulta recordar su rostro, sólo ve un brillo de extraordinaria belleza que le acelera el pulso. Ella, también habrá cambiado. Después de pensarlo bien, decide no hacer esfuerzos por contactarla, qué objeto tendría. De cualquier manera, el suspenso prevalece ante el posible encuentro si ella asiste a algún concierto. En cada evento vigila si aparece, la aprensión le embarga, ansía verla y, a la vez, no quisiera. ¿Podrá reconocerla?

Sus conciertos son muy intensos, saberse entre espada y pared le hace sacar lo sublime.

París es un hervidero de acontecimientos, la efervescencia artística incluye gente de toda Europa. Abundan los lugares de reunión y en uno de ellos, Nicoló se encuentra con Rossini y un grupo de conocidos, entre ellos el Conde Bartoccio, al que ahora reconoce inmediatamente.

— ¡Su Alteza que gusto encontrarle!

—Como siempre, el gusto es mío. Más aún, viendo que me reconoció.

— ¡Qué vergüenza de aquella ocasión…! Vuelvo a suplicarle me disculpe…

—Vuelvo a aclararle que no hay nada que disculpar.

—Por cierto… en aquella ocasión, hace ya algunos años, me mencionó que escribiría una novela sobre mi persona…

— ¡Ah, me da gusto que lo recuerde…!

— ¿Y qué pasó…? ¿La escribió?

—Desde luego… Le puedo asegurar que en este preciso momento alguien la está leyendo.

— ¡No me diga! Me encantaría leerla…

—Haré lo posible por conseguirle una copia Maestro.

La paganinimanía, prende en París con fuerza descomunal. Artistas y aspirantes son los más ávidos acosando la taquilla. Al terminar un concierto, Nicoló se recupera en su camerino y entra Paolo:

—Maestro… no lo va a creer, la Baronesa Von Dobeneck está aquí afuera y quiere saludarle.

— ¡¿Qué?! …¡Dios mío!

—Dice que es importante que lo vea. Si quiere le digo que vaya al hotel… ya le advertí que no recibe a nadie después de los conciertos.

—No… Que pase.

Hecha un bollo de emociones, entra con impulso, él la recibe recostado y recabando paciencia:

—Helene… Helene… dime por favor: ¿Qué haces aquí?

— ¡Nicoló, mi amor! Soy una mujer libre y ya te puedo seguir hasta la muerte…

— ¿Pero qué dices…? Ya te aclaré que no te amo y que no puedo ni debo ya tener relación alguna. Sólo me queda dar conciertos y morir.

— ¡Déjame cuidarte, yo te amo… como nunca amé ni amaré a nadie más!

— ¡Mujer mírame! ¡Mírame bien! ¿No te das cuenta que ya no estoy para esto?

— ¡Estás para que te cuiden y yo estoy dispuesta a hacerlo…!

— ¡No quiero que me cuides…! Por favor, entiéndelo. No debiste divorciarte… no sé cómo se te metió en la cabeza y menos… cómo tu padre te apoyó en semejante absurdo. ¡Por favor, déjame en paz! Tengo mucho que hacer y muy poco tiempo. No tengo ni salud ni deseos de tener una mujer.

Al progreso de sus palabras Helene se entrega al llanto. Nicoló conmovido se incorpora entre toses y la acoge entre sus brazos, lamentando la dureza de sus palabras. Al menguar sus lágrimas, él inicia una paciente explicación tocando todas las razones por las que no puede ni debe acompañarle. Ella termina por aceptarlo, pese al vacío y angustia que le produce.

Aún desazonado por el pasaje con Helene, en los periódicos lee las críticas desatadas por las ausencias y falta de entusiasmo, que su salud provocó, al ser invitado a eventos de caridad. París por un lado, le aclama hasta la locura pero por el otro, le truena los dedos, le critica, le calumnia, le extorsiona.

A una nutrida fiesta en su honor, de la que no pudo escapar, asisten los grandes personajes y celebridades de París; todos han de saludarle, y como le sucede en casos semejantes, termina alucinado entre tantas caras. Un rostro se le graba y le llena de dudas, mientras el desfile continúa con pláticas que lo jalonean. Inútilmente mira alrededor. Está seguro que saludó a Chantelle, eran sus ojos.

Ya metido en su almohada, la imagen se rescata y se hace recurrente; termina reconociéndola. Aunque aún bella, notablemente marchita. «Que crueldad de la vida que hasta una belleza así decaiga».

En medio de estas conclusiones queda dormido. Sin embargo, los días siguientes lleva la imagen en la frente que aunada a la de Helene suplicante, le distraen de la circunstancia que se intensifica.

Aparece entonces un personaje a la medida con propuestas auspiciosas. En viaje especial, el empresario del Teatro del Rey en Londres, Pierre Laporte, se presenta ante él como el agente que lo presentará en Londres y toda Inglaterra, duplicando el precio de entradas. Acepta y firman convenio.

Su amigo napolitano Antonio Gaetano Pacini, al escuchar sus planes, se atreve y aconseja:

—En la ruta hacia Inglaterra convendría que dieras algunos conciertos en el norte de Francia. Yo mismo puedo contratarlos...

Esto le agrada de inmediato y acepta. Es el segundo consejo el que le desagrada:

— ¿Has pensado en las ventajas de poner a tu hijo bajo los cuidados de un tutor aquí en París?

— ¿Por qué lo preguntas?

—Toda esta gira, incluyendo Inglaterra, se vería muy afectada si llevas al pequeño contigo. En París se encuentran los mejores tutores del mundo... el niño aprendería un sinnúmero de cosas y tendría un extraordinario progreso, definitivamente estaría mejor. En la gira en cambio, además de no progresar en su formación, representaría constantes contratiempos. Espero no te ofendas...

— ¡No, en lo absoluto! Créeme... estoy consciente de esos «contratiempos» y de su formación. En Alemania lo dejé un tiempo a los cuidados de una señora, de la que se encariñó tanto, que el contratiempo fue separarlos... Te seré franco, no me agrada la idea, como tampoco el que mi pobre hijo viva entre diligencias y hoteles.

Después de pensarlo en silencio, aún con dudas:

— ¿Conoces algún tutor?

Sale de París con nueva dentadura. Cansado de forcejear y ser comidilla, deja su reputación para que la destrocen si les da la gana. Se lleva consigo el haber tocado con extraordinarias orquestas y el triunfo incuestionable y sobradamente entregado con reconocimientos y ganancias. De París, por lo pronto, ya obtuvo lo que quería. Deja a Aquilino en prenda, preocupado de despreocuparse y después de muchos abrazos y lágrimas.

28 Londres.

Después de un rutinario recorrido por carretera, cruzan el canal para llegar a la anunciada panacea. En el barco no siente deseos de tocar su violín, el oleaje es alto pero en su interior es mayor, pese a que sus malestares retroceden ante el suspenso de llegar a la célebre ciudad. Un silencio atribulado reina entre ellos, sólo Laporte mantiene serenidad. A medida que se acercan, entre una miríada de imágenes entremezcladas, Nicoló recuerda las ironías y sarcasmos de Byron enmarcando en su imaginación una Génova ocupada, llena de restricciones y transgresiones inglesas. Se imagina tratado como sirviente, ignorante o bicho raro por los «Lords Byrons». Los escalofríos le recorren constantemente, se va a encontrar con los que le cuestionan sin entenderlo y, así, dictaminan. Si con los franceses tiene dificultad conociendo su lengua, ahora le parece muy denso enfrentar lo que viene. No sabe qué esperar. Si hubiera grandes violinistas ingleses tendría parámetros.

Londres le recibe entre niebla, fachadas difíciles de discernir y calles mojadas. El formalismo domina y Laporte se encarga eficientemente. No entiende una jota del idioma o las costumbres, sintiendo total incertidumbre. Su fama de mujeriego y jugador, los rumores de pactos diabólicos, esposas asesinadas y estancias en prisión, ya son parte de su plumaje, e inevitablemente le reciben con opiniones y críticas.

Como antítesis encuentra respuestas, definitivamente Londres no es una ciudad de Música como Viena o París. Buenos modales en la niebla: todo es forma, nada es fondo, ese es el régimen. Con tantos carruajes, carretas y peatones en intenso tráfico, las calles, siempre enlodadas, emanan olor a orines y estiércol. Pero no necesita comprender Londres, los londinenses tal vez lo hagan, él sólo tocará su violín.

El cuarto de hotel es su oasis. Descansa del viaje y desde la cama pierde la mirada en la oscuridad del techo. Su angustia no retrocede ante lo incierto pese a que, como ya acostumbra, va cargado de cartas de recomendación de importantes personajes. Siendo el día siguiente domingo, se propone descansar en encierro pero tan pronto amanece, numerosas personas piden hablar con él. Laporte resulta invaluable manejando todo esto y le calma, pues con asertividad, hace propuestas y señala rumbos. Mientras, Pacini ha resultado un simpático interlocutor que le rescata de preocupaciones sobre su pequeño y le traduce al oído cuanto sucede. En su corazón, la férrea decisión de conquistar Inglaterra, aunque sin deseos de explorar ni entender, excepto claro, los espectáculos.

La ansiada dentadura, lejos de darle el bienestar y sonrisa esperados, ha resultado un verdadero tormento; además de no permanecer en su lugar, le produce nuevos dolores que francamente no necesita. De cualquier manera, no muy convencido del aspecto antinatural que ofrece al espejo y su extraño sabor, la lleva en el bolsillo y discretamente se la pone antes de cualquier encuentro. En su esperanzada rutina de visitar a los más eminentes médicos, da con el Dr. Billing que al escuchar sus quejas, le recomienda a un verdadero artista en dentaduras, el Dr. Cartwright. Sin dudarlo, Nicoló lo pone en su agenda. Cartwright además de producirle una mejor dentadura, resulta ser buen músico aficionado y organiza en su honor una cena con otros músicos donde terminan tocando cuartetos siendo la Música el lenguaje y Nicoló el centro.

Las invitaciones de grandes personajes no tardan en llegar y lo atrapan con eventos en su honor.

A los diez días de haber llegado, Laporte, como le prometió, anuncia su presentación en el Teatro del Rey doblando las tarifas, lo que inmediatamente desata serias críticas contra el esperado virtuoso. El efecto de la prensa sobre los londinenses es nefasto pese a su gusto por espectáculos extranjeros, sintiéndose en la redacción de los periódicos con una lluvia de cartas criticando las ambiciones de Paganini y Laporte, a quienes tildan de sinvergüenzas asaltantes.

El público ofendido, sin claudicar, demanda al famoso violinista actuar a un precio moderado.

> *«Al no participar actores ni ballet ni coros, de ninguna manera tienen porqué pagar más.».*

La reclamación de Nicoló a Laporte es pronta, la idea era levantar fortuna, no escándalos.

El Times de Londres, implacable, se les viene encima etiquetándolos como:

> *«Dos rapaces extranjeros intentando explotar la credulidad de los ingleses amantes de la Música».*

Abundan las inculpaciones mutuas entre artista y apoderado. Nicoló, agobiado de por sí con malestares y dolores, siente este incidente como una avalancha que se le viene encima.

— ¡Laporte… usted me metió en esto…! ¡Vea qué hace… deténgalo! Haga algún acuerdo.

—Pero no puedo aceptar culpas, si lo hago quedo automáticamente fuera del combate. Para yo tener poder de negociación con ellos, usted ha de sostener una actitud de que su espectáculo vale lo que se pretende cobrar. Eso, me pone como mediador frente a ellos.

Desde su tormenta, Nicoló ve que la evaluación de Laporte es correcta, que la estrategia lo demanda y que él, lo necesita, pues no podría soportar el vendaval solo.

—Está bien... dígales lo que le dé la gana... dígales que mi espectáculo les mantendrá más entretenidos que una ópera y yo pensaba cobrarles el triple... No podemos largarnos con la cola entre las patas sin dar conciertos. Todo esto sucede porque no me han escuchado... llámelo vanidad si quiere.

Convencido de ello y con toda diplomacia, Laporte escribe a la prensa una carta solicitándoles entrevista mientras anuncia que el concierto será pospuesto, lo que es interpretado como amenaza de retornar a París si no aceptan los precios y, ante esto, sostiene el Times: «... *Inglaterra se planta...*».

Durante la entrevista, un astuto y tenaz reportero no se traga la explicación de Laporte. En sus investigaciones, valiéndose de cuanto truco conoce, logra enterarse del contrato, con todo y términos, entre Paganini y Laporte, publicándolo de inmediato. Laporte queda expuesto.

El escándalo se encumbra. La niebla domina.

Confundido entre interpretaciones tendenciosas, agobiado con malestares agravados por la aprensión del incidente y aconsejado por su orgullo: Paganini le ordena a Laporte informar al público londinense que, por estar indispuesto, el concierto programado tampoco se llevará a cabo.

Esto, que parece desplante de diva no lo es. Nicoló se siente muy mal y sólo quiere mejorar para salir de Inglaterra. Al progreso de la penosa y solitaria jornada, recapacita suavizando sus pensamientos. En un momento de energía y lucidez, le escribe una carta al Times:

«Me sentiré muy agradecido, si en su siguiente publicación insertan esta carta que les suplico traduzcan 'literalmente'. La noche de mi primer concierto en el Teatro del Rey se acerca y siento el deber, anunciándolo yo mismo, de implorar el favor de la nación Inglesa que honra las artes tanto como yo. Acostumbrado en todas las naciones del Continente a doblar los precios de los teatros donde he dado mis conciertos y poco instruido en las costumbres de esta nación, ante la cual me presento por primera vez, creí que pudiera hacer lo mismo, pero informado por los periódicos que los precios establecidos aquí ya son mayores que los del Continente, acepto que la observación es justa y apoyo el deseo del público, pues es su estima y su buena voluntad lo que yo ambiciono como primera recompensa.

Nicoló Paganini.»

La noticia es recibida generalmente como buena: Inglaterra va a escuchar al famoso violinista a los precios acostumbrados. Su carta es vista, por muchos, como una disculpa de caballero y aceptada como tal. De cualquier manera, los caricaturistas se inspiran haciendo cuanto disparate se les ocurre para ridiculizar al italiano. Gradualmente los renuentes aceptan por curiosidad de escuchar al virtuoso, centro del huracán.

La tensión entre Laporte y Nicoló se disipa y convencidos que el uno necesita del otro, firman un nuevo contrato anulando el anterior.

En enorme esfuerzo, al llegar la fecha del concierto, Nicoló hace su entrega con la perfección acostumbrada luchando por mantenerse de pie. Al terminar, sale del escenario tambaleándose, buscando apoyo; Paolo y Fabrizio acuden sin importarles ser vistos por el público y le procuran asiento. Débil, sudando profusamente, con la respiración agitada, tras de un breve descanso, les pide a sus asistentes que le ayuden a entrar nuevamente al escenario para agradecer aplausos. Los escépticos sostienen que todo es pantomima y, peor aún, algunos agregan que es para no dar encores.

Las maledicencias hilan expansivas redes. El público no sabe cómo reaccionar ante una superestrella, Paganini abre un camino jamás recorrido hasta entonces y como precursor tiene que soportar todo tipo de envidia y animadversión. El hecho de que en un solo concierto gane lo que otros en un año de trabajo o tal vez, en toda una vida, no les es fácil de asimilar, sobre todo a los ingleses. ¿Cómo es posible que un italiano conquiste ese nivel tan extraordinario y privilegiado? Debió haber sido inglés.

Este tipo de controversia interior se traduce de múltiples maneras en las diversas capas sociales de Londres: desde una profunda admiración, hasta la más intrincada forma de celos imaginable. Un importante Lord puede admirarlo sublimemente y otro detestarlo por su éxito y fortuna; el proletariado hace lo mismo, sobre todo cuando se enteran de sus orígenes humildes. La mediocridad no perdona y la inglesa, menos.

Así, entonces, Inglaterra le abre los brazos, adorándolo, pero detestándolo al tiempo. Le hablan en inglés esperando que lo entienda, tildándolo de asno por no hacerlo; desde alguno que otro caballero con observaciones sarcásticas, que le han de traducir, a gente en la calle que lo intercepta tocándole y diciéndole majaderías que también le han de traducir. Fabrizio y Pietro han tenido que aprender sobre la marcha por solicitud del mismo Maestro, a no zarandear a nadie; limitándose a apartar a aquellos agresivos que se le acercan demasiado.

Nicoló no entiende estas extremas manifestaciones; le gusta favorecer a los pobres pero no detesta a los ricos, a menos, claro, que intenten subyugarlo o humillarlo. Pobres y ricos, aristócratas y plebeyos, es igual. Hay gente perceptiva y cretina en ambos extremos, nunca tuvo conflicto en ver esto. Desde un principio encontró apreciadores de su música en cualquier extracto. Y esto, es lo que le importa.

Al igual que París, la extrema crítica tiene su mayor elocuencia en las caricaturas que no perdonan ni al Rey. De tanto verlas, algunas terminan por causarle gracia, como si fuera Rossini ensamblando bromas a sus costillas. No sabe a qué atenerse, le toma el gusto a lo inglés o lo detesta conforme avanza. Aún sin entender el idioma, comienza a percibir el humor negro y paradójica arrogancia que desembocan en risa o en craso agravio.

En uno de los festejos, entre música básica y poemas que no entiende ni traducidos al oído, una joven y atractiva mezzosoprano le flirtea incisivamente. Le es inevitable el atractivo, recordándole a Helene aunque en nada se parece a ella. Charlotte, de carita alegre, ojos azules y sonrisa contagiosa, le sostiene la mirada como si le retara. Lamenta no tener veinte años menos y estar sano. Ella, lo sorprende en traviesas emboscadas y sin poder resistir sus encantos, sucumbe a sus furtivos y apasionados besos enmarcados con su risa abierta y franca.

La podría tener cuando lo desee, y lo desea, pero mayor que el deseo es su colección de malestares. ¿Qué objeto tendría poseer semejante criatura? No debiera ni intentarlo pudiendo convertirse en conflicto. Demasiados riesgos y ya tiene suficientes. Su música es lo único en que confía. La besa confiando en esa visión. Su olor es extraordinario, su textura gloriosa. Sin sentir que es para él, disfruta su deliciosa presencia. Ella tiene un imparable deseo de besarle que a él le prende. ¡Muy difícil sustraerse! Sus ojos, su boca, su olor, toda ella es cautivante. Una prometedora amante.

Inevitablemente se queda con la imagen de Charlotte deseando otro encuentro. Por más discreto que lleva el asunto, la prensa se entera y anuncia su relación con ella, provocando constantes e incómodos comentarios a los que no responde.

Después de cada concierto, las críticas especializadas florecen, todas ellas de encomio y hasta extraordinarias. Cada crítico en su estilo le rinde tributo, desde una simple aprobación, a loas de «gran virtuoso» y hasta inspirados poemas describiendo la mágica experiencia. Conquista con esto la cima del reconocimiento en Inglaterra. No faltando quien sostiene:

—«*Tal vez el violinista lo ignore, pero seguro tiene sangre inglesa*».

Un nuevo hormigueo se ha agregado a las molestias en su garganta que cuando ataca le es inevitable toser. Cada vez que logra integrar síntomas o dolores en su fluidez, aparecen otros retándole. De mañana se levanta con la simple meta de lograr acabar el día satisfaciendo sus compromisos, encarando, de entrada, una debilidad progresiva. Si de niño cada día se vertía en el violín para aprenderlo hasta caer rendido, ahora se vierte en la empresa de entregarlo, hasta caer igual.

Jornadas maratónicas. Dolores y punzadas. Mareos, náuseas, tos. Tenacidad, torrente. Éxito rotundo.

Uno tras otro los compromisos se apilan saturando agenda, los mejores músicos se disputan tocar con él. Pese a las críticas positivas, la actitud del público y el desaire social se mantienen agresivos a partir del escándalo inicial y aunque les fascina escucharlo, no dudan en ridiculizarlo o llamarle «miserable» si se niega a alguna función de caridad o a pedigüeños que desfilan demandándole favores. Este tono de reconocimiento-extorsión se mantiene constante, tensándolo. De cualquier manera, el triunfo es notable y el ingreso descomunal. A cada paso siente que debe perseverar. Charlotte está siendo su musa y le mantiene inspirado, aún sin resolver qué hará con ella.

29 Emboscadas.

Viéndose claramente como el músico más rico de la historia, una estructura funcional indefinida y confusa se le dibuja en la mente. Le molesta no haberse percatado que se metía en un gran lío al querer cobrar doble sin entender los tipos de cambio monetarios. ¿Cómo hubiera reaccionado este público intentando cobrar lo acostumbrado? ¿Le hubieran reprochado ser instrumentalista y no cantante? ¿Tendría que dar tantas funciones de caridad? Y no es que le molesten, lo molesto es que se lo impongan y le presionen los periódicos; que lo regañen, que no le respeten y que hasta algunos se pasen de listos.

En medio de estas vicisitudes, aparece Luigi Lablache, un barítono con el que alguna vez compartió fiestas y reuniones bohemias; italiano-irlandés, es de temperamento alegre y platica sus anécdotas una tras otra. Como siempre le simpatizó, le da gusto el encuentro, compartiendo cenas y eventos. Una tarde, Nicoló se ocupa de revisar las solicitudes de conciertos de caridad y entre los músicos que piden función en su beneficio, encuentra a Luigi Lablache sin explicarse por qué no se lo pidió personalmente:

—Luigi ¿a qué debo la falta de confianza, porqué la timidez? — Lablache se deshace en evasivas sin llegar a contestar. — No se hable más, el tuyo será el primer concierto de beneficio que dé.

—Pero yo sólo te puedo pagar cien libras…—contesta Luigi tímido.

—No... no tienes que poner nada de tu bolsillo... de la entrada después de gastos, yo me quedo con la tercera parte y el resto es tuyo.

En el rostro de Lablache, una expresión incierta se dibuja aceptando el trato.

—Nicoló... te agradezco que compartas tu éxito con los no favorecidos por la fortuna...

Estas palabras rebotan en su interior por el tono irónico-sarcástico en que las emitió... no sabe si le halaga o insulta, le agradece o reprocha, le admira o envidia. Duda ahora de su integridad en días pasados fungiendo como intérprete con otros músicos. ¿Es amigo o enemigo?

El concierto para Lablache termina como ya es rutina: interminables aplausos para refugiarse en su camerino agotado sin asistir a invitación alguna.

Al día siguiente lee en el periódico una entrevista a *«su amigo Lablache»*, donde enfatiza que:

> *«Pese a su amistad y diferencia de fortunas, el virtuoso sólo le dio una pequeña parte de la entrada».*

Con lo que le vuelven a tildar de miserable y tacaño.

Indignado, Nicoló arruga el periódico. No sabe a qué atenerse. ¿Puede acaso confiar en alguien?

De cualquier manera, da los conciertos de beneficio, aunque reitera su condición de la tercera parte para él. Si a los «beneficiados pedigüeños» no les conviene, a ver quién trabaja para ellos. No por esto disminuye la lista de lloricas, más bien aumenta. Muchos, quieren aprovechar la coyuntura y exprimir al virtuoso, *« ¡Que se haga justicia!»*.

Mientras los periódicos continúan denostándolo, él sigue dando conciertos y recitales de beneficio, entrelazados con otros formales.

Su fama crece y la prensa se nutre de él. El hombre no para. ¿De dónde saca la energía? Nadie lo sabe y menos los que lo ven de cerca. En cada ocasión, al terminar su presentación, sus tres asistentes se encargan de protegerlo y lo depositan en cama. Día con día, ante el asombro general, se vuelve a levantar dispuesto, como si fuera el sol que implacablemente sale; florece una y otra vez.

Sin orden alguno, lleva su contabilidad en una libreta roja, pendiente que ha de regresar a París y recoger a Aquilino con suficientes fondos para ir a casa a la soñada villa.

Apremiando, acepta cuanta propuesta le hacen, demasiadas, tocando hasta en tabernas y plazas. No pagarán sus precios al doble pero están desesperados por escucharle. La enorme efervescencia inglesa, aunque crítica, le provoca una suerte de entrega, recordando aquellos años de la Vía Romagna en que tocaba en cualquier lugar, y se carga de energía. Siente la aventura dentro de lo desconocido. Si en Inglaterra no entiende nada, tampoco entendió en el viaje hacia Ancona y lo hizo. Se trata de recorrer camino y los números, ésta vez, no están nada mal. Pese a músicos oportunistas, asociaciones pedigüeñas y ambiciosos empresarios, Nicoló en su tenacidad, levanta una fortuna. Con el pensamiento en Aquiles y Charlotte, un día a la vez, se propone conquistar nada más que el día. Variaciones de todo tipo, saltos, armónicos, *staccatos*, *pizzicatos*, torrente. La cadenza inglesa.

La ausencia de Aquiles es lo que lamenta. Con él, su vida tendría equilibrio.

Cada día es cansancio profundo y energía renaciente. ¡Milagroso!

Para los londinenses, Paganini ha de pagar impuesto y tocar su violín para beneficencia; como si tuviera alguna culpa de la pobreza en la ciudad y lo quisieran atrapar, lo que le hace imprimir velocidad al recorrido. Cada día se le va como agua entre los dedos sacándole lo posible.

La paganinimanía cada vez le agrada más. Mucha gente se beneficia de su presencia aunque él no reciba dividendo alguno. Es, inmensamente famoso. No hay nadie que no le conozca y los tumultos por verlo, escucharlo, pedirle algo o insultarlo, son uno tras otro en lo que avanza.

En ocasiones, las cuentas no le favorecen y se reparten el ingreso, tocándole cero. No por esto la prensa le perdona la persecución de miserable que le tiene impuesta. Ya no le importa, los miserables son ellos que no quieren pagar lo que él vale, inclusive el Rey que quiere una presentación y recordando a Lablache en su oferta inicial, le pide cien libras pero el Rey le ofrece cincuenta, a lo que contesta con elegancia y humildad:

—Su Majestad podría escucharme más barato aun, asistiendo a un concierto en el teatro.

Como son muchísimos los ávidos, recorre teatros, uno tras otro, apareciendo el Rey en algunos. Cada público más ansioso que el anterior. Laporte se adelanta sellando contratos, Paganini los cumple, da los beneficios que piden y sigue adelante. La temporada es intensa y el fanatismo desbordado. Y aunque le limitan el cobro, el ingreso es gigantesco dado el enorme seguimiento.

—Laporte… ¿qué vamos a hacer con los relojes, anillos, broches o cajitas de rapé de los que ya tengo una indeseada y absurda colección? Si algo no me interesa… es adornarme o provocarme estornudos.

—Así es Maestro, pero las joyas son una manera de compensarle.

—Algunas me han servido para cubrir gastos. Pero es un agravio que me paguen así, ellos compran a precios de joyero y yo termino vendiéndoselas a otro joyero por miserias.

—El problema es que no lo consideran pago, sino reconocimiento.

— ¿Entonces de eso no recibes comisión…? –sonriendo con picardía.

—Pues…

—Lo ves, tenemos que resolverlo. No quiero malentendidos contigo…

—De acuerdo.

—Por cierto, ¿cómo es que los ingleses no muestran afecto alguno? Si acaso, momentos de solemnes y flemáticos discursos… aplausos, pero… no he recibido un solo abrazo. ¿Dónde tienen la pasión?

—Maestro, es sabido que los británicos sólo muestran afecto a los perros y a los caballos. Mientras los resultados económicos sean buenos…

Aun sin muestras de afecto, la estancia en Londres llega a su término. De Irlanda, un comité del festival de Música por realizarse, le invita a participar como solista principal sobre un grupo de diez connotados solistas londinenses y un elenco de más de doscientos participantes. A Nicoló le gusta el proyecto y acepta. Este contrato le hace mirar el resto del mapa discutiendo un recorrido con Laporte que le presenta a Young Freeman, un agente conocedor del área, ávido de llevarlo a cabo y que sostiene:

—Si Irlanda deja dinero, Escocia y el norte de Inglaterra también. —Pero viendo de cerca su precaria constitución— Maestro, ¿Se siente usted bien para semejante proyecto?

— ¡No… definitivamente no! Pero soy capaz de hacerlo… un día a la vez… claro.

—Pero, ¿se da usted cuenta del tamaño de aventura en el que nos meteríamos?

— ¡Já, já, já! Desde luego, llevo toda mi vida en esta aventura, con una salud de mierda y pese a ella. ¿Usted… se da cuenta del tamaño de aventura en qué se está metiendo?

—Entiendo Maestro… estaré a la altura.

Después de discutir detalles, brindan la decisión. Si los resultados son favorables, recorrerán tocando los puntos importantes de las islas, cosechando cuanto triunfo sea posible. Laporte cambia el tema:

—Quería comentarle Maestro. En alguna conversación mencionó usted a la pianista Szymanowska...

—Sí, ¿Por qué...?

—Me temo que... falleció, Maestro. Lo siento.

El lamento crece en él. Por varios días, su silencio constata su duelo. ¿Cómo es posible que toda la música de ese bello personaje haya dejado de existir? La muerte vuelve a mostrarle su presencia.

Al aparecer ante el público le dedica el concierto y una inspirada cadenza, aunque no llega a llenar ese agujero en el que se ve a sí mismo.

Con las pésimas orquestas disponibles y Szymanowska inspirándole: contrata un pianista como acompañante y una soprano para intermezzo, ambos paisanos, Pio Cianchettini y Constanza Pietralia.

Su recibimiento en Dublín es una enorme multitud ansiosa de ver «El fenómeno del mundo musical» como ponen los carteles que le anuncian. La contraparte en las calles son mendigos casi asaltantes; Fabrizio nervioso, trata de bastarse con Pietro, al nadie entenderlo solicitando asistencia policial.

Pese a que en el festival participa un nutrido coro de Liverpool, son los conciertos intermedios los que atraen la mayoría de público por la presencia del gran virtuoso. El Teatro Real está a reventar con gente hasta en los pasillos. Recordando a Szymanowska, el elocuente concierto es con piezas que tocó con ella. La respuesta irlandesa es apasionada con furiosos aplausos y ovaciones. Es conducido al palco principal, donde es recibido por importantes personajes e invitado a una cena en su honor. Pese a que sigue sin entender el inglés, la euforia y calidez de los irlandeses le hacen sentir en casa sorprendiéndole con múltiples abrazos. Como respuesta, durante la cena toca su violín. Dublín no lo deja ir fácilmente; seis conciertos le toma despedirse y la promesa de uno más al regreso de su gira. Lo despiden entre intensos aplausos, gritos, pancartas y más abrazos; rodeando el carruaje a su partida pese a la lluvia. A los mendigos que demandan dádiva les arroja puñados de monedas.

Cubriendo una serie de poblaciones hacia el sur, entre aguaceros y llovizna, se proponen llegar a Cork. En contraste a las poblaciones visitadas en la ruta, Cork es todo un éxito con cuatro conciertos.

De regreso hacia el norte prueban Limerick con dos conciertos; en el primero la gente se amontona frente a él y el piso se hunde estruendosamente con gente encima. Golpeados y lastimados, pasada la conmoción y ante su propio asombro, le instan a continuar y terminar el concierto. Haciendo esfuerzos supera el susto y termina su ejecución frente al gran agujero. Al día siguiente, el segundo concierto se lleva a cabo en el mismo recinto con el hueco simplemente acordonado. Asombrado de la avidez de los lugareños por escucharle y ante el imponente boquete, da su segundo concierto temeroso que algo más se hunda, tal vez bajo sus propios pies. Al público no parece afectarle lo sucedido y le aplauden ovacionándole y hasta patean en el suelo. Sin salir del pasmo agradece aplausos con alguna torpeza que, más que mermar, aumenta la ovación.

Paolo, Pietro y Fabrizio han contemplado el desarrollo del evento desde ambos lados del escenario, listos a saltar al rescate si el piso se hundiera, terminando todo sin mayor novedad.

De regreso en Dublín, las versiones de lo vivido proliferan, cada uno tiene diferente versión y percepción del acontecimiento, generando innumerables anécdotas corregidas y aumentadas. Tras dar el concierto prometido parten hacia Belfast donde da tres conciertos apasionadamente celebrados como en Dublín, comprobándole el temperamento de los irlandeses que le despiden con agitados pañuelos blancos entre lluvia y viento. Como una fuerza de la Naturaleza, Paganini deja su impronta grabada en el alma de la gente.

30 Charlotte.

A medida que el barco se aleja rumbo a Escocia, Nicoló recapitula la calidez de los irlandeses que contrasta con el severo clima que alborota su tos.

En Glasgow, donde el clima no está mucho mejor, el dinámico agente Young Freeman contrata cuatro conciertos en cuatro días que fluyen a perfección, no así los siguientes con contratiempos, uno tras otro. El más difícil, en Dundee: el empresario del teatro está atrasado en sus pagos de renta del inmueble y el propietario le exige a Paganini cubrir el adeudo si desea usar el teatro sin verse envuelto en una demanda. Como esto es inadmisible y los boletos se vendieron con antelación por medio de una librería, al virtuoso no le queda más remedio que cancelar el concierto y reembolsar el costo de los boletos.

El agravio cae desde luego sobre Nicoló, por el tiempo, dinero y esfuerzo invertidos, pero también sobre el frustrado público, principalmente el foráneo, que incurrió en gastos de transporte y hospedaje. Un nutrido grupo de indignados se presenta al hotel demandando hablar con Paganini. Freeman les hace frente y después de muchos alegatos que Nicoló ha comprendido más o menos, se convence que el perjudicado será él y no el moroso empresario:

—Señores, les pido disculpas por todos estos inconvenientes y agradezco su entusiasmo… y hasta el enojo que muestran por atestiguar mi arte… pero les suplico que comprendan que no es nuestra culpa esta situación -precipitadamente Freeman traduce— …Si alguien sabe de algún lugar… desde luego libre de conflictos, rentas pendientes y caseros chantajistas, con sumo placer doy el recital. Sólo que ha de ser a la brevedad, pues tenemos compromisos por cumplir.

De inmediato se deshacen en sugerencias. Entre los asistentes, alguien propone el salón Caledonia y es ahí donde se llevan a cabo los dos recitales, más por complacer al público que por el resultado económico que se ve afectado con la confusión y el menor aforo del lugar.

Continuando la gira, da dos conciertos en Aberdeen y cuatro más en Edimburgo donde le reciben en tremenda euforia popular y todo tipo de honores. Finalmente, se despide de Escocia con un exitoso concierto de caridad. El público escocés se ganó su cariño desde que la prensa local jamás mencionó las patrañas diabólicas y carcelarias que le persiguen, y en toda su estancia no ha tenido que responder necias preguntas inquisitivas, además de despedirle como a un héroe.

Después de veintiún conciertos en Irlanda y veintidós en Escocia, regresa a Londres satisfecho aunque igualmente enfermo para asombro de Freeman.

Nicoló es recibido en Londres con un malicioso artículo del periódico «Harmonicon», reprochándole haber dado conciertos en París a beneficio de pobres y víctimas del cólera, mientras que en el Reino Unido, pese a haber ganado una fortuna, no ha dado ningún concierto de caridad:

> «*Los ingleses, irlandeses y escoceses sólo le sirven al violinista para explotarlos y abusar de ellos. La generosidad y presentaciones gratuitas sólo son para nuestros vecinos del sur.*»

Como todo esto es evidentemente una calumnia, Nicoló se indigna, sólo para enterarse que en su ausencia, el mismo periódico le tildó de tacaño por haberse ahorrado la orquesta en Dublín con un pianista, burlándose por añadidura de los irlandeses al aceptarlo. Desde luego improcedente, pues ni en Londres encontró buenas orquestas.

No puede creerlo, el humor londinense es puñal que hiere gravemente y lo disfrutan. Como no puede imaginar qué tipo de reacción tuvieron los irlandeses con semejante aseveración, concluye que toda la bella experiencia con ellos se la ha llevado la porra. Seguramente le tachan ahora de miserable.

Este tremendo disgusto le produce estragos estomacales, reforzando la colección de síntomas que ya le aquejan. Sintiéndose honrado por atender a tan insigne paciente, el doctor Billing, es de la idea que el violinista es de constitución débil, mermada aún más con el brutal tratamiento de mercurio para curarle una sífilis que jamás tuvo, haciéndole ver las cosas de manera más benévola en una interesante tertulia en la que terminan comparando los virtuosismos de sus profesiones. Mientras Nicoló platica sus anécdotas musicales, el doctor hace lo propio con las suyas, cargándolas de detalles médicos y quirúrgicos. La curiosidad de ambos es insondable y las sesiones se multiplican. Al cabo de un par de semanas, Nicoló se ha restablecido notablemente en lo que las pláticas continúan.

—Y dígame doctor ¿es posible asistir como espectador a alguna de estas cirugías?

—Desde luego que sí, yo mismo asisto a algunas. El Hospital San Bartolomeo cuenta con un anfiteatro desde donde se pueden presenciar las operaciones sin perturbar el procedimiento. En estos días asistiré a una delicada intervención que ha levantado mucho interés. ¿Le gustaría acompañarme?

— ¡Doctor, será un privilegio!

El día de la operación, la abundante concurrencia obstruye la entrada y dado el cupo limitado, muy pocos serán admitidos. Billing y Paganini, comprendiendo la situación, se retiran.

El suceso es observado por un reportero del «Harmonicon», que lo narra dándole un giro morboso:

> *«A la operación, Paganini no asistió pese a que el doctor Earle, que realizó la intervención, al enterarse del deseo del ilustre virtuoso, le hizo saber que estaría muy contento de recibirlo en la operación si, a cambio, él ofreciera un recital en beneficio de la pobre paciente. Al parecer, la curiosidad del señor Paganini se evaporó al recibir este mensaje, que no se molestó en contestar ni en ir a la operación. Hemos sido informados que la única intención de este moderno Orfeo, al estar presente en «alguna operación terrible», es estudiar los gritos de la paciente para añadir a su repertorio de imitaciones otras más dramáticas que catapulten en nuevo éxtasis a su público.»*

La evidente mala fe del artículo, sorprende al doctor Billing que sabe que el tumulto, como sucede tantas veces, fue por la operación misma y que nadie sabía ese día de la asistencia del virtuoso. Constata además con el doctor Earle, que no existió tal mensaje con semejante solicitud. La decisión de Nicoló de no asistir, siendo él testigo, fue basada en el hecho de no querer ocupar el sitio de algún estudiante ni llamar la atención sobre su persona en un momento nada oportuno.

—Maestro, créame que me apena mucho este atropello. De ninguna manera se lo merece.

— Le agradezco Doctor... no es que no me afecten las calumnias, pero ya forman parte de mi vida...

—Si contesta estas infamias. Yo estoy dispuesto a apoyarle firmando y declarando lo que haga falta.

—Es usted sin duda un caballero, pero tengo mucho que hacer y cada vez menos tiempo. Con mi precaria salud... que usted conoce, he llegado hasta aquí. Pero he de seguir adelante. Mañana parto hacia Brighton y luego haré una gira en el interior del país que me mantendrá alejado de Londres.

— ¿Y el periódico?

— ¿Importa acaso? Dirán lo que se les dé la gana. Toda mi vida he venido tolerando patrañas. He perdido tiempo valiosísimo respondiendo a ellas inútilmente. No voy a responder. No vale la pena Doctor... no lo vale. Además del agravio, se pierde tiempo ¿sólo para exaltar mi propia desazón?

Esa misma tarde el asistente de Laporte, John Watson, solicita hablar con él. Temiendo alguna escena al tratarse del padre de Charlotte, acepta recibirlo pidiéndole a Paolo estar presente. Para su estupor, lo que quiere Watson es ser su agente.

—Maestro, para esta parte de su recorrido, estoy seguro que le seré de gran utilidad.

—No lo dudo, pero tengo convenio con Freeman que ha sido eficiente estableciendo conexiones...

—Le garantizo que yo le puedo llevar los asuntos con igual o mejor eficiencia, pero además como usted sabe, soy músico y puedo servirle de acompañante, representando un ahorro para usted. Un grupo de músicos me acompaña y mi hija, que es muy buena cantante, puede complementar los conciertos.

Disimulando la sorpresa:

— ¿Se refiere usted a Charlotte?

—Sí... ¿la recuerda? ...los periódicos dijeron algunas sandeces...

—Sí, sí... la recuerdo... A usted ¿le molestan esas «sandeces»? ¿No sería... echarle leña al fuego?

—Maestro, cuál sería el problema, viajamos juntos padre e hija. No tendrían mucho que decir. Por otra parte, ella tiene talento y buena voz... y no cobraría gran cosa... –contesta despreocupado.

Nicoló experimenta un verdadero nudo ambivalente, no pudiendo creer lo que escucha. Su sensatez le grita que no debe acercarse siquiera a la idea, pero le atrae y le acaricia seductora y poderosamente.

—Y ella… ¿está de acuerdo?

— ¡Que sí está de acuerdo! Es la más entusiasta, compartiría el escenario con «el gran virtuoso». ¡Claro que está de acuerdo! Le admira a usted mucho, Maestro.

—Sólo que tengo una serie de compromisos adquiridos que no puedo romper…

—Desde luego Maestro, acomode las piezas como mejor le convenga.

— ¿Y el compromiso suyo con el señor Laporte?

—Mi contrato con él termina a fin de mes y… de cualquier manera… no pienso renovarlo.

— ¿Seguro no hay conflicto…? —Watson niega con la cabeza— Bien… Déjeme pensarlo…

Watson se despide dejándole la idea instalada en la cabeza. Había dejado de pensar en Charlotte y estaba en paz, ahora, se le pone en el camino y su padre como subalterno. Interesante, pero absurdo, pues no por ser subalterno deja de ser el padre. Es obvio que Charlotte está propiciando este arreglo y aceptarlo sería tener una relación con ella al no poder substraerse. Vuelve a sentir deseos de verla, de reanudar los traviesos besos que tanto le gustaron. Su imaginación se desata.

Paolo, preocupado, observa su transición y se atreve:

—Maestro, recuerde que las jóvenes suelen darle problemas, sobre todo sus papás.

—Tienes razón… aunque este caso… es diferente… son músicos. Gracias por recordarme. Lo tengo en cuenta… Preparen todo, que nos vamos a Brighton… y un favor Paolo, tráeme una botella del mejor coñac que encuentres. –Con esto último, implica querer estar solo.

—Maestro, ¿está usted seguro? ¿No le va a molestar su garganta?

—...si me molesta, no lo tomo y te lo dejo a ti.

Mr. Gutteridge, empresario en Brighton, contrató un salón de asambleas que son regularmente de buen tamaño para dar conciertos, pero la afluencia resulta mayor de lo esperado. Tratando de arreglar el asunto, contrata un teatro de mayor tamaño pero, al ser de mayor precio, Gutteridge no duda en subir los precios. Se desencadena otra vez el remolino periodístico, sin faltar algún oportunista que quiera convertirlo en causa atizando los ánimos. Paganini, esta vez, se rehúsa a asumir responsabilidad: él está contratado por 200 libras cada concierto y es el empresario el que subió los precios y quien los tendrá que ajustar. Aun así, el escándalo se da y es él el forzado protagonista, reafirmando su fama de italiano oportunista que pretende hincharse de dinero inglés. Para su alivio, «La gaceta de Brighton» escribe:

> *«Paganini tiene todo el derecho de sacarle provecho a sus talentos, mientras Mr. Gutteridge, como empresario, asume los riesgos y ha de obtener su utilidad...»*

Entre vicisitudes y contratiempos, éxitos y aplausos, encomios y malentendidos, tumultos por verlo y mujeres acariciándolo furtivamente entre el gentío, pasa por Bristol, Bath, Exeter y Clifton dejando su estela de asombro y colectando fortuna.

En Liverpool se encontrará con Charlotte y no ha podido pensar en otra cosa desde que aceptara la propuesta de John Watson que le espera con contratos en esa ciudad.

La llegada a Liverpool es agitada, llena de trajín. El grupo de Watson le espera, incluida Charlotte, cuyos ojazos delatan su emoción, pero no se da la oportunidad para un aparte, apremiando descansar del pesado viaje. Paolo le ha puesto las cartas más importantes a mano. Las de Germi siempre han tenido prioridad y una encabeza el fajo invitándole a leerla antes de dormir.

A la mañana siguiente Nicoló no sale de su cuarto, ni siquiera por el deseo de ver a Charlotte. Paolo le toca varias veces sin obtener respuesta. En una insistencia, la puerta se entreabre y lo deja pasar. Acostumbrado a sus extraños aspectos, lo que llama su atención, son sus ojos irritados de llorar.

— ¡Maestro! ¿Qué le pasa? ¿Está usted bien?

Sin poder contestar, pues la garganta le duele y la voz le falla, señala la carta sobre la mesilla que de inmediato Paolo lee. Su rostro palidece, pierde expresión y dice con gravedad:

—Maestro… ¡Cuánto lo siento! –lo abraza.

Nicoló reanuda su llanto. Doña Teresa, su bella madre, ha muerto y un abismo de tristeza se abre ante él. Detesta el no haber estado ahí y las distancias que paradójicamente tanto ama. Después de un buen rato en el que Paolo le ha apoyado con su presencia, dice entrecortado y casi inaudible:

—Cancelen todo… No tocaré más.

—Maestro, tómelo con calma. Así me sentí cuando murió mi mamá y el desconsuelo amenazó con no ceder. Volver al camino fue… lo que me ayudó a aceptar y resignarme. A usted, tocar su violín lo ha rescatado de… horribles situaciones. –Sus ojos llorosos se entrecruzan— Estoy seguro que tiene mucha música que tocarle a su mamá.

Esto último le hace reaccionar llenándose de pensamientos y música. Después de un largo silencio:

—Tal vez tienes razón Paolo… Cuando mi madre me oía tocar: «era la mujer más feliz del mundo».

—Lo ve Maestro, también recuerde que Aquilino le espera en París y tiene para él un proyecto que va muy bien…

—…mañana hay concierto ¿no?

—Mañana y casi todos los días… todo el mes. Recuerde lo que dijo el señor Watson anoche.

—Es cierto, está llena la agenda… ¡Tocar o morir!

— ¡Así es Maestro… así es!

—Bien... Después de todos estos... afanes, volveré a ver a mi madre en el Paraíso.

Al día siguiente, fusionándose con su duelo, Nicoló sale cargado de inspiración y lágrimas a entregarle a Doña Teresa toda la música que le brota del alma.

Con esotérica pasión, como si el espíritu de Teresa se hubiera unido a él, entrega los conciertos uno tras otro en experiencias sublimes. El producto es extraordinario aun para él. La respuesta del público es rabiosa, absoluta locura; los aplausos interminables y ensordecedores. La crítica sólo muestra asombro y admiración, llegando a afirmar que el sobreprecio de tres chelines está sobradamente justificado.

John Watson, que por sus hábitos licenciosos fue abandonado por su esposa e hijos más de una década atrás, había acogido bajo su ala a su hija ilegítima Charlotte, al descubrir su magnífica voz y dotes escénicas. Maestro de música y canto, tiene formado un grupo de sus discípulos con el que intenta complementar conciertos. Una de sus alumnas es Catherine Wells que, a la vez, es abiertamente su amante. El grupo de músicos no es nada extraordinario pero reflejan mayor disciplina que la mayoría de las orquestas en Inglaterra, por lo que Paganini, si no complacido, por lo menos tiene un pasable acompañamiento.

Por otra parte, la presencia de Charlotte con su actitud graciosa y traviesa, le mantiene el ánimo alegre, le da ligereza a su duelo y le deja sentir al hombre joven que aún lleva adentro. Sintiendo más claro que nunca lo efímero de la vida, disfruta esos clandestinos momentos, a veces inesperados, que no han pasado de intensos besos traviesos.

Así, en un día de ensayos cuando salen todos a comer, se encierran en un camerino con la pasión generada por tantos besos. Nicoló se siente como su primera vez en Lucca con aquella cantante, intensamente vivo. Los besos se desbordan y se despojan de ropas arrojándose sobre un diván. Con risas reprimidas, la grave voz de Charlotte susurrando incipiente italiano, le estimula en alianza con sus ardientes labios.

En la oscuridad del camerino sin ventanas, una vela dibuja perfiles y proyecta siluetas alrededor. El frío les obliga a acurrucarse bajo frazadas en constante alerta por miedo a ser sorprendidos. Contando con poco tiempo, la intensidad se encumbra y consuman su amor. Finalmente, continuando en travesura, se visten y salen al encuentro de los demás músicos que ya regresan. Nadie se percata. A partir de ese momento acechan oportunidades de encuentro. El problema es que la energía y el deseo de Nicoló no alcanzan para calmar a la traviesa y ávida amante. Charlotte prendada, le mira entre cortinas cada concierto, haciendo él lo mismo con ella.

Algunos suspicaces notan y comentan el asunto. El desacuerdo lógico que provoca, es el contraste de edades, Nicoló de cincuenta años luciendo de sesenta y Charlotte de veinte.

John Watson no parece percatarse, su atención está repartida entre su trabajo, algunas atractivas damas que a hurtadillas corteja, y una que otra apuesta que le ofrece pendientes. En cuanto a su hija Charlotte, sólo su canto le interesa; de resto, le endosa todos los quehaceres domésticos tratándola como una criada con maltratos verbales constantes.

31 Regreso a Aquiles y a París.

Cada día Nicoló añora más a su hijo, sintiendo el tiempo escapando entre sus dedos. Lleva ya once meses sin verlo y se siente culpable y aprensivo. Tiene que ir por él. Al encontrarse con Charlotte:

— ¡Me voy a París!

— ¡Yo voy contigo…!

— Imposible… Voy por mi hijo y regreso.

— ¿Y por qué no me llevas?

— ¡Por favor! Sería informarle a medio mundo lo… nuestro.

— Tal vez es hora de que los sepan.

— No criatura… así no.

— ¿Cómo entonces?

— No lo sé… ahora sólo voy por mi hijo… no compliquemos… para que tomar decisiones en este momento. Tengo que aprovechar que doy un último concierto en Southampton y enseguida no hay compromisos. Me urge ver a Aquilino.

— ¿Y cuándo… te irías?

— Al día siguiente del concierto…

Para el momento de su partida, ha habido algunos brotes de cólera en Londres. Cruza el canal y en Havre se entera que la epidemia también entró en Francia. Como la carretera de Havre a París es una ruina, partirá con luz al amanecer.

En París, el ansiado encuentro con Aquilino es intenso y conmovedor, ambos emocionados de verse, no salen del abrazo; besos, lágrimas y reproches cada vez más congruentes y llenos de aguda inteligencia, pero también, alguna comprensión y admiración por parte del niño hacia su célebre padre.

Se anuncia en la ciudad la posible llegada de la plaga pero viendo los teatros llenos, decide dar todos los conciertos posibles para aprovechar el viaje.

Al enterarse de su presencia, Friedrich Wieck acude a saludarlo esperando que presente a su hija Clara en algún concierto:

—…sería un gran honor para nosotros.

—Le agradezco Friedrich… para mí también pero… el concierto de mañana no depende de mí…

— ¿No es usted el empresario?

—Por desgracia no, pero me gusta la idea de presentar a Clarita. Supongo que ha progresado…

— ¡No sabe cuánto! Ya hizo muchos recitales y está lista para los mejores escenarios.

— ¡Me imagino…! –Entregándole dos boletos–. Espero verlos esta noche en el concierto. Voy a incluir a Clara en los siguientes, el honor será mío y no me lo perdería por nada.

—Gracias Maestro… Le vemos en la noche.

En los siguientes días hace algunos convenios, dejando margen para incluir a Clara Wieck. En paralelo, la llegada del cólera a la ciudad provoca creciente estampida y encierro, bajando el tráfico en las calles y con ello, afluencia a los teatros.

Como la situación empeora, pospone los conciertos esperando que se calmen los ánimos. A la tercera semana las cosas no mejoran y Wieck, asustado, lamentando perder la oportunidad de que su hija sea presentada por Paganini, decide regresar con ella a Alemania y ponerse a buen recaudo. Nicoló lo lamenta, recordando a Marchesi y Bertinotti presentándole a él.

Tenaz, persevera al paso de los días, habiendo estado cerca de epidemias y platicado con la muerte, no siente intimidación, pese a que el número de víctimas va en ascenso llegando a miles.

La masiva presencia de la muerte le pone en intenso estado de ánimo, sintiendo urgencia por soltarse en torrente con su violín a filo de navaja y con toda el alma.

Un largo cortejo fúnebre con caravana de ataúdes llama su atención y caminando paralelo, termina por unirse a él. Fabrizio, aún habituado a sus excentricidades:

—Maestro, ¿no le parece peligroso acercarnos tanto?

—No te preocupes, no tienes que venir conmigo...

Fabrizio duda ante semejante respuesta pero, aun así, le acompaña. Nicoló, grave, continúa su andanza apoyándose en su brazo, contento de su compañía. La proximidad de la muerte le exacerba la percepción, dejándole ver la trama de la vida con gran claridad. Toda una epopeya. A medida que avanzan siente la procesión suya y, en los ataúdes: su padre, su madre, su hermano, Beethoven, Gina, Elisa; tantos muertos queridos y admirados, no despedidos apropiadamente. El duelo se le derrama por los ojos mientras camina. Fabrizio, consternado, observa sin explicarse; como tampoco se explicó, en el momento, al Maestro tocando en cementerios, pero que eventualmente lo vio con absoluta congruencia.

La procesión se une a otra y a otra más, como ríos que se juntan; llegando al cementerio un largo desfile de ataúdes en macabra procesión. Múltiples tumbas abiertas esperan. Nicoló cimbrado observa los detalles mientras que a Fabrizio, que estuvo en campos de batalla regados de muerte, le sacude ahora ver el dolor de los deudos en masivo ritual de despedida.

La tarde cae con un viento de desolación. El Maestro sigue absorto en dolorosa armonía con el evento, haciendo contrapuntos con sus desgarres. Fabrizio, que le observa, concluye que es tiempo de tomar iniciativa y terminar esta penosa y terrible jornada. Envolviéndolo con un brazo, dice militar:

—Maestro, es hora de irnos —abstraído, Nicoló asiente y se deja conducir.

Al día siguiente, aún en conmoción interior, propone al Ministerio de Comercio un concierto de caridad a beneficio de las víctimas del cólera. La idea es bien recibida y lo da en pleno domingo de resurrección. El efecto es estremecedor sobre un enorme público que le aplaude y felicita por su elocuencia y generosidad. La fenomenal recaudación logra alrededor de 10,000 francos y el concierto se aprecia como un acto de nobleza en pleno rigor.

Enigmático y lleno de achaques, rinde ocho conciertos, llenos al tope, con todo y el cólera.

Un joven pianista húngaro, en plena crisis existencial por el rompimiento de su amor imposible con una aristócrata, sopesa sus opciones entre vivir y suicidarse, pero su amor a la música y la curiosidad de escuchar al famoso virtuoso, le hacen asistir a un concierto. La destreza y presencia de Paganini le producen, tal impresión, que obviando sus adversidades, asiste, embelesado, a los demás conciertos y se propone convertirse en un virtuoso equivalente del piano: Franz Liszt.

En los conciertos: Nicoló expresa su duelo, y la derrama de notas es en cada uno vibrante y elocuente. Sin embargo, la prensa lo comenta con tendencias negativas, insinuando necrofilia o fines promocionales. La creatividad especulativa se desata contaminando la escena; los nuevos rumores se apoyan en los antiguos; Paganini es medido otra vez con el criterio de la superstición y el escarnio. Tortuosas anécdotas le son inventadas para alimentar el morboso chisme; pero lejos de desprestigiarlo, le producen fama jamás imaginada. Los detractores sólo estimulan el seguimiento de los puritanos por noble, y de los perversos por gótico, ambos extremos le adoran.

Ha aprendido que lo único que no cambia es que todo cambia, hasta el mismísimo torrente; precisamente, por eso, ha de saber encontrarlo una y otra vez. Perderlo es morir; entregarse a él, unirse al infinito: vivir. Sentir fragmentos de eternidad pese a lo efímero de la vida.

Dado su concierto de despedida, ha de regresar a Londres, pero un cúmulo de nuevos síntomas le aqueja, atrapándolo postrado. Sus colaboradores temen que finalmente contrajo el temido cólera. Médicos le examinan pero, como ya es usual, no concuerdan en sus opiniones, aunque ninguno diagnostica cólera. Al parecer, tiene fiebre reumática y ha de guardar reposo. Encima, París es declarado en estado de emergencia debido a serios tumultos y la posibilidad de una cuarentena.

Al restablecerse un poco, parte a Londres discretamente. En la cabina acaricia y entre peina el cabello de su hijo que duerme recostado sobre su muslo. Entre preocupaciones:

—Paolo, llegando a Londres Buscas una casa para rentar… ya sabes, no tiene que ser ni grande ni lujosa, sólo que haya silencio, que estemos cómodos y que el niño tenga donde jugar… ¡Ah! Y también… una mucama responsable que cuide al niño cuando nos ocupemos… De preferencia que cocine… claro.

—Mm… creo que Adriana puede ser, cocina muy bien y tal vez se interese en cuidar de Aquiles.

— ¿Adriana?

—Es una chica paisana que he estado frecuentando.

— ¡Muy bien…! Pero en cuanto a la casa, no dudes en acudir a un agente… la necesitamos a la brevedad… nos quedaremos un tiempo.

32 Paganini «gótico».

La situación en Londres no es tan favorable como esperaba. La epidemia ha avanzado reclamando miles de víctimas y arruinando la economía. Los teatros pasan por aguda aridez, la mayoría cerrados.

Charlotte hace su aparición tan pronto se entera de su arribo, lo abraza y lo llena de besos, reprochándole su tardanza sin contestar sus cartas. Nicoló pasmado, se percata que él no la echó de menos. Al disfrutar su graciosa presencia, descubre un moretón en su pómulo que intentó maquillar.

— ¡¿Qué te pasó…?!

—Nada…

— ¡Vamos, dime…!

—Tuve un altercado con mi papá…

— ¡Pero cómo…! ¿Te pegó…?

—En lo que estuviste fuera… le ha ido muy mal… perdió mucho dinero y ahora debe… no sé cuánto. Todo mundo le está cobrando deudas… se pone muy agresivo. Una noche que había bebido… se puso necio a hacerme preguntas…

— ¿Preguntas? ¿De qué…?

—Cosas… no te preocupes, no sabe nada de nosotros.

— ¿Estás segura?

—Totalmente... Se molestó porque... le contesté enojada que yo seguiría mi propio camino... claro que se lo dije, pensando en ti... Se puso furioso, me gritó, tiró cosas... le dije... que ya estoy harta de verlo borracho... y explotó... –termina llorando.

— ¡Y te pegó...!

—Sí... hasta que se agotó. Este moretón... es de lo poco que queda.

— ¿Cuándo fue eso?

—...dos o tres semanas.

— ¿Sabe él que estás aquí?

—No... Se fue con una bailarina... seguro no regresa hasta muy noche... más le preocupa que Catherine llegue a descubrirlo con la fulana... ya ves cómo es ella con los celos...

Nicoló, precavido, previene a Fabrizio de su posible visita.

En los días posteriores aparece John Watson en repetidas ocasiones, pidiéndole dinero prestado y Nicoló le ayuda en cada ocasión. Como papa caliente, no sabe cómo manejarlo.

En Londres se enteraron de los incidentes en París y, en reacción a la censura, insólitos personajes necrófilos y de «la moda gótica» crean grupos e intentan acercarse a él. Como ya sucedió antes, muchos imitan su cabello y manera de vestir, pero esta vez, le dan un acento macabro a sus comportamientos y hasta usan cosméticos en la cara para verse pálidos. Nicoló no sabe cómo tomarlo, definitivamente le son desagradables, sólo apoyan los aborrecibles rumores como un indeseable coro.

La situación económica en la ciudad es crítica, pero avanza sin despreocuparse. Arregla ocho conciertos con Laporte, que también al borde de la quiebra, organiza esperanzado.

La afluencia es mediana, siendo parte de ella estos antedichos caracteres que esperan del virtuoso alguna excentricidad como en París, o acompañarlo morbosamente en alguna procesión al cementerio. Nicoló al salir y enfrentarlos en repulsión, los rechaza haciendo aspavientos y dando voces:

— ¡Imbéciles, todo lo han de malinterpretar! ¡…Cretinos!

En su berrinche, pierde un zapato al tirar una patada y los fanáticos se arrojan disputándolo cual presea, hasta que un «triunfador» sale huyendo con él. La prensa publica más patrañas y elocuentes caricaturas. Los seguidores, en aumento, esperan atentos la siguiente rabieta de «el virtuoso blasfemando en su idioma» y posiblemente arrojando otra prenda que les sirva de trofeo o amuleto.

Aquiles con su personalidad desinhibida y graciosa ha conquistado a Charlotte y juegan constantemente correteando y escondiéndose. Nicoló disfruta los gritos y carcajadas de ambos en emocionadas persecuciones sin fin. Su alboroto es música celestial en sus oídos que le permite disfrutar una infancia que jamás tuvo. En momentos de entusiasmo intenta participar en el juego, pero se cansa fácilmente y ha de conformarse con reír contemplándolos al no poder unirse a sus gritos de júbilo con su afectada garganta. Como Charlotte también le manifiesta su amor, no puede menos que sentir una familia feliz de la que se prende y de la que no quisiera apartarse jamás.

Cansado de tanto trotar, sólo desea regresar a Italia y regocijarse en este paisaje familiar. En una carta a Germi:

> «…empiezo a hartarme de todo esto, no veo la hora de ir a casa a descansar…»

Pero sin descuidar su proyecto y aún sobre el carrusel, vuelve a uncir los caballos. Hacia el norte, el cólera ha irrumpido con gran fuerza haciendo cualquier gira riesgosa. Planea entonces, hacer un breve recorrido por el sur hacia París. Después de tres conciertos más en Londres, lo lleva a cabo.

Para el caso, negocia con John Watson llevarse a Charlotte y Catherine como cantantes intermezzo; enfatizando, que la segunda servirá de chaperón a la primera; rescatándole además de un conflicto legal con una cantidad para calmar a sus acreedores.

Watson en deuda, además de achicado, por no haber superado la actuación de Freeman como prometió, sigue tórridamente enredado con la bailarina y ve la oportunidad de aligerar su circunstancia aceptando la propuesta que le viene como anillo al dedo. A Catherine no le convencen los argumentos de su amante, sintiéndose humillada; sin dejar de ver, como cantante, que le conviene más estar en el séquito del gran virtuoso, que con un empresario fracasado y amante infiel.

Llegando a París, Nicoló contrata al Maestro Tadolini para darles clases de canto a sus protegidas, dándole diario seguimiento a sus aprendizajes y supervisando prácticas.

Gozoso, pasa horas sentado en un sillón y así como ha contemplado todo tipo de espectáculo, ahora contempla la magia de los juegos infantiles de mayor nivel, por primera vez.

Catherine, que no disfruta tanto del espíritu infantil, hace algunos intentos por acercarse al Maestro y ponerse a su alcance con sus encantos pero pese a su tenacidad, él no muestra interés.

El violín y la idea de dar conciertos, no figuran en este paisaje en el que experimenta una gran liberación abandonándose a la simple alegría de estar en familia. Desayunan, comen y cenan juntos. En ocasiones, se escuchan los maravillosos silencios llenos de suspenso, si acaso, interrumpidos por las voces de ellas cantando estrofas o los gritos y risas del niño. Los oportunos contrapuntos se dan solos, en ritmo y armonía exactos.

Caminando en grupo por las aceras de París con ese espíritu familiar, a través de una gran vidriera, un carruaje formidable captura la atención de todos que se imaginan viajando en él. Nicoló seducido, gira a ver a los demás, descubriendo sus miradas inquisitivas. Aquilino impaciente:

— ¿Lo vas a comprar Papá?

Ante los rostros expectantes y su propio asombro, le pide a Fabrizio y Pietro su opinión.

— ¿Qué les parece ese coche para el camino? A todos nos fascinó… pero ustedes deciden.

Todos conglomerados pasan a la sala de exhibición a examinarlo y dar opiniones.

— ¡Mira papá se abren las ventanas!

Fabrizio y Pietro examinan la estructura y lo mecánico exponiendo sus objeciones a un sujeto regordete que toma nota. El carruaje es carísimo y convienen en algunos cambios por hacerle. Nicoló exige que haya silencio y obscuridad en el interior. Finalmente aceptan el trato, lo compran. Salen todos contentos dispuestos a celebrar y en una mesa de pastelería, que Aquiles escoge, brindan con helado y pastel la nueva adquisición. Nunca le importó gran cosa el brillo del coche como no le importa el de sus trajes y menos medio ciego; pero el brillo en los ojos de toda la familia, le llena de alegría.

Tripulando nuevo carruaje negro con caballos también negros, salen a cubrir una pequeña gira de dos semanas en provincia. La temporada es la más divertida en años, las carcajadas y los juegos no paran y aún sobre el camino, todos cantan; hasta Pietro a los caballos, que parecieran contestarle. Todo esto llama la atención de Fabrizio que, como siempre, cabalga solitario alrededor, percatándose que el nuevo carruaje reboza alegría.

En los conciertos en Rouen, Evreux y Havre, toca de memoria sin flujo nuevo, sin conectar al torrente; ahora, el torrente pareciera a nivel familiar acaparando su atención con: melodía, armonía, ritmo y contrapunto. Charlotte le recuerda a Carolina con su belleza nueva de mujer y comportamiento infantil, todo un lugar por descubrir. Le recuerda también a su madre que jugaba con ellos, llenándoles de risas y amor. Un mágico estado de equilibrio en el que cada cosa ocupa su lugar en justa medida. Le fascinaría estar en su propia villa y unir al concierto el sonido del follaje o el canto de los pájaros. Una bella etapa que no quiere terminar.

De regreso en París, se hospedan en un apartamento que les resulta incómodo y demasiado frío. Con el invierno encima, la búsqueda de otro lugar se complica; encuentran por fin uno bastante agradable, pero al intentar prender fuego, resulta peor que el anterior. Además de frío, las chimeneas no funcionan bien y el lugar se llena de humo.

La jornada de cambios continúa y el problema con las chimeneas pareciera epidemia. La parte bella del asunto, es que las carcajadas y los juegos no paran, pese a las vicisitudes. Nicoló ha venido disfrutando las risas y aceptando agravios, pero al llegar al cuarto intento, decide olvidarse de los apartamentos y hospedarse en un hotel. Lo embarazoso, si acaso, es que la prensa le ha dado seguimiento a estos cambios, dándoles giros maliciosos e interpretaciones tan tortuosas, que no vale la pena describir.

La armonía en el grupo se sigue dando, incluyendo a Catherine que se ha acoplado. Nicoló prolonga su vacación sin hablar más de dar conciertos, aunque sí asiste a todos los que puede, entre otros uno de Berlioz y a la ópera, que no se pierde por nada.

33 Barón Paganini.

En la cercanía de la Navidad se presenta ante él, con mucha formalidad, un enviado de Su Alteza: el Príncipe Frederick IV de Salm-Kirburg y le entrega una carta, retirándose enseguida. Cauteloso con la aristocracia, se pregunta qué querrá. Los monarcas inevitablemente le ponen nervioso.

En suspenso, lee la carta con creciente sorpresa:

> *«Maestro Paganini, su arte me tiene perplejo y me demanda hacerle justicia.*
>
> *Es usted el más excelso artista que he conocido, el más extraordinario músico que ha existido.*
>
> *No tengo manera de ponerlo en palabras y no puedo menos que rendirle un merecido reconocimiento.*
>
> *Es mi voluntad condecorarle con la Gran Cruz de la Orden de San Estanislao y el nombramiento de Barón y Comendador de Westfalia...»*

No sabe cómo reaccionar con el asombro. Lo lee repetidas veces. Cómo creerlo. Pudiera ser un charlatán, un estafador, un oportunista.

Tal vez se trate de una broma de Rossini o una mera burla de algún emboscado que espera su reacción para ridiculizarlo. ¡No puede ser! Demasiado bueno para ser verdad. ¿Quién es este Príncipe alemán del que hasta ahora no tenía noticia? ¿Qué es lo que hay detrás de todo esto? ¿Imponerle un yugo como otrora fue capitán sirviente? «*Títulos*»…ya sabe de títulos.

Fabrizio se entrega a las averiguaciones:

—Maestro, el Príncipe existe y el enviado es auténtico, también me enteré que es un Principado de poca importancia que perdió poder y fortuna a la caída del Emperador Napoleón.

—Bueno… nos constan estos giros de fortuna…

—También resulta que el Príncipe predecesor, su padre: Frederick III, terminó en la guillotina. No gozan… de gran prestigio… No pude averiguar más…

—Entonces es verdad… este señor quiere hacerme Barón… No me molestaría en lo absoluto convertirme en el Barón Paganini y heredarle a mi hijo ese título: **Barón Aquiles Ciro Alejandro Paganini** -exorbitando los ojos—. ¡Suena bien, no! Y con la villa en Italia… ¡Aquilino sería un gran señor…!

—Pues… sí. Pero… creo que debiéramos investigar más este asunto. No vaya a ser una emboscada y al aceptar… le endilguen ¡métase a averiguar que responsabilidades…!

— ¡Hombre, tienes razón…! Cuando venga el enviado de nuevo, lo platicaremos… También es posible que quieran dinero por este «nombramiento»…todos queremos dinero.

— ¿Y si es así Maestro?

—Bueno, veremos cuanto quieren… siempre me ha atraído la idea de un título. Después de todo… soy «Caballero de la Espuela de Oro» por parte del Vaticano y tuve que cumplir una serie de requisitos para ello… no fue precisamente fácil o barato. A ver… que más averiguas.

Nicoló queda fascinado con la idea de ser Barón, siente que ese título, que no el de Capitán, le quitaría para siempre de ser tratado como sirviente, dándole el señorío correcto a él y a su descendencia.

Efectivamente, al discutir pormenores, el representante del Príncipe aclara:

—Su Alteza, el Príncipe Frederick IV, requiere de fondos para su causa y desde luego, sería sumamente apreciada una contribución para reforzarla. Su Excelencia, Maestro Paganini, debe considerar los grandes beneficios que le traerán el verse investido con el título de Barón.

Contemplando todo esto, deslumbrado por los brillos y ventajas, aún contra algunos temores de Fabrizio y Paolo, acepta los términos (bastante cuantiosos por cierto) y en una ceremonia privada: Su Alteza, el Príncipe Frederick IV de Salm-Kirburg, Príncipe de Ahaus y de Bacholt, Conde de Rennebourg y Gran Señor de la Orden de San Estanislao, condecora a Nicoló Paganini con la reluciente medalla de la Gran Cruz y los papeles que lo acreditan como «Le Commandeur Barón Nicoló Paganini, Chevalier de Plusieurs Ordres».

Pese a saber que es un título «algo cuestionable», pues en principio, él, no es alemán, sin vacilar se lo hace saber a la prensa. La noticia se disemina y sorpresivamente: con absoluto respeto sin acento peyorativo alguno. Él siente que merece el título y que junto a la fortuna acumulada, es lo que ambiciona para su Aquilino. Austero en su persona, vive sin lujos, se hospeda en humildes posadas y renueva sus ropas o carruaje por extrema necesidad. Como pájaro, come y bebe lo estrictamente necesario para mantener ligereza en su vuelo. Pero lo que más le importa a él, su hijo, lo dejará con todos los honores que ha logrado por méritos propios y con absoluto derecho a ello. Su sueño se cumplirá, su descendencia tendrá señorío, prestigio y fortuna. Amén.

La sensación de logro y satisfacción que le engendra este pensamiento le mete en estado de lasitud contemplativa. Con eventuales explosiones de tos, imagina el crecimiento de su vástago que, con su personal gracia e interlocución con Charlotte y Catherine, le llena de un gozo incomparable.

Sólo espera que Germi avise que ha comprado la tan ansiada villa para mudarse y disfrutar con sus queridos. No más trotar los caminos con interminables sacudidas entre baches y hospedajes de mala muerte. No más mala vida. No más conciertos, de los que ya está exhausto. Lejos de: revueltas y asaltantes, tumultos y difamaciones, admiradores y detractores, interminables negociaciones, prensa impertinente e invasiva y funciones de caridad más voraces que impuestos. Únicamente, sencilla paz familiar. Si acaso, tocará su violín para hacer contrapuntos al viento, al canto de los pájaros y las risas de su chiquillo.

Pese que a Catherine le ha favorecido ser protegida de Paganini y la pasa bastante bien en París, inevitablemente envidia a Charlotte que, de hija de su amante y su propia sirvienta, ha pasado a ser una dama con vestidos y joyas, con más rango que ella. Y ahora, si se casa con el Maestro, obviamente será Baronesa.

34 Presionado en Londres.

Laporte, nuevamente empresario en el Teatro del Rey de Londres, en elocuente carta le propone una temporada con la que espera recuperarse de la última mala racha. Es tal su súplica, que Nicoló acepta aunque posterga la fecha todo lo posible.

Mientras en París, con absoluto desinterés, Nicoló se ha negado sistemáticamente a toda intervención, ya sea por lucro o caridad, generando innumerables críticas periodísticas encabezadas por el desagradable esnob, Jules Janin, que lo tacha de extranjero tacaño y que a él no le ha interesado leer.

Invertido en disfrutar a «su familia», lleva meses sin escribir o tocar su violín. En su creatividad, visualiza un instrumento entre viola y violonchelo que dé las tesituras de la voz humana, imaginando cantos de sopranos y tenores; mientras desde un absoluto desgano ve con vértigo los compromisos en Inglaterra.

Preparándose mentalmente, se le ocurre dar un concierto de despedida para recabar fondos de viaje como solía hacer. La idea le inyecta ánimo juvenil, aunque el no haber tocado por casi seis meses le provoca alguna aprensión.

Recordando aquel lejano día, en que los callos de la agricultura se lo impidieron, para quitarse de dudas toma su violín y lo hace gloriosamente sin mayor problema; se llena de júbilo al sentir que fluye sin más y que se carga de esa electricidad que necesita para aparecer en concierto.

Es tal la inesperada explosión musical, que llama la atención en todo el hotel Lyon, acostumbrados a saberlo huésped sin jamás escucharle tocar. Se crea toda una conmoción. Despreocupado de lo que sucede afuera, cerca de dos horas después, detiene su ejecución por dolor en los dedos. Un inesperado aplauso, proveniente de pasillos y ventanas le sorprende, llenándole de agradables recuerdos y nostalgia. Esto, le da el temple para su regreso al público.

Pese a la prensa despotricando, el concierto de despedida se llena al tope y el aplauso es interminable. Pero una vez más, no experimenta el torrente, toca por memoria y pericia, sin nuevas cadenzas; la gran diferencia con la temprana ocasión en Lucca en que esto sucediera, es que ahora no le importa, es la manera en que tocan todos los violinistas. Finalmente, él tiene habilidades de ejecución que otros no sueñan siquiera. Objetivamente, le quedan muy pocos conciertos por dar y cuando más lo necesitó, el torrente se le dio en maravilloso caudal. No se puede quejar.

En Londres le recibe un ambiente enrarecido. Laporte está asustado por las reacciones negativas que se han dado al anuncio de su llegada.

—Pero ¿por qué? ¿Qué sucede? –pregunta Nicoló agraviado.

—Maestro, su negativa de ayudar a los artistas ingleses necesitados en París, ha sido un escándalo...

— ¿Qué artistas ingleses?

— ¿...Pero cómo? ¿No sucedió?

—Mi estimado Laporte, no tengo ni la menor idea de qué está usted hablando...

Viendo la desorientación del Maestro:

—La compañía de teatro inglesa, encabezada por la famosa actriz Harriet Smithson y el actor Charles Kemble, se vio en graves momentos económicos. Para acabar el cuadro, ella se accidentó rompiéndose una pierna, lo que congeló la compañía por semanas, sin ingresos.

— ¿Y yo... que tengo que ver con todo esto?

—Pues que se negó a ayudarles… ya sabe cómo han sido aquí con el asunto de las beneficencias… en especial tratándose de ingleses…

— ¿…pero cómo…? Ni siquiera me enteré…

—El Maestro Berlioz ofreció su ayuda y, al parecer, convocó a todos los músicos importantes que se encontraban en París… según la prensa, todos acudieron… menos usted, Excelencia.

— ¡Ajá…! ¡Eso era lo que proponía Berlioz…! Mire Laporte, hace unos días… ya para venir aquí… di un concierto después de casi seis meses sin tocar… Creo que se lo puse en una carta… No he tenido ni la energía ni el ánimo… ni el interés para recitales o conciertos… Es más, estoy aquí… por el compromiso con usted, pero créame… si fuera por mí, ya hubiera regresado a Italia. No más conciertos. ¡Ya estoy harto de tanta crítica y tanto pedigüeño! He dado más conciertos de beneficio en Inglaterra que en ningún otro país… He entregado una verdadera fortuna que estoy seguro ningún otro artista se ha acercado ni a la mitad… injustamente, es donde más me acusan de tacaño.

—Así es Maestro… y ¿qué propone…?

—Pues… yo por mí… me largo ahora mismo y no vuelvo por acá…

—Recuerde que también ha ganado buen dinero…

—Sí… he ganado buen dinero… pero me ridiculizan… me maltratan y extorsionan cuanto pueden… ¡Usted… ¿qué propone?!

—Tal vez… eso… un concierto de beneficio para calmar los ánimos…

— ¡Claro…! ¿Lo ve? Más beneficios… más insultos… ¿Por qué a los comerciantes y aristócratas no les extorsionan con beneficencias…?

—Bueno… me enteré que usted Maestro… ya es Barón, no es así… —replica con sarcasmo.

— ¡Exactamente…! ¿Por qué me tratan como sirviente todavía? Déjeme pensarlo, no estoy muy convencido… Son insolencias… agravios que no necesito…

Laporte, enmudecido, se despide ofreciendo mantenerse en contacto.

Pero los problemas ingleses apenas comienzan.

John Watson se presenta con su propia agenda llena de conflictos. Tiene deudas hasta el cuello con amenazas de parar en la cárcel si no cubre una serie de cantidades en plazos perentorios. Hábilmente, le maneja la situación de su hija y las maledicencias, incluyéndose en la fórmula y planteándole, que si él no le ayuda, el escándalo de tacaño se encumbrará al no socorrer a sus propios colaboradores ingleses en apuros, además de agravarse los rumores que ya existen sobre su relación con Charlotte. Mostrándose ofendido «como padre» para fortalecer su petición.

Nicoló se ve claramente extorsionado y sus dos colaboradores locales, un francés y un inglés, parecieran conspirar contra él. Al salir Watson con el dinero que pidió, Paolo presente en ambas entrevistas, no resiste más y explota:

— ¡Nunca me simpatizó este señor... tan hipócrita! Cómo es posible que Charlotte, una persona tan agradable y dulce, pueda ser hija de semejante truhan... a todo le da la vuelta para cubrir su incompetencia y deshonestidad... ¡Ah! y pretende convencer a todos, que él, es inocente palomita.

— ¡Já, já, já! ¡Así es Paolo... tu descripción es exacta!

—Maestro... usted es lo mejor que le ha pasado a Charlotte. Cuando aparece este señor... ella pierde la sonrisa mientras él le saca a usted todas las ventajas que puede. Perdone... no debí decir esto...

—No, está bien... tienes razón... Por las promesas de este individuo, despedí lamentablemente a Freeman y no resultó ni la mitad de eficiente. El problema es que ya nos encariñamos con Charlotte... Aquilino la adora... ¿Qué se puede hacer con un tipo así...?

A Catherine le afectó el reencuentro con John Watson, lo ve más falso que nunca y se siente agobiada con sus interrogatorios y suspicacias. Compartir la cama con él le produce ahora un efecto intolerable. Abriga la esperanza de volver a París con el Maestro y su grupo, de lo que ya se sentía parte.

Después de mucho pensarlo, Nicoló accede dar el concierto de beneficio que tanto insiste Laporte, pero este no se sucede si no hasta la tercera semana de haber llegado, y sólo sirve para reavivar el ánimo de los infamadores a los que se han unido algunos envidiosos italianos desconociéndolo e hinchando las acusaciones por «su falta de apoyo a connacionales».

—«*Paganini, paga niente*» (paga nada) –gritan los humilladores italianos esperando sacar algo.

El Marqués Moscati se descara en sus ataques inculpándolo de una serie de pretéritos inventos y nimios malentendidos.

Defendiendo sus propios intereses, Watson azuza a Nicoló a abandonar su habitual silencio contestando las calumnias, lo que encumbra las argumentaciones. Arrepintiéndose de inmediato de haber escuchado a semejante consejero, ahora tiene que oír lamentaciones de Laporte que sólo alimentan su creciente pesadumbre pues lo único que le detiene en Inglaterra es el incómodo contrato con él.

— ¡Laporte…! ¡¿No sería más fácil que rompiéramos nuestro contrato y cada quien… su camino?!

—Maestro… le entiendo, pero si hacemos eso… …yo me hundo con los compromisos adquiridos para sus presentaciones. ¡…No puedo aceptarlo!

— ¡¿Y no es posible que todos ellos entiendan que mi presencia no es bien recibida y finiquitemos?!

—Yo, francamente, creo que todo este ruido nos va a servir para llenar hasta el tope…

— ¡Já! Pues no sé. Tengo muchas dudas.

Semanas después, da su primer concierto en el Teatro del Rey con un público raquítico. Laporte angustiado, le convence de dar los cuatro siguientes en el Teatro Lane a precios populares. Mientras, en paralelo, da recitales de beneficencia a diestra y siniestra. Pero no por esto las cosas mejoran.

Su estado de ánimo se refresca una mañana en que Paolo le anuncia la visita de Mr. George Corsby, un prestigiado comerciante de instrumentos musicales, que le presenta una serie de violines y le pone enfrente: una preciosa viola Stradivarius. Nicoló se enamora como Aquilino de algún juguete en vidriera. Ignorando los violines, toma de inmediato la viola y la examina brotándole del alma el niño.

—Es exacto lo que he estado deseando. ¿Alguien le mencionó que quería yo una viola?

Corsby, sin entender, le contesta. Mientras Paolo, con inglés primitivo, trata de hacer algún puente, que no resuelve nada. Nicoló sigue embebido en su burbuja con la viola y cuando termina la inspección visual, se la lleva al hombro y ensaya afinaciones. Corsby intenta interrumpir para decirle algo, pero Paolo le detiene cruzándose los labios. Las pruebas y afinaciones se prolongan un rato y el comerciante pasmado contempla de cerca las espectaculares pericias del virtuoso.

Sin objeción alguna, Nicoló deposita la viola en su estuche preguntando cuánto debe. Corsby, pasmado, presenta la cuenta. Más estupefacto aún, recibe de inmediato un cheque bancario por la cantidad completa sin el más mínimo regateo.

—Le agradezco Mr. Corsby, me leyó usted el pensamiento y me trajo el instrumento «exacto». Esta viola es bellísima y de ninguna manera puedo permitir que se la lleve.

—«Your Excellency, it is indeed an honor and a pleasure doing business with you. »

La viola para él es como un juguete nuevo que le llena de emoción, pero al leer el correo una noticia le emociona aún más: Germi le comunica que, después de prolongadas negociaciones, compró finalmente en Parma la Villa Gaione que cumple con sus especificaciones. El deseo de abandonar todo e ir para allá es insoportable, los contratos lo impiden.

John Watson prepara un recorrido por la provincia inglesa y Nicoló, en incómoda relación y sintiéndose extorsionado, se entrega a una gira de un mes que termina durando tres. En conclusión: cuarenta y cuatro conciertos en treinta y un poblaciones con resultados discutiblemente positivos. Desde luego espera con esto que Watson resuelva de una vez sus problemas económicos.

Esta gira le vuelve a despertar el ánimo de recorrer mundo que, entremezclado con el antojo de convertir la viola en instrumento solista, llena su cabeza de proyectos. Empieza por componer dos tríos para viola, guitarra y violonchelo, que toca con Félix Mendelsohn al piano sustituyendo la guitarra en un par de oportunidades. Irónicamente, esta euforia es gran medicina para su salud. Optimista y cargado de ánimo, a los malestares no les queda más que retroceder.

Engolosinado y persuasivo, Watson le hace firmar nuevos contratos antes de marchar, que él acepta por el antojo descrito.

35 Se cae *el Cañón*.

Por una infortunada negligencia de Charlotte y Catherine, *el Cañón*, momentáneamente a su cuidado, sufre una caída que aun dentro de su estuche, parece haberle afectado acusando una cierta vibración. El disgusto es enorme y las dos damas reciben de él una inesperada tormenta que dura varios días y, así, en pleno disgusto, se marcha a París. Al llegar, de inmediato lleva *el Cañón* al prestigiado lutier Vuillaume que lo examina meticulosamente sin encontrar daño visible que explique la vibración. Su conclusión estremece a Nicoló.

—Es necesario abrirlo y pegarlo de nuevo.

— ¡De ninguna manera! ¿Cómo se le ocurre? Eso es inadmisible, no puede ser. ¡No, no, imposible!

—…entonces Maestro… lo único que queda es que se acostumbre a la vibración… sinceramente no creo que el público la perciba… sólo el ejecutante.

— ¡Suficiente! ¿No le parece?

Nicoló se lo lleva al hombro y lo somete a una serie de pruebas deseando convencerse de que está bien, pero se detiene diciendo:

—Me distrae… me molesta… rompe mi concentración… ¡Me duele!

—Pues sí… que le puedo decir… pero… no puedo arreglarlo sin abrirlo.

—Dígame sinceramente: ¿Hay peligro de que se eche a perder? ¡Es mi violín favorito…!

—No se preocupe Maestro es un procedimiento frecuente que he hecho muchas veces.

La discusión entre su cerebro y su espíritu se lleva algunos minutos. Mientras en suspenso, Vuillaume le observa cautivo de su magnetismo personal pese a su evidente mala salud.

—Pues si no hay más remedio… ¿Puedo estar presente…?

— Jamás me lo pidieron pero no veo inconveniente…. Espero que su presencia no me ponga nervioso.

—Bien… ¿cuándo puede hacerlo?

—El trabajo se lleva su tiempo… podemos comenzarlo ahora mismo. Después hay que armarlo por etapas, esperando a que el pegamento seque para finalmente barnizarlo…

— ¡No! El barniz no lo toque… eso puede cambiar el sonido y el aspecto. Lo único que quiero es que quede igual que siempre.

—Le entiendo Maestro… ¿Quiere que lo comencemos ahora?

—Pues… sí… de una vez…

Vuillaume, entonces, lo coloca sobre sus piernas sujetándolo y protegiéndolo apropiadamente. Al tomar sus herramientas y empezar, un escalofrío recorre a Nicoló al verlo sobre *el Cañón*. Suda visiblemente y se retuerce al no entender qué está haciendo. Recuerda el Amati que Cerutti arreglara, que estando francamente roto quedó muy bien y lamenta de inmediato no habérselo llevado a él, sólo atormentándose pues está demasiado lejos. Consternado y en dolor, se retira prefiriendo no verlo.

Semanas después, Vuillaume termina la reparación y con mucha ceremonia, le presenta *El Cañón*. Nicoló lo examina con ansiedad mientras su semblante muestra su asombro y admiración. ¡No se nota siquiera que fue abierto! Lo prueba con cuanta peripecia puede, comprobando que el mágico sonido y la gran voz, aún están ahí y la vibración desapareció. Pero al igual que el Amati que reparó Cerutti, le siente una sutil cicatriz que, posiblemente, sólo imagina. El alivio llena su espíritu.

— ¡Magnífico Maestro! ¡Excelente trabajo! Es usted un mago… me ha aligerado el espíritu.

—Espere a ver esto… —contesta Vuillaume, poniendo otro estuche idéntico sobre la mesa.

Nicoló le observa intrigado sacar un violín parecidísimo al Cañón, con la única diferencia que se ve nuevo. Intrigado lo toma y lo examina al detalle para finalmente probarlo. Su sonido es muy semejante y sus características notablemente parecidas.

— ¡¿Y éste… de dónde salió?!

—Es una copia exacta del suyo. Abrir un violín me da la oportunidad de copiarlo y eso hice.

—Pues, si piensa venderlo… se lo compro.

—No, su Excelencia, de ninguna manera. Se lo obsequio. Es para mí un gran honor haber contado con su confianza para reparar su valioso violín. Por eso no resistí el deseo de copiarlo. Como tampoco resisto el deseo de obsequiárselo. Le suplico acepte mi humilde ofrenda.

—Maestro Vuillaume, es un honor para mí. ¡Es magnífico instrumento!

—Gracias Su Excelencia, viniendo de usted, no me queda más que recordarlo el resto de mi vida.

—Me conmueve y le agradezco. Y dígame, ¿cuánto le debo de la reparación?

—Maestro…le insisto, el honor ha sido y es suficiente.

— ¡Pero por favor… es su trabajo… su negocio…!

—Tengo más trabajo que nunca desde que usted me eligió para reparar su legendario violín. Ha salido en todos los periódicos. Que si me había labrado algún prestigio, se multiplicó con el honor que su Excelencia, «el gran virtuoso», me hizo.

—Pero… no me siento cómodo…

—Por favor Maestro Paganini, no insista… le suplico no me quite este profundo gusto.

—Pues… ¡Muchísimas gracias Maestro Vuillaume! ¿Puedo… darle un abrazo?

— ¡Será un honor más!

Profundamente conmovido, recapitula el evento una y otra vez. En su encierro, toca los violines comparando hasta los más mínimos detalles. Contento con la reparación y la copia del *Cañón*, pero más aún, con la generosa actitud de Vuillaume, decide mandarle, también como obsequio, una cajita de oro con piedras preciosas. Pese a su extraordinario conocimiento de instrumentos de cuerda, Vuillaume no tiene idea cuanto pueda valer tal cajita y se la lleva a un joyero conocedor que para su sorpresa le ofrece mil ochocientos francos, una pequeña fortuna que rebasa con creces los honorarios de todo su trabajo.

36 Un encargo a Berlioz.

Nicoló habla eufórico de recorrer Rusia en pleno invierno y le escribe a Germi invitándolo a unirse a la aventura. Le cuenta también de Vuillaume, de su viola recién adquirida y las composiciones que hizo para ella.

Aquella traviesa curiosidad que le invadiera en Lucca de adolescente, poniéndole cuerdas de violonchelo al violín, se le ha vuelto a instalar, convencido de que la viola le dará una gama de sonidos como la cuarta cuerda del violín, con la que ha logrado magníficos efectos. Un instrumento contralto. El problema es que sigue sin conectarse con el torrente para sacar con la viola cadenzas equivalentes y hacer de ella un instrumento de virtuoso. Con su habitual tenacidad no claudica y se encierra buscando en su interior la ansiada conexión.

La viola suena constante hasta que interrumpe sus intentos, frustrado e insatisfecho. ¿Cómo es que tan bello sonido no le provoca una derrama de notas digna? Parece que el haber dejado de tocar esos meses le causó más estragos de lo imaginado. Los últimos conciertos en Inglaterra fueron de memoria sin un solo elemento nuevo y la viola no está cambiando esto.

Fatigado, extraña la alegría de Charlotte, su ánimo decae, sus malestares reflorecen y su humor lo refleja. La llegada del invierno termina el cuadro con un súper resfriado que lo mete en cama con ataques de tos aún más fuertes. Se siente peor que nunca pues a sus síntomas usuales, ahora agravados, se han sumado un tremendo dolor en el tórax y una suerte de desolación en el ánimo.

La preocupada carita de Aquilino le hace esbozar una suerte de sonrisa desde un rostro enjuto y demacrado. En su agotamiento ve a la muerte más cerca que nunca, pero pareciera perderse entre bruma. Sus ideas rebotan absurdas, entremezclándose en recapitulación caótica. Nada tiene sentido, a menos, claro... que sea el final.

— ¡El Maestro se muere!

Le grita Fabrizio al Doctor Bennati, que presto sale y sube al coche a cuyo mando Pietro espera. Al entrar a la habitación, encuentran a un Paolo desesperado asistiéndole, mientras Aquiles llora junto a él. Nicoló, recostado con la cabeza fuera de la cama, tose desbocado escupiendo sangre. Después de incorporarlo y sentarlo, en una tregua de tos, recupera lucidez y balbucea:

—Me muero...

Bennati perturbado, lo ausculta:

—Efectivamente Maestro... está usted mal... pero escúcheme, vamos a procurar que se sienta mejor. Voy por un par de colegas y entre los tres... le vamos a encontrar solución. ¡Tenga fe! Pero... es mi deber decirle que si tiene algún pendiente... le dé solución...

— ¿...cuánto me queda Doctor...?

—Imposible contestarle... tiene usted hemorragia pulmonar... su estado es grave... tal vez sólo unas horas, pero... he visto pacientes recuperarse. Le repito, tenga fe.

Su antiguo amigo Pacini observa la escena desde el umbral mientras Pietro le informa con lágrimas en su férreo rostro. El Doctor le interrumpe preguntando:

— ¿Puede llevarme de prisa por los otros doctores?

— ¡Inmediatamente Doctor!

Nicoló, viendo cerca el final, le pide a Paolo donde escribir, mientras Aquiles se acurruca junto a él.

—No hijo, no te acerques tanto... no vaya a ser que esto que tengo ahora... sea contagioso.

Obediente, se aleja pero sólo hasta sus pies para reanudar su llanto, añorando «esa familia con Charlotte y Catherine».

—No llores hijo… todo va a estar bien… nada te va a faltar.

Paolo le pone enfrente papel y pluma. Con dificultad escribe:

> *«Estoy tan enfermo que no sé si me recuperaré. Mis pulmones están afectados, tengo hemorragia y no sé qué decirte. Me haría muy feliz que vinieras a París.»*

Pacini al ver sus esfuerzos se acerca:

— ¿Para quién es la carta Nicoló?

—Para Germi…

— ¿Algo más que quieras ponerle?

—No… sólo que venga, le necesito… —balbucea casi inaudible.

—No te preocupes ahora mismo la llevo al correo.

Pacini la lee y tomando la pluma agrega posdata:

> *«Estoy en el cuarto con el Maestro Paganini. Está grave por lo que sólo pudo escribir escasamente estas dos líneas. Necesita que vengas a París. No puedo ocultarte que el doctor está muy preocupado. ¡Dios nos libre de una catástrofe!»*

Penosamente pasan minutos, horas y días en espera de alguna recuperación. El trío de colaboradores intercambia pocas palabras y toman turnos para velar por el Maestro. Las visitas desfilan sin poder verlo por recomendación expresa del doctor Bennati.

En el fondo de su ser, Nicoló se tormenta por Aquilino y los pendientes para no dejarlo desamparado; necesita a Charlotte, ¿pero cómo consolidar la relación con un padre tan obtuso? le desazona abismalmente que Germi no conteste su llamado. Su impotencia y frustración le hacen desear incorporarse y apabullar sus males. Tiene que restablecerse a como dé lugar.

Como en otras ocasiones y para su propio asombro, lo logra. Su temperatura se estabiliza y puede sentarse disfrutando de lucidez. Bennati lo examina acuciosamente sin poder creerlo.

—Lo ve Maestro… se está recuperando. De cualquier manera, es importante que lo tome con calma hasta que se restablezca completamente.

De su cadavérico rostro brota una risilla.

— ¿Dije algo cómico Maestro?

—Sí… «Que me restablezca completamente». Nunca he sido… completamente sano. ¿Comprende? –volviendo a reír.

—Así es, y por eso le admiro tanto. La vida es una cosa muy frágil y la de usted, más aún. Sin embargo ha logrado lo que nadie. Su fuerza espiritual es descomunal, —conmovido, pone su mano sobre la suya—para mí… es un privilegio atenderle y una gran dicha ver su recuperación.

—Gracias Doctor es usted una excelente persona. Gracias…

Su recuperación progresa y días después le pide a Paolo buscar nuevo hospedaje para refrescar el ánimo. El nuevo lugar tiene más luz y espacio para Aquilino. Sigue sin explicarse porqué Germi no apareció o contestó su carta. Le escribe una más, narrándole su jornada y poniendo la nueva dirección.

Al enterarse que Héctor Berlioz dará un concierto se apresta a asistir, pese a que Bennati no lo considera prudente por el posible acoso de la gente. Lejos de renunciar, asiste vistiendo algunas coloridas ropas de Fabrizio y bajo un amplio sombrero de Paolo. El concierto le fascina, en especial la intervención del pianista Franz Liszt. Regresa a casa deseoso de componer algo en su viola.

Después de varias semanas sin resultados, viola en mano va a ver a Berlioz:

— Maestro Berlioz, no hace mucho adquirí esta bellísima viola y después de muchísimas horas acariciándola, no he podido componer algo que me agrade para presentarla en público... Soy gran admirador de su trabajo y pensé que usted pudiera hacer algo para ella... enmarcado con sus extraordinarias orquestaciones. Me encantaría presentar un trabajo suyo con este bello instrumento.

Berlioz, estupefacto ante la solicitud de tan célebre personaje:

—Maestro es un honor el que usted me hace... y muy interesante su propuesta. Me gusta la voz de la viola y... sí, me gusta la idea de escribir algo para este instrumento... y sobre todo para que usted lo toque.

Después de platicar detalles, Paganini entrega ceremoniosamente la viola a Berlioz:

— Le avisaré tan pronto tenga algo que mostrarle.

Entusiasmado y siendo colaborador de La Gaceta Musical, Berlioz publica la noticia.

Nicoló al enterarse no sabe cómo tomarlo, hubiera preferido no involucrar a la prensa y opta por el silencio. Lo último que desea es un conflicto con su admirado compositor.

De cualquier manera la noticia genera especulaciones, dado que el famoso Paganini, desde hace tiempo, sólo toca sus propias composiciones. Unos acusan a Berlioz de inventar la historia para darse importancia, otros, que se inspira en el virtuoso para escribir una obra; lo último que se les ocurre es que es verdad. Todo este incidente enrarece el ánimo de Berlioz arrepintiéndose repetidamente de haber hecho el asunto público prematuramente. Aun así, se invierte en el proyecto y al terminar el primer movimiento se lo comunica a Paganini que de inmediato acude.

— A ver qué le parece Maestro Paganini... —entregándole el manuscrito.

—Seguramente genial como todo lo que le he escuchado Maestro.

Nicoló se concentra en leer y su expresión va mutando. Al concluir, busca desconcertado palabras para expresarse.

—Es bellísimo… no hay duda, pero… no es… precisamente lo que necesito. La viola permanece en silencio demasiado tiempo. Debe tocar mucho más… todo el tiempo posible.

—Me temo que usted quiere un concierto y creo que usted está más capacitado para hacerlo que yo.

Decepcionado y sintiendo un sofisticado desaire, Paganini se despide sin más comentarios.

37 Un caballo desbocado.

En los días siguientes se concentra en componer una sonata para su viola y en esto, aparece John Watson con su clan y el proyecto de gira para el cual firmaron contratos en Londres. Desde luego le gusta ver a Charlotte y la alegría que produce en Aquilino.

—Watson... le envié una carta comunicándole de mi enfermedad... además me lastimé el dedo cortando queso y todavía no está bien.

—Sí, la recibí... pero ya pasó tiempo... y al leer de sus asuntos con Berlioz, deduje que ya estaba en condición... Como ¡gracias a Dios! ahora veo...

—Pues no... no estoy tan bien... y dudo mucho que pueda yo resistir tanto viaje y traqueteo. Tengo tuberculosis pulmonar. Y para acabar... el dedo lastimado es de la mano izquierda... aún no puedo tocar.

Watson, restándole importancia a sus observaciones, busca argumentos que esgrimir. Describe la gira que comenzará con un recorrido por Bélgica que Nicoló jamás visitó, lo que le pica la curiosidad. Suavizado con el discurso y el eterno deseo de viajar, acepta.

— ¿Ya me perdonaste? —Le pregunta Charlotte en la primera oportunidad.

—Ven y abrázame... ¿Qué es lo que tengo que perdonarte?

—Que se cayó tu violín...

—Bueno… eso ya quedó atrás… ¡Afortunadamente!

— ¿Te lo pudieron arreglar?

—Sí y muy bien. No tienes idea de lo que ese violín significa para mí…

— ¡Pues ya la tengo y bastante buena!

—…es *El Cañón. La voz de la ley*. El mejor violín que conozco. Ahora me preocupa más nuestra situación, la presencia de tu padre… todo este a «sotto voce» que nos traemos.

En la víspera de la partida, Nicoló manda llamar al Doctor Bennati para una última consulta general antes de viajar y que le revise el dedo. Ese día el doctor tiene varios pacientes que atender y recorre las calles visitándolos.

A la puerta de una caballeriza, un hombre colérico azota a un caballo desmedidamente, las voces y relinchos alarman a todos en la periferia. De pronto el corcel patea al energúmeno liberándose y huye desbocado por las calles. Bennati, sin verlo venir, se dispone a cruzar la avenida siendo atropellado por el animal, azotando la cabeza contra las baldosas. Gravemente herido, muere minutos después.

La noticia sacude a Nicoló, recordando las palabras del mismo Doctor sobre la fragilidad de la vida. ¿Cómo un hombre sano, fuerte y joven, muere sin piedad y él, envejecido y enfermo, sigue vivo?

Watson sin poder importarle menos la muerte de un doctor que nunca conoció, presiona para partir al día siguiente, alegando compromisos adquiridos que no pueden esperar a ningún funeral. Nicoló acepta la falta de piedad de la agenda por no sucumbir a la amenazante melancolía que le acecha.

Los belgas, de por sí exigentes, sobre todo los de Bruselas con sus violinistas y sus propia escuela, le reciben con un ambiente contaminado de las patrañas diabólicas conocidas y reforzadas por las nuevas sobre su tacañería. La diferencia es: ahora tiene conocimiento de su tuberculosis, el dedo medio izquierdo lastimado, está aún consternado con la muerte del Doctor Bennati, le acompañan músicos ingleses de medio pelo y no logra conexión con el torrente. Demasiado tarde se percata de tan funesta situación.

Como Tespis de Icaria en su carreta, Paganini en su carruaje. Los conciertos en las poblaciones hacia Bruselas son uno tras otro con variados contratiempos, aunque buenas entradas. Sin sentirse satisfecho, su aprensión aumenta con su cansancio a medida que se acercan a la ciudad capital.

Aquiles se ha mantenido a la altura en el viaje, durmiendo sobre la marcha y con creciente admiración por su padre, fortaleciéndose con esto el vínculo.

En Bruselas, para colmo de males, la orquesta, ensamblada a toda prisa, no cumple con sus expectativas y no hay tiempo para más ensayos. Watson con su piano y sus músicos, son el único remedio. Cansado al extremo, da tres conciertos con afluencia decreciente. Para la crítica su violín sale bien librado, pero el haberse asociado con tales músicos no le es perdonado. Las dos cantantes son abucheadas, al igual que los acompañantes que no mantienen el ritmo, viéndose el virtuoso obligado a imponerlo con el pie y marcarles entradas. Se lo achacan a su tacañería o a querer parecer gigante rodeándose de enanos, además de ser ingleses, que no toleran desde la caída de Napoleón.

No se perdona tanto error que su absurda relación con Watson ha propiciado.

Pietro comenta con Fabrizio:

—No sé por qué el Maestro tolera que este señor Watson le fuerce de esta manera… está enfermo y lo tiene marcando el paso. No lo deja descansar… todo lo que dicen los periódicos es por su culpa. ¡Yo creo que estaría bueno darle una buena ajustadita! –termina golpeando sobre la mesa.

— ¡De ninguna manera Pietro! ¡Cómo se te ocurre semejante barbaridad!

— ¡Pero a este paso… lo va a matar!

—Al Maestro no le gusta que nos involucremos en sus decisiones y esto, definitivamente califica. Además, Watson es… como… su suegro.

—El Maestro no tendría por qué enterarse… sólo lo sacudo un poco y le convenzo que si se lo dice… no vuelve a caminar el resto de su vida… por ejemplo.

—Pero qué bruto eres Pietro…

—Teniente… estricta estrategia…

Fabrizio queda en silencio cruzando miradas con él y dudando.

—Déjame pensarlo… Habrá que… proponérselo al Maestro.

—No… no va a aceptar… por Charlotte.

—Quién sabe… es buen guerrero. Tal vez salga con algo mejor que *«darle una ajustadita»* y ¡lo mande a la mierda de una vez!

— ¡Ah, también te molesta el tal Watson!

—Claro que sí, pero soy soldado y sólo sigo órdenes… las decisiones que tomo son sólo en función de cumplir esas órdenes. ¿No crees Pietro que debieras hacer lo mismo?

En la primera oportunidad, Fabrizio secundado por Paolo, le expone al Maestro en términos muy formales sus preocupaciones y él escucha con todos sus detalles sin interrumpir. Al concluir:

—Una vez más, aprecio vuestra preocupación y vuestro amor al deber… Tenéis razón en todo… pero me temo que, por lo pronto, no podré cortar con Watson sino hasta después de la gira por Inglaterra.

— ¡¿Inglaterra?!

—Sí, de aquí nos vamos a Londres…

—Pero Maestro… creí que la última gira por allá no le había satisfecho…

—Así fue… pero Watson asegura que las cosas han cambiado…

Fabrizio expresa con el rostro un comentario abstracto que Nicoló comprende:

—Tú sabes qué es mantener el tono en un encuentro de esgrima o hasta en una batalla…

—Si Maestro…

—Pues bien... Estoy manteniendo el tono, si me detengo ahora, me muero...

—Pero ¿por qué...?

—No lo sé... sólo sé que es así. Después de Inglaterra a París y de ahí a Italia... Ten fe.

— ¡¿Fe...?!

—Sí, fe. Me lo enseñó Bennati que estaba a punto de morir sin saberlo y... me está siendo útil.

Concluye la gira de Bélgica después de once conciertos, nueve poblaciones, quince días y múltiples contratiempos, todo esto aderezado con argumentaciones, justificaciones y pretextos "a la Watson".

Al llegar a Londres el agotamiento de todo el grupo es total y un descanso es imperativo. El mismo Watson tarda un par de días en reponerse y salir al encuentro de convenios. Inepto en la administración de dineros, los gasta donde no debe y escatima donde es vital, como la difusión. Ingenuo y narcisista imagina que todo el mundo está pendiente de lo que hace, en especial con un figurón como Paganini. Organiza tres conciertos en Londres entrelazados con tres en Hanover en seis días consecutivos. Nuevamente, Nicoló se ve atrapado en el cansancio y el mareo de un vertiginoso carrusel. La actitud del público no ha cambiado gran cosa desde la última ocasión pese a lo que dice Watson y el resultado deja mucho que desear. Pero como Watson salió ganando algo, decide duplicarlo y contrata seis conciertos más con la misma fórmula. A Nicoló no le agrada pues el ingreso fue flojo. Con su habitual necedad, Watson insiste y argumenta hasta convencerle. Pietro, Fabrizio y Paolo no han perdido detalle y lo discuten. Esta vez Pietro se muestra menos receptivo:

— ¡No me importa lo que ustedes digan...! Yo voy a sacudir a ese imbécil y si el Maestro me corre... lo vuelvo a sacudir hasta dejarlo inútil y se le quite lo hablador.

Al día siguiente Watson le comunica a Nicoló que los seis conciertos quedaron cancelados y que sería mejor que descanse por lo menos una semana. Ávidos, Paolo y Fabrizio interrogan a Pietro para saber los pormenores, pero él se limita a sonreír.

A Nicoló este descanso le cae de maravilla. Aprovechándolo para estar con Aquilino y practicar su viola, que le sigue apeteciendo tocar en público. Un par de semanas después da dos conciertos en las afueras y el tercero en Londres con su flamante viola. El resultado le decepciona. Tanto el público como la crítica, acostumbrados al violín, no están listos para la viola y mientras la situación económica del país siga cayendo no van a gastarse su escaso dinero en conciertos de viola ni con Paganini tocándola.

Después de una breve gira, que Nicoló considera «desastrosa», regresan a Londres «con la cola entre las patas». Harto y consciente de que se debe apartar de Watson, pues esto ha sido el colmo de los fiascos, lo único que le interesa por el momento, es estar con Aquiles que no ha visto en diez días. Su relación con Charlotte le obliga a sostener relación con su padre al que ya no tolera y esto crea tensión en la pareja, pues Watson, sin piedad, le sigue sacando todas las ventajas posibles utilizando a su hija como elemento mediador y objeto de extorsión.

—Ya no aguanto a tu padre Charlotte, tan pronto demos este último concierto me voy de Inglaterra, que ya tampoco aguanto.

Charlotte, sintiéndose entre dos aguas, permanece en silencio.

—Vas a tener que escoger entre él y yo. Así que piénsalo…

—No tengo nada que pensar… me voy contigo. Aunque me temo que no va a ser fácil…

— ¿Por qué?

—Porque es lógico que va a intervenir. Él no se quiere quedar afuera y tampoco quiere ir a París o Italia porque no habla los idiomas.

—Sí, lo sé… quiere que vayamos a Nueva York…

— ¡Ah sí! Está loco con la idea que lo haría rico, según él… Dice que tú estás muy interesado.

—Desde luego que me interesa, pero... es un viaje muy largo y no sé si pueda aguantarlo. Estoy enfermo y él... no lo entiende. Además quién me garantiza que no es otro más de sus fiascos... le debe a todo el mundo, no está en la cárcel de milagro. Hace tratos que sabe... no cumplirá. No puedo aceptar eso, me hace cómplice. Lo he visto mentirle a la gente con una cara dura formidable... No, yo sólo quiero regresar a mi país, a mi villa; instalar a mi hijo y verlo crecer. Sé que a veces hablo de proyectos imposibles... ir a Rusia... ir a América, pero no, realistamente no se puede... ¡No se puede!

—Quiere que yo te convenza de ir a Nueva York... a mí no me disgusta la idea...

— ¿Qué...? ¿En serio me quieres convencer? Con todo lo que he leído y oído, yo iría a Nueva York, pero no con John Watson. ¡De ninguna manera! Ya estoy harto de sus escándalos.

—Qué quieres que haga, es mi padre...

—Lo sé y por eso he sobrellevado la relación con él. Espero que lo aprecies porque es el peor agente que he tenido. Sin ti de por medio, lo hubiera corrido al segundo concierto... su estilo es repugnante.

—Entonces ¿qué vamos a hacer? No va a aceptar otra vez que nos vayamos a París. Lo único que se me ocurre es que tú salgas y yo te alcance luego.

—Y... ¿Te va a dejar ir?

—No le voy a pedir permiso.

Escuchar esto le recuerda la situación con Carolina, sólo que esta vez está dispuesto a llevarlo a cabo.

Causas de fuerza mayor obligan a cancelar el concierto un día antes con los perjuicios que esto conlleva. Watson es arrestado y encarcelado al pretender finalmente dar el concierto, cuando todavía debe honorarios de orquesta y rentas de sala por los anteriores eventos. Dado el escándalo que genera y la tendencia de los periodistas a embadurnarlo de porquería, Nicoló recibe la noticia con la humillación correspondiente.

Watson se pasó de listo y ahora está en la cárcel y por él, ahí se puede quedar. Ordena a todos empacar y prepararse para marchar a París; Charlotte angustiada, interviene suplicante:

—Nicoló, ¿Cómo puedes pensar que puedo irme dejando atrás a mi padre en la cárcel?

— ¿Y qué propones… que nos quedemos aquí hasta que salga? —contesta sarcástico.

—No, pero no hizo nada malo, está en la cárcel por deber dinero, podríamos ayudarlo.

— ¿Podríamos ayudarlo? O quieres decir… que yo pague sus cuentas. Debió haber pagado en cada concierto… ¿Qué hizo con el dinero? ¿En qué se lo gastó? ¿Se dio la gran vida con él, como acostumbra? ¿No hizo nada malo? ¡No…! Yo no pienso pagar sus cuentas. Ya me debe demasiado dinero… le debe a todo el mundo. Y si algo sé de él… es que no piensa pagarlo. ¿Cómo que no hizo nada malo…? Merece estar encerrado, el señor es peligroso… es estafador y defraudador profesional… una amenaza. Tú misma lo has dicho, no puede hablar sin decir mentiras y los ingenuos… o mejor dicho ¡los imbéciles, como yo…! terminamos embaucados en sus estratagemas… ¡Ni un centavo para ese bribón… ni un centavo! ¡Que se pudra en la cárcel!

Es tal su furia contra Watson que continúa despotricando sin notar que Charlotte llora. Al percatarse:

— ¡Perdóname Charlotte! No fue mi intención lastimarte.

Ella sale corriendo de la habitación dejándolo solo con sus reflexiones.

Los tres colaboradores que preparan la partida, con espíritu festivo escuchan la rabia del Maestro contra Watson, pero al ver salir a Charlotte llorando Fabrizio comenta:

—Me temo que va a estar más difícil de lo que creemos.

Pasan los días y Nicoló sin hacer el más mínimo intento por ayudar a Watson, aplaza su partida por Charlotte que no se decide preocupada por su padre. La incertidumbre y el suspenso le están volviendo loco y ver a Charlotte deprimida le hace sentirse culpable, pero le repugna la idea de ayudar al rufián que ya le hizo ver su suerte. Atrapado en el rompecabezas, camina de lado a lado. ¿Cuánto más puede esperar? ¿Qué es lo que espera? Sólo un milagro sacaría a este sujeto de la cárcel... y se llama Paganini, nadie más tendría interés alguno en hacerlo. Termina concluyendo que se está esperando a sí mismo. Si él no hace algo, nada va a suceder.

A regañadientes, acepta cubrir las cuentas necesarias para liberar al bribón, que más que agradecer, pareciera reprocharle su tardanza con expresión arrogante y ofendida. Presentes en la diligencia, Charlotte y Catherine abrazan y besan a Watson al verlo salir, manteniéndose distantes y serias con él.

Al cubrir las cuentas atrasadas de teatro y orquesta, se programa el concierto cancelado que se realiza con mediana afluencia. Las dos cantantes sostienen su frialdad y Charlotte se muestra evasiva.

Cansado de juegos que no acaba de entender y le agotan la paciencia, entre incertidumbre y citas postergadas por Charlotte, le envía un mensaje anunciándole su partida, requiriendo respuesta. Pietro es el mensajero tardándose de manera inusual. Sin saber qué pensar, camina como león enjaulado. Horas más tarde, cuando Pietro por fin regresa:

— ¿Qué pasó hombre, por qué te tardaste tanto?

—Maestro... ella recibió enseguida su mensaje... pero cerró la puerta y se tardó... sin darme respuesta. Le toqué varias veces con miedo de ser insolente y le insistí que usted requería contestación... finalmente... me dio este mensaje...

«Nicoló:

Estoy impresionada de tu insensibilidad.

Mi padre en grandes apuros y tú con tus presiones y urgencias.

Si tienes que irte, vete. Yo no me puedo irme así.

Charlotte.»

— ¡Qué rayos es esto! Los apuros de este imbécil ya estaban resueltos… ¡Qué pasa ahora!

—No tengo idea… pero comprendo Maestro…

Nicoló reaccionando ante tal respuesta y mirándole a los ojos:

— ¿Qué es lo que comprendes Pietro?

—Maestro, con todo respeto y cariño… Que ella… tiene el poder.

Metido en reflexiones con la inesperada respuesta, repasa lo escuchado hasta aceptarlo y contestar:

—Pietro… tu inesperada sabiduría, como siempre, me mete en pasmo. Dime… que más comprendes.

—Maestro… usted, para mí, es lo más valioso que he conocido en la vida y… no abrigo ni la más remota intención de ofenderle… ¡Dios me libre!

—Lo sé Pietro… me lo tienes suficientemente demostrado… pero por favor… di…

—Maestro… créame que lo siento… pero creo que le están metiendo en un juego para sacarle más dinero todavía… tal vez es un error… pero lo veo venir… ¡Y me molesta tanto…!

El silencio domina. Nicoló confía en Pietro su propia vida y lo que dice cuando se pone serio invariablemente está pegado al suelo y tiene sentido instintivo. Angiolina, Carolina y ahora Charlotte tienen algo en común: sus padres ejerciendo poder. ¿Cuál es la diferencia? Tal vez ninguna. ¿Tiene Pietro razón? Con su opinión todo cobra un claro sentido y hasta le parece obvio.

—Pietro... mi incuestionable amigo, te agradezco tu invaluable colaboración, muy posiblemente entiendes mejor que yo. Siempre me ha gustado tu protección. ¡Gracias! Por favor, no dejes de hacerlo...

Al terminar esto, se quita un valioso anillo del dedo y se lo deposita en la mano cerrándosela.

— ¡Maestro...! No es necesario...

—No... no es necesario, pero me da la gana hacerlo... lo mereces. Ahora, déjame solo para ver qué dicta mi insensatez.

En tumultuosas reflexiones, Nicoló ajusta su visión con la de Pietro. ¡Cuánta estupidez no detectada! Se conmueve ante la nobleza de ese grandullón que algún día rescatara de sí mismo y ahora le devuelve el favor. No importa qué apegos le tenga a Charlotte, le está tomando el pelo y gracias a Pietro, él lo ve, aunque no quiera creerlo. Al calmar sus reacciones, el cielo se abre frente a él con miles de vectores y dibujos. Tiene que escoger. Regirse por los mandatos de ese elocuente cielo entrando en la eternidad o, por apegos sin sentido, meterse en oscuridad.

Charlotte sale con el mismo cuento que Watson le dicta otra vez:

—Nicoló, si no paga mi padre estas cuentas, terminará otra vez en la cárcel.

Con la visión de Pietro presente y en meticuloso análisis, pregunta:

— ¿Y qué quieres que haga?

—Que no seas egoísta... comparte tu buena fortuna... Te digo que si no paga lo encarcelan...

—Pero Charlotte, esa es la regla, yo ya lo saqué de la cárcel ¿qué más puedo hacer?

—Y te lo agradecemos, pero su situación es bastante más complicada y necesita una ayuda completa.

— ¿Completa? ¡Bueno…! ¿Qué puedo hacer al respecto?

— ¡No lo sé…! ¡No lo sé! –contesta exasperada.

Nicoló, aún analítico, pregunta condescendiente:

— ¿Te parecería que yo haga un concierto a su beneficio?

— ¡Nicoló, mi amor! ¡Sería magnífico!

Escudriñándola escéptico:

—Pero con una condición… después… subimos al barco y nos vamos a Francia… ¿De acuerdo?

— ¡Claro que sí mi amor… claro que sí!

Que difícil creer estas palabras. ¿Qué le pasa a Charlotte? ¿Ha sido falsa desde el principio? No puede creerlo. Cómo pensar que también engañó a Aquiles y que sus juegos y bellas vivencias fueron hipócritas, que su amor y sus traviesos besos fueron fingidos y que es otra Angiolina Cavanna.

Si Angiolina puta y Carolina auténtica. ¿Quién es Charlotte? ¿Qué le metió en la cabeza su padre?

¡Cuánto dolor! La veía familia, sin embargo no puede evitar verla desleal. ¡Qué decepción!

La situación exige que dé el concierto en beneficio de Charlotte, para que los dineros aunque sean para Watson, no sean accesibles legalmente a sus múltiples acreedores. El concierto se realiza en el Teatro Real Victoria y Nicoló sin ningún entusiasmo explota su oficio.

Después del concierto, todo sigue sin tomar forma y Nicoló, renegando, espera.

En los días siguientes, logra hablar con Charlotte y conviene finalmente encontrarla en Bolougne; ella viajará acompañada de Paolo, de ahí continuarán viaje a París y posteriormente a Italia.

Poco satisfecho con el arreglo y repleto de dudas, parte al encuentro en Bolougne.

Al llegar el momento, Charlotte y Paolo toman el barco y hacen lo mismo. Nicoló, ansioso, aguarda en el muelle su llegada. La gente se amontona esperando ese mismo barco que viene retrasado, muchos notan su presencia y no le quitan la vista de encima incomodándole. Llega el barco y las actitudes se intensifican. Entre muchos otros, la ubica a distancia junto a Paolo asomada hacia el muelle y les hace señas que sólo Paolo contesta. Al bajar Charlotte con otros pasajeros, de entre la aglomeración del muelle, aparece sorpresivamente John Watson acompañado de policías, rodeándola y protegiéndola como si estuviese en peligro. Periodistas aparecen entre la gente. Nicoló sin salir del asombro, observa toda esta coreografía mientras reporteros le acosan con preguntas. Concluyendo que no tiene nada que hacer ahí, abandona el lugar, custodiado hábilmente por Fabrizio y Pietro. Paolo les alcanza y se alejan de los muelles a la brevedad regresando al hotel.

— ¡Paolo, ¿qué rayos fue esto?!

—No lo sé Maestro, desde que nos encontramos y durante todo el viaje, ella estuvo inusualmente callada. Quise hacer conversación, pero se mostraba nerviosa y evasiva. Sin ánimo de acusarla, puedo apostar que ella sabía. Nicoló cruza miradas de afirmación con Pietro.

— ¿Y Watson, venía en el barco?

—No sé… puede ser…

—Hay una cosa que no entiendo. ¿Para qué rayos toda esta estratagema? Si Charlotte no quería venir… pudo haberlo dicho y punto.

Las miradas con Pietro se intensifican al concluir que se trata de un complot que no ha terminado. ¿Qué es lo que pretende Watson? No tardan en saberlo, al día siguiente los periódicos publican las declaraciones de Watson:

«Gracias a mi oportuna intervención, logré impedir el secuestro de mi hija por parte del afamado violinista Paganini, que la esperaba en el muelle ante centenares de testigos».

Misteriosamente» esa misma mañana los periodistas se encuentran otra vez en el muelle y Watson hace más declaraciones antes de partir de regreso a Inglaterra. Se desencadena una serie de artículos impertinentes que Nicoló se esfuerza por asimilar, pero recordando el caso Cavanna, decide contestar con una carta abierta esgrimiendo contra cada punto y obteniendo el mismo reiterado resultado: expandir lo que intentó contraer. Necesita entonces, una segunda carta para anular las infamantes interpretaciones editoriales sobre la primera, pero no sirve de nada.

Empieza a ser evidente que Watson presentará una demanda. De cualquier manera quedan cosas por esclarecer: ¿Cómo se enteró Watson? ¿Por qué no la detuvo antes de salir y prefirió llegar antes para interceptarla? ¿Quién convocó a la prensa? ¿Cuál es el objeto de esta estrategia? ¿Por qué Charlotte no hizo ni hace el más mínimo esfuerzo por contactarle?

Pero más allá de prensa y escándalo, está la incertidumbre que siente en su relación con Charlotte, a quien creyó, por momentos, su esposa y parte de una familia. Ignora el porqué de su mudanza, esto es lo que más le agravia y le desgarra internamente. La decepción le deprime y se paraliza, permaneciendo en Bolougne varias semanas; temeroso además, de llegar a París a encarar un escándalo corregido y aumentado. Finalmente, más de dos meses después de su llegada a Bolougne y sin recibir noticias de los Watson, se carga de valor y marcha a París.

—Maestro, ¿Cuáles son los planes en París? ¿Quiere que informe a la prensa de su llegada?

— ¡Al contrario Paolo! Ve que nadie sepa que estamos ahí. No pienso dar conciertos. Sólo vemos algunos asuntos y nos vamos a Italia.

— ¡Qué bueno Maestro! No sabe qué ansiosos estamos de regresar.

—Así es… Yo ya sólo quiero descansar, quiero ver la villa que compró Germi, quiero comer comida italiana bien hecha… Quiero entender lo que dice la gente… en fin… regresar a casa.

38 En París de incógnito.

En París pasan varios días registrados en un hotel bajo el nombre de Fabrizio. Nicoló intenta reponerse de los estragos del tremendo disgusto. Se siente listo para dejar atrás al famoso virtuoso y disfrutar de la paz de su villa, sin peligros o enemigos ocultos. No más emboscadas ni traiciones.

Algunas tardes, con mejor ánimo, camina disfrazado por las calles parisinas leyendo carteleras y periódicos con interés, sintiendo paradójico alivio al ver que no le nombran. Atreviéndose un poco, se sienta con Aquiles y Paolo a comer pasteles y helado en un café. Su crecida barba y atuendo diferente le ocultan bien, más pareciendo un pintor o poeta bohemio.

Revisando cartelera ve que la Ópera Comique presenta un espectáculo que seguro disfrutará Aquilino. Localizados al centro en la séptima fila, esperan ansiosos que se abra el telón.

Tres alegres individuos caminan por el pasillo buscando sus asientos en la novena fila y proceden a sentarse. Uno de ellos permanece de pie revisando al público, pero ningún asistente le llama la atención, toma asiento y reanuda conversación con sus acompañantes aunque prestándole más oídos a las pláticas circunvecinas. Entre lo que escucha, una frase en italiano llama su atención:

— «Aquilino mira...»

Revisando alrededor, escudriña rostros tratando de señalar la proveniencia. Al volver a oírse la voz de Nicoló los ubica. La melena alborotada es inconfundible.

— ¡Eh! Mirad quien está ahí…

— ¿Quién?

—Paganini… ¿No lo reconocéis?

—Cómo… si está de espaldas… cualquiera puede tener el cabello así…

—Sí, seguro… además de ser italiano y llamarle a su hijo Aquilino.

— ¿Ya lo viste de frente?

—No, pero no es mala idea. Dejadme salir…

Recorriendo pasillo, camina butacas abajo para verlo de frente. ¡O sorpresa! Parece que no es él. No muy convencido y sin dejar de examinarlo regresa a su butaca.

— ¿Qué pasó, es él?

—No estoy seguro…

—Si fuera Paganini ya lo sabría todo París.

—No necesariamente…

A partir de ese momento no lo pierde de vista y a lo largo del espectáculo confirma, hasta en su forma de reír, que se trata del virtuoso tratando de pasar inadvertido. El colmo de la mala suerte para Nicoló, es que este personaje de corta estatura, medio calvo, regordete y ropa apretada, es el popular periodista esnob Jules Janin que escribe para el periódico de mayor circulación y que le ha atacado aun en su ausencia con artículos sobre su tacañería. Un verdadero rapaz intelectual, convencido que le engrandece hacer a los grandes lucir pequeños.

No tarda en salir un artículo sobre:

«La estancia oculta de Paganini en París con el único objeto de evadir algún concierto a beneficio de los damnificados de la inundación de Saint Etienne».

Enfatizando:

«Si quiere recuperar el respeto y admiración universales, lo único que tiene que hacer es dirigirse al teatro que le agrade y tocar su violín a beneficio de los trabajadores de Saint Etienne. Si hace esto será el más famoso músico del mundo...»

Ofendido, Nicoló contesta el artículo, pues no es manera de pedirle un concierto de caridad, pero lejos de publicar su respuesta, Janin se ensaña con él para beneplácito de su propia tribuna que lo vitorea cual campeón y como circo romano celebran que ataque al famoso virtuoso.

Paganini, humillado, se aleja de París como lo hizo de Inglaterra, sintiéndose herido. El ataque de sus envidiosos fue goloso, sádico, sin piedad. Pagaron fortunas por verle, pero hicieron lo imposible por desprestigiarlo y humillarlo. Su sublimidad tocando el violín hubo de competir con arrogancias que se atreven a dictar lo que es arte o no.

Con el espíritu dañado, se retira a su país donde espera restablecerse de un cansancio indescriptible. Cuatro caballos galopan, arriados por un apasionado Pietro que quiere protegerlo. En la cabina, acaricia y le platica a Aquilino, en lo que sueña en llegar a esa villa tan idealizada. Huye de lo que tanto deseó. Por lo visto: el triunfo en su extremo, tiene un sabor amargo e insoportable. ¿Por qué?

¡Cuánto triunfo! ¡Cuánto odio! Lo único que hizo fue darles su música. No hay quien le instruya, es el precio de ser precursor, de descubrir los caminos por sí mismo. Si hubiera sabido lo que iba a encontrar posiblemente no los recorre. Quien iba a imaginar que París y Londres le dejarían peor sabor que Ancona que, ahora, se le antoja amable e inocente.

Acaricia la cabeza de su hijo y, entre recuerdos de Charlotte, el movimiento del coche le mete en imágenes de su «delicia», como ahora le llama a su villa; la imagina como la de Dida, con muros vetustos y árboles centenarios llenos de pájaros que, con sus caricias, lo elevarán en vuelo. No más forcejeos con la vida, triunfó todo lo que había que triunfar.

39 Villa Gaione.

En Génova sólo pasa un par de días, Germi y el Marqués di Negro le reciben entusiastas, aunque él se mantiene apesadumbrado entre malestares y pensamientos, apremiando la partida a Parma.

Como la admiración del Marqués por Paganini jamás dejó de crecer, se les une en el viaje preocupado por su desgano y ansioso de ver sus reacciones al recibir su merecida presea. Durante el camino, el nuevo aspecto de Nicoló lo tiene hipnotizado; la metamorfosis de su rostro desde aquél niño tímido, el joven guapo y seductor, hasta este hombre tan feo como interesante, cordial y carismático, misterioso e insondable, el genio. Siempre supo de su talento sin remotamente imaginar que pudiera llegar tan alto, al grado de sentir en su presencia alguna intimidación, como si se tratara de un gran conquistador, que lo es.

En Parma, se dirigen directo a la Villa Gaione, enorme propiedad que perteneciera a un ilustre Conde que por sus despilfarros hubo de vender. Germi acechante, al coincidir la descripción del predio con las expectativas de Nicoló, encabezó la subasta y consumó la transacción. Ahora, por fin, Nicoló tomará posesión de su tan deseada villa, aunque para su frustración, llega indispuesto y de noche.

Sitiados los coches por intimidantes perros ladrando, han de esperar a que un mozo los controle.

La casona acusa glorias y lujos pasados y alguna decadencia que, entre penumbras, es difícil distinguir. Reunidos alrededor de una gran mesa del enorme comedor, Nicoló saca ánimos de donde puede. Por fin está en su villa con Aquilino, sentado a su propia mesa y acompañado de sus fieles amigos.

Germi repasa con él, lo que al día siguiente constatarán:

—Mañana revisaremos establos, corrales, talleres, viñedos, olivos, huertos, granjas, animales, etc. ¿De acuerdo? Pero hay un asunto que me tiene preocupado…

— ¿Qué…?

—La integridad del mayordomo administrador.

— ¿Por qué?

—Simplemente porque no está… Le avisé que veníamos a tomar posesión y que él, siendo el depositario, tenía que hacer la entrega tanto de finca e instalaciones, como contabilidad, inventarios, etc.

— ¡Vaya… tenemos bribón!

—Me temo que sí, su ausencia le acusa.

Con preocupación, novedad, ilusiones y fantasías llenando su cabeza, le cuesta trabajo conciliar el sueño. Le hace falta Charlotte con la que ya se había imaginado compartiría este momento. La recámara principal, que los sirvientes le asignaron por lógica y en la que ahora pretende dormir, le parece enorme, especialmente solo; es dos o tres veces el apartamento en el que creció. Sin poder dominar la inquietud, se incorpora y tomando una vela intenta explorar. Los techos son altísimos y la habitación un verdadero salón que le recuerda la recámara de Elisa. Acostumbrado a dormir en cuartos de hotel o en el coche, la siente enorme y se refugia en su almohada, convencido que éste no será su dormitorio.

Ignorando malestares, apenas amanece sale a conocer «su delicia» y dejar de pensar en administradores sinvergüenzas.

De lo primero que se entera, es que tiene un numeroso personal que sobrepasa al número de perros y le dan la bienvenida. Uno por uno, se presentan ante él.

Para tomar desayuno, pasan a la terraza desde donde se ve un pequeño lago artificial con eventuales pestilencias que el viento acarrea y Nicoló cuestiona.

—Seguro necesita algunos químicos –comenta Di Negro.

Todos rodean la mesa y al sentarse el Marqués, su silla cede cayendo aparatosamente. Dueño aún de buenos reflejos, se incorpora de inmediato carcajeándose mientras todos alarmados acuden.

— ¡Dios mío Gian Carlo, ¿estás bien?! –pregunta Nicoló coreado por Germi, el apoderado del banco y una serie de sirvientes.

—Sí, sí… no pasó nada, no me golpeé…

En lo que los sirvientes le sacuden el polvo, Nicoló abochornado se deshace en disculpas.

—Nicoló por favor… apenas estás recibiendo la propiedad con cuanta cosa hay en ella… no tienes culpa alguna… además yo me invité solo. Es evidente que tendrás que revisar todo y ponerlo al corriente. Muchas veces he visitado el suelo por múltiples razones y te puedo decir que ésta, por mucho, es la más divertida. —Termina con una carcajada más.

Todos vuelven a rodear la mesa constatando, entre bromas y risas, que sus respectivas sillas están firmes. Sin embargo el rostro de Nicoló refleja preocupación, lo que no se le escapa a Germi que en suspenso, cambia miradas con Di Negro. El mayordomo administrador les preocupa ahora aún más, desde que confirmaran que en la casita que habitaba no están sus efectos personales.

Al recorrer la finca saltan problemas uno tras otro; se requieren reparaciones y mantenimiento por todas partes. Los ideales y la realidad no concuerdan. Germi iracundo despotrica, asegurando que encontrará al bribón para que responda.

Germi y el apoderado bancario se despiden y para su asombro Di Negro se queda con espíritu festivo.

—Barón Paganini, es para mí un honor compartir un «uno a uno» con Su Alteza… Si no le molesta mi presencia, juntos le encontraremos cosas agradables a la villa.

Nicoló complacido, ve al Marqués Di Negro que le hace una reverencia y en torrente, recapitula su prolongada e impecable solidaridad; sus ojos se cargan de emoción. Di Negro protesta:

—Hombre… no creí que mi presencia te ocasionara tal tristeza…

Sin mínimo esfuerzo por controlar su emoción:

— ¡Gian Carlo…! ¡Su Alteza! ¡Mi señor! ¡Mi gran benefactor! ¡Mi querido amigo! ¡…mi hermano! ¿Puedo darte un abrazo?

— ¡Nada me gustaría más Nicoló…!

El abrazo es intenso, de mutuo cariño y agradecimiento. Un abrazo de amigos en medio del destino. Cada uno, sintiendo al otro importantísima parte de su ser. Los dos intentan hablar al tiempo expresando mutuos panegíricos y en los intentos disparatados les gana risa y emoción, volviendo al abrazo.

— ¡Brindemos pues…! –dice Nicoló.

— ¡Brindemos! Toda la noche si es necesario o el resto de la vida si eso se lleva.

— ¡Sí…sí…sí…! El problema es que no conozco este…«establecimiento». —Dice riendo mientras se dirigen al interior—. Pues veamos qué encontramos para nuestro brindis…

Para su fascinación, al entrar, Paolo les pregunta:

— ¿Desean sus Altezas algo de beber?

Los dos al unísono sueltan gran carcajada y en medio de un salón desconocido, brindan por sus anécdotas compartidas que al evocarlas les asombra su abundancia.

—«Gian Carlo»…un día por atrevido, te dije así… y no sólo no te ofendiste, sino que lo aceptaste con una sonrisa y una palmada en mi hombro. Luego… no supe cómo llamarte… y te llamé como pude… pero me aclaraste de muchas formas que para mí… tú eres Gian Carlo… algo así como un hermano que siempre cuidó de mí… y así te vi desde entonces.

—Pues sí, eres mi hermano… ¡Y no sabes cuánto orgullo y honor me da! Eres por mucho, el más extraordinario personaje que he conocido en mi vida. He estado ante reyes y emperadores y ninguno me ha inspirado la sensación de estar frente a algo realmente maravilloso… sólo tú, Nicoló. He escuchado elocuentes discursos en bien de la humanidad y grandes poetas alabando el amor o la Naturaleza. Ninguno ha sido más vivificante y elocuente que Paganini con su violín. ¡Bendito aquél que lo escucha! Recuerdo aquella vez en Lucca que tú, siendo niño, creaste toda una conmoción. Así de rápido es tu beneficio a la humanidad. No son ideas para el futuro… es aquí y ahora. ¡Impresionante! Eres… ¡Un gran Maestro! Nunca supe cómo lo haces… Soy… tu más devoto admirador.

—Lo sé… me lo has demostrado y me has hecho fuerte. Te lo agradezco tanto.

La visita del Marqués le deja muy buen sabor, pese a que recorriendo la villa con él y su ojo experto, descubrieron más desperfectos y asuntos que demandan atención. La villa le gusta y aunque no tiene la belleza rústica de la de Dida tampoco es ostentosa, como la Villa Marlia de Elisa.

Paolo, Pietro y Fabrizio recorren la propiedad entrevistando a personas que han vivido ahí durante años, escuchan todo tipo de relato y averiguan cuanto pueden mientras Aquiles corre entre los árboles jugando con los perros y Nicoló lo contempla, sintiendo complacido la brisa en la cara.

Los reportes de los tres colaboradores no son alentadores, cada uno presenta su lista de detalles y pendientes, los tres concluyen que el mayordomo era un tirano y un pillo, dejando conflictos laborales por malos tratos y salarios caídos, reparaciones que urgen y muchas cuentas por pagar. También hay algunos arrendatarios de tierras o cabañas que, morosos, intentan sacar ventaja de la coyuntura. Agobiado, Nicoló recuerda a Dida que con Rinaldo y Mónica controlaban todo el personal y mantenían la villa marchando y autosuficiente, lo que le inyecta algún optimismo. Su villa, con el tiempo, agarrará el paso y será igual, una vez superadas las dificultades iniciales.

El haberse hecho residente de Parma le impone presentar sus respetos a la soberana: la Archiduquesa María Luisa, que fuera emperatriz de Francia al estar casada con Napoleón y con la que está en buenos términos desde su estancia en Viena. Confía en que ella le ayude en la legitimación de Aquiles, lo que es de capital importancia para poderlo declarar su heredero, incluyendo el título de Barón. Para reafirmar su relación con ella, le ofrece dar un concierto de caridad en el Teatro Ducal.

Sus planes rebasan su salud y el concierto ha de esperar a que se recupere del tremendo agotamiento resultado de todas las tensiones acumuladas desde Inglaterra. Está exhausto y tarda lo menos un mes en reponerse y no es precisamente la paz de «su delicia» lo que le ayuda. La villa, lejos de la magia que deseaba, es un manojo de urgencias, conflictos y pendientes.

Tan pronto se siente mejor, da el concierto prometido que, con su apasionado aplauso italiano, le inyecta mejores ánimos para encarar imposiciones con las que empieza a sentirse atrapado. La villa le ordena y pareciera que no le queda más que obedecer. Una carta de Germi le brinda escape: un concierto de gala en honor a su Majestad el Rey Carlo Alberto que visitará Génova. En su respuesta pone:

«Será un verdadero placer cumplir con el deseo de su Majestad, pese a que no me siento muy bien, saldré pasado mañana esperando llegar a Génova la noche del lunes. Pueden ir haciendo los arreglos necesarios para el concierto...»

Con sólo aparecer Paganini sobre el escenario, el aplauso y la ovación son estruendo ensordecedor. En lo que hace sus arcaicas reverencias, sus emociones se disparan, al sentir el homogéneo respeto y admiración, en contraste con Inglaterra y Francia. El recibimiento se prolonga frenéticamente y sus ojos se llenan de lágrimas agradeciendo la gloriosa bienvenida. Al menguar la euforia, inspirado, vierte un concierto en el que, por breves momentos, experimenta el tan ansiado torrente, disparándose su elocuencia a niveles celestiales y provocando una explosión de aplausos y ovaciones aun más intensa que se prolonga hasta su salida, rodeando la gente su carruaje y dificultando su avance.

Las autoridades de la ciudad, aunque conscientes de su deteriorada salud, le piden dar un concierto de caridad que acepta de buena gana. En este concierto, la respuesta del público también es frenética, pero no logra el torrente y no se explica por qué. Como muestra de reconocimiento le es impuesta una medalla, con tal júbilo, que nuevamente se conmueve hasta las lágrimas. El gobernador de Génova, Conde Felipe Paulucci le pide presentarse en su celebración de Año Nuevo. Camino a Parma, da un concierto en Piacenza con similares resultados delirantes y acepta dar otro para a su regreso, diez días después.

Su presencia en Italia es noticia en todo el país y le llueven cartas provenientes de todos los rincones de antiguos amigos, admiradores y propuestas. Sin duda en Italia se siente en casa, profundamente amado y más respetado. Algunas cartas son particularmente conmovedoras, como la de Don Testa, que vuelve a suscribirse como su incondicional amigo y la del memorable Octavio que con poesía continúa agradeciéndole su generosidad.

40 Una pena profunda.

Pero no todas son buenas noticias. Una carta cuya caligrafía no reconoce, pero que algo misterioso le hace abrir, resulta ser de Rinaldo, comunicándole el fallecimiento de su amada Dida. El texto es breve y conciso, sin explicar causas ni fechas ni decir más. El viento helado de la muerte vuelve a soplar sobre su espíritu desnudo, ahora precisamente que por su villa la recuerda todo el tiempo. Las imágenes de Dida se entremezclan con el presente en intensa recapitulación. Hace tanto tiempo y sin embargo recuerda todo con frescura. ¿Qué fue de ese amor tan bello? ¿Por qué no regresó a visitarla? ¿Por qué se alejó de ella y aun estando en Lucca no la contactó? ¿Por qué huyó y jamás le escribió? Un inesperado agujero se muestra ante él en lo que vibra nuevamente su amada y se llena de lamentos. Saberla ahí, en su villa, era una suerte de columna de su construcción, un edén al cual retornar; ahora, ese sentimiento se pierde en el vacío del infinito. Un grito grave y ahogado sale del fondo de su pecho y un llanto intenso le asfixia y retuerce su cuerpo a medida que asimila el acontecimiento.

— ¡Dios mío qué hice!

Se ignora lo que se tiene, hasta que se pierde y ahora ve con dolorosa claridad que Dida era parte de su ser y está mutilado. Innumerables amantes ha tenido con pasión, cariño, amistad, pero con ella creció explorando los rincones del amor. Tantos años sin verla, tomándola por hecho y no la volverá a ver jamás.

Horror, lágrimas y lamentos mientras camina por la habitación; se sienta, se incorpora, vuelve a caminar, no encuentra acomodo, sólo profunda tristeza.

— ¡No puede ser! ¡No puede ser...!

Llanto, dolor y pasión se acumulan como volcán y desde el fondo de su ser grita al cielo:

— ¡No...! ...¡No...! ¡No...! ...¡No...!

Con la laringe enferma y el dolor que le produce, nadie se entera de sus mudos gritos.

Al día siguiente, ha de dar concierto en el Teatro Ducal y obligándose lo hace. Su inexplicable seriedad contraría a algunos que, al preguntar si está bien, supera el escollo con su habitual parsimonia. Ha concluido que nadie debe enterarse. Nadie. Dida fue, es y siempre será, su gran secreto. Su dama misteriosa. Su divina musa.

Lágrimas eventuales se le escapan frente a la gente y las atribuye a un resfriado.

Paolo observa y sabe que algo anda mal. Sospechando que recibió alguna mala noticia y sabiendo que tira las cartas después de leerlas, revisa el papelero leyendo cuanto encuentra sin encontrar razón.

—Maestro, ¿Hay algo que le esté atormentando?

—No Paolo... todo bien.

— ¿Sinceramente Maestro?

Viendo a su entrañable colaborador enfrente como el único que sabe de Dida, tarda en encontrar respuesta. Paolo espera, lo ve meditar caminando de lado a lado. Finalmente responde:

—Quiero que hagas lo posible por localizar a Charlotte.

— ¿Charlotte, Maestro? Creo que se fueron a Nueva York... era la intención de Watson. ¿Recuerda?

—Sí... pero más esperé una demanda por parte de él... que al parecer... no llegó. Es importante que yo sepa dónde está ella. Necesito hacerle una proposición.

—Déjeme ver que averiguo. El señor Pacini es tal vez quien nos pueda orientar.

—Tienes razón, escríbele…

— ¿Algo en especial que preguntarle o decirle?

—Sí… Quiero proponerle matrimonio a Charlotte.

— ¡Maestro…!

—Quiero que mi hijo tenga una mamá… Que la Villa Gaione tenga una Señora… muy importante. Y si te tienes que ir a Nueva York para decirle… te vas a Nueva York.

—Y… ¿no va a tratar de sacar ventaja Míster Watson?

—Que ponga su precio… pero no se lo digas… él lo hará…

—Entonces empezaré por averiguar dónde están…

—Así es Paolo, te lo encargo mucho. Es muy importante.

A Paolo esto le explica, más o menos, el extraño comportamiento del Maestro y tiene una misión.

Al quedar solo, Nicoló saca de su bolsillo la arrugada carta de Rinaldo que lee una y otra vez, mientras vuelve a llorar en silencio.

Sumergido en luto, lamenta haber comprado Villa Gaione, cuyas vicisitudes le agobian aun más sin Dida como inspiración. Ve claramente que lo que ansiaba sin darse cuenta, era regresar a Dida y a su mágica villa. ¿Por qué no lo vio antes tan claro? Tal vez no estaría muerta, hubiera encontrado la forma de inyectarle vida con su violín que ella tanto amaba.

En medio del tormento se ve al espejo recordando que su progresiva fealdad y creciente misantropía le inhibieron para volver a verla; no quiso mostrarse a ella, tan perfecta, tan amorosa. Fue Dida o su violín y selló su decisión: recorrer el mundo dando conciertos. Ahora, camina los campos de su propia villa imaginando a Dida montando a Misterio con su belleza tan única. ¿Había sido ella su mejor amante? Posiblemente no, pero sí, el gran amor de su vida.

La implacable agenda le dicta ir a Génova. Con disciplina militar responde y se impone seguir avanzando, no por sentirse bien, si no para superar lo que amenaza ser una depresión terminal. Tiene que ver por Aquiles, sin él, no dudaría en morirse caminando entre los árboles y platicando entre ensueños con Dida, uniéndose a ella en la eternidad.

En Génova toca para la recepción del gobernador, el Conde Paulucci. Jamás tocó tan ausente. Su rostro, de cartón, agradece los panegíricos que sus dedos, sin espíritu, cosecharon.

Sonríe, deambula, cubre compromisos. Con su dolor interno le es imposible tocar si no es por memoria. Sólo cumple.

Como agua, va llenando los huecos que aún ofrece su camino. Pese a lo muy enfermo, se sabe vivo y con un demandante trecho por recorrer. Lleno de compromisos que se apilan, cumple con ellos para poder morir. Pero la muerte se le niega con su eterna cantaleta:

— ¡Toca o te mueres!

— ¡Pues me muero!

—No puedes.

— ¡¿Cómo?!

—Si tú te mueres y tu cuerpo no, sufrirás más. Tendrás que vivir, tu diálogo conmigo sólo lo imaginas y no tiene ningún valor, más que para aprender tus prioridades. Pero esas, ya las sabes. ¿Qué esperas? Haz lo que tienes que hacer.

—Y... ¿Qué es lo que tengo que hacer? ¡Carajo!

— ¿Todavía preguntas...?

— ¡Sí, ya sé...! Tocar...

— ¿Entonces...?

—La decisión la tengo yo.

—Te equivocas. Yo decido quién muere o no. Siempre has querido saber. Tu jornada es diferente. Morirás mucho después de haber muerto.

— ¡¿Pero qué absurdo me estás diciendo?!

—Algo muy difícil de explicar… Paganini no morirá hasta que la humanidad completa muera. Y no te preocupes por entender. No podrás. Sé humilde, vive tu vida sin compararla con la de los demás. Eres diferente y lo sabes. No tienes nada que decidir. Sigue haciendo música hasta que no puedas más y pon en papel lo que puedas. No te queda mucho tiempo.

— ¿Pero no me dices que no moriré hasta que la humanidad completa muera?

—Tu cuerpo es el que ha de morir. Confía, haz tu música.

—Estoy enfermo… me cuesta mucho trabajo…

—Tu cuerpo es el enfermo. Hazlo hasta que no dé más…

— ¡Carajo, no entiendo!

—No hay nada que entender, tienes un destino; deja que los que no lo tienen se preocupen por encontrar uno o «entender» que no lo tienen. No pienses, sólo sigue haciendo lo que haces. ¡No pierdas tiempo! …el tiempo es lo único que cuenta, es la substancia de la vida y se te escapa entre los dedos. Tienes pendientes. Pon atención, aunque no entiendas que no es posible dialogar conmigo y crees que lo haces. La muerte no existe, sólo la vida; los vivos son los que sufren o disfrutan, los muertos no recuerdan siquiera que estuvieron vivos porque ya no existen, si acaso existen vestigios de sus cuerpos o memorias de ellos entre los vivos. Recuerda: cualquier día es bueno para morir; cada día más, es un día menos.

La última frase, se repite en su mente como eco y escribe una lista de lo que ha de hacer antes de morir, afinándola entre reflexiones. La lista le muestra que en efecto no hay tiempo que perder pues le queda mucho por hacer. Este factor apremiante le da un filo peculiar para sobreponerse.

Como primer punto llama separadamente a sus tres colaboradores. A cada uno le expresa su gratitud de manera personalizada y le entrega una fuerte cantidad de dinero. Cada uno reacciona diferente, pero los tres comparten la misma preocupación: « ¿Se estará despidiendo?»

Tan pronto ve a Germi, llenándole de abrazos y encomios, pone en sus manos una pequeña fortuna.

— ¿Y esto?

—Es en prueba de mi amistad y agradecimiento.

— ¿Qué pasa Nicoló? ¿Hay algo que yo debiera saber y no me estás diciendo?

—Mi querido hermano... ¿que no salta a la vista? ¿Acaso no ves que cada día estoy peor? Casi ya no puedo ni hablar, apenas veo mi camino. Mi salud no da para más. Cualquier día me caigo para siempre.

— ¡Hombre no digas eso!

— ¿Por qué? ¿Por miedo a la muerte? Toda mi vida he caminado junto a ella... la diferencia si acaso, es que ahora me siento viejo... exhausto y... he cumplido cabalmente con mi destino... lo seguiré haciendo hasta el último momento, pero tengo que estar en paz y arreglar mis pendientes.

—Te recuerdo que no me debes cantidad alguna... cada asunto que he llevado para ti, he cobrado en su momento los honorarios correspondientes.

— ¡Siempre, tan abogado...! Repito, esto es una prueba de mi amistad y gratitud. Sólo disfrútalo.

Los dos amigos se funden en prolongado abrazo, después del cual Nicoló agrega:

—Necesito por favor que le des seguimiento a la legitimación de Aquilino con la Archiduquesa María Luisa que me está dando su apoyo... tal vez Gian Carlo pueda apoyar también... Y desde luego... —en lágrimas— cuando llegue yo a ausentarme... te suplico que veas por mi hijo... como si fuera tuyo.

—Desde luego Nicoló. Supongo entonces, que quieres revisar tu testamento y centrarlo en Aquiles...

—Sí, definitivamente... han cambiado las cosas.

En lo que las autoridades de Génova le imponen una medalla de oro por sus méritos, el cólera entra a la ciudad provocando el cierre de los teatros. Nicoló acosado por sus alborotados males cae en cama con todo y pendientes, haciéndole pensar a todos, nuevamente, que contrajo la epidémica enfermedad.

Dos personajes, coincidentemente de apellido Paganini, fallecen en esta epidemia y la prensa en Londres da por hecho que uno es él y el otro su hermano abundando en detalles ajenos y obviamente apócrifos. El periódico Harmonicon que tanto se ensañó atacándolo, publica un respetuoso tributo de reconocimiento, encomiando ahora su generosidad que otrora negó.

Di Negro, consternado ante su posible muerte, encarga al escultor Paolo Olivari un busto del virtuoso que coloca entre otros célebres personajes en los jardines de su villita en Génova y lo devela entre brindis y discursos de una distinguida concurrencia.

Casi mudo, en un bosque de malestares, se entera de los pormenores del evento, que aunque le llenan de orgullo no puede celebrar sintiendo que efectivamente ha contraído el cólera. Esperando morir en cualquier momento, se entrega a los delirios que le provocan el mareo y el sueño insatisfecho. Todo le parece lejano o ajeno, finalmente duerme profundamente. Veintitantas horas después y de nuevo ante el asombro generalizado, y de él mismo, despierta sintiéndose milagrosamente vivo.

Genuinamente preocupado y celebrando su mejoría, lo primero que hace es visitar en el Hospital a las víctimas de la epidemia del cólera sin importarle el posible contagio. Contra la opinión de doctores y amigos, decide marchar a su villa, convenciendo a Germi de encontrarse con él ahí. Pasará primero por Milán y después por Novara donde el Marqués Rebizzo le espera cargado de «interesantes propuestas» antes de llegar a Parma.

El trío, eficiente, acata la orden y al amanecer están en marcha. En Milán hay contratiempos con cuarentenas y, en las cercanías a Novara, varios retenes les advierten que de seguir, no podrán salir también por cuarentena. Nicoló duda por un momento, pero da la orden de avanzar. Encuentra a Rebizzo, pero en cama y víctima del cólera, lo que les obliga a permanecer cinco días más, aislados.

Afortunadamente sin contagiarse, llegan a Villa Gaione. Les reciben algunos sirvientes alarmados con la noticia de que entraron a robar a la casa y se llevaron toda la platería.

Unos sostienen que el mayordomo regresó a terminar su saqueo aprovechando ausencias y sabiendo exactamente donde se guardaba todo. El problema, es que lo dicen caras, para él, nuevas y cualquiera de ellos pudiera ser el ladrón. Desazonado y en ataque de tos, lamenta que Germi no ha llegado.

En lo que Fabrizio y Pietro interrogan al personal para rastrear al pillo, Nicoló y Paolo recorren la casa escuchando a una mucama describirles los objetos faltantes. Aquilino curioso les acompaña, preguntando insistente:

— ¿Qué pasó papá? ¿Qué pasó…?

— Pues hijo mío… que nos han robado.

— ¿Robado…?

— Sí hijo… alguien se llevó sin permiso cosas nuestras.

Después de hacer otras preguntas, Aquiles suspicaz, se separa del grupo e inicia su propia investigación revisando la casa, que poco conoce, y observando a los personajes, que conoce menos. La casa se le antoja enorme y decide explorarla meticulosamente pues, en resumidas cuentas, es su casa.

Pasan los días y Germi no aparece, entre lamentos y reniegos le escribe y espera. Mientras Aquiles, poco a poco, le devela secretos de la casona que continúa bajo su inspección. Hay cuartos cerrados llenos de muebles y objetos, baúles con secretos y posibles tesoros, juguetes antiguos llenos de polvo en un par de recámaras. Para un investigador de diez años de edad, la aventura es misteriosa y la curiosidad insondable. Cada día, tenazmente, se propone un nuevo descubrimiento, olvidándose poco a poco del robo que dio origen a su tarea. Si hay luz, Aquiles explora rincones y muestra entusiasmado sus hallazgos a su padre, que escribe música o trata de manejar viñedos y olivares. Recordando a Dida le recalca:

— Hijo, ve si encuentras por ahí algún valioso violín guardado en algún armario.

Para Nicoló, descubrir la villa sólo ha sido fascinante a través de los ojos de Aquilino, sus propios descubrimientos siguen siendo problemas que se apilan. Tanto que hacer y tan poco tiempo.

Al llegar Germi, lo recibe con abrazos y festejos. Concluyen en varios días entre tertulias, vinos y manjares; reproches, inculpaciones y perdones, que la villa es «un elefante blanco» y que lo mejor sería venderla. En las semanas siguientes recorren Parma comprando inmuebles a manera de inversión.

También compra el palacio del Conde Felipe Linati en Parma, que recién anuncia su venta y que a Nicoló le fascinó al recorrerlo, sintiendo que es el lugar donde podrá encontrar la paz que anhela.

Al pasar los días y a continuación de las innumerables demandas de la villa, el deseo de Nicoló por refugiarse en el Palacio Linati crece geométricamente. Al tiempo, Aquiles prosigue su exploración con un sinfín de descubrimientos que hace suyos.

— ¡Pero Aquiles entiéndelo! La villa no es un juguete… es un manojo de urgencias que me está volviendo loco.

— ¡Pero papá… a mí me gusta…! Es el lugar más bello que conozco… ¡¿Por qué a ti no te gusta?!

Nicoló enmudece ante la pregunta. Mientras más reflexiones más confusión. Pasan horas y Aquiles ya duerme. No puede llegar a una decisión.

41 Una orquesta para el virtuoso.

Con todos los honores, la Archiduquesa María Luisa le propone al Barón Paganini dirigir la orquesta de la Corte de Parma y el entusiasmo por hacerlo brota en él sorpresivamente. Muchas veces saboreó la idea de tener una orquesta bajo su total control y llegar a dominarla como si fuera su violín, le impresiona la catarata de ideas que se le ocurren.

Se siente más que capaz y estimulado. Listo para hacerlo. Deseoso. Dispuesto. Honrado. Acepta la propuesta con reiterados agradecimientos y exageradas e innecesarias reverencias.

Pero pese al apoyo y libertad creativa que le brinda la sensible soberana, su propio proyecto de orquesta es ambicioso, de arduo trabajo y largas horas. Con verdadera devoción, se entrega; viéndole a su idea profunda congruencia. Absorto en la orquesta posterga su lista de pendientes prioritarios.

Implacablemente enfermo, todos los días viaja el trecho de Gaione al Teatro Ducal, motivado por la idea de lograr el torrente con la orquesta completa. ¿Magia? ¡Absolutamente! Sus experiencias anteriores dirigiendo le habían sido fascinantes. Además de tocar piezas de Rossini, Beethoven, Mozart y Berlioz, esta vez intentará algo extraordinario, jamás visto, una cadenza de torrente emanando del director y provocando de cada uno de los músicos: maravillosos contrapuntos al vuelo en perfecta armonía y ritmo.

Imagina una orquesta con grandes Maestros, Ghiretti, Päer, Lafont, Lipinski, Radicati, Camilino Sivori y Szymanowska contrapunteando cadenzas. Por fin podrá llenar de contrapuntos y enriquecer la orquestación de sus conciertos.

El nivel que pide resulta inalcanzable para los músicos de esa orquesta. Frustrado e impaciente, cae en tiranías que siempre odió, como repeticiones al cansancio. La decepción también es para varios músicos, ya sea por eventuales exabruptos del Maestro, por sentirse inútiles o la mera posibilidad de perder el empleo. La animosidad progresivamente llega a flor de piel.

Una noche al llegar a la villa, cargado de reflexiones y preocupación, contempla a su Aquilino dormido entre penumbra y luz de luna. Está enorme, ya es un muchacho. No lo vio en todo el día, tal vez, en toda la semana. Se siente culpable. Camina recorriendo pasillos; la villa le reclama atenciones que no le está dando, imaginando a Dida regañándole.

Al llegar a su recámara la orquesta vuelve a dominar su imaginación. Reanuda las reflexiones del camino. Cómo es posible que la Orquesta Ducal de Parma tenga tan pésimos músicos y tan poca disciplina; es todo un contrapunto desafinado y fuera de ritmo. Le duele aceptar que orquestas austríacas, alemanas y francesas están por encima de la suya. Tendrá que empezar por correr a unos cuantos incompetentes sin oído y reclutar a los correctos. El desfile de prospectos le quita el sueño.

La Archiduquesa María Luisa, acompañada de su escéptico consorte, le reitera su libertad creativa mostrando inclusive ávida curiosidad por saber sus planes que Nicoló promete presentarle por escrito.

Comienza los cambios cortando ineptos y enviando cartas convocando músicos calificados. Alarmados, los miembros de la corte observan, critican o se ofenden por no haber sido consultados; y sobre todo porque el Barón Músico se excede en sus facultades, con decisiones políticamente erróneas.

— ¡¿Cómo se atreve…?!

La efervescencia llega a la atención de la Archiduquesa, cuyo religioso y tacaño marido es el principal detractor.

— ¡Paganini se toma atributos que no le corresponden saliéndose del presupuesto! Corre a músicos de Parma e invita gente de fuera, olvidándose de las acostumbradas competencias entre músicos locales... Todo esto es muy mal visto. Amén de la mala fama que el señor tiene...

—No negarás que es un extraordinario artista... —contesta María Luisa.

—Pero pésimo político... En el primer ensayo todo el mundo lo amó, ahora... le temen o le detestan.

— ¡Claro! Los que esperaban que por arte de magia los convirtiera en buenos músicos... No esperemos que haga algo grandioso si está rodeado de imbéciles. Yo le tengo fe. Tiene razón en todo lo que dice. Además, Parma necesita una orquesta a la altura o... ¿tenemos que ir a Milán a escuchar buena música? Esperaré a ver resultados. Mientras... ¡Por favor...! ¡No me envenenes el alma!

Con el fin de aminorar esfuerzos, Paolo, Pietro y Fabrizio preparan el Palacio Linati para mudarse. El único, inconveniente es Aquiles montando una espectacular rabieta con lágrimas de impotencia.

Nicoló recuerda a su padre desapareciendo a *Staccato*. Conoce ese nefasto sentimiento de frustración y rabia; y peor aún, de odio contra su propio padre. Aquilino ya tiene un vínculo con Villa Gaione. ¿Qué va a suceder cuando se entere que la venderá? ¿Es realmente necesario venderla?

Germi le escribe necesitando su presencia en Turín para la legitimación de Aquiles. Pero el embeleso y compromiso con la orquesta le rebasan, suplicándole que posponga todo hasta nuevo aviso. A Germi le cae como agua helada pues da al traste con todo y se pierden dinero, tiempo y esfuerzos. En elocuente carta, le expresa su descontento reprochándole sus mudanzas y la adquisición de compromisos sin vigilar los ya existentes. Además, tiene que darse tiempo para terminar inversiones y trámites en agenda; y sobre todo, poner la villa en orden si quiere venderla bien. Nicoló entiende el regaño pero no le queda más que seguir avanzando, aunque duda por primera vez haber aceptado la orquesta.

Platicando con Aquilino, le hace ver que ambas son sus casas, que el palacio tiene muchos descubrimientos por hacer y vivirán en ambos lugares y en cada uno tendrá su propio dormitorio y cuarto de juego. Aquiles escéptico, acepta con una condición:

— ¿Pero puede venir *«el Pinto»?*

Despistado, voltea a ver a Paolo con expresión de pregunta.

—Es uno de los perros de la villa con el que se encariñó y con el que más juega. Es… —sintiendo la mirada de Aquiles—… muy simpático. Sí… muy simpático.

— ¡Claro Aquilino, *«el Pinto»* viene con nosotros!

A la hora de partir y abordar el coche, «el Pinto» resulta ser el enorme Gran Danés que le intimidara en repetidas ocasiones. Durante el camino, Nicoló boquiabierto no deja de ver al imponente animal y el poder que Aquilino tiene sobre él, aunque preocupado que pudiera enfurecerse y atacarles.

La Archiduquesa María Luisa, en un gesto de reconocimiento y en contradicción a su marido, emite un decreto navideño confiriéndole a Paganini poder absoluto sobre la música de la corte y, por si fuera poco, a la semana siguiente le condecora con la orden de Constantiniano. Todo esto lo crece dándole alas en su proyecto. Sintiendo manga ancha, recapitula lo aprendido en Austria y Alemania.

Entre sus convocados, invita como primer violín al joven Carlo Bignami, de quien ha oído maravillas, incluyendo logros infantiles semejantes a los suyos y haber recibido un violín Guarneri a los once años por sus méritos, detalle que ve como auspiciosa señal. En su carta propuesta, le garantiza un buen ingreso y todo tipo de acomodo.

Al someter el contrato de Bignami a la validación de Su Alteza, la reacción es cáustica. Las decisiones del Barón Músico agravian a una serie de involucrados burocráticamente en el manejo de la orquesta. Sin percatarse, al elegir al primer violín sin consultarles, derramó la última gota, pues ya tenían sus candidatos para el puesto. La hipocresía y la intriga crecen a niveles irracionales. Como no pueden soslayar que el Maestro es consentido de Su Alteza, le sonríen sistemáticamente aparentando conformidad, mientras acechan oportunidades para sabotear sus planes.

Todos aceptaron con entusiasmo que Paganini dirigiera la orquesta, llenándolos de gloria. Jamás imaginaron que haría una revolución eliminando a sus recomendados (parientes y amigos) por incompetentes, lo que los tacha de lo mismo. ¿Cómo detenerlo ahora? Conspiraciones, intrigas y absurdas maquinaciones progresan para que la Archiduquesa lo restrinja.

Con la intención de poner al Barón Músico en su lugar y soslayando su compromiso con Bignami, los aristócratas-burócratas publican en la Gaceta de Parma una convocatoria para competir por el puesto de primer violín, ofreciendo al ganador los mismos términos del contrato ofrecido por Paganini a Bignami. La efervescencia se transforma en todo un galimatías. Cartas van y vienen elevándose el tono hasta llegar al insulto. Solicita entonces una audiencia con Su Alteza para aclarar malentendidos, la audiencia no llega. El progreso de la orquesta se estanca y al cabo de unos meses, harto, decepcionado y ofendido, renuncia al puesto.

42 Mala racha.

Encerrado en la villa, se repone del torbellino recién vivido. Paolo revisando el correo:

—Maestro, por fin una carta de Watson desde Nueva York. Nicoló ávido, la toma y la lee.

— ¡No puedo creer a este hombre! Esperaba de él demandas o extorsión y me sale con una propuesta. Me invita a dar una temporada de conciertos asegurándome éxito rotundo. Supongo que entonces está listo para que le pida la mano de su hija en matrimonio.

—Maestro… ¿no pensará en ir hasta Nueva York? …es un viaje muy largo y pesado para su salud.

—Pues pudiera ser interesante, pero será dependiendo de las noticias que traigas a tu regreso.

— ¿A mi regreso…?

—Te vas a Nueva York Paolo… llevarás un par de cartas, una para Watson y otra para Charlotte… y pon mucha atención, pues a tu regreso, además de la respuesta de cada uno, quiero tus más agudas observaciones. Todos los detalles… ¿Comprendes…?

—Y ¿Cuándo salgo?

—Ahora, si es posible… quiero saber las respuestas ya.

A medida que pasa la euforia orquestal, su lista de prioridades recupera preponderancia. Considerando el desgaste que le ocasionó la aventura, quiere visitar al Doctor Spitzer que le ha hecho sentir mejor, pero primero ha de ir a Turín a dirimir los asuntos de la legitimación de Aquilino. Su impulso viajero le ayuda y sin pensarlo se pone en camino.

Atendidos los asuntos legales en Turín, que parecen prolongarse, asiste curioso al concierto del célebre guitarrista Luigi Legnani y recibe desde su palco una inesperada ovación que se repite al salir. Su presencia en camerinos para felicitar al guitarrista propicia la propuesta del empresario del Teatro Carignano de presentarse en concierto posiblemente con el mismo Legnani. Como es de esperarse, el virtuoso acepta imaginando un posible diálogo de cadenzas y contrapuntos con el talentoso guitarrista.

Como no ha tomado el violín en meses, decide encerrarse y hacerlo. Un inesperado y total desgano le impide siquiera llevárselo al hombro. Sólo siente deseos de acostarse y dormir. Pasan los días y la situación no cambia. La voluntad de tocar violín pareciera haber desaparecido. Después de postergar los conciertos un par de veces, varias semanas después, anula el contrato por razones de salud. Al pasar unas semanas más y viendo que su indolencia empeora, parte a Génova con la esperanza que el encuentro con amigos le cause alguna efervescencia. Al parecer, está harto de dar conciertos y sólo le queda escribirlos.

En varias cartas, desde París, Rebizzo le propone algunos negocios que le causan, increíblemente, el interés que no le provoca ya dar conciertos; sin embargo, en Génova, logra inspirarse y da tres, que él mismo califica de mediocres y planos.

En sus reflexiones toma y contempla *el Cañón*, lo ve lejano, testigo, colaborador de glorias pasadas que parecen sueños. No tiene mínimo deseo o impulso de tocar... ya no hay Dama Misteriosa. Con la muerte de su musa algo enorme murió dentro de él y sólo pensar en ello le llena de dolor. La orquesta sólo le distrajo un tiempo. Se ha quedado solo, en medio de fama y fortuna, sin la maravillosa musa que le diera inspiración, libertad y amor. Se llena de imágenes, explicándose unas a otras y develando secretos en franca cadenza. Aún entre sus manos, *el Cañón*. Vuelve a sentir su poder... y recargándolo vertical, se aleja para verlo a distancia. Dialoga con él repasando anecdotario. ¡Qué gran camarada su maravilloso violín! Ve entonces, en revelación, que no está solo, que no lo ha estado. Y no es Dida quién ha señalado su destino, es su violín... su verdadera pareja, su gran aliado. Tantas cosas pasan porque toca su violín. Es lo más confiable y firme que conoce. Su piedra filosofal. Su esencia.

Buscando nuevos derroteros, parte hacia Niza y encuentra el impulso de dar dos conciertos que, pese a aplausos contundentes, no tiene nada que decir. Decepcionado pero optimista, en plena víspera de Navidad, se dirige a Marsella con el afán de encontrar al Doctor Spitzer.

Le reciben calurosamente en medio de tremendo frío. Al ser toda una leyenda, desde luego, ansían escucharle. Con sólo aceptar tocar, ha de tomar partido al decidir entre dos orquestas: la de «Conciertos Thubaneau», clásica dogmática y la liberal y vanguardista de la «Sociedad Filarmónica».

Se inclina instintivamente por la segunda, recibiendo de inmediato la animadversión de los desairados, que desde ese momento le acechan cualquier error. Coincidentemente se encuentran también en Marsella los violinistas Boucher de Francia y Ernst de Alemania, que asisten a su primer concierto. El francés, considerando que el célebre virtuoso se ve enfermo, busca un duelo cuidando no recabar antipatías.

Un aparatoso incendio se desata en un taller de muebles en plena noche de año nuevo; como todo mundo se encuentra celebrando, tardan en descubrirlo y el fuego se propaga por el vecindario devorando toda la manzana y dejando una buena cantidad de desprotegidos. Boucher ve en esto la gran oportunidad y recabando la colaboración del alemán Ernst, al momento de presentarse Paganini por segunda vez, le anuncia a la prensa el concierto a beneficio de los damnificados del «fuego de año nuevo», en el que Italia, Francia y Alemania estarán valiosamente representados por los tres virtuosos.

A Nicoló, el estilo de emboscada, que conoció sobradamente en París y Londres, jamás le gustó. Le molesta que le impongan y este par de violineros oportunistas lo están haciendo. Manteniendo su silencio, un día antes de su tercer concierto y despedida, ante el estupor del francés y la prensa (que no logró entrevistarlo), cancela su presentación sosteniendo que se encuentra demasiado enfermo.

La efervescencia continúa con el francés Boucher jineteándola, aprovechando fortalecerse de la resentida orquesta «Conciertos Thubaneau», que se ha unido a la campaña contra el célebre virtuoso. De cualquier manera, el interés por el cacareado concierto de caridad decrece al punto que, un mes después, Boucher publica una carta abierta justificando su cancelación «por dificultades insuperables». Léase mejor: falta de interés, empezando por las autoridades.

Nicoló se ha refugiado con el Doctor Spitzer que después de examinarlo lo somete a tratamiento. Por su grave dificultad para orinar le introduce un catéter vía uretra hasta la vejiga, advirtiéndole que de no permanecer en Marsella, él mismo tendrá que continuar el procedimiento, cambiándoselo cada semana por uno de mayor calibre hasta llegar al sexto.

— ¡Pero Doctor...! ¡Aterrado vi... y... soporté el dolor y la impresión al hacerlo usted...! ¡Y espera que yo lo haga!

—Relájese Maestro... el primero es el más molesto, por eso el calibre va engrosando gradualmente. Al colocar el segundo notará la diferencia.

— ¡Dios mío… y me dice usted que son seis!

—Los catéteres no sólo sirven para evacuar la orina… cuando lleguemos al sexto, podré administrarle, por la misma vía, un medicamento para la vejiga. Si responde bien al tratamiento, su micción se normalizará y no habrá ya necesidad de molestos instrumentos.

— ¡Doctor… esto es un calvario! No sabe que esfuerzos tengo que hacer para disimular mis achaques con la gente… lo quieren ver a uno saludable y dispuesto… Esta maldita dentadura… pese a que es mejor que la primera… ¡no se queda en su lugar! Se me llagan las encías cuando la uso... ¡¿Y ahora… tengo que usar un tubo en el miembro?!

—Bueno, pero esta situación es pasajera. Tenga paciencia… se va a sentir mucho mejor cuando terminemos el tratamiento.

—Espero que sí. Usted es el único médico en el que confío.

—Le agradezco su confianza… y dígame ¿todavía le gusta tocar cuartetos?

— ¡Claro que sí! Sobre todo con buenos contrapuntistas…

—Pues tengo unos amigos muy buenos músicos que tocan cuartetos de Beethoven y me insisten en que le invite. Si permanece en Marsella un tiempo me da oportunidad para estudiar su caso, no tendrá que preocuparse por el cambio de catéteres ni… usar su dentadura… haciendo cuartetos a puerta cerrada.

Nicoló acepta.

En elocuente carta, Germi demanda su presencia en Turín, pues todo el trabajo invertido para la legitimación del niño peligra si no da el concierto que dejó pendiente y cura el creciente sentimiento de desaire al haber tocado en Génova, Niza y Marsella mientras Turín se quedó esperando.

Con el catéter número tres recién inserto y superando como puede las molestias e impresión que le causa el procedimiento, vuelve a tomar camino para cumplir con su lista de pendientes y regresar por el catéter cuatro, si no quiere cambiarlo él mismo. Asegurada la legitimación de Aquiles en Turín pero sin poder dar el concierto, regresa a tiempo a Marsella a continuar el molesto tratamiento.

Terminado el tratamiento de catéteres, tiene la cabeza llena de planes, bajo presiones como siempre, parte a Niza. Recorre el camino tratando de ensoñar con el vaivén. Seis caballos galopan al firme mando de Pietro y un jinete puntero. En una curva, ni siquiera forzada, el carruaje pierde una rueda mayor y cae sobre su costado, siendo arrastrado. Pietro vuela por los aires. El jinete puntero logra detener el arrastre enseguida. Del coche volcado, Nicoló ileso, aunque golpeado, emerge por la portezuela gritando:

— ¡Pietro! ¡¿Qué le pasó a Pietro?!

Fabrizio acude y desmontando con su habitual agilidad, busca a Pietro que encuentra entre matorrales y nieve, gracias a sus quejas.

— ¡Pietro, ¿estás bien?!

—No muy bien —contesta con esfuerzo— ¿el Maestro está bien?

Apareciendo frente a ellos.

—Sí Pietro, estoy bien. Con un tremendo susto, pero estoy bien.

Sin la fuerza de Pietro con la que al momento no cuentan, Nicoló, Fabrizio y el joven jinete se miran a los ojos superando la conmoción y pensando soluciones. Como pueden, arrastran a Pietro hacia el coche, aunque se resiste:

— ¡Estoy bien… sólo necesito un momento!

Pero lo ven pálido y maltrecho; conscientes que no lo pueden dejar ahí, se recogen en un perímetro más controlable y evalúan la situación. La rueda se zafó al salirse la tuerca central que seguramente debe estar algunos metros atrás. Inician la búsqueda, examinando por donde pasaron las ruedas. Después de intensa e inútil labor regresan encontrando a Pietro de pie con la tuerca en la mano.

—Pietro ¿qué haces de pie?

—Esta tuerca es lo único que se necesita…

— ¡Pero… ¿dónde la encontraste?!

—Es otra, siempre viajo con refacciones… Lo que tienen que revisar es si la rueda sufrió daño, que de esa sí, no tengo repuesto…

Todos ríen ante la buena noticia y la broma del grandote. Animados revisan la rueda confirmándole a Pietro que está bien y que al oír esto sonríe y se desploma. Corren a verlo sólo para descubrir con sorpresa y desesperación que está muerto. Nicoló desesperado trata de reanimarlo pero es inútil. El hombre más fuerte y saludable que ha conocido en toda su vida ha muerto. No puede creerlo, ese hombre era invencible. Llora reclamándole al cielo en un grito de desesperación que raya en rabieta y se queda sin aire por el abierto llanto:

— ¡¿Por qué?!… ¡¿Por qué?!… ¡¿Por qué?!

Fabrizio con la elocuente reacción del Maestro, sucumbe también al llanto de coraje y dolor.

Entre nieve y frío, después de muchas maniobras con los caballos para enderezar el carruaje y montarle la rueda, les cuesta un último esfuerzo subir el cuerpo de Pietro al coche para reanudar marcha.

Nicoló conversa con su amigo grandullón por última vez, al viajar a solas con él en la cabina.

— ¡Pietro, dime por favor que no estás muerto! No es posible que tú puedas morir… No puede ser… eres el invencible… la fuerza misma, el que jamás se enferma… ¡Vamos despierta! Dime: «todo está bajo control», como siempre me dices… No es tiempo de que tú mueras… ¿No entiendes que yo debo morir antes? Es absurdo que te mueras ahora. Tienes tanto por hacer… Pietro querido… el grandote Pietro, el inesperado filósofo, mi gran colaborador… mi amigo. El carruaje avanza entre un bosque nevado y sombrío, en lo que Nicoló se entrega al llanto y los guijarros resuenan bajo las ruedas.

Al llegar a Niza, Nicoló hierve en calentura y va directo a la cama. Agudos dolores reumáticos le atormentan y en su interior una amarga sensación de derrota. Al día siguiente descubre al despertar, que su testículo izquierdo está del tamaño de una pera. Alarmado hace llamar a un doctor que le diagnostica Orquitis, seguramente ocasionada por el uso del catéter unido al traqueteo de los viajes. Para completar el cuadro, se le declara una fuerte gripa que le alborota la tos. Varias semanas pasan antes de sucederse alguna mejoría. Reina la tristeza. Paolo se ha reintegrado a su regreso de Nueva York y es Fabrizio el que le pone al tanto de la mala racha.

Las noticias que trae Paolo de Nueva York son ambiguas, por un lado, John Watson le propone dar allá conciertos con términos no muy claros, lo cual obviamente no es atractivo; y por el otro, Charlotte ha tenido tal éxito que fascinada y sintiéndose importante muestra un claro desdén.

—Maestro… qué difícil aceptar lo de Pietro.

—Ya lo creo Paolo… no pude siquiera asistir a su funeral… ¡Cómo lo echaremos de menos!

—Pero Maestro, usted ha estado muy enfermo… una vez más creímos que se moría.

—Yo también… Sin embargo a veces me parece que todos se mueren… menos yo… que soy el más enfermo. Una paradoja, una ironía o un absurdo… como quieras llamarle.

Tan pronto está listo para circular, parte a Génova al encuentro con Germi para hacer un nuevo testamento. Con su legitimación, Aquiles queda como su heredero principal. Deja también fideicomisos para cuidar de sus dos hermanas y una anualidad para Antonia Bianchi.

—Nicoló, es importante que des los conciertos que prometiste en Turín.

— ¡Pero no te das cuenta que no estoy para conciertos…!

— ¿Y cómo vas a saldar esa cuenta?

— ¿Cuenta…?

—Bueno: compromiso pendiente; no sólo con el Rey sino con todo Turín que se quedó esperando.

—Supongo que tienes razón… Dame unos días... tan pronto sienta el empuje, lo hago.

—Bien… ahora dime, que vamos a hacer con Villa Gaione y el Palacio Linati…

—No me hables de ir a Parma… no me interesa. Hablamos de vender la villa y si el palacio estorba, véndelo también. Pregúntale a Aquiles.

— ¡Claro! Aquiles les tiene apego.

—Si precisamente… no termina de acomodarse en Niza… Por cierto el edificio en el que está el piso que renté, quiero comprarlo, está bien ubicado y Niza… me gusta.

—No me contestas…

— ¡No sé qué hacer...! ¿Qué, si no vendemos?

—Habrá que asignar un presupuesto de mantenimiento y vigilar la administración de la villa.

—Pues, has eso… y si sale un comprador… procede. Ya veré que le digo a Aquiles.

Como afirmó, tan pronto tiene algún empuje, sale a Turín y rinde los dos conciertos. Para completar el cuadro y curar agravios, el cuantioso producto de taquilla lo entrega en su totalidad al Rey, para beneficio de necesitados y ancianos. Su ganancia de estos conciertos es haber vuelto a sentir su poder sobre el escenario y su extraordinaria capacidad para levantar fondos con su violín.

43 Casino Paganini.

Con pocas fuerzas y prácticamente nada en el horizonte, sólo le preocupa acomodar su capital para hacerlo duradero y productivo para su descendencia, como le ha machacado Germi. Si lo hubiera hecho desde el principio, tendría el triple pero no se puede quejar, su fortuna es cuantiosa. Cada vez se siente más cansado y enfermo, quiere finiquitar malos negocios, como la tan deseada villa que le cuesta un dineral y sólo merma la fortuna, agravado todo por la falta de ingresos como concertista.

Tiene bien aprendido que con sus inversiones y propiedades, los aristócratas obtienen ganancias obscenas y mayores que las suyas con el violín; tiene que encontrar formas de poner su capital a producir. Creerse el personaje de Barón y procurarse rentas en lo que escribe música. Terminaría así, su lista de pendientes. Su salud quizá no da para conciertos, pero le permite tomar decisiones y observar.

De los seguidores con «propuestas enloquecedoras», el más destacado siempre ha sido el Marqués Lazzaro Rebizzo, que le ha propuesto desde comercializar inventos, a prometedoras y riesgosas inversiones. Carismático, elocuente y gracioso siempre le divierte con sus descripciones y locuras.

Con voz apenas audible:

— ¿Qué me vas a proponer ahora Lazzaro con tanto misterio y emoción?

— ¡Algo extraordinario y ambicioso…! Una casa club de arte y cultura en pleno París…

— ¡Por favor! Eso ya me lo propusiste antes y… no me convenció…

—Sí, pero ahora es algo espectacular… Para empezar, el proyecto ya está en desarrollo… ¿Te acuerdas del magnífico palacete que perteneciera al Duque de Padua y después a la bailarina Madeleine Guimard en pleno París?

— ¡Uh! ¡Menudo lugar…! Sí, sí me acuerdo… ¡Pero es enorme!

—Pues ahí va a ser el corazón de la vida social y cultural de París. Lo mejor en Música, Teatro, Ópera, Pintura, degustaciones de platillos y vinos, lugares de reunión, diversiones, bailes, eventos, etc. Posiblemente, hasta mesas de juego y billares.

—Y ¿quién lo está poniendo?

—El Conde Charles Tardiff de Petitville es el principal inversionista, Fleury, Fumagalli y algunos otros accionistas van por participación. Todos de acuerdo e interesados en que te unas al proyecto. El Conde, me comentó:

«*Si logras que Paganini se asocie con nosotros,*
duplico o triplico mi inversión».

—Y yo…a que debo este…«honor».

—Pues… «La música». ¿Te parece poco? Tocar el violín de vez en cuando… escoger los espectáculos… Qué se yo, dirigir la parte musical. Y… si estás de acuerdo y… esto, es lo más importante: Permitir que le pongan tu nombre al establecimiento.

— ¡Ajá…!

Absorto, Nicoló se llena de imágenes atiborrando su mente, mientras Rebizzo, impaciente:

—Bueno… ¿Qué te parece?

Pensativo, tarda en responder.

—Debo reconocer, que este proyecto es mucho más interesante... Además... el interés del Conde De Petitville... es toda una garantía ¿Estás seguro que invertirá lo que promete?

— ¡Absolutamente! Lo verás tan pronto lleguemos a París.

—Hombre... pues que bien... Así, con espectáculos y mesas de juego: Barbaja se hizo rico...

— ¡Exacto...! Aunque en este proyecto el fuerte son los espectáculos y la diversión, pues a partir de diciembre, lamentablemente, queda prohibido el juego en París. En la mansión habrá un lugar apropiado para cada cosa. El teatro, con buenos espectáculos, mantendrá llenos todos los demás lugares. Ofreciendo inclusive, entrada gratis de vez en cuando. ¿Te das cuenta?

— ¡Claro! Un concepto parecido al de Musard que hasta baile mete... y venden todo tipo de cosas.

— ¡Exactamente!

Con la emoción rompe en un ataque de tos. Rebizzo, acostumbrado a su aspecto cadavérico pero no a verlo en un ataque incontrolable, no sabe qué hacer. Nicoló aclara, todavía tosiendo:

—No te preocupes... ahora se me pasa... Me gusta la idea... ¿Puedo invertir también?

—Claro que sí... Ahora que... con encargarte de la música y poner tu nombre, te haces automáticamente accionista no sé en qué proporción. Si además, quieres invertir, es cosa de platicarlo.

El proyecto libera en su imaginación innumerables ideas, entre otras, formar la orquesta que los burócratas de Parma sabotearon. Él sería, ahora, la suprema autoridad para formar una orquesta que enloquezca a París.

—Lazzaro, déjame pensarlo. Pero de antemano te digo: me gusta y mucho. No me digas más.

La tormenta cerebral es espectacular. Pasa horas imaginando desapegado de sus males, lo que obviamente le hace sentir ligero y en euforia. En este proyecto, además de reforzar su fortuna, podrá exponer sus teorías musicales y orquestales de libertad absoluta, en pleno París. Su orquesta sería sensacional, única, con enorme peso específico atrayendo a toda Europa. La lucha será considerable y el esfuerzo titánico, para muchos, imposible. Pero audacia es lo que nunca le ha faltado. Acepta.

De nuevo al camino rumbo a París, adonde jamás pensó regresar y menos con entusiasmo. Pese a estar notablemente enfermo, Nicoló se desborda, el proyecto crece en su interior y ramifica, viéndolo como su Gran Final entre aplausos y ovaciones, legando una institución que lleva su nombre y que aportará a su familia prestigio e ingresos.

Con la misma fascinación de la orquesta en Parma, corregido y aumentado, lo hace ahora con el proyecto entero al conocer el magnífico palacio. El entusiasmo se vuelve locura creativa. El lugar es espectacular y la remodelación fastuosa. En la mansión caben: sala de conciertos, salón de baile, galerías de arte, tienda de música, librerías, salas de lectura, billares, restaurantes, bar y hasta salón de juegos de azar. Para los artistas, en vez de obscuros camerinos, un salón de descanso magníficamente acondicionado con el debido respeto y señorío. Los solistas tendrán un cómodo sillón con brazos, un verdadero trono junto al escenario para relajarse y esperar su entrada. Siente ese lugar, la gran consumación de su vida, como músico, violinista, virtuoso superestrella, y hasta como padre.

Aquiles, presente todo el tiempo, colabora con él como un caballerito y habiéndole agarrado gusto a explorar casonas, fascinado hace lo mismo con ésta de más exquisito estilo.

El Conde Tardiff de Petitville, que aportó una inversión inicial de 80,000 francos, va aumentando la cantidad a medida que las ideas se sofistican y encarecen.

Los accionistas de participación contemplan satisfechos el aumento de capital sin tener que aportar efectivo, excepto el Conde que al encumbramiento del proyecto termina poniendo entusiasmado sobre 400,000 francos.

Escoger el nombre se lleva su discusión. «Maison Paganini» no refleja un lugar de diversión y se propone entonces la palabra italiana «casino», diminutivo de casa, que sirve, más bien, para divertirse; una casa club o de diversión sin la connotación de «casa de juego» que se le diera más tarde. A todos les fascina y aceptan el nombre «Casino Paganini». La compañía queda incorporada y las acciones repartidas.

Desde luego, todos ansían poner mesas de juego, pero el fin de 1837 se aproxima y con este la prohibición, los negocios de este rubro tendrán que cerrar o cambiar de giro por ley. Por si acaso, solicitan la licencia de juegos de azar para explotarla mientras sea posible.

La orquesta en formación, está dirigida por el violinista de origen genovés Cesare Pugni, protegido de Fumagalli, al que tal vez por paisano, Nicoló no le ve inconveniente. En lo que progresan las instalaciones, entre dolores y tos hace audiciones y escoge músicos buscando los lugares más alejados y silenciosos de la casona. Así, descubre en la azotea una estancia con cuartos, otrora destinados a sirvientes, que puede convertirse fácilmente en un amplio apartamento con una estupenda terraza y magnífica vista de París, pudiendo desde ahí ver la entrada principal y con ello la afluencia. Podrá además hacer ágapes o tocar cuartetos al aire libre con los músicos más destacados. Sorpresivamente a Aquiles le enloquece la idea, esta vez estará con su padre todo el tiempo testificando «la gran aventura».

Ansioso, somete la idea del apartamento a la junta directiva y para su asombro es aceptada de inmediato entre risillas irónicas, pues: ¡Qué mejor que Paganini viva ahí mismo y en la azotea! Un verdadero anuncio que París entero verá desde lejos. Nunca se les hubiera ocurrido proponerle semejante idea y mucho menos que el Maestro lo aceptara. Con esto les reitera su compromiso dándoles seguridad.

La remodelación del apartamento se hace con toda celeridad para que Paganini se mude enseguida antes que cambie de parecer.

Ya estando ahí, no tarda en descubrir algunos inconvenientes: en ausencia de alguien más, absolutamente todo le es consultado, así sean «clavos para una tarima» o «el color de alguna pared». Entre tos y malestares, acude por curiosidad con genuino interés aportando las soluciones que puede y confundiendo el plan de los decoradores con los conflictos derivados. Enamorado del proyecto, no piensa en otra cosa; con su aspecto cansado y cabello casi blanco, se le ve deambular con bastón entre polvo y materiales, tosiendo y soñando.

—Su Alteza, ¿las letras de su nombre le parecen bien de este tamaño?

—Pues… vayamos al frente de la fachada a resolverlo.

— ¿Qué le parece si las hacemos doradas y pulidas… para que brillen?

— ¿No va a parecer banco?

—Pues… se va a ver muy elegante y serio… como una gran institución.

Estribillo poderoso, siendo precisamente lo que quiere. Aprueba letras grandes y doradas.

En una carta, Germi le dice que contrajo nupcias con aquél secreto amor que no quiso develar y una sonrisa de satisfacción se dibuja en su rostro al enterarse que se trata de Camila Berretti, su ama de llaves de toda la vida con la que también, ahora se entera, tiene un hijo al que conoce. Se pregunta si los esfuerzos y piruetas para legitimar a Aquilino influyeron en su amigo para tomar esta decisión.

En ausencia de Rebizzo su esposa resulta muy participativa, lo que a Nicoló pareciera no molestarle pues es bella y de agradable personalidad. Germi le advierte sobre los peligros de la manipuladora dama y la describe como una gitana que flirtea, distrayendo con sus atractivos para obtener lo que se propone.

«La señora no expone, más bien, impone sus ideas y se sale con la suya con su peculiar estilo que ninguno de los accionistas es capaz de resistirle... ni tú».

Pero más allá de su escote y seductoras formas, si algo le impide a Nicoló ver los tejemanejes de la señora, es su propia cabeza poseída del megalómano proyecto: *«el gran final de su propia ópera».*

Mientras tanto la prensa, sospechosamente manipulada, anuncia la aparición de Paganini con Musard, la competencia, por lo que el Conde De Petitville le presiona a hacer pública esta «literal aclaración»:

«Permítanme aclarar por este medio, que los periódicos han sido mal informados y que el único compromiso que tengo, es el de tocar en el casino que lleva mi nombre...»

Con esto, de manera indirecta, pero legalmente válida, logran los accionistas el contrato escrito que venían tratando de sacarle y que él sólo confirmaba con comentarios.

Sus males no dan tregua y organizando la orquesta, pierde la voz. Su laringe cede y cae en cama.

Los preocupados accionistas discuten los riesgos de su enfermedad y les aterra su posible muerte, sobre todo, en la azotea del casino, la noticia provocaría la muerte súbita del proyecto.

—Tenemos que evitar que se sepa su gravedad.

—Sí, sí... que ningún periodista le entreviste...

—...que sólo suban doctores a verlo.

—Lo que haga falta... es importantísimo que no se sepa. —Concluye Petitville.

Pero más allá de las restricciones de la directiva, Fabrizio y Paolo han puesto las suyas y ni los directores tienen acceso a verlo por más berrinches que hacen:

—«El Maestro no puede recibir a nadie».

La inauguración se acerca y su estado de salud no mejora. Mientras, la orquesta ha quedado en manos de Pugni, que no sigue sus lineamientos y que, viendo lo que sucede, recurre a cuanta intriga se le ocurre para afianzar su posición y hasta heredar la de Paganini.

Valiéndose de sus encantos la señora Bianca Rebizzo sube a verlo y en un tono bastante inapropiado para con un enfermo de su gravedad y señorío, le reprocha que fue Lazzaro quien le propuso el proyecto y le presentó a los inversionistas mientras él egoístamente sólo pensó en sí mismo. Demanda, igualmente, que su marido sea nombrado como uno de los directores fundadores y se les entreguen las acciones correspondientes por un valor de 30,000 francos.

Nicoló, agraviado y apenado por tales reproches, reconoce que Rebizzo le propuso el negocio y que efectivamente tiene derechos como reclama su esposa. Mareado y con esfuerzos, se pone de pie disponiéndose a dar solución al entuerto.

Aquiles funge de intérprete ante la junta por ser el único que le entiende sus susurros al oído. Después de larga entrevista discutiendo con ellos sobre las acciones para el Marqués Rebizzo y escuchando las quejas que tienen contra Bianchina (como él le llama de cariño), termina irritado comprando impulsivamente 60 acciones a 1,000 francos cada una, lo que le da derecho a imponer el nombramiento de Lazzaro como uno de los directores fundadores. Desazonado al no contar con empatía armónica por parte de ninguno, regresa al casino furioso percatándose en el camino que la inauguración pensada para el 2 de noviembre tendrá que ser pospuesta por la ya anunciada y arrolladora presencia de Johann Strauss con su orquesta vienesa a partir del 1 de noviembre y por tres semanas.

Sintiéndose terrible, al llegar al Casino es abordado por periodistas, público y trabajadores de la instalación acosándole con preguntas; entre malestares y progresiva misantropía los rechaza de mala manera. Fabrizio amortigua lo posible, mientras Paolo y Aquiles le asisten a entrar y subir las escaleras. Sólo quiere regresar a su cama.

— ¿Cómo te sientes papá?

Nicoló masculla palabras a su oído. Paolo asombrado, observa el fenómeno: él conoce al Maestro mejor que nadie y no entiende una palabra de lo que ahora dice, mientras Aquilino no tiene problema.

Los amigos de París, que lo vieron regresar después de tres años, no se explican cómo llevará a cabo el proyecto del Casino con tan evidente deterioro físico y tan fuertes competidores.

La licencia para juegos de azar les es negada y su mera solicitud tildada de absurda. Acariciaban la idea de inaugurar con una gran despedida del juego en París y buenas ganancias para empezar.

Al Strauss terminar temporada y llegar el día de la inauguración, Nicoló no ha mejorado.

Bajo el ala de Fumagalli y en ausencia de Paganini, Pugni hace lo que le da la gana con orquesta y programa. El problema es que su atención está puesta en el exitoso Musard, un extraño sujeto de cómica fealdad, buen violinista y excelente histrión, cuyo espectáculo consiste en hacer chistes y parodias en el escenario mientras el público no sabe a qué atenerse y en medio de una seria e impecable ejecución algo completamente absurdo e inesperado causa sorpresa y carcajadas.

Pugni hace enormes esfuerzos sin talento ni gracia, llenos de vanidad, con chistes de los que nadie ríe y música que no motiva; sólo exhibiendo su falta de talla para llenar el escenario y más aún para dirigir un espectáculo.

La concurrida inauguración resulta un fiasco y la decepción de la directiva es insondable. Las promisorias ganancias se convierten en cuantiosas pérdidas. Varios accionistas le reclaman a Paganini su incumplimiento y a Pugni su mediocridad y estupidez.

Sintiéndose responsable, Nicoló toma una heroica decisión y anuncia un concierto. Al final de cuentas sólo tiene que bajar, tocar y volver a subir. El concierto es anunciado y el precio de la admisión subido a veinte francos. Pero cuando el momento de tocar llega y simplemente quiere hacer como antes: dar el concierto y caer enseguida, se percata que no puede ni ponerse de pie.

Fabrizio baja con la noticia y Pugni, al escucharla, decide usar su iniciativa y creatividad una vez más para salvar el escollo. Al tener cubierta la mitad del programa con la soprano San Felice, sólo tiene que cubrir el hueco de Paganini y, para esto, contrata al coro de la Ópera que le parece espectacular. Con esto, le quedarán claros a la directiva su capacidad y recursos. En la segunda parte, el coro aparece ante el público que incluye a un par de inspectores del municipio.

Al día siguiente la policía clausura Casino Paganini por haber violado un reglamento de principios de siglo que establece que: cada sala de espectáculos ha de restringirse al género de espectáculo estipulado en su licencia. El coro es una abierta violación, aunque la aplicación de la ley, demasiado rigurosa y posiblemente apuntalada por algún soborno o influencia de «Dios sabe quién».

Fumagalli ahora, ni siquiera piensa en defender a su protegido. Él mismo quisiera ahorcarlo por tal barbaridad. Pero las inculpaciones de los accionistas se van concentrando en Paganini, por su presencia ausente. Pugni jamás debió llegar a tener poder y si lo tuvo, fue porque Paganini no cumplió ni supervisando la música ni dando conciertos.

Los acreedores presionan a la empresa sin piedad mientras la prensa hace otro tanto. Al no ver otra solución, y con toda la pérdida que esto significa, Fumagalli, en un arranque, declara el Casino insolvente, pero lo hace sin recabar la anuencia de los demás accionistas, terminando en la cárcel por todos los cargos que le caen encima.

Las inculpaciones continúan y una demanda de 100,000 francos por daños y perjuicios es presentada contra Paganini, que ha venido a dar al ojo del huracán.

En la corte lo ven metido en una camisa de fuerza: declaró a la prensa su compromiso y exclusividad con la empresa que lleva su nombre, la empresa efectivamente se llama «Casino Paganini» y en el mismo local se ubica su domicilio personal. Obviamente con todo esto su salud no mejora y todo le da vueltas.

La rapacidad de los accionistas e involucrados inquietos por su vasta fortuna, es despiadada y voraz al ver que puede morir. Cada uno tiene algo que reclamarle al virtuoso: desde incumplimientos al contrato y derivados, a cargos pendientes de todo tipo, reales o inventados. Posible acceso a su tesoro. Cajón de caudales abierto, cuervos y urracas atentos.

Ante la nefasta situación, tanto médica como legal, lo sacan del Casino y lo internan en el Sanatorio Neothermes. Entre delirios y espantosos malestares, lamenta haber regresado a París. No se explica cómo le hizo caso a Rebizzo que desapareció desde el principio y no contesta sus cartas. Quisiera oír su versión de lo sucedido; no puede creer que salió corriendo cuando su esposa le hizo imponerle como accionista fundador y comprarle 30,000 francos de acciones. ¿Dónde está su integridad?

Enfermo, débil y entre mareos, se siente sitiado por asaltantes con «máscaras de amigo». Se sueña joven y ágil tomando la espada y haciendo retroceder a sus transgresores.

Una vez más, aparece un doctor redentor que con obvia lógica, al verlo tan delgado, lo pone a comer bien cuatro veces al día, tenga o no tenga hambre. De mucho le sirve a un desnutrido comer, pero sentirse mejor sólo le da para escribir cartas, renegar de Rebizzo y lamentar el fracasado Casino Paganini.

Curioso y recolectando fuerzas, asiste al estreno de «Benvenutto Cellini» de Héctor Berlioz. La obra le fascina y llena de encomios al autor, aunque no entiende las nefastas críticas y raquíticos resultados.

Pasan meses y las demandas legales derivadas del Casino no cesan por ridículas que sean. Sabiendo que Germi nunca estuvo de acuerdo con este negocio y con la esperanza que se le ocurra alguna mágica solución, le describe en largas cartas lo que empezó como «*Casino Paganini*» y terminó como «*Cueva de Ali Babá*».

Una tarde Fumagalli, recién salido de prisión, se presenta a visitarlo, pero Nicoló se niega a verlo.

— ¡No tengo nada que hablar con ese señor!

Ofendido ante el rechazo, Fumagalli da voces que se oyen por los pasillos y a Nicoló no le queda más que recibirlo. Con Fabrizio y Paolo presentes y Aquilino de traductor, el sujeto hace sus reclamaciones culpándole de su encarcelamiento.

—Dice mi papá que presente sus quejas a la corte o a su abogado y que haga el favor de retirarse.

Fumagalli explota en gritos, Fabrizio y Paolo le invitan a salir pero los evade y pretende acercársele; lo toman entre los dos y entre forcejeos que refuerzan un par de enfermeros lo expulsan del sanatorio. Ofendido y furioso, presenta de inmediato una demanda por asalto e intento de asesinato contra Paganini, a quien le es ordenado no abandonar la ciudad mientras la policía investiga. Nada le cae más mal a Nicoló que le coarten la libertad y ahora resulta que París es su cárcel. El deseo de irse crece en explosión, sintiéndose como animal enjaulado.

44 Un homenaje a Berlioz.

Berlioz vuelve a llamar su atención con un concierto y Nicoló asiste quedando impresionado. Nuevamente se sorprende con la crítica negativa, de la que no entiende sus razones.

Con gran tenacidad después de este par de derrotas, el talentoso y empobrecido Héctor Berlioz, ofrece un concierto más, esta vez, con el estreno de Haroldo en Italia, que compusiera como encargo de Paganini para su viola. ¡Imposible perdérselo! Nicoló escucha cimbrado desde su butaca el genio de Berlioz transportándole y llenando su bóveda espiritual de milagrosa belleza. No entiende la escasa asistencia.

« ¿Será posible que el público sea tan imbécil que no reconozca algo tan sublime?»

Conmovido a las lágrimas va al escenario acompañado de Aquilino, caminando con la ayuda de un bastón y haciendo ademanes para llamar la atención de Berlioz que, empapado de sudor y también enfermo, lo reconoce al acercarse. Los músicos no pierden detalle al ver de quién se trata. Nicoló le dice al oído a Aquiles que enseguida repite:

—Mi papá dice que nunca en su vida ha estado tan impresionado en un concierto; su música lo ha exaltado y sólo porque se restringe, no está de rodillas ante usted, agradeciéndole.

Berlioz incrédulo, no sabe cómo reaccionar ante tal situación un tanto embarazosa. Nicoló, percatándose y apoyándose en su brazo, se arrodilla ante él, sosteniendo lo dicho con la emoción rebozando por sus ojos:

— ¡Sí! ¡Sí! –y le besa la mano.

Berlioz estupefacto, ve al gran Paganini rindiéndole este honesto y conmovedor homenaje ante múltiples testigos igualmente atónitos.

La prensa no se hace esperar y publican la sorpresa. Entre otros, el artículo de su eterno detractor Jules Janin, que lo presenció:

> *«Nos impactó a todos ver por primera vez que Paganini es un hombre como todos nosotros, que un cálido corazón late en su pecho, que sus ojos pueden llorar, su alma puede sentir y que no hay nada sobrenatural en este extraño ser, más que su talento mismo. Desde este momento Berlioz fue salvado. La esperanza y confianza en su propio genio le regresó al cuerpo y cruzó como conquistador el umbral de su propio hogar que, unas horas antes, abandonara como un hombre desesperado.»*

El gesto de Nicoló sacude a la opinión pública llamando la atención sobre Berlioz.

Pero además, al día siguiente, Aquiles se presenta a visitar a Berlioz y al entrar a su cuarto:

—Mi padre va a lamentar cuando le diga que usted está aún enfermo, que si él no lo estuviera también, hubiera venido personalmente. Aquí traigo una carta que me pidió le entregara.

Al ver que se dispone a abrirla:

—No requiere respuesta. Papá sólo dijo que la leyera cuando estuviera solo.

Dicho esto, sale el pequeño caballero dejando al compositor con la carta en la mano:

> *«Mi querido amigo,*
>
> *Muerto Beethoven, sólo queda Berlioz para reencarnarlo. Yo, que me he alimentado de sus divinas composiciones, dignas de un genio como el suyo, siento mi deber pedirle que acepte como homenaje la suma de 20,000 francos...»*

Junto con la carta un cheque.

Berlioz no sale del asombro y el impulso de ir a verlo y agradecerle es insoportable, pero tendrá que esperar, pues está realmente indispuesto. Al sexto día, sintiéndose mejor, abandona su cuarto y va al encuentro de Paganini al sanatorio. Paolo le lleva al salón del billar que está desierto y silencioso. Al verlo entrar Nicoló se incorpora y abre los brazos en los que entra Berlioz en elocuente y duradero abrazo, terminando por verse a los ojos en silencio.

Al ver que intenta agradecer, Nicoló le interrumpe con voz apenas audible gracias al silencio:

—No hable de ello... ni una palabra. Es el placer más grande que he sentido en mi vida. ¡Nunca sabrá cómo me ha afectado su música! Han pasado años desde que sentí algo parecido... ¡Y ahora...! –Golpeando la mesa– Ninguno de sus detractores osará decir más... pues saben que soy buen juez.

Berlioz, en su crónica musical, escribe punto por punto su experiencia con Paganini publicándolo de inmediato. La anécdota pasa de las letras a boca y boca, recorriendo distancias.

Janin conmovido, aún más con este último detalle, escribe:

«Quién hubiera pensado que de toda la gente, este hombre nos diera este gran ejemplo de generosidad y justicia. Paganini es el único caballero en el presente que mantiene las nobles tradiciones de Francis I. Confieso, para mi vergüenza, que nada fue más cruel, injusto y despiadado que mi enojo contra él. Cometí un error de forma y de fondo. Aunque la opinión pública estuviera conmigo...»

De inmediato Berlioz le felicita por su artículo, reiterando la gran nobleza y humildad del Maestro Paganini.

45 Jaloneos con la Iglesia.

Sin importarle cómo se siente, tan pronto le levantan la restricción policial, su cuerpo viajero le jala al camino que le rescata de la desazón. A momentos, sólo flota en la nada, en otros, se llena de imágenes que se acomodan solas y le esclarecen dudas. Cuando el coche da tumbos, algo dentro de él entra en alerta; se acomoda adentro o se acomoda afuera, acecha. Un trecho de camino llano le aletarga y entre ensueños y sueños desfilan anécdotas, vicisitudes, amigos, rostros; cosas que no sucedieron entremezcladas con las que sí. Al recuperar vigilia, entre penumbra y mecimientos del carruaje, ve que anocheció; junto a él, Aquilino duerme y enfrente, Paolo también. El frío es brutal. Regresa su mente al Casino, con todo el enjambre y frustración. Vuelve a lamentarlo.

—« ¡Rebizzo! ¡Rebizzo! ¿Dónde rayos estás?»

En nueve o diez días llegarán a Marsella y espera haber dejado atrás todo este embrollo que le parece una emboscada y un ultraje. Los abogados franceses sabrán que hacer, sólo espera que no le traicionen.

Entre adorado y aborrecido, se aleja cada vez más de lo mundano, su espíritu huye, no quiere saber más, divaga en el limbo sin voluntad. Le duele todo, hasta el orgullo que también enfermo quiere claudicar. A veces el tormento de su cuerpo le impide evadirse y lo atrapa en pesadillas de las que sólo logra huir refugiándose, paradójicamente, en algunos malestares que reconoce como hogar. Se dice y se repite: «Es tiempo de morir». Pero la muerte no aparece por ningún lado ni para platicar.

Para animarlo, Paolo le dice noticias al oído al verlo despierto:

— ¡Maestro! …le hicieron miembro de La Sociedad de Santa Cecilia en Roma.

Como si no lo hubiera escuchado.

Una tarde, Aquiles lo encuentra sentado en su cama, despierto:

— ¡Papá! ¿Te sientes mejor?

Casi inaudible, pero con gran efusividad:

— ¡Hijo…! ¡Hijo mío! ¡Qué gusto me da verte! ¿Cuánto tiempo he estado en cama?

—Unos días papá… —contesta Aquiles, consciente que cada vez que despierta pregunta lo mismo.

Una mujer en uniforme de enfermera entra en la habitación:

— ¿Su Alteza ha de tener hambre?

Una vez más no la reconoce y Aquiles, caballerito y paciente, los vuelve a presentar. No tiene la menor idea quien es esa mujer pero le recuerda con sus formas y modos a Gina y en una suerte de ensueño la ve y la trata como si fuera ella. Intentando ser discreto:

— ¡Mujer…! Creí que nunca volvería a verte… Veo que sigues tan bella y atractiva como siempre.

Casi susurrando ella le contesta:

—Su Alteza siempre me dice cosas muy bellas, pero creo que me confunde con alguien más.

Comprendiendo el mensaje de «Gina» al estar Aquiles presente, recupera su compostura y disimula, aunque no acaba de entender cómo sucedió la situación de Aquilino y Gina en la misma habitación. Su mente le juega trucos. Sin embargo, trata de concentrarse en su hijo, en lo que la enfermera le deja sentir su olor que le arrebata. Sin voluntad alguna, ve a su hijo, que adora, y las formas de Gina moverse por la habitación. Aunque acaba de despertar, se siente exhausto y acariciando el rostro de su hijo, se recuesta como puede. Respirando hondo en alivio, ve como Gina y Aquilino conviven, en lo que él, entre ensueños, queda dormido.

Al verlo, Aquiles lamenta:

— ¡Ah! Se volvió a dormir.

Así como este momento, en algunos otros, llega hasta a levantarse e interactuar, vistiéndose y asistiendo, estoico, a funciones que de inmediato olvida; igualmente toma algunas decisiones y recibe malas noticias de París. Sin poderlo evitar, se ve atrapado en una vorágine de imágenes, malestares y sueños. Tras dar tumbos por el mapa por recomendación médica, recibiendo baños y tratamientos en varias partes, termina en Niza por un momento de lucidez en que él mismo lo solicita.

La noticia de su llegada y su terminal estado de salud, alertan al Obispo de Niza, Monseñor Doménico Galvano que, sabiéndolo Caballero de la Espuela de Oro, miembro de La Sociedad de Santa Cecilia y dueño de una inmensa fortuna, no puede dejar de desear que muera en su diócesis y les deje, algo de su tesoro; pues con los rumores que le persiguen, seguro querrá ponerse bien con Dios antes de morir. De inmediato asigna el caso al párroco correspondiente, Fray Rómulo Caffarelli, para que visite al virtuoso y se haga su confesor.

Influenciados inevitablemente por las patrañas diabólicas, no lo ven como una empresa fácil; agravándose además, por el presente estado del penitente, que concede muy breves entrevistas. Caffarelli entonces, alecciona a una mucama que trabaja en la casa para que, con su fe, le recuerde al virtuoso constantemente sus obligaciones con la Iglesia y le sirva también de espía.

—Maestro, el padre Caffarelli es muy bueno… la próxima vez que venga… aproveche y confiésese con él… Sea generoso con la Iglesia… póngase bien con Dios. Asegure su entrada al cielo, confesando y comulgando… No se debe morir sin la extremaunción…

Mudo y débil, ha de escuchar la monserga de la mujer. Cada vez que entra al cuarto, le refrenda la lección aún dormido y en cada oportunidad que tiene, mete al padre Caffarelli a sermonearle.

Harto de ellos, aunque de acuerdo con sus observaciones, como no ha logrado platicar con la muerte nuevamente, está seguro que no morirá por un tiempo; pero acepta, escribiendo en su tableta que su confesión tendrá que ser también escrita, pues no puede hablar. Más antagonista que sacerdote, altamente prejuiciado, el padre toma esto como burla o franca negativa.

Una tarde en que la brisa entra por la ventana y le acaricia el rostro, entre ensueños y sueños, se ve flotando en el aire tocando su violín. Lejos de malestares y dolores, toca como nunca; en un cambio de cuerda, encuentra el torrente y se fusiona con él. La cadenza que brota es brillante, sublime, absoluta. Lleno de colores y matices, el adagio se transforma en allegro y su espíritu en éxtasis armoniza con la luz que le jala, haciéndose uno con ella en sublime melodía. Una orquesta de virtuosos le acompaña derramándose en contrapuntos, llenando con contrastes y profundidad. En las notas desfilan los rostros de su familia, sus amadas, sus amigos y otros que conoció, entremezclados con memorias de lo que, tal vez, nunca fue. ¿Vivió…? ¿Soñó…? Da igual. Extático, al tocar con tan maravillosa orquesta, llega en grandioso concierto y enorme torrente al punto de fuga y, en una abundante consumación montado en *Staccato*, se arroja en él convertido en música.

Aquiles sosteniendo su mano, se da cuenta de su partida y angustiado abraza el cuerpo sin vida, llorándolo con todo su ser.

— ¡Papá…! ¡Papá!

Al oír sus llantos, todos en la casa acuden y se unen a él.

Nicoló Paganini, el más grande violinista de todos los tiempos, se unió al torrente.

EPITAFIO

Cero honores para Paganini.

El mundo no le deja en paz, Caffarelli justificando su propia ineficiencia, le acusa de haber rechazado la extremaunción y de haberlo expulsado de su habitación repetidamente. Al confirmar el Obispo que la Iglesia no aparece en el testamento, fría y vengativamente lo tacha de hereje y le niega cristiana sepultura. Todas las nefastas leyendas se exaltan a continuación, e hipócritas y mojigatos que otrora le admiraran, ahora le desconocen y repudian. La noticia de su muerte se da en paralelo a la de su «herejía». Con particular saña: un cadáver es castigado por no haberle dejado a la Iglesia ni un centavo. Todas las leyendas diabólicas y cuentos de libertinajes juveniles son ventilados y agravados, agregando otros más. Hasta le es criticada la decoración «pagana» en su cuarto: un par de cuadros y la ausencia de crucifijos de un apartamento que así alquiló.

Mientras tanto, el cuerpo del virtuoso permanece en la misma habitación esperando funeral. Los amigos se congregan en lo que se convierte en un largo velorio por las negativas de inhumación. Abochornado ante la total intransigencia del Obispo Galvano que no cede, el Conde Hilarión de Cessole, propietario del inmueble, manda embalsamar el cuerpo con el fin de retardar la descomposición. Ninguna funeraria acepta el cadáver por haber sido oficialmente excomulgado y con muchos remilgos y gran sobreprecio les es vendido un ataúd.

Al cumplirse un mes del fallecimiento, las autoridades ordenan remover el cuerpo por razones de salud. Después de mucho negociar, el Conde de Cessole les convence de ponerlo en el sótano de esa misma casa hasta que la corte eclesiástica resuelva su apelación a las disposiciones del Obispo.

Rumores crecen entre la gente, creando malestar y manifestaciones fanáticas. La admiración y desesperación por oírle tocar, es ahora linchamiento y diversión del vulgo. Amigos del virtuoso montan guardia día y noche por un posible ataque incendiario o robo de los restos para algún denigrante réquiem. Beatas se persignan al pasar frente a la fachada, niños apedrean el edificio al menor descuido, inventando historias de horror que crecen de boca a boca.

Las macabras noticias se riegan por el mapa. Los amigos de Génova demandan el cuerpo para hacerle los debidos honores. Alerta, el Obispo de Niza expone corregidas y aumentadas sus «razones» de excomunión al Arzobispo de Génova, que se limita a advertir al gobernador Filippo Paulucci, amigo de Paganini, que si intentan llevar el cuerpo del «hereje» a Génova las autoridades deberán respetar la decisión de la Curia y prohibirlo.

Paulucci, entre la espada y la pared, no sabe que decirle a los amigos que ya hacen preparativos pero, temiendo más ser él mismo excomulgado, anuncia la prohibición. Las reacciones contra la medida no se dejan esperar pero, más allá de los enconos con amigos, al comunicárselo al Rey Carlo Alberto, es él quién le reprende y toma medidas.

—Hemos de escuchar a la Iglesia, seguir sus guías, no simplemente obedecer sus órdenes. En especial en un caso como éste que es una barbaridad… una clara intolerancia. Si el cuerpo de Paganini llega a Génova le será permitida la entrada. Lo más que podemos hacer, por el clero, es recibirlo sin ceremonias católicas y enterrarlo en un cementerio no católico. Jamás estuve de acuerdo con todas las sandeces que le endosaban al pobre hombre que aún enfermo, honró a Génova todo lo que pudo. ¡Su cuerpo debiera ser recibido como el de un gran héroe!

—Su Majestad, tiene absoluta razón… siempre le tuve gran admiración…

—También podemos sugerir, si el Gobierno de Parma lo permite, que el cuerpo sea enterrado en Villa Gaione, que al final de cuentas es propiedad de sus herederos. Nosotros, obviamente, no tendríamos objeción que el cuerpo transite por aquí.

El cadáver pasa el verano en el sótano resistiendo los inmerecidos repudios eclesiásticos y sobre todo el calor. Las autoridades de Niza, más movidas por las quejas vecinales sobre la pestilencia que por ningún principio moral, mudan el cuerpo a una casa de leprosos en Villafranca en las afueras de la ciudad. Al fondo de una húmeda y oscura bodega, entre un montón de cachivaches, dentro de un ataúd y bajo una pesada lona, para «sellar el olor», el cuerpo de Nicoló Paganini, castigado, espera sentencia.

Como todas las supercherías diabólicas siguen al célebre cadáver, los lugareños escuchan misteriosas melodías por la noche o acarreadas por el viento a la distancia. Curiosidad y morbo son convocatoria; el beneficiario resulta ser el encargado del lugar que cobra por echarle un vistazo al cadáver, convirtiéndose en atracción turística. La práctica se prolonga por meses hasta que llega a oídos del Conde de Cessole que, indignado, reclama la transgresión y exige nueva llave única del lugar.

Pero la afluencia de público ávido ya está establecida y es todo un trabajo neutralizarla. De Cessole, opta por cambiarlo en secreto a un cobertizo abandonado en los terrenos de una fábrica de aceite de oliva de su propiedad, pero tampoco resulta respetable al haber desperdicios de la producción, contaminando el lugar constantemente. El Conde de Pierlas ofrece un lugar más honroso al pie de una torre y frente al mar, ahí podrán enterrar al virtuoso hasta que se resuelvan los asuntos. De manera clandestina lo llevan a cabo a media noche con antorchas y ayudados de un puñado de hombres, que juran discreción.

El Clero que, de «amaos los unos a los otros» nada, no perdona fácilmente; sólo escucha rumores y maledicencias y sobre esto lo enjuicia. A medida que hacen gestiones para neutralizar la ira y soberbia del Obispo de Niza, parecieran las demás diócesis agruparse a su derredor, como una gran pandilla de facinerosos extorsionistas que prefieren escuchar testimonios de aquellos que atacan al Maestro sin haberlo conocido, que el de sus múltiples allegados que lo conocieron como gran artista y hombre de bien. Inevitablemente el asunto se va encumbrando en apelaciones y sentencias llegando a la Santa Sede.

Cada cual, a su manera, ha sentido la muerte del Maestro. Paolo, testigo de tantísimos momentos sublimes: públicos, privados y secretos, se aparta por completo en luto. No puede creer lo que está pasando contra el más monumental Señor que ha conocido en su vida. Lo atestiguó, lo conoció.

—« ¡Cómo estuviera Pietro para romper algunas caras imbéciles que ahora manchan al gran Maestro y sus inverosímiles hazañas! ¿Cómo pueden repudiar a un ser así? ¿Cómo, algo tan grande puede ser reducido a discriminación y burla, patrañas y negociaciones? En Inglaterra y Francia, tal vez, ¿pero en Italia? ¿Su propia tierra…? ¿Cómo puede ser?»

Fabrizio concuerda con Paolo, aunque política y religión están fuera de su ámbito pues jamás las entendió. Su espíritu guerrero se siente ahora huérfano, sin causa que defender. Tal vez regrese donde el Príncipe Félix aunque siente que la vida también terminó para él; ha caído su Señor. No ve futuro alguno. Muerto el Maestro, no queda más por hacer. No hay batallas que librar. Todo acabó.

Germi contrata a Castellini, el mejor abogado de Derecho Canónigo en Génova, que acompañado de Aquiles, intenta discutir con Roma. Ante su sorpresa, el Vaticano instruye al Arzobispo de Turín y a los prelados genoveses: reexaminar todos los testimonios sometidos en las apelaciones. Documentos van y vienen ad infinitum, postergando.

Cuatro años después del fallecimiento es finalmente concedido el permiso de transportar los restos de Niza a Génova por mar. Por orden de las autoridades, el acarreo se lleva a cabo con extrema discreción en el navío «María Magdalena», prohibiendo cualquier publicidad y evitando, a toda costa, que el público se entere. Los restos son depositados en un ataúd metálico que, a su vez, es metido en una gran caja de madera marcada con las letras MDS como contraseña para que las autoridades portuarias lo identifiquen fácilmente al llegar y el trámite sea expedito y sin llamar atención.

Queda aún por verse el permiso para internar los restos en Parma, pero como también se toma su tiempo, en Génova son llevados a la finca de los abuelos en Romairone que aún conservan, y ahí, en un sencillo ritual familiar lo entierran. A Aquiles le gusta vivir en Gaione y siendo ya un joven de diecinueve años, continúa las gestiones para llevarse los restos de su padre a la villa. Al pasar el tiempo y no obtener respuesta del Arzobispo, acude a la Archiduquesa María Luisa que siempre simpatizante del violinista, decreta su entrada a Parma. Nuevamente es exhumado el cuerpo y puesto en el camino. Nuevamente es enterrado, esta vez, en Villa Gaione con una pequeña ceremonia familiar sin sacerdote alguno.

Es concedido finalmente permiso para oficiar una misa de réquiem.

Los fantasiosos cuentos sobre *«el ataúd de Paganini»* siendo enterrado en lugares absurdos proliferan creando leyendas locales.

No es sino hasta 1876, treinta y seis años después de la muerte de Nicoló, que las absurdas órdenes del Obispo de Niza son revocadas, siendo el cuerpo otra vez exhumado para ser enterrado en tierra consagrada del cementerio de Parma.

De ahí pasan diecisiete años y en 1893 el supersticioso violinista checo Frantisek Ondricek, creyente de cuanta patraña atribuyen al gran virtuoso y obsesionado por mejorar al violín, maquiavélicamente busca vías y pactos extraños; y queriendo saber *«el secreto de Paganini»*, se las ingenia para exhumar el cadáver y darle una macabra y morbosa revisada.

Tres años después, es nuevamente desenterrado para llevarlo a un nuevo cementerio en Parma. El ataúd es otra vez abierto, ahora por las autoridades, para *«un nuevo vistazo»*, siendo el evento cubierto por la prensa.

Sobre su nueva tumba, sus herederos erigen un imponente monumento.

Por fin, descansa en paz el cuerpo del que fuera la primera superestrella musical internacional de la historia, el más excelente virtuoso y aún, el más extraordinario violinista de todos los tiempos.

Paganini sigue vivo.

FIN

Ignacio Farías

Villita Qüichiqüí, Diciembre 2015.

¡PAGANINI ESTÁ VIVO!

Volumen **I. EL PRODIGIO**

Volumen **II. CON TODA EL ALMA**

Volumen **III. EL INMORTAL**

www.ignaciofarias.com

www.ingramcontent.com/pod-product-compliance
Lightning Source LLC
Chambersburg PA
CBHW070621260626
47161CB00007B/2534